MW01627853

10
18

12, AVENUE D'ITALIE. PARIS XI

Sur l'auteur

Née en 1968, Cheryl Strayed a déjà publié un roman, *Torch* (2006) et est l'auteur d'articles dans de nombreux journaux (*New York Times Magazine*, *Washington Post Magazine*, *Allure*, *Self*, *Missouri Review*, *Brain*, *Child*, *Rumpus*, *Sun*). *Wild*, son roman autobiographique qui raconte ses errances avec un sac à dos dans l'Ouest sauvage américain, a été salué par la presse et le public. Elle vit aujourd'hui à Portland, dans l'Oregon, avec son mari et leurs deux enfants.

CHERYL STRAYED

WILD

Traduit de l'anglais (États-Unis)
par Anne Guitton

ARTHAUD

Titre original :
Wild
Éditeur original : Alfred A. Knopf,
a Division of Random House, Inc. (New York)

ISBN : 978-2-264-06220-8

À Brian Lindstrom
Et à nos enfants,
Carver et Bobbi

Note de l'auteur

Pour écrire ce livre, j'ai relu mes journaux intimes, vérifié certaines informations lorsque je le pouvais, consulté plusieurs proches apparaissant dans le récit et fouillé dans mes souvenirs. J'ai changé les noms de la plupart des personnes citées, mais pas tous, et j'ai parfois modifié certains détails afin de préserver leur anonymat. Aucun événement ou personnage n'a été inventé, j'en ai parfois omis certains, lorsque cela n'avait pas d'impact sur l'histoire telle que je l'ai vécue.

Prologue

Les arbres étaient hauts, mais je me trouvais encore plus haute qu'eux, accrochée au flanc d'une montagne du nord de la Californie. Quelques instants plus tôt, j'avais retiré mes chaussures de randonnée, et la gauche avait été propulsée dans le précipice par mon énorme sac à dos qui venait de se renverser. Elle avait dévalé le chemin caillouteux, rebondi sur un surplomb à quelques mètres en contrebas, puis disparu sous le feuillage. Impossible de la récupérer. J'avais poussé un cri incrédule. J'avais beau vivre dans la nature depuis trente-huit jours et savoir qu'il pouvait se passer n'importe quoi, le choc restait difficile à encaisser.

Je n'avais plus de chaussure gauche. Fini, terminé.

J'ai serré l'autre contre moi comme un bébé, bien que ce soit ridicule. À quoi pouvait bien servir une chaussure dépareillée ? À rien. C'était un objet inutile, une orpheline pour qui je ne pouvais éprouver aucune pitié. Une grosse bottine Raichle en cuir marron qui pesait son poids, avec ses lacets rouges et ses œillets métalliques. Je l'ai soulevée au-dessus de ma tête et lancée de toutes mes forces. Elle s'est enfoncée entre les arbres, disparaissant à tout jamais.

J'étais seule. Pieds nus. J'avais vingt-six ans et, moi aussi, j'étais orpheline. « Une vraie vagabonde », avait commenté un inconnu deux semaines plus tôt lorsque je m'étais présentée et lui avais expliqué à quel point j'étais seule au monde. Mon père était sorti de ma vie quand j'avais six ans. Ma mère était morte quand j'en avais vingt-deux. Après son décès, mon beau-père, que je considérais jusque-là comme mon père, s'était peu à peu transformé en un homme que je ne reconnaissais plus. Mon frère et ma sœur avaient pris leurs distances pour faire leur deuil, malgré mes efforts pour que nous restions unis. J'avais fini par renoncer et m'éloigner moi aussi.

Au cours des années qui avaient précédé la disparition de mes bottines dans le ravin, j'avais dansé au bord du précipice. J'avais erré, tourné, dérivé – du Minnesota à l'Oregon en passant par New York, puis à travers tout l'ouest du pays – jusqu'à me retrouver là, sans chaussures, en cet été 1995, perdue mais les pieds sur terre.

Une terre que je ne connaissais pas mais qui avait toujours existé, et où le chagrin, la confusion, la peur et l'espoir avaient fini par me conduire. Une terre où je comptais devenir la femme que je voulais être, et retrouver la petite fille que j'avais été. Une bande de terre de soixante centimètres de large sur quatre mille deux cent quatre-vingts kilomètres de long.

Une terre qui s'appelait le Pacific Crest Trail, ou « chemin des crêtes du Pacifique ».

La première fois que j'en avais entendu parler, c'était sept mois plus tôt, alors que je vivais à Minneapolis. J'étais triste, désespérée, sur le point de divorcer d'un homme que j'aimais encore. Je faisais la queue à la caisse d'un magasin de matériel de camping pour acheter une pelle pliante ; j'avais attrapé un livre intitulé *The Pacific Crest Trail, Volume I : California* sur une étagère et jeté un coup d'œil à la quatrième de couverture. Le PCT était apparemment un sentier de grande randonnée qui s'étendait sans interruption de la frontière mexicaine à la frontière canadienne, en longeant neuf chaînes de montagnes : la sierra de la Laguna, les monts San Jacinto, les montagnes de San Bernardino, les monts San Gabriel, les monts Liebre, les monts Tehachapi, la Sierra Nevada, les monts Klamath et la chaîne des Cascades. À vol d'oiseau, cela ne représentait que mille six cents kilomètres, mais les détours du chemin rallongeaient considérablement la distance. Le PCT sillonnait l'intégralité des États de la Californie, de l'Oregon et de Washington, à travers des parcs naturels, des réserves protégées, des terrains fédéraux, tribaux ou privés, des déserts, des montagnes, des forêts, des fleuves et des routes nationales. J'avais retourné le livre pour observer la photo de couverture – un lac parsemé de rochers et entouré de sommets acérés sur fond de ciel bleu – avant de le reposer sur son étagère et de régler mon achat.

Mais, quelque temps plus tard, j'étais retournée chercher ce guide. À ce stade, le Pacific Crest Trail n'avait pas encore de réelle existence pour moi. Ce n'était qu'une vague idée un peu exotique, pleine de mystère et de promesses. Lorsque je suivais son tracé en dents de scie du bout du doigt sur la carte, je sentais monter quelque chose en moi.

J'avais pris la décision de faire cette randonnée – ou, du moins, d'aller aussi loin que je le pourrais en cent jours. Séparée de mon mari, je vivais seule dans un appartement de Minneapolis, je bossais comme serveuse et j'étais plus déprimée et perdue que jamais. Chaque matin, j'avais l'impression de regarder le ciel depuis le fond d'un puits. Alors, j'avais décidé d'en sortir pour devenir une randonneuse en solo. Après tout, pourquoi pas ? J'avais déjà incarné tant de rôles à première vue incompatibles. Épouse aimante, puis adultère. Fille chérie qui passait désormais ses vacances seule. Perfectionniste ambitieuse et écrivain en herbe qui enchaînait les petits boulots alimentaires tout en abusant de la drogue et des amants d'un soir. J'étais la petite-fille d'un mineur de charbon de Pennsylvanie et la fille d'un ouvrier en métallurgie reconverti dans le commercial. Après la séparation de mes parents, j'avais vécu avec ma mère, mon frère et ma sœur dans des immeubles peuplés de mères célibataires et de leurs enfants. Pendant mon adolescence, nous nous étions installés en pleine forêt dans le nord du Minnesota, pour un retour à la terre dans une maison sans toilettes, ni électricité et eau courante. Malgré tout cela, j'étais devenue *pom-pom girl* et reine du lycée, avant de partir à la fac et de me transformer en militante féministe de gauche.

Mais une femme qui marche seule en pleine nature sur près de deux mille kilomètres, c'était un rôle que je n'avais encore jamais essayé. Alors pourquoi pas : je n'avais rien à perdre.

Ce jour-là, alors que je me tenais pieds nus sur cette montagne californienne, la décision complètement inconsciente de me lancer dans une longue randonnée sur le PCT pour m'en sortir me semblait remonter à des années, appartenir à une autre vie. À l'époque, je croyais que tout ce que j'avais vécu jusque-là m'avait préparée à ce voyage. En réalité, rien ne pouvait m'y préparer. Chaque jour sur le chemin était la seule préparation possible à celui qui suivrait. Et, parfois, cela ne suffisait même pas.

Comme lorsque j'ai assisté à la chute définitive de mes chaussures dans un ravin.

Au fond de moi, je n'étais pas mécontente de les voir disparaître. Depuis six semaines que je les avais aux pieds, j'avais parcouru des pistes désertiques, marché dans la neige, croisé des arbres, des buissons, des herbes, des fleurs de toutes les tailles et de toutes les couleurs, monté et descendu des montagnes, traversé des champs, des clairières et d'autres terrains dont je serais bien incapable de parler, hormis pour dire que j'y étais passée, que je l'avais fait, que j'avais réussi. Et, pendant tout ce temps, elles m'avaient causé d'énormes ampoules et mis les pieds à vif ; mes ongles avaient noirci et quatre d'entre eux s'étaient détachés dans d'atroces souffrances. Quand j'ai perdu mes chaussures, j'en avais fini avec elles et elles en avaient fini avec moi, en dépit de l'affection que j'éprouvais pour elles. D'objets inanimés, elles étaient devenues des extensions de ma personne, comme à peu près tout ce que je transportais cet été-là – mon sac à dos, ma tente, mon sac de couchage, mon purificateur d'eau et le petit sifflet orange qui me tenait lieu d'arme. Je connaissais chacune de ces choses par cœur et je savais que je pouvais compter sur elles pour aller jusqu'au bout.

J'ai baissé les yeux vers les arbres dont le sommet s'agitait doucement dans la brise. « Qu'ils gardent mes chaussures ! », ai-je songé, le regard plongé dans l'immensité verte. C'était à cause de la vue que je m'étais arrêtée là. On était en fin d'après-midi, au milieu du mois de juillet, et je me trouvais à des kilomètres de la moindre trace de civilisation, à plusieurs jours de marche du bureau de poste solitaire où m'attendait mon prochain colis de réapprovisionnement. Certes, quelqu'un pouvait me dépasser sur le chemin, mais cela arrivait très rarement. Il s'écoulait généralement des jours sans que je voie personne. De toute façon, cela importait peu. Je devrais me débrouiller par mes propres moyens.

J'ai contemplé mes pieds nus et abîmés, avec leurs quelques ongles restants. Ils étaient d'un blanc maladif jusqu'à quelques centimètres au-dessus de la cheville, là où s'arrêtaient mes chaussettes de laine. Mes mollets étaient musclés, bronzés et poilus, couverts de crasse et d'une constellation de bleus et d'égratignures. J'avais commencé ma randonnée dans le désert des Mojaves et n'avais pas l'intention de m'arrêter avant d'avoir posé la main sur le pont qui enjambe le fleuve Columbia à la frontière entre l'Oregon et l'État de Washington, celui qu'on appelle pompeusement le pont des Dieux.

J'ai regardé vers le nord, dans sa direction – la seule pensée de ce pont me guidait comme un phare. J'ai regardé vers le sud, d'où je venais, vers l'étendue sauvage qui m'avait formée et endurcie. J'ai réfléchi aux différentes possibilités qui s'offraient à moi. Je savais qu'il n'y en avait qu'une seule d'envisageable. Comme toujours.

Continuer à marcher.

Première partie

LES DIX MILLE CHOSES

The breaking of so great a thing
Should make a greater crack.
La chute d'un si grand homme
aurait dû faire plus de bruit.

William SHAKESPEARE
Antoine et Cléopâtre

1

Les dix mille choses

Ces trois mois en solo sur le Pacific Crest Trail avaient eu de nombreux points de départ. Il y avait d'abord eu la première fois où je m'étais dit, sans vraiment réfléchir, que je pourrais le faire ; puis la décision plus sérieuse de réellement me lancer ; puis une troisième étape, beaucoup plus longue, où j'avais consacré des semaines à acheter du matériel, remplir mon sac, me préparer. Puis le moment où j'avais démissionné de mon boulot de serveuse, concrétisé mon divorce et vendu presque tout ce que je possédais, avant de dire au revoir à mes amis et d'aller me recueillir une dernière fois sur la tombe de ma mère. Puis le long trajet en voiture depuis Minneapolis jusqu'à Portland, dans l'Oregon, et quelques jours plus tard le vol pour Los Angeles, d'où je m'étais rendue en stop jusqu'à la ville de Mojave, et, de là, jusqu'au croisement entre le PCT et la route nationale.

Ensuite, il y avait eu les premiers pas sur le chemin, très vite suivis de la prise de conscience déprimante de ce que cette randonnée signifiait vraiment, et de la décision de tout arrêter, parce que c'était absurde, inutile et ridiculement difficile, bien plus que je ne l'avais imaginé, et parce qu'au fond je n'étais absolument pas préparée.

Enfin, il y avait eu la vraie vie au jour le jour sur le PCT.

La volonté de rester et de continuer envers et contre tout. Malgré les ours, les serpents à sonnette et la peur des pumas que je n'apercevrais jamais ; malgré les ampoules, les croûtes, les égratignures et les lacérations. Malgré l'épuisement, la privation, le froid, la chaleur, la monotonie, la douleur, la soif, la faim, la gloire et les fantômes qui me poursuivaient tout au long de ces mille sept cent soixante-dix kilomètres depuis le désert des Mojaves jusqu'à l'État de Washington.

Et puis, une fois que j'aurais terminé, que j'aurais parcouru tous ces kilomètres pendant des jours et des jours, viendrait la révélation : le véritable point de départ n'était pas celui que je croyais. Ma randonnée sur le Pacific Crest Trail n'avait pas commencé lorsque cette idée m'avait traversé l'esprit, mais bien avant que je puisse l'imaginer. Très exactement quatre ans, sept mois et trois jours avant, dans une petite chambre de la clinique Mayo à Rochester, dans le Minnesota ; le jour où j'avais appris que ma mère allait mourir.

J'étais habillée en vert. Pantalon vert, chemise verte, nœud vert dans les cheveux. C'était elle qui m'avait cousu ces vêtements – comme elle le faisait depuis ma plus tendre enfance. Parfois, le résultat était à la hauteur de mes rêves ; parfois non. Je n'étais pas particulièrement emballée par cet ensemble vert, mais je le portais quand même comme une sorte de punition, d'offrande, de talisman.

Ce jour-là, tandis que j'accompagnais ma mère et Eddie, mon beau-père, d'étage en étage dans la clinique pour qu'on la soumette à une batterie d'examens, je ressassais une prière dans mon esprit – bien que « prière » ne soit pas vraiment le mot adapté pour cette incantation. Je ne me mettais pas à genoux devant Dieu. Je ne croyais pas en Dieu. Ma prière ne disait pas : « S'il vous plaît, Seigneur, ayez pitié de nous. »

Je n'avais que faire de la pitié. Je n'en avais pas besoin. Ma mère avait quarante-cinq ans. Elle semblait en parfaite santé. Il y avait maintenant des années qu'elle était quasiment végétarienne. Elle plantait des soucis dans son jardin au lieu d'utiliser des pesticides pour éloigner les insectes. Quand mon frère, ma sœur et moi avions un rhume, elle nous soignait avec des gousses d'ail cru. Les gens comme ma mère n'avaient pas de cancer. Les examens le prouveraient, contrediraient l'avis des médecins de Duluth. J'en étais convaincue. Pour qui se prenaient-ils, ces médecins ? Et, d'abord, qu'est-ce que c'était que cette ville ? Un trou paumé au nom bizarre où on se gelait les fesses et où les docteurs, qui n'avaient pas la moindre idée de ce dont ils parlaient, se permettaient de raconter à des quadragénaires végétariennes, mangeuses d'ail, non fumeuses et adeptes des médecines naturelles qu'elles avaient un cancer du poumon en stade terminal.

Qu'ils aillent se faire foutre.

C'était ça, ma prière : « Allez-vous-faire-foutre, allez-vous-faire-foutre. »

Et pourtant ma mère était là, à la clinique Mayo, l'air complètement épuisé dès qu'elle devait rester debout plus de trois minutes.

« Tu veux un fauteuil roulant ? » avait proposé Eddie en en voyant une rangée dans le long couloir couvert de moquette.

« Elle n'a pas besoin de ça, avais-je protesté.

— Juste une minute », avait répondu ma mère avant de s'écrouler dans l'un des fauteuils.

Ses yeux avaient croisé les miens alors qu'Eddie la poussait vers l'ascenseur.

Je les avais suivis en me forçant à ne penser à rien. Nous nous apprêtions à rencontrer un dernier médecin. « Le vrai docteur », comme nous l'appelions entre nous. Celui qui ferait le bilan de toutes les informations concernant ma mère et nous dirait la vérité. Tandis que l'ascenseur nous conduisait à l'étage, ma mère avait tendu la main pour toucher le coton vert de mon pantalon avec un air de connaisseuse.

« Parfait », avait-elle dit.

J'avais vingt-deux ans, le même âge que le sien lorsqu'elle était tombée enceinte de moi. J'avais pensé qu'elle allait sortir de ma vie au moment précis où j'étais entrée dans la sienne. Pour une raison étrange, cette phrase m'était apparue ainsi d'un seul coup, occultant pendant quelques secondes la prière « allez-vous-faire-foutre ». J'avais failli hurler de douleur. J'avais failli m'étouffer et mourir en comprenant ce que je savais déjà. J'allais devoir passer le reste de ma vie sans ma mère. J'avais repoussé cette idée et tout le reste hors de mon esprit. Je ne pouvais pas me permettre d'y croire si je voulais continuer à respirer dans cet ascenseur. Alors j'avais préféré me voiler la face. En me persuadant, par exemple, que lorsqu'il devait annoncer à un patient qu'il allait mourir, le docteur le recevait assis derrière un grand bureau en bois verni.

Ce qui était faux.

On nous avait conduits dans une salle d'examen, où une infirmière avait demandé à ma mère de se déshabiller et d'enfiler une chemise en coton avec des ficelles sur les côtés. Ensuite, ma mère s'était allongée sur le lit protégé par une feuille de papier blanc. Dès qu'elle bougeait, les froissements du papier emplissaient la pièce d'un crépitement de flammes. Entre les pans de la chemise, je voyais son dos nu, l'arrondi de ses hanches. Elle n'allait pas mourir. Ce dos en était la preuve. J'avais les yeux fixés dessus quand le docteur était entré et nous avait annoncé qu'elle aurait de la chance si elle tenait encore un an. Il nous avait expliqué qu'ils n'essaieraient même pas de la traiter, qu'elle était incurable. Il n'y avait rien à faire. Le diagnostic tardif était courant dans les cas de cancer du poumon.

« Mais elle ne fume pas, avais-je objecté, comme si cela pouvait changer quelque chose, comme si on pouvait raisonner ou négocier avec le cancer. Elle a juste fumé un peu quand elle était jeune. Ça fait des années qu'elle n'a pas touché une cigarette. »

Le médecin avait secoué la tête d'un air triste. Il faisait son travail. Il avait suggéré de la radiothérapie pour soulager les douleurs au dos dont souffrait ma mère. Cela pourrait résorber un peu les tumeurs qui poussaient le long de sa colonne.

Je n'avais pas pleuré. J'avais juste respiré. Une respiration horrible, volontaire. Puis j'avais oublié de respirer. Je m'étais évanouie une fois, à l'âge de trois ans – à l'époque, j'avais retenu mon souffle parce que je ne voulais pas sortir du bain. Je ne m'en souvenais même pas. « Tu as fait quoi ? Tu as fait quoi ? » avais-je demandé à ma mère toute mon enfance, avide d'entendre l'histoire encore une fois, émerveillée par ma propre force de caractère. Elle me répétait qu'elle avait tendu les bras vers moi et m'avait regardée devenir toute bleue, jusqu'à ce que ma tête tombe sur ses mains et que je revienne à la vie.

Alors ce jour-là, à la clinique, je m'étais forcée à respirer.

« Est-ce que je pourrais toujours monter à cheval ? » avait demandé ma mère au vrai docteur.

Elle était assise, les mains serrées, les chevilles croisées. Comme menottée.

En guise de réponse, il avait pris un crayon, l'avait posé à la verticale sur le bord du lavabo, puis avait tapé d'un coup sec sur la porcelaine.

« Voilà à quoi ressemblera votre colonne après les radiations. Au moindre choc, vos os risqueraient de tomber en miettes. »

Nous étions allées aux toilettes des femmes. Chacune dans sa cabine, nous avions pleuré. Sans échanger un mot. Pas parce que nous nous sentions seules face à cette douleur, mais justement parce que nous l'affrontions ensemble, nos deux corps ne faisant qu'un. Je sentais le poids de ma mère appuyé contre la porte, sur laquelle elle frappait lentement des deux mains, ce qui faisait vibrer toute la paroi. Au bout d'un moment, nous étions ressorties pour nous laver les mains et le visage. Nos regards s'étaient croisés dans le miroir.

On nous avait envoyés à la pharmacie de l'hôpital. Je m'étais assise entre ma mère et Eddie, le nœud vert toujours miraculeusement perché dans mes cheveux. Il y avait un vieil homme qui tenait un garçon chauve sur ses genoux. Une femme dont l'avant-bras sursautait violemment. De l'autre main, elle tentait de le maintenir en place. Elle attendait. Tout comme nous. Il y avait aussi une superbe femme aux cheveux noirs, en fauteuil roulant. Elle portait un chapeau violet et un tas de bagues en diamant. Nous n'arrivions pas à la quitter des yeux. Elle parlait espagnol avec les gens qui l'entouraient, sa famille et sans doute son époux.

« Tu crois qu'elle a un cancer ? » avait murmuré ma mère, assez fort.

Eddie était juste à côté de moi, mais je ne pouvais pas le regarder. Sinon, nous nous serions effondrés. J'avais pensé à ma grande sœur, Karen, et à mon petit frère Leif. À mon mari, Paul, aux parents et à la sœur de ma mère, qui vivaient à des milliers de kilomètres. À ce qu'ils diraient quand ils apprendraient la nouvelle. À leurs larmes. Ma prière avait changé. « Un an, un an, un an. » Ces deux mots battaient dans ma poitrine au même rythme que mon cœur.

C'était le temps qu'il lui restait à vivre.

« À quoi tu penses ? » avais-je voulu savoir.

Les haut-parleurs diffusaient de la musique. Une chanson sans paroles, mais ma mère, qui les connaissait, s'était mise à chantonner au lieu de me répondre.

« Paper roses, paper roses, oh how real those roses seemed to be… »

Puis elle avait posé sa main sur la mienne avant d'ajouter :

« J'écoutais cette chanson quand j'étais jeune fille. C'est drôle. De l'entendre à nouveau aujourd'hui. Je ne m'en serais jamais doutée. »

On avait appelé ma mère ; son ordonnance était prête.

« Va me les chercher, m'avait-t-elle demandé. Dis-leur qui tu es. Dis-leur que tu es ma fille. »

Je n'étais pas seulement sa fille. J'étais Karen, Cheryl, Leif. Karen, Cheryl, Leif. Karen-Cheryl-Leif. Toute notre vie, nos trois noms s'étaient fondus en un seul dans la bouche de ma mère. Elle le murmurait, le hurlait, le sifflait, le susurrait. Nous étions ses enfants, ses camarades, l'extension et la source de sa personne. Nous nous battions pour monter à tour de rôle à côté d'elle dans la voiture.

« Est-ce que je vous aime comme ça ? » nous taquinait-elle en écartant ses mains d'à peine quinze centimètres.

« Non », répondions-nous avec un petit sourire en coin.

« Est-ce que je vous aime comme ça ? » répétait-elle plusieurs fois, ouvrant un peu plus les bras au fur et à mesure.

Mais elle pouvait continuer tant qu'elle voulait, jamais elle n'y arrivait. L'amour qu'elle nous portait était impossible à représenter. Il n'était ni quantifiable ni mesurable. Il représentait les dix mille choses connues dans l'univers selon le *Tao-tö-king*, plus dix mille autres. Son amour était retentissant, universel, sans fioritures. Chaque jour, elle s'y adonnait tout entière.

Elle avait grandi dans une famille de militaires et reçu une éducation catholique. À quinze ans, elle avait déjà vécu dans cinq États et deux pays différents. Elle adorait les chevaux, Hank Williams et Babs, sa meilleure amie. À dix-neuf ans, enceinte, elle avait épousé mon père. Trois jours plus tard, il avait commencé à lui cogner dessus. Elle l'avait quitté, puis était revenue. Encore et encore. Elle refusait de supporter ça, mais elle le supportait quand même. Il lui avait cassé le nez. Il avait cassé sa vaisselle. Il lui avait écorché les genoux en la traînant sur le trottoir par les cheveux, en plein jour. Mais il ne l'avait pas cassée, elle. À vingt-huit ans, elle avait enfin réussi à partir pour de bon.

Elle était seule, avec Karen-Cheryl-Leif à côté d'elle dans la voiture.

Nous avions emménagé à une heure de Minneapolis, dans une succession de résidences aux noms faussement chics : le Moulin du lac, le Tertre, le Bosquet ou le Manoir. Ma mère enchaînait les petits boulots. Elle avait été serveuse dans un restaurant appelé le *Norseman*, puis dans un autre, l'*Infinity*, où l'uniforme était un T-shirt noir avec *Go for it* en lettres pailletées sur la poitrine. Elle avait aussi travaillé de jour dans unc usine qui fabriquait des récipients en plastique destinés à des produits hautement corrosifs. Elle rapportait les rebuts à la maison, des plateaux ou des boîtes fendus, ébréchés, voilés par les machines. On les transformait en jouets – lits de poupées ou rampes pour petites voitures. Elle travaillait, travaillait, travaillait, et pourtant nous restions pauvres. Nous recevions des colis de l'aide sociale contenant du fromage, du lait en poudre, des cartes d'alimentation, des bons pour des soins médicaux et, au moment de Noël, des petits cadeaux. En attendant le facteur, on jouait à chat, à un-deux-trois-soleil et aux charades à côté des boîtes aux lettres fermées à clé.

« On n'est pas pauvres, répétait sans cesse ma mère. Parce qu'on a de l'amour à revendre. »

Elle diluait du colorant alimentaire dans de l'eau sucrée et on imaginait qu'on buvait de l'Orangina, de la grenadine ou de la limonade. Elle nous demandait « Désirez-vous un autre cocktail, madame ? », avec une voix snob qui nous faisait hurler de rire. Elle écartait grands les bras et nous interrogeait du regard sur l'intensité de son amour pour nous, et le jeu était sans fin. Elle nous aimait davantage que toutes les choses connues de l'univers. Elle était optimiste, sereine, mis à part les rares occasions où elle se fâchait vraiment et nous tapait sur les fesses avec une cuillère en bois. Une fois, elle avait hurlé « Merde ! » avant de fondre en larmes parce que nous refusions de ranger notre chambre. Elle était douce, clémente, généreuse et naïve. Elle sortait avec des hommes aux surnoms bizarres comme Killer, Doobie ou Motorcycle Dan, et aussi un certain Victor qui aimait le ski alpin. Tous nous donnaient des billets de cinq dollars pour qu'on aille s'acheter des bonbons pendant qu'ils restaient seuls dans l'appartement avec notre mère.

« Regardez bien de chaque côté avant de traverser », nous rappelait-elle tandis que nous détalions comme des chiens affamés.

Lorsqu'elle avait rencontré Eddie, qui avait huit ans de moins qu'elle, elle pensait que ça ne durerait pas. Pourtant, ça ne les avait pas empêchés de tomber amoureux. Karen, Leif et moi étions tombés amoureux de lui, nous aussi. Il avait vingt-cinq ans la première fois que nous l'avions vu, et vingt-sept quand il avait épousé notre mère et promis de devenir notre père. Il était charpentier et savait tout réparer. Nous avions quitté les résidences aux noms prétentieux pour nous installer avec lui dans une vieille ferme en ruine, avec une cave en terre battue et des murs de quatre couleurs différentes. L'hiver qui avait suivi leur mariage, Eddie était tombé d'une échelle au travail et s'était brisé le dos. Un an plus tard, ma mère et lui avaient utilisé les douze mille dollars de dommages et intérêts qu'il avait reçus pour acheter comptant un terrain de seize hectares dans le comté d'Aitkin, à une heure et demie à l'ouest de Duluth.

Il n'y avait pas de maison là-bas. Il n'y en avait jamais eu. Nos seize hectares formaient un carré parfait rempli d'arbres, de buissons et de mauvaises herbes, d'étangs boueux et de marais envahis de roseaux. Il n'y avait pas grande différence avec les arbres, les buissons, les herbes, les étangs et les marais qui l'entouraient sur des kilomètres à la ronde. Ensemble, nous avions passé les premiers mois à arpenter le périmètre de notre terrain, nous frayant un chemin dans cette jungle le long des deux côtés du carré qui n'étaient pas délimités par la route, comme si, par cet acte, nous le détachions du reste du monde pour nous l'approprier. Et, peu à peu, c'est ce qui s'était passé. Les arbres qui m'avaient d'abord paru semblables à n'importe quel autre étaient devenus aussi familiers que des visages amis dans une foule. Ils agitaient leurs branches dans ma direction, leurs feuilles me saluaient au passage. Les touffes d'herbes et les bords du marais désormais bien reconnaissable étaient devenus des points de repère, des guides, indéchiffrables par quiconque, à part nous.

Nous appelions la propriété « le Nord » et vivions toujours près de Minneapolis. Pendant six mois, nous étions montés au Nord tous les week-ends pour travailler d'arrache-pied à rendre l'endroit habitable et à construire une cabane en papier goudronné où nous pourrions nous entasser tous les cinq. Au début du mois de juin, alors que j'avais treize ans, nous nous étions installés dans le Nord pour de bon. Nous, c'est-à-dire ma mère, Leif, Karen et moi, avec nos deux chevaux, nos chats et nos chiens, ainsi qu'une caisse de dix petits poussins offerts par l'animalerie pour tout achat d'un sac de dix kilos de graines. Eddie continuerait à faire des allers-retours les week-ends et ne nous rejoindrait qu'à l'automne. Son dos allait mieux et il avait pu reprendre le travail ; un poste de charpentier en pleine saison rapportait trop gros pour qu'il le laisse passer.

Karen-Cheryl-Leif s'étaient retrouvés de nouveau seuls avec leur mère – comme à l'époque où elle était encore célibataire. Que nous soyons en train de dormir ou de nous promener, cet été-là, elle ne nous avait quasiment pas quittés des yeux, et nous n'avions vu presque personne d'autre. Nous nous trouvions à plus de trente kilomètres des deux villes les plus proches, Moose Lake à l'est et McGregor au nord-ouest. À la rentrée, nous irions à l'école à McGregor, la plus petite des deux avec ses quatre cents habitants. Si l'on exceptait quelques visites de voisins éloignés qui étaient venus dire bonjour, nous avions passé les vacances en tête à tête avec notre mère. On se disputait, on parlait, on inventait des blagues et des histoires pour passer le temps.

« Qui suis-je ? » était un de nos jeux préférés ; l'un d'entre nous devait penser à une personne, célèbre ou non, et les autres essayaient de deviner son identité en posant une multitude de questions auxquelles on ne pouvait répondre que par oui ou par non. « Est-ce que tu es un homme ? Est-ce que tu es américain ? Est-ce que tu es mort ? Est-ce que tu es Charles Manson ? »

On y jouait tout en faisant des plantations et en entretenant le jardin qui devrait nous permettre de passer l'hiver, dans une terre laissée en jachère pendant des millénaires. Ou en poursuivant la construction de la nouvelle maison à l'autre bout de la propriété, que nous espérions terminer avant la fin de l'été. Nous étions assaillis par les moustiques, mais ma mère nous interdisait d'utiliser du répulsif à base de produits chimiques qui détruisaient le cerveau, polluaient la planète et contamineraient nos futurs enfants. À la place, elle nous montrait comment nous badigeonner d'huile essentielle de citronnelle ou de menthe poivrée. Le soir, à la lueur de la bougie, nous nous amusions à compter les boutons qui recouvraient nos corps. On arrivait à soixante-dix-neuf, quatre-vingt-six, cent trois.

« Vous me remercierez un jour », disait-elle quand nous nous plaignions d'être privés de tout. Nous n'avions jamais vécu dans le luxe, nous ne faisions même pas partie de la classe moyenne, mais nous avions été habitués à un minimum de confort moderne. Nous avions toujours eu la télé, sans parler des toilettes avec chasse d'eau et de l'eau courante. Dans notre nouvelle vie de pionniers, le besoin le plus simple impliquait une série de corvées exténuantes, complexes et qui prenaient un temps fou. En guise de cuisine, nous n'avions qu'un réchaud à gaz, un brasero, une vieille glacière fabriquée par Eddie qu'il fallait remplir de glace pour garder les aliments vaguement au frais, un évier sans évacuation appuyé contre le mur extérieur de la cabane, et un seau d'eau avec un couvercle. Chacun de ces éléments nécessitait presque autant d'entretien qu'il nous rendait service – on passait notre temps à nettoyer, réparer, remplir, vider, soulever, reposer, pomper, amorcer, tisonner et surveiller.

Karen et moi partagions un lit sur une mezzanine construite si près du plafond qu'on y tenait à peine assises. Leif dormait à quelques mètres de là sur une autre plate-forme, et notre mère par terre, sur un matelas où Eddie la rejoignait le week-end. Chaque soir, nous discutions jusqu'à tomber de sommeil, comme dans une soirée pyjama. Une fenêtre découpée dans le plafond parcourait toute la longueur de notre mezzanine ; la vitre n'était qu'à quelques dizaines de centimètres de nos visages. La nuit, le ciel noir et les étoiles me tenaient compagnie. Parfois, frappée par leur beauté et leur solennité, je prenais soudain conscience que ma mère disait vrai : un jour, nous la remercierions pour tout ça. Je lui étais déjà reconnaissante pour ces sentiments forts et authentiques que je sentais naître en moi.

Ces sentiments dont je me souviendrais des années plus tard, lorsque ma vie partirait à vau-l'eau à force de chagrin. Ces sentiments qui me feraient croire que, en marchant sur le Pacific Crest Trail, je pourrais retrouver celle que j'étais autrefois.

Le soir de Halloween, nous nous étions installés dans la maison neuve fabriquée avec nos arbres et des chutes de bois. Il n'y avait ni électricité, ni eau courante, ni téléphone, ni toilettes, ni même une seule pièce fermée par une porte. Pendant toute mon adolescence, Eddie et ma mère avaient travaillé à l'agrandir, à l'améliorer. Ma mère avait planté un potager grâce auquel elle préparait des conserves et congelait des légumes chaque automne. Elle entaillait les arbres pour obtenir du sirop d'érable, faisait son propre pain, cardait sa laine et fabriquait de la teinture à partir de pissenlits ou de feuilles de brocolis.

J'avais grandi, puis quitté la maison pour entamer des études supérieures dans une école appelée Saint-Thomas – sans pour autant me séparer de ma mère. Dans la lettre m'annonçant que j'étais acceptée, il était mentionné que les parents des étudiants pouvaient s'inscrire gratuitement. Bien que très satisfaite de sa vie de pionnier moderne, ma mère avait toujours regretté de ne pas avoir de diplôme. Nous en avions d'abord parlé en plaisantant, puis commencé à y réfléchir plus sérieusement. Elle avait quarante ans, ce qu'elle trouvait beaucoup trop vieux pour aller à la fac. J'étais assez d'accord. Sans compter que Saint-Thomas se trouvait à trois heures de voiture. Nous en avions discuté pendant des heures jusqu'à aboutir à un compromis : elle irait à Saint-Thomas à condition que nous y menions des vies séparées – c'était important pour moi. Je prendrais une chambre sur le campus, et elle rentrerait dormir à la maison. Si nous nous croisions, elle attendrait que je lui fasse signe pour me saluer.

« Tout ça ne servira sans doute à rien, avait-elle conclu. Je vais sûrement être recalée. »

Pour se préparer, elle avait suivi attentivement ma dernière année de lycée, bûchant sur tous mes devoirs pour réviser ses connaissances. Elle avait recopié mes cours, écrit les mêmes dissertations que moi, lu les mêmes livres. Je notais son travail en me fondant sur les commentaires de mes professeurs. De mon point de vue, elle était une élève très moyenne.

À la fac, elle n'avait obtenu que des A.

Lorsque je la voyais sur le campus, je la serrais parfois dans mes bras avec exubérance ; et parfois je l'ignorais complètement, comme si je ne la connaissais pas.

Nous étions toutes les deux en dernière année quand son cancer avait été diagnostiqué. À ce moment-là, nous n'étions plus à Saint-Thomas car, au bout d'un an, nous nous étions inscrites à l'université du Minnesota – elle à Duluth, moi à Minneapolis. À notre grand amusement, nous avions une matière en commun : les études féministes, couplées à l'histoire dans son cas et à la littérature dans le mien. Chaque soir, nous passions une heure ensemble au téléphone. Entre-temps, j'avais épousé un homme nommé Paul, chez nous, dans une robe blanche en satin et dentelle cousue par ma mère.

Lorsqu'elle était tombée malade, j'avais mis ma vie entre parenthèses. J'avais prévenu Paul qu'il ne faudrait pas compter sur moi. Je devrais aller et venir au gré des besoins de ma mère. J'avais voulu quitter la fac, mais elle me l'avait interdit en me faisant promettre d'obtenir mon diplôme quoi qu'il arrive. Pour sa part, elle prétendait faire un simple *break*. Elle avait bien l'intention de valider plus tard les deux cours qu'il lui manquait. Elle m'avait juré qu'elle décrocherait son diplôme, quand bien même elle devrait en mourir – et nous avions éclaté de rire avant d'échanger un regard sombre. Elle travaillerait depuis son lit. Elle me dicterait ses devoirs et je les taperais pour elle. Elle était convaincue qu'elle retrouverait bientôt assez de forces pour boucler ces deux modules. Je continuais donc à aller à la fac, même si j'avais demandé l'autorisation à mes professeurs de manquer trois jours par semaine. Dès que mes cours étaient terminés, je me précipitais chez ma mère. Contrairement à Leif et Karen, qui supportaient très mal sa présence depuis qu'elle était malade, j'étais incapable de rester loin d'elle. Surtout qu'elle avait vraiment besoin de moi. Eddie passait le plus de temps possible avec elle, mais il fallait qu'il travaille. Quelqu'un devait bien payer les factures.

Je cuisinais des petits plats que ma mère se forçait à goûter, mais qu'elle n'arrivait presque jamais à avaler. Même quand elle croyait avoir faim, elle se retrouvait à fixer son assiette comme un prisonnier.

« Ça a l'air bon, disait-elle. Je crois que je pourrais manger un peu tout à l'heure. »

Je passais la serpillière. Je vidais les placards pour remplacer le papier des étagères. Ma mère dormait, gémissait, comptait et prenait ses médicaments. Les bons jours, elle parvenait à s'asseoir dans son fauteuil pour discuter avec moi.

Il n'y avait pas grand-chose à dire. Elle avait toujours été si transparente et expansive, et moi si curieuse, que nous avions fait le tour de quasiment tous les sujets. Je savais que son amour pour moi était plus vaste que les dix mille choses plus dix mille autres et encore plus. Je connaissais les noms des chevaux qu'elle avait aimés petite fille : Pal, Buddy et Bacchus. Je savais qu'elle avait perdu sa virginité à dix-sept ans avec un certain Mike. Je savais qu'elle avait rencontré mon père l'année suivante, et ce qu'elle avait pensé de lui lors de leurs premiers rendez-vous. Et comment, lorsqu'elle avait annoncé la nouvelle de sa grossesse non désirée à ses parents, son père avait fait tomber une cuillère. Je savais qu'elle détestait aller se confesser, et ce qu'elle avait avoué au prêtre. Les jurons, l'impertinence envers sa mère, la jalousie qu'elle éprouvait quand elle devait mettre la table alors que sa petite sœur continuait à jouer. Les robes qu'elle mettait pour aller à l'école, avant d'enfiler un jean à peine sortie de la maison. J'avais passé toute mon enfance et mon adolescence à la bombarder de questions, à lui demander de me décrire ces scènes, à insister pour savoir qui avait dit quoi et comment, et ce qu'elle avait ressenti, et où se tenait Untel et Untel, et quelle heure il était. Elle m'avait toujours répondu, à contrecœur ou avec plaisir, en riant et en s'étonnant que cela m'intéresse autant. Mais ça m'intéressait. Je ne pouvais pas expliquer pourquoi.

Maintenant, elle allait mourir et je savais déjà tout. Ma mère était déjà en moi. Pas seulement la partie d'elle que je connaissais, mais aussi tout ce qu'elle avait été avant ma naissance.

Je n'avais pas fait l'aller-retour très longtemps entre Minneapolis et sa maison. À peine plus d'un mois. La possibilité qu'elle vive encore un an n'était qu'un triste rêve, nous l'avions vite compris. La visite à la clinique Mayo datait du 12 janvier. Le 3 mars, elle souffrait tant qu'elle avait dû être hospitalisée à Duluth, à une centaine de kilomètres de chez elle. Alors qu'elle s'habillait pour partir, elle s'était aperçue qu'elle n'arrivait plus à enfiler ses chaussettes et m'avait appelée à l'aide. Assise sur son lit, elle m'avait regardée m'agenouiller devant elle. Je n'avais encore jamais mis de chaussettes à personne, et c'était plus difficile que je ne l'aurais cru. Elles ne glissaient pas sur la peau, partaient de travers. Je m'étais sentie furieuse contre ma mère, comme si elle faisait exprès de me rendre la tâche impossible. Elle s'était penchée en arrière, les mains sur le matelas, les yeux fermés. Je l'entendais respirer lentement, profondément.

« Bon sang, avais-je lancé. Mets-y un peu du tien ! »

Elle avait baissé les yeux vers moi, sans rien dire.

« Chérie », avait-elle fini par murmurer en posant sa main sur mes cheveux.

Un mot qu'elle avait souvent prononcé au cours de mon enfance, d'un ton bien particulier. Un mot qui n'était pas ce que je voulais entendre, mais dont je devrais me contenter. C'était ce qui m'agaçait le plus chez ma mère : sa façon d'accepter la douleur, son éternel optimisme, son enthousiasme.

« Allons-y », avais-je conclu après avoir bataillé pour lui enfiler ses chaussures.

Elle avait mis son manteau avec des gestes lents et maladroits. Puis elle était sortie de la maison en se tenant aux murs. Ses deux chiens adorés lui donnaient des petits coups de tête dans les mains et les jambes. Je l'avais regardée les caresser. Je n'avais plus de prière. Les mots « allez-vous-faire-foutre » étaient devenus des pastilles sèches sur ma langue.

« Au revoir, mes trésors », avait-elle dit aux chiens. Puis « Au revoir, la maison » en franchissant la porte.

Il ne m'était jamais venu à l'esprit que ma mère puisse mourir. Jusqu'à sa mort, cette idée était restée inconcevable. Ma mère était un monolithe incontournable, le gardien de mes jours. Elle vieillirait et continuerait à travailler dans son jardin. Cette image était gravée en moi, à côté des souvenirs d'enfance entendus si souvent qu'ils se confondaient avec les miens. Elle serait vieille et belle, comme le portrait en noir et blanc de Georgia O'Keeffe que je lui avais envoyé un jour. Je m'étais accrochée à cette image pendant les quelques semaines qui avaient suivi le rendez-vous à la clinique Mayo. Après son admission dans l'aile des patients en phase terminale de l'hôpital de Duluth, l'image avait cédé la place à d'autres, plus modestes et plus réalistes. Je me représentais ma mère en octobre ; je me décrivais mentalement la scène. Puis il y avait eu ma mère en août, puis en mai. À chaque jour qui passait, j'arrachais un mois au calendrier.

Le jour de son arrivée à l'hôpital, l'infirmière lui avait proposé de la morphine. Elle avait refusé.

« La morphine, c'est ce qu'on donne aux mourants, avait-elle protesté. La morphine signifie qu'il n'y a plus d'espoir. »

Elle n'avait tenu que vingt-quatre heures. Elle s'endormait, se réveillait, parlait, riait. Pleurait de douleur. Je lui tenais compagnie pendant la journée, et Eddie pendant la nuit. Leif et Karen gardaient leurs distances, se trouvant des excuses que je trouvais inexplicables et inadmissibles, bien que leur absence ne semblât pas déranger ma mère. Elle ne se souciait que d'une chose, éradiquer la douleur, chose impossible dans les intervalles entre deux doses de morphine. Nous ne parvenions jamais à arranger les oreillers comme elle le voulait. Un après-midi, un médecin que je n'avais jamais vu était venu nous expliquer que ma mère était « activement mourante ».

« Mais ça ne fait qu'un mois, m'étais-je indignée. L'autre docteur nous avait parlé d'un an. »

Il n'avait rien répondu. Il était jeune, la trentaine. Il se tenait près de ma mère, une main douce et poilue dans la poche, les yeux baissés vers le lit.

« Dorénavant, la seule chose qui nous importe, c'est qu'elle soit bien. »

Pourtant, les infirmières continuaient à lui donner le minimum de morphine. Il y avait aussi un infirmier, dont le pénis se devinait sous le tissu blanc du pantalon d'uniforme. Je mourais d'envie de l'entraîner dans le petit cabinet de toilette derrière le lit de ma mère et de m'offrir à lui, de faire tout ce qu'il voudrait en échange de son aide. Je voulais également ressentir du plaisir, le poids de son corps sur le mien, sa bouche dans mes cheveux ; l'entendre répéter mon nom, le forcer à voir que j'existais, à s'attacher à moi, pour que la compassion lui broie le cœur.

Quand ma mère lui réclamait une dose supplémentaire, elle le faisait comme elle n'avait jamais rien demandé à personne jusque-là. Comme un chien enragé. Il ne la regardait même pas ; il se contentait de jeter un coup d'œil à sa montre. Quelle que soit l'heure, il conservait le même visage impassible. Parfois, il lui donnait sa morphine sans un mot, et parfois il lui disait non d'une voix aussi molle que son pénis sous son pantalon. Ma mère suppliait, gémissait. Elle pleurait, et ses larmes coulaient dans le mauvais sens – pas le long de ses joues vers ses lèvres, mais sur ses tempes, pour aller se perdre dans ses cheveux aussi emmêlés qu'un nid d'oiseau.

Elle n'avait pas tenu un an. Ni jusqu'en octobre ni jusqu'en août ni même jusqu'en mai. Elle avait survécu quarante-neuf jours après l'annonce de son cancer par le premier médecin à Duluth ; trente-neuf après la visite à la clinique Mayo. Mais chaque jour représentait une éternité ; les uns après les autres, ils s'égrenaient avec une clarté froide au milieu de la brume.

Leif n'était pas venu la voir. Karen était passée une seule fois, parce que j'avais insisté. Ça me brisait le cœur et me mettait en rage.

« Je n'aime pas la voir comme ça », répondait ma sœur d'une petite voix quand on en parlait, avant de fondre en larmes.

Je n'arrivais pas à joindre mon frère. Ni Eddie ni moi ne savions où il se trouvait pendant toutes ces semaines. Un de ses amis nous avait raconté qu'il vivait avec une certaine Sue à Saint-Cloud. Un autre l'avait aperçu en train de pêcher dans la glace à Sheriff Lake. Je n'avais pas le temps de m'occuper de ça, consumée par mes journées passées au chevet de ma mère, à lui tenir la bassine pour qu'elle vomisse, à retaper encore et encore ces fichus oreillers, à la soulever jusqu'au pot de chambre que les infirmières avaient installé près du lit, à la cajoler pour qu'elle mange une bouchée de nourriture qui ressortirait dix minutes plus tard. La plupart du temps, je la regardais dormir, et c'était ça le plus dur, de voir son visage qui restait contorsionné de douleur, même au repos. Dès qu'elle bougeait, les tubes des perfusions dansaient autour d'elle et mon cœur s'emballait, car j'avais peur qu'elle ne dérange les aiguilles plantées dans ses poignets et ses mains enflées.

« Comment te sens-tu ? » demandais-je d'une voix douce et pleine d'espoir quand elle se réveillait, avant de passer la main entre les tubes pour remettre ses cheveux en place.

« Oh, chérie », était souvent tout ce qu'elle pouvait répondre.

Puis elle détournait les yeux.

Pendant que ma mère dormait, j'arpentais les couloirs de l'hôpital et jetais des coups d'œil dans les chambres d'inconnus, des vieux messieurs avec de mauvaises toux et la peau violacée, ou des femmes aux gros genoux bandés.

« Ça va ? me demandaient les infirmières d'une voix mélancolique.

— On tient le coup », répondais-je, comme si nous étions plusieurs.

Alors qu'il n'y avait que moi. Mon mari, Paul, faisait tout son possible pour que je me sente moins seule. Il était toujours l'homme doux et tendre dont j'étais tombée amoureuse quelques années plus tôt, celui que j'avais aimé à la folie au point de me marier à vingt ans à peine en choquant tout le monde, mais, depuis que ma mère était mourante, quelque chose était mort en moi, quoi qu'il dise, quoi qu'il fasse. Je continuais malgré tout à l'appeler chaque jour depuis la cabine de l'hôpital pendant les après-midi interminables, ou le soir depuis la maison d'Eddie. Nous avions de longues conversations au cours desquelles je pleurais et lui racontais tout. Il pleurait lui aussi et essayait de rendre les choses un tout petit peu plus supportables, mais ses mots sonnaient creux. Ils ne m'atteignaient pas. Que savait-il de la perte ? Ses parents étaient encore vivants et heureux en ménage. Tout contact avec lui et sa vie merveilleusement préservée ne faisait qu'accroître ma peine. Ce n'était pas sa faute. Sa compagnie m'était insupportable, tout comme l'était celle de n'importe qui d'autre. La seule que je tolérais était la plus intolérable de toutes : celle de ma mère.

Le matin, je m'asseyais près de son lit pour lui faire la lecture. J'avais deux livres : *L'Éveil* de Kate Chopin, et *La Fille de l'optimiste* d'Eudora Welty. Deux livres que nous avions étudiés à la fac et qu'elle adorait. Mais, chaque fois, je m'interrompais presque aussitôt. Les mots que je prononçais se dissolvaient dans l'air.

La même chose se produisait quand je voulais prier. J'y mettais pourtant toute ma ferveur, toute ma rage, je priais un dieu, n'importe lequel, que j'étais incapable d'identifier ou de trouver. Je maudissais ma mère pour ne m'avoir donné aucune éducation religieuse. Échaudée par son enfance catholique extrêmement répressive, elle avait toujours évité les églises ; et, maintenant qu'elle mourait, je ne savais pas à qui m'adresser. Alors je priais l'univers tout entier en espérant que Dieu m'écoutait quelque part. Finalement, après avoir prié si fort, j'avais soudain arrêté. Non pas parce que je ne trouvais pas Dieu, bien au contraire : je venais de me rendre compte qu'il était là, et qu'il n'avait pas la moindre intention de faire quoi que ce soit pour sauver ma mère. Dieu n'était pas une entité bienveillante qui répondait à nos souhaits. Dieu n'était qu'un connard sans pitié.

Les derniers jours de sa vie, ma mère ne planait même plus – elle sombrait. Elle était sous perfusion permanente de morphine, distillée au goutte-à-goutte par une poche de liquide transparent reliée à son poignet. Lorsqu'elle se réveillait, elle disait : « Oh, oh. » Ou laissait échapper un petit hoquet triste. Elle me regardait, et je voyais un éclair d'amour passer dans son regard. À d'autres moments, elle replongeait dans le sommeil comme si je n'étais pas là.

Parfois, lorsqu'elle ouvrait les yeux, elle ne savait plus où elle était. Elle réclamait des *enchiladas* et de la compote de pommes. Elle croyait que tous les animaux qu'elle avait aimés se trouvaient dans la pièce, et ils étaient nombreux. Elle disait : « Ce cheval a bien failli me marcher dessus », en jetant un regard accusateur dans le vide.

Puis ses mains se mettaient à caresser un chat imaginaire couché près de sa hanche. Et moi, pendant tout ce temps, j'attendais qu'elle me dise que j'avais été la meilleure fille au monde. Je m'en voulais, mais j'étais dévorée par une envie inexplicable d'entendre ces mots, comme si je souffrais d'une terrible fièvre qu'eux seuls pourraient apaiser. J'allais même jusqu'à lui poser directement la question :

« Est-ce que j'ai été la meilleure fille au monde ? »

Elle répondait que oui, bien sûr.

Mais ça ne me suffisait pas. J'aurais voulu que cette phrase se forme toute seule dans l'esprit de ma mère et qu'elle la prononce d'elle-même.

J'étais assoiffée d'amour.

Ma mère était morte vite, mais pas brutalement. Comme un feu qui couve et dont les flammes se transforment en fumée avant de disparaître. Elle n'avait pas eu le temps de maigrir. À sa mort, elle était marquée mais toujours bien en chair ; son corps de femme appartenait encore au monde des vivants. Elle avait gardé ses cheveux bruns, cassants et emmêlés après toutes ces semaines d'alitement.

Depuis la fenêtre de sa chambre, on apercevait le grand lac Supérieur. Le plus grand lac au monde, et le plus froid. Mais il fallait se donner un peu de mal. Presser son visage de biais et très fort contre la vitre, pour en distinguer une mince bande qui se perdait à l'horizon.

« Chambre avec vue ! » s'exclamait ma mère, bien que trop faible pour se lever et l'admirer elle-même. Puis elle ajoutait, un ton plus bas : « Toute ma vie, j'ai rêvé d'une chambre avec vue. »

Elle voulait mourir assise, alors j'avais récupéré tous les oreillers sur lesquels j'avais pu mettre la main. J'aurais voulu l'emmener hors de l'hôpital pour qu'elle meure dans un champ de fleurs sauvages. Je lui avais rapporté une couverture de la maison, un patchwork qu'elle avait confectionné à partir de nos vieux vêtements.

« Enlève-moi ça », avait-elle grogné sauvagement en donnant des coups de pied, comme un nageur qui veut remonter à la surface.

J'avais regardé ma mère. Dehors, le soleil brillait sur les trottoirs et les talus enneigés. C'était le jour de la Saint-Patrick. Les infirmières avaient apporté une portion de gelée verte qui tremblotait à côté d'elle sur la table. En ce dernier jour de sa vie, elle gardait les yeux ouverts, ni endormie ni vraiment éveillée, alternant entre les épisodes de lucidité et d'hallucination.

Ce soir-là, je l'avais quittée à contrecœur. Les infirmières et les médecins nous avaient annoncé, à Eddie et moi, que « c'était la fin ». Pour moi, cela signifiait qu'elle mourrait dans une semaine ou deux. Je croyais que les personnes atteintes de cancer s'éteignaient lentement. Karen et Paul devaient arriver ensemble de Minneapolis le lendemain matin, et les parents de ma mère viendraient d'Alabama deux jours plus tard. Leif restait introuvable. Eddie et moi avions appelé ses amis et les parents de ses amis, laissant des messages où nous le suppliions de nous rappeler. Il ne l'avait pas fait. J'avais décidé de m'éloigner de l'hôpital le temps d'une nuit, de le retrouver et de le ramener une bonne fois pour toutes.

« Je serai de retour demain matin », avais-je promis à ma mère.

J'avais jeté un coup d'œil à Eddie, à moitié allongé sur le petit canapé en plastique.

« Avec Leif », avais-je renchéri.

En entendant ce nom, elle avait ouvert les yeux et dardé sur moi un regard bleu perçant, le même que toujours. Malgré tout ce qu'elle endurait, il n'avait pas changé.

« Comment fais-tu pour ne pas lui en vouloir ? » lui avais-je demandé pour la énième fois d'un ton amer.

« Ça ne sert à rien de se battre contre des moulins à vent », répondait-elle en général.

Ou alors :

« Cheryl, il n'a que dix-huit ans. »

Mais cette fois, elle s'était contentée de me dévisager en murmurant « Chérie ».

Comme la fois où je m'étais énervée à cause de ses chaussettes. Comme elle le faisait toujours quand elle me voyait souffrir parce que j'aurais voulu que les choses soient différentes. Par ce simple mot, elle tentait de me convaincre de les accepter telles qu'elles étaient.

« Demain, nous serons tous réunis, avais-je juré. Et, ensuite, on restera tous ici avec toi, d'accord ? Personne ne partira. »

J'avais passé la main à travers le rideau de tubes qui l'entourait et caressé son épaule.

« Je t'aime », avais-je ajouté.

Puis je m'étais penchée pour l'embrasser mais elle m'avait repoussée, car la douleur était trop forte, même pour un baiser.

« Aime », avait-elle soufflé, trop faible pour prononcer « je » et « t' ».

Elle l'avait répété tandis que je quittais la pièce.

J'avais pris l'ascenseur, rejoint la rue glaciale et longé le trottoir. Dans un bar bondé, la foule se massait derrière la vitre. Ils portaient des chapeaux en papier vert vif, des T-shirts verts, des bretelles vertes et buvaient de la bière verte. Un homme avait croisé mon regard et m'avait montrée du doigt, saoul, éclatant d'un rire silencieux.

J'étais rentrée à la maison, j'avais nourri chevaux et poules puis je m'étais assise près du téléphone, tandis que les chiens me léchaient avidement les mains et que le chat se blottissait sur mes genoux. J'avais appelé tous ceux qui avaient une chance de savoir où se trouvait mon frère. Il buvait beaucoup, m'avait répondu quelqu'un. Oui, c'était vrai, confirmaient les autres, il traînait avec une fille de Saint-Cloud nommée Sue. À minuit, le téléphone avait sonné : c'était lui. Je lui avais annoncé que « c'était la fin ».

Quand il avait franchi la porte une demi-heure plus tard, j'avais eu envie de lui hurler dessus, de le secouer, de déverser ma rage, de l'accuser. Mais je n'avais réussi qu'à le serrer dans mes bras en pleurant. Il me paraissait si vieux ce soir-là, et si jeune en même temps. Pour la première fois, j'avais compris qu'il était devenu un homme, même si je le voyais encore comme un petit garçon. *Mon* petit garçon, celui que j'avais à moitié élevé puisqu'il fallait bien aider ma mère quand elle travaillait. Karen et moi avions trois ans d'écart, mais on nous traitait presque comme des jumelles, et nous nous occupions de Leif ensemble depuis toutes petites.

« Je n'y arriverai pas, répétait-il sans cesse entre ses larmes. Je ne peux pas vivre sans maman. Je ne peux pas. Je ne peux pas.

— Il faudra bien », avais-je répondu sans y croire.

Nous nous étions couchés côte à côte dans son lit étroit, discutant et pleurant jusqu'à tomber de sommeil à l'aube.

Je m'étais réveillée quelques heures plus tard ; avant de secouer Leif, j'étais allée nourrir les animaux et remplir des sacs de nourriture pour la longue veille qui nous attendait à l'hôpital. À huit heures, nous étions en route pour Duluth. Mon frère conduisait la voiture de ma mère, trop vite, et nous écoutions *Joshua Tree* de U2 à plein volume, très concentrés, sans dire un mot, tandis que le soleil encore bas se reflétait sur la neige des bas-côtés.

Lorsque nous étions arrivés devant la chambre de ma mère, nous avions trouvé un panneau sur la porte nous indiquant de passer au bureau des infirmières. Je ne l'avais encore jamais vu, mais j'avais supposé que c'était pour des formalités administratives. Dans le couloir, nous avions croisé une infirmière. Avant que j'aie eu le temps de parler, elle avait déclaré :

« Nous avons mis de la glace sur ses yeux. Elle voulait faire don de ses cornées, alors nous devons laisser la glace…

— *Quoi ?* » m'étais-je écriée, si fort qu'elle avait sursauté.

Sans attendre sa réponse, j'avais couru à la chambre de ma mère, mon frère sur les talons. Quand j'avais ouvert la porte, Eddie s'était levé, les bras tendus, mais je m'étais détournée pour me jeter sur ma mère. Ses bras cireux reposaient le long de son corps, jaune, blanc, noir et bleu, débarrassés de toutes les aiguilles et les tubes. Ses yeux étaient cachés par deux gants en latex remplis de glace, dont les doigts épais pendaient ridiculement sur son visage. Je l'avais attrapée, et les gants étaient tombés. Ils avaient rebondi sur le lit avant d'atterrir par terre.

J'avais hurlé, hurlé et hurlé, enfouissant mon visage contre son flanc comme un animal. Elle était morte depuis une heure. Ses membres avaient refroidi, mais son ventre formait encore un îlot de chaleur. J'avais pressé ma joue dessus et continué à hurler.

Je rêvais sans cesse d'elle. Dans mes rêves, j'étais toujours à ses côtés au moment où elle mourait. C'était moi qui la tuais. Encore et encore et encore. Elle m'ordonnait de le faire, et chaque fois je tombais à genoux en pleurant, en la suppliant de ne pas m'y obliger, mais elle tenait bon, et chaque fois, en fille obéissante, je finissais par m'exécuter. Je l'attachais à un arbre dans le jardin de devant, je l'arrosais d'essence et j'y mettais le feu. Je la faisais courir sur la petite route en terre qui contournait la maison que nous avions construite, et je l'écrasais avec mon pick-up. Je décrochais son corps empalé par un bout de métal sous le moteur, puis je passais la marche arrière et je lui roulais dessus une nouvelle fois. J'attrapais une batte de base-ball miniature et je la frappais à mort, lentement, durement, tristement. Je la poussais dans un trou que je venais de creuser puis je la recouvrais de terre et de cailloux pour l'enterrer vivante. Ces rêves n'avaient rien de surréaliste. La lumière était claire, banale. C'était des documentaires tournés par mon subconscient qui me paraissaient parfaitement réels. Ma voiture était bien ma voiture ; le jardin était bien celui de la maison ; la batte de baseball était rangée dans le placard avec les parapluies.

Je ne me réveillais pas en pleurant, mais en hurlant. Paul m'attrapait par les épaules et me serrait contre lui jusqu'à ce que je me calme. Il passait un chiffon sous l'eau froide et le posait sur mon front. Mais ces bouts de tissu humides ne parvenaient pas à chasser mes rêves.

Rien ne le pouvait. Rien ne le pourrait jamais. Rien ne pourrait me ramener ma mère ni rendre supportable le fait qu'elle ne soit plus là. Rien ne pourrait me transporter à ses côtés au moment de sa mort. Ça m'avait brisée. Coupée de tout. Renversée.

Il me faudrait des années pour retrouver ma place au milieu des dix mille choses. Pour devenir la femme que ma mère avait élevée. Pour me souvenir de la façon dont elle avait dit « chérie » et de son regard. J'allais souffrir. Terriblement souffrir. J'allais vouloir que les choses soient différentes. Ce désir deviendrait une jungle dans laquelle je devrais trouver ma route. Il me faudrait quatre ans, sept mois et trois jours pour y parvenir. Sans savoir où j'allais jusqu'à ce que j'aie atteint mon but.

Un but qui s'appelait le pont des Dieux.

2

La séparation

Si je devais dessiner une carte des quatre et quelques années écoulées entre le jour de la mort de ma mère et le début de ma randonnée sur le Pacific Crest Trail, ce serait un enchevêtrement de lignes partant dans toutes les directions, comme un feu d'artifice du 4 juillet avec le Minnesota pour centre inévitable. Texas, aller-retour. New York, aller-retour. Nouveau-Mexique, Arizona, Nevada, Californie, Oregon, puis retour. Wyoming, aller-retour. Portland, dans l'Oregon, aller-retour. Portland, nouvel aller-retour. Puis encore un autre. Mais ces lignes ne raconteraient pas ce qui s'était passé. Elles mettraient en lumière tous les endroits vers lesquels j'avais fui, mais pas mes efforts pour y rester. La carte ne rendrait pas compte de mes (vaines) tentatives, au cours des mois qui avaient suivi la mort de ma mère, pour la remplacer et maintenir l'unité de notre famille. Ni de mon combat pour sauver mon mariage, alors même que mes mensonges le conduisaient à sa perte. Elle ressemblerait juste à une étoile asymétrique, une explosion de lignes lumineuses.

La dernière m'avait conduite du Minnesota jusqu'à la ville de Mojave, en Californie, où j'allais passer une nuit avant d'attaquer le PCT. J'avais même prévenu ma mère, bien qu'elle ne puisse pas m'entendre. Je m'étais assise au milieu du massif de fleurs dans les bois, près de la maison, où Eddie, Paul, mon frère, ma sœur et moi avions dispersé ses cendres et posé une pierre. Je lui avais expliqué que je ne serais plus là pour entretenir sa tombe. Ce qui signifiait que personne ne le ferait. Je n'avais pas d'autre choix que de laisser les mauvaises herbes, les branches mortes et les pommes de pin la recouvrir. L'abandonner à la neige, aux fourmis, aux cerfs, aux ours noirs et aux guêpes fouisseuses. Je m'étais allongée sur cette terre mêlée de cendres, entre les crocus, et je lui avais promis que tout irait bien. Que j'avais baissé les armes. Que, depuis sa mort, tout avait changé. Des choses qu'elle n'aurait jamais pu imaginer. Je parlais d'une voix ferme et grave. J'étais si triste que j'avais l'impression d'étouffer, et pourtant c'était comme si toute ma vie dépendait des mots que j'étais en train de prononcer. Elle serait toujours ma mère, avais-je continué, mais il fallait que je parte. Pour moi, elle ne se trouvait plus dans ce massif de fleurs. Je l'avais placée ailleurs. Au seul endroit où je pourrais toujours l'atteindre : en moi.

Le lendemain, je quittais le Minnesota pour toujours. Je m'apprêtais à commencer le PCT.

C'était la première semaine du mois de juin. J'étais partie pour Portland au volant de mon pick-up Chevrolet de 1979, rempli de dizaines de colis de nourriture déshydratée et d'équipement de randonnée. J'avais passé les semaines précédentes à les remplir avant de me les adresser à moi-même, dans des endroits où je n'avais jamais mis les pieds – des étapes le long du PCT aux noms évocateurs : Echo Lake, Soda Springs, Burney Falls ou Seiad Valley. À Portland, j'avais confié mon pick-up et les colis à mon amie Lisa – qui me les enverrait au fur et à mesure pendant tout l'été – avant d'embarquer dans un vol à destination de Los Angeles, puis de me faire déposer à Mojave par le frère d'un ami.

Nous sommes arrivés en début de soirée, alors que le soleil plongeait derrière les monts Tehachapi à une vingtaine de kilomètres à l'ouest. Des monts dont j'entamerais l'ascension le lendemain. Alors que la ville de Mojave se trouve à huit cent cinquante mètres d'altitude, j'avais l'impression d'être au fond d'une cuvette, où les enseignes des stations-service, des restaurants et des motels montaient plus haut que le plus haut des arbres.

« Tu peux me déposer là », ai-je dit à mon chauffeur en désignant un vieux panneau en néon qui indiquait *White's Motel*, avec le mot « Télévision » en jaune juste au-dessus, et « Chambres libres » en rose dessous. À en juger d'après l'aspect miteux du bâtiment, ça devait être l'endroit le moins cher de la ville. Juste ce qu'il me fallait.

« Merci pour le trajet, ai-je déclaré une fois dans le parking.

— De rien. Tu es sûre que ça va aller ?

— Oui, ai-je répondu avec une assurance feinte. J'ai l'habitude de voyager seule. »

Je suis descendue de la voiture avec mon sac à dos et deux énormes cabas en plastique remplis à ras bord. J'avais l'intention de transférer leur contenu à l'intérieur du sac de randonnée avant de quitter Portland, mais je n'en avais pas eu le temps. Alors j'avais tout apporté comme ça. Je m'en occuperais une fois dans ma chambre.

« Bonne chance », a lancé le type.

Je l'ai regardé s'éloigner. L'air brûlant avait un goût de poussière, le vent sec rabattait mes cheveux dans mes yeux. Le parking était un carré couvert de petits galets blancs pris dans du ciment ; le motel, une longue rangée de portes et de fenêtres aux rideaux sales. J'ai chargé mon sac sur mon dos et attrapé mes sacs en plastique. Ça me faisait bizarre de n'avoir que ça. Je me sentais vulnérable, beaucoup moins exubérante que ce à quoi je m'attendais. J'avais passé les six derniers mois à me représenter cet instant, et maintenant que j'y étais – à moins d'une vingtaine de kilomètres du PCT lui-même – tout me paraissait moins vif que ce que j'avais imaginé. Comme si j'étais en train de rêver, les pensées lentes et liquides, poussée par la volonté plus que par l'instinct. « Entre », ai-je dû m'ordonner pour réussir à avancer en direction de l'accueil. « Demande une chambre. »

« Ça fera dix-huit dollars », m'a annoncé la femme qui se tenait derrière le comptoir.

Avec une insistance grossière, elle a fixé la porte vitrée par laquelle j'étais entrée.

« À moins que vous ayez un compagnon. Si vous êtes deux, c'est plus cher.

— Je n'ai pas de compagnon, ai-je répondu en rougissant – il n'y avait que lorsque je disais la vérité que j'avais l'impression de mentir. Ce type m'a juste déposée.

— Alors ça fera dix-huit dollars pour le moment et, si un compagnon vous rejoint plus tard, il faudra payer la différence.

— Personne ne va me rejoindre. »

J'ai sorti un billet de vingt dollars de la poche de mon short. Elle m'a tendu la monnaie ainsi qu'un formulaire à remplir à l'aide d'un crayon attaché par une chaînette en plastique.

« Je suis à pied, donc je ne peux pas vous donner de renseignements concernant le véhicule », ai-je expliqué avec un sourire.

Elle est restée impassible.

« Et puis… je n'ai pas vraiment d'adresse. Je voyage, donc je…

— Mettez l'adresse où vous irez en rentrant.

— C'est bien le problème. Je ne sais pas encore où je vais vivre après parce que…

— Celle de votre famille, alors, a-t-elle aboyé. De chez vous, peu importe où c'est.

— OK », ai-je répondu.

J'ai écrit l'adresse d'Eddie, bien que, au cours des quatre années qui s'étaient écoulées depuis la mort de ma mère, notre relation soit devenue si douloureuse et si distante que j'avais du mal à le considérer encore comme mon beau-père. Je n'avais pas de « chez-moi », même si la maison que nous avions construite existait toujours. Leif, Karen et moi étions inextricablement unis par les liens du sang, mais nous nous parlions et nous voyions rarement ; nous menions des vies très différentes. Paul et moi avions finalisé notre divorce un mois plus tôt, après une année d'hésitations et de torture. J'avais des amis très proches que je considérais parfois comme ma famille, mais nos rapports étaient plutôt informels et irréguliers, et tout ça n'était finalement qu'une façon de parler. « Le sang est plus épais que l'eau », disait souvent ma mère quand j'étais petite, bien que je ne sois pas d'accord avec elle. Mais, finalement, peu importait qu'elle ait eu raison ou pas. L'un comme l'autre me filaient entre les doigts.

« Voilà », ai-je dit à la réceptionniste en lui tendant le formulaire.

Elle m'a ignoré pendant plusieurs minutes. Elle regardait les infos sur une petite télé posée derrière le comptoir. Il était question du procès d'O. J. Simpson.

« Vous croyez qu'il est coupable ? m'a-t-elle demandé sans se retourner.

— On dirait que oui, mais il est encore trop tôt pour être sûr. On n'a pas toutes les informations.

— Bien sûr que si, c'est lui ! »

Une fois qu'elle a daigné me donner ma clé, j'ai traversé le parking, ouvert la porte de ma chambre située tout au bout du bâtiment, et posé mes affaires avant de m'asseoir sur le matelas mou. J'étais dans le désert de Mojave, mais, bizarrement, la pièce était très humide. Ça sentait la moquette trempée et le désinfectant. Dans un coin, un coffre en métal blanc percé de fentes d'aération s'est mis à vrombir – un climatiseur par évaporation qui a soufflé un air glacial pendant quelques minutes avant de s'éteindre dans un fracas dramatique. Je me suis sentie encore plus seule.

J'ai envisagé de sortir pour me chercher un compagnon. C'était tellement facile. Les années précédentes, j'avais enchaîné les coups d'un, de deux ou de trois soirs. Ça me semblait tellement ridicule quand j'y repensais, tous ces moments d'intimité avec des hommes que je n'aimais pas ; et pourtant je mourais encore d'envie de sentir un corps contre le mien, de ne plus penser à rien. Je me suis levée pour couper court à la litanie affamée de mon cerveau : « Je pourrais aller dans un bar. Je pourrais laisser un type me payer un verre. On pourrait revenir ici aussi sec. »

Juste après ce désir venait la tentation d'appeler Paul. Bien qu'il soit désormais mon ex-mari, c'était toujours mon meilleur ami. Au fil des années qui avaient suivi le décès de ma mère, je m'étais peu à peu éloignée tout en continuant, paradoxalement, à me reposer sur lui. Et tandis que je souffrais, le plus souvent en silence, face à l'échec de notre mariage, nous avions aussi eu de bons moments ; nous avions été, si étrange que ça puisse paraître, un couple heureux.

Le climatiseur métallique s'est rallumé et je suis allée me planter devant, profitant de l'air glacé sur mes jambes nues. Je portais encore les vêtements que j'avais mis la veille pour partir de Portland. Ils étaient tout neufs. Ma tenue de randonneuse, dans laquelle je ne me sentais pas vraiment à ma place, comme si elle appartenait à la femme que je n'étais pas encore. Des chaussettes en laine dans une paire de chaussures en cuir à œillets de métal. Un short bleu marine avec des poches imposantes qui se fermaient par des Velcro. Une culotte en tissu spécial à séchage rapide, et un T-shirt blanc tout simple par-dessus une brassière de sport.

Ces vêtements faisaient partie des nombreuses affaires pour lesquelles j'avais passé l'hiver et le printemps à économiser, en travaillant le plus d'heures possible dans le restaurant où j'étais serveuse. Quand je les avais achetés, je m'y étais sentie à l'aise. Car, en dépit de mes récentes expériences dans le milieu urbain alternatif, j'étais plutôt habituée à vivre au grand air. Après tout, j'avais passé mon adolescence à la dure dans le nord du Minnesota. Nos vacances en famille impliquaient toujours un peu de camping, tout comme les voyages que j'avais faits avec Paul ou des amis. J'avais dormi à l'arrière de mon pick-up, campé dans des parcs nationaux et des forêts protégées un nombre incalculable de fois. Mais soudain, alors que je n'avais plus que ces vêtements à ma disposition, j'avais l'impression d'être un imposteur. Depuis six mois que j'avais décidé de faire cette randonnée, j'avais expliqué une bonne dizaine de fois à des interlocuteurs différents pourquoi ce voyage était une bonne idée et à quel point j'étais taillée pour l'aventure. Ce soir-là, pourtant, seule dans ma chambre du *White's Motel*, je ne pouvais plus me cacher que j'entrais en terrain glissant.

« Tu devrais peut-être commencer par un truc plus court », avait suggéré Paul quand je lui avais parlé de mon projet quelques mois plus tôt, lors d'une de nos nombreuses discussions sur le thème « Vaut-il mieux rester ensemble ou divorcer ? ».

« Pourquoi ? avais-je demandé, irritée. Tu ne m'en crois pas capable ?

— Ce n'est pas la question. D'après ce que je sais, tu n'as jamais fait de randonnée.

— Bien sûr que si ! »

Mais il avait raison. Malgré tout ce que j'avais pu tester d'approchant, je n'avais encore jamais marché en pleine nature avec un énorme sac à dos et bivouaqué au bord du chemin. Jamais.

« Je n'ai jamais fait de randonnée », songeais-je maintenant avec un rire nerveux. J'ai regardé mon sac à dos et les cabas en plastique que j'avais traînés depuis Portland, remplis d'objets encore dans leur emballage. Mon sac, vert forêt avec des bordures noires, était composé de trois grands compartiments entourés de grosses poches en filets et en Nylon qui pendaient sur le côté telles d'immenses oreilles. Il tenait debout tout seul grâce au rebord en plastique qui dépassait sur le devant. Qu'il reste dressé ainsi au lieu de s'affaisser à la manière des autres sacs me procurait un certain réconfort. Je suis allée poser la main dessus, comme si je caressais la tête d'un petit enfant. Un mois plus tôt, on m'avait fortement conseillé de le remplir avec tout ce dont j'aurais besoin pour ma randonnée et de m'entraîner à marcher avec. J'avais eu l'intention de le faire avant de quitter Minneapolis, puis avant de quitter Portland. Mais je n'avais jamais trouvé le temps. Mon tour d'essai aurait donc lieu le lendemain, pour ma première journée sur le chemin.

J'ai plongé la main dans l'un des cabas et attrapé un sifflet orange que le packaging décrivait comme « le plus puissant du monde ». Je l'ai déballé et j'ai passé la lanière jaune autour de mon cou, comme un coach. Est-ce que j'étais censée le porter de cette façon en permanence ? Ça semblait ridicule, mais je n'en savais rien. Comme pour tout le reste, j'avais acheté le sifflet le plus puissant du monde sans vraiment y réfléchir. Finalement, je l'ai retiré et attaché à l'armature de mon sac de façon à ce qu'il pende sur mon épaule. Il serait facile à atteindre en cas de besoin.

« En aurai-je besoin ? » me suis-je demandé tristement en me laissant tomber sur le lit.

L'heure du dîner était passée depuis longtemps, mais j'étais trop inquiète pour avoir faim. Ma solitude formait un bloc désagréable dans mon ventre.

« Tu as enfin ce que tu voulais », avait commenté

Paul quand nous nous étions dit adieu, dix jours plus tôt, à Minneapolis.

« C'est-à-dire ?

— Tu es seule. »

Il souriait, mais je n'avais réussi qu'à hocher la tête sans grande conviction.

En effet, j'avais ce que je voulais, même si « être seule » n'était pas exactement le terme. Il n'y avait pas de mots pour décrire ce que je recherchais en matière d'amour. La fin de mon mariage était la conclusion d'un long processus déclenché par une lettre, une semaine après la mort de ma mère, et dont les prémices remontaient encore plus loin.

La lettre ne m'était pas destinée. Elle était pour Paul. Malgré mon chagrin encore frais, je m'étais précipitée dans notre chambre pour la lui donner dès que j'avais lu le nom de l'expéditeur. Elle venait de la New School à New York. Dans une autre vie – à peine trois mois plus tôt, quand j'ignorais encore que ma mère avait un cancer –, je l'avais aidé à constituer un dossier de candidature pour une thèse de philosophie politique. Mi-janvier, la perspective de m'installer à New York m'avait paru la chose la plus excitante au monde. Mais nous étions fin mars et, tandis qu'il ouvrait l'enveloppe et s'exclamait qu'il était accepté, tandis que je le serrais dans mes bras en faisant mine de me réjouir, j'étais déchirée. Il y avait la femme que j'étais avant le décès de ma mère, et celle que j'étais maintenant. Mon ancienne vie s'attardait sur ma peau comme un bleu. Mais dessous, la vraie moi se rebellait contre tout ce que j'avais cru acquis : que je finirais mon master en juin et que, deux mois plus tard, nous partirions. Que nous louerions un appartement dans l'East Village ou à

Park Slope – des lieux que je ne connaissais que par les livres et mon imagination. Que je porterais des ponchos colorés, d'adorables petits bonnets et des super-bottes, que je ferais mes débuts d'écrivain tout en menant une vie romantique et fauchée d'héroïne littéraire.

Malgré la lettre, tout cela était désormais impossible. Ma mère était morte. Ma mère était morte. Ma mère était morte. Tout ce que j'avais imaginé au sujet de mon avenir s'était évanoui avec son dernier souffle.

Je ne pouvais pas quitter le Minnesota. Ma famille avait besoin de moi. Qui d'autre aiderait Leif à finir de grandir ? Qui d'autre soutiendrait Eddie dans sa solitude ? Qui d'autre préparerait le repas de Thanksgiving et perpétuerait les traditions familiales ? Il fallait que quelqu'un maintienne notre famille soudée. Et ce quelqu'un ne pouvait être que moi. Je le devais à ma mère.

« Tu devrais y aller sans moi », avais-je déclaré à Paul ce jour-là.

Je le lui avais répété encore et encore au cours des semaines suivantes, de plus en plus convaincue à mesure que le temps passait. Une partie de moi était terrifiée à l'idée qu'il me quitte ; une autre espérait plus que tout qu'il le fasse. S'il partait, la porte de notre mariage se refermerait en claquant, sans que j'aie besoin de la pousser du pied. Je serais libre sans être coupable. Je l'aimais, mais je l'avais épousé à dix-neuf ans sur un coup de tête. J'étais tout sauf prête à m'engager avec quelqu'un, quels que soient mes sentiments pour cette personne. J'avais été plusieurs fois attirée par d'autres hommes, mais j'avais toujours résisté. Depuis la mort de ma mère, ce n'était plus possible. Mon chagrin annihilait ma volonté. Je me disais : « On m'a déjà privée de tant de choses, pourquoi me priver encore ? »

Ma mère n'était morte que depuis une semaine quand j'avais embrassé un autre homme. J'avais recommencé une semaine plus tard. Je me contentais de baisers, me jurant de ne pas franchir une limite sexuelle qui avait encore un sens à mes yeux. Pourtant, je savais que c'était mal de tricher et mentir ainsi. Je me sentais piégée entre mon incapacité à quitter Paul et mes envies d'infidélité. Alors j'attendais que ce soit lui qui m'abandonne, qui parte à la fac sans moi. Bien sûr, il avait refusé.

Il avait reporté son admission d'un an et nous étions restés dans le Minnesota, près de ma famille. Au cours de l'année suivante, cette proximité n'avait pourtant pas servi à grand-chose. Il s'avérait que j'étais incapable de préserver l'unité de ma famille. Je n'étais pas ma mère. Ce n'est qu'après sa mort que j'avais compris qui elle était : une force presque magique qui nous maintenait en orbite autour d'elle par une attraction invisible. Depuis qu'elle n'était plus là, Eddie devenait peu à peu un étranger. Leif, Karen et moi dérivions chacun de notre côté, occupés par nos vies. J'avais beau me battre pour qu'il en soit autrement, il fallait bien que je le reconnaisse : sans ma mère, nous n'étions plus les mêmes. Nous étions quatre individus qui flottaient séparément au milieu des débris d'un naufrage, reliés les uns aux autres par une corde de plus en plus mince. Je n'avais jamais préparé ce fameux dîner de Thanksgiving. Quand ce jour était arrivé, huit mois après la mort de ma mère, je parlais déjà de ma famille au passé.

Alors quand Paul et moi avions finalement déménagé à New York un an après la date prévue, je m'étais réjouie. Là-bas, je pourrais repartir de zéro. J'arrêterais de fricoter avec d'autres hommes. J'arrêterais de porter si sévèrement mon deuil. J'arrêterais de pleurer la famille que je n'avais plus. Je serais un écrivain vivant à New York. Je me promènerais avec mes super-bottes et mes adorables petits bonnets.

Mais ça ne s'était pas passé comme ça. J'étais toujours la même : une femme qui se rebellait sous les bleus de son ancienne vie. Seul le décor avait changé.

Pendant la journée, j'écrivais ; le soir, j'étais serveuse et j'embrassais l'un des deux hommes que je fréquentais sans jamais « franchir la ligne ». Alors que nous vivions à New York depuis un mois, Paul avait abandonné ses études et décidé qu'il préférait devenir guitariste. Six mois plus tard, nous avions quitté la ville pour un bref retour au Minnesota, avant de partir pour un *roadtrip* de plusieurs mois à travers tout l'ouest du pays, en un grand cercle qui incluait le Grand Canyon, la Vallée de la Mort, la côte de Big Sur et San Francisco. À la fin de notre périple, au printemps, nous avions atterri à Portland et trouvé du travail dans des restaurants. Mon amie Lisa nous avait d'abord hébergés dans son minuscule appartement, puis nous nous étions installés dans une ferme à quinze kilomètres de la ville où, en échange de veiller sur une chèvre, un chat et une colonie de volailles exotiques, nous pouvions habiter gratuitement tout l'été. Nous avions sorti le matelas de notre pick-up et dormions dans le salon, sous une immense fenêtre qui donnait sur un verger de noisetiers. Nous nous promenions pendant des heures, ramassions des baies sauvages et faisions l'amour. « Je peux y arriver, me disais-je. Je peux être la femme de Paul. »

Mais je me berçais d'illusions. Je ne pouvais pas échapper à ma nature profonde. Et c'était de plus en plus vrai. Je ne me souvenais même plus de celle que j'étais avant que ma vie se fissure. Dans cette petite ferme en banlieue de Portland, quelques mois après le deuxième anniversaire de la mort de ma mère, je ne me souciais plus de ne pas franchir la ligne. Quand Paul avait accepté une offre d'emploi à Minneapolis qui l'obligeait à partir au beau milieu de notre baby-sitting de volailles exotiques, j'étais restée dans l'Oregon et j'avais couché avec l'ex de la propriétaire des lieux. Puis avec un cuisinier du restaurant où je bossais comme serveuse. Puis avec un masseur qui m'avait offert une part de tarte à la banane et un massage. Le tout en l'espace de cinq jours.

Je me sentais un peu comme les gens qui se tailladent volontairement la peau. Un peu honteuse, mais soulagée. Pas très bien, mais libre de tout regret. Je tentais de guérir. Je tentais de me débarrasser de ce qu'il y avait de mauvais en moi pour pouvoir redevenir quelqu'un de bien. Pour m'immuniser contre moi-même. À la fin de l'été, quand j'étais retournée vivre avec Paul à Minneapolis, je pensais y être arrivée. Je me sentais différente, meilleure, j'avais tourné la page. Ça avait duré un moment, tandis que je me laissais porter par l'automne jusqu'aux fêtes de fin d'année. Et puis j'avais eu une nouvelle aventure. J'avais conscience de me trouver à un carrefour. Je ne me supportais plus. Il fallait que je me résolve à prononcer les mots qui allaient réduire ma vie en morceaux. Dire à Paul, non pas que je ne l'aimais plus, mais que j'avais besoin d'être seule, sans même savoir pourquoi.

Ma mère était morte depuis trois ans.

Quand je lui avais enfin dit ce que j'avais à dire, nous nous étions écroulés en sanglotant. Le lendemain, Paul était parti. Peu à peu, nous avions annoncé notre séparation à nos amis. Nous espérions encore que les choses s'arrangeraient. Nous n'allions pas forcément divorcer. Au début, ils étaient restés incrédules – nous avions l'air tellement *heureux*, répétaient-ils tous. Puis ils s'étaient mis en colère. Pas contre nous deux, juste contre moi. Une de mes meilleures amies avait pris la photo de moi qui trônait chez elle dans un cadre, l'avait déchirée en deux et me l'avait postée. Une autre avait embrassé Paul. Et comme je me plaignais d'être blessée et jalouse, une troisième m'avait répondu que je n'avais que ce que je méritais : un échantillon de ce que j'avais infligé à mon mari. Même si elle n'avait pas complètement tort, ça m'avait brisé le cœur. Je passais des heures allongée sur notre futon, me sentant presque léviter de douleur.

Trois mois après notre séparation, nous stagnions toujours dans un intolérable entre-deux. Je n'avais pas plus envie de me remettre avec Paul que de divorcer. J'aurais voulu me dédoubler pour ne pas avoir à choisir. Lui enchaînait les conquêtes, alors que je me retrouvais soudain célibataire. Le sexe, qui avait pourtant brisé mon mariage, ne m'intéressait plus du tout.

« Il faut que tu te tires de Minneapolis, m'avait conseillé mon amie Lisa au cours d'une de nos conversations existentielles, qui duraient jusque tard dans la nuit. Viens me voir à Portland. »

En l'espace d'une semaine, j'avais démissionné de mon boulot, entassé mes affaires dans mon pick-up et filé vers l'ouest, en empruntant la même route que celle qui me conduirait, un an plus tard, jusqu'au Pacific Crest Trail.

En arrivant dans le Montana, j'avais compris que j'avais fait le bon choix. Une immense étendue verte s'étalait sur des kilomètres devant mon pare-brise, et le ciel était infini. La ville de Portland clignotait au loin, à peine visible. Cet endroit serait mon doux refuge, au moins pour quelque temps. Je pourrais enfin laisser mes problèmes derrière moi.

En réalité, j'allais seulement m'en créer de nouveaux.

3

Penchée dans une posture vaguement verticale

Quand je me suis réveillée le lendemain matin dans ma chambre du *White's Motel*, j'ai pris une douche et je me suis plantée, nue, devant le miroir, m'examinant sous toutes les coutures tandis que je me brossais les dents. J'aurais voulu ressentir de l'excitation, mais tout ce que j'éprouvais, c'était un malaise un peu morose. De temps à autre dans ma vie, je parvenais à me voir telle que j'étais, avec une totale objectivité. Dans ces moments-là, une phrase me venait généralement à l'esprit comme une révélation divine. Ce jour-là, devant le miroir terne, j'ai entendu : « La femme qui a un trou dans le cœur. » C'était moi. Voilà pourquoi je me languissais de la présence d'un compagnon la veille. Voilà pourquoi je me trouvais là, toute nue dans un motel, avec cette idée saugrenue d'aller marcher seule pendant trois mois sur le PCT. J'ai reposé ma brosse à dents et je me suis appuyée contre le miroir, les yeux dans les yeux de mon reflet. Je me sentais me désintégrer, comme une fleur fanée soufflée par le vent. Dès que je bougeais un muscle, un autre pétale s'envolait. « S'il vous plaît, ai-je pensé. S'il vous plaît. »

Je me suis approchée du lit, j'ai baissé les yeux vers ma tenue de randonnée. Je l'avais soigneusement étalée sur le lit avant d'aller prendre ma douche, ainsi que le faisait ma mère le jour de la rentrée quand j'étais petite. Lorsque j'ai enfilé ma brassière et mon T-shirt, les petites croûtes qui entouraient encore mon récent tatouage se sont accrochées dans la manche. Je les ai détachées, délicatement. C'était mon premier tatouage – un cheval bleu sur mon deltoïde gauche. Paul s'était fait faire le même. Nous avions pris cette décision ensemble, en l'honneur de notre divorce finalisé le mois précédent. Nous n'étions plus mariés, mais les tatouages témoignaient du lien qui nous unirait éternellement.

Je mourais encore plus d'envie de l'appeler que la veille, mais je ne pouvais pas. Il me connaissait trop bien. Il entendrait la tristesse et l'hésitation dans ma voix, comprendrait que je n'étais pas simplement inquiète à l'idée de commencer le PCT. Il sentirait que j'avais quelque chose à confesser.

J'ai mis mes chaussettes, lacé mes chaussures, je suis allée jusqu'à la fenêtre, j'ai écarté le rideau. Le soleil était aveuglant sur les pierres blanches du parking. Il y avait une station-service de l'autre côté de la route – sans doute le meilleur endroit où trouver quelqu'un qui me conduirait jusqu'au début du chemin. Quand j'ai lâché le rideau, la pièce est redevenue sombre. Je l'aimais mieux ainsi, avec ses airs de cocon rassurant dont je n'aurais jamais à sortir, bien que ce ne soit qu'une illusion. Il était neuf heures du matin, et il faisait déjà très chaud ; le climatiseur a démarré dans son coin avec un râle frais. Malgré tout ce qui me donnait l'impression d'être dans une impasse, j'avais un endroit où aller : c'était mon premier jour sur le PCT.

J'ai ouvert les compartiments de mon sac et tout déballé, jetant chaque objet sur le lit. J'ai vidé les cabas de leur contenu, puis j'ai contemplé la pile de matériel. Voilà tout ce que j'aurais à porter pendant les trois prochains mois.

Il y avait un sac de compression bleu renfermant quelques vêtements – un caleçon en polaire, une chemise thermique à manches longues, un épais gilet en polaire avec capuche, deux paires de chaussettes en laine et deux culottes, une paire de gants fins, un chapeau, un bonnet en polaire et un pantalon imperméable. Un sac étanche, plus solide, rempli à ras bord de toute la nourriture nécessaire pour tenir quatorze jours, le temps d'atteindre mon premier colis de ravitaillement dans un endroit appelé Kennedy Meadows. Un sac de couchage et une chaise de camping qui se démontait pour former un sommier, une lampe frontale de mineur et cinq tendeurs. Un purificateur d'eau et un petit réchaud télescopique, une grande bouteille d'essence en aluminium, un petit briquet rose. Deux casseroles empilables, des couverts qui se pliaient en deux et une paire de sandales bon marché que j'avais l'intention de porter le soir, quand je m'arrêterais pour bivouaquer. Une serviette à séchage rapide, un porte-clés thermomètre, une bâche et une tasse en plastique isotherme. Un kit antivenin, un couteau suisse, une paire de jumelles miniatures dans un étui en faux cuir à fermeture Éclair, un rouleau de corde fluo, une boussole que je n'avais pas encore appris à utiliser et un livre qui m'expliquerait comment utiliser la boussole : *Staying Found* – « Ne pas se perdre », que j'avais prévu de lire dans l'avion en allant à L.A. mais auquel je n'avais pas touché. Une trousse à pharmacie d'un rouge immaculé qui se fermait avec un clip, du papier-toilette dans un sachet congélation et une truelle en Inox avec son étui portant la marque *U-Dig-It*[1]. Une petite trousse de toilette contenant les produits qui me semblaient indispensables – shampooing, après-shampooing, savon, lotion, déodorant, coupe-ongles, spray antimoustiques, crème solaire, brosse à cheveux, éponge menstruelle et un tube de baume à lèvres *waterproof* anti-UV. Il y avait aussi une lampe torche et une lanterne en métal avec une bougie votive, une bougie de rechange, une scie pliante – pour quoi faire, je n'en savais rien – et le sac en Nylon vert qui renfermait ma tente. Deux gourdes en plastique d'un litre chacune, une poche à eau pouvant contenir jusqu'à dix litres, une petite balle de Nylon – la housse étanche du sac de randonnée – et un imperméable en Gore-Tex roulé en boule. Il y avait ensuite ce que j'avais apporté en dépannage : des piles supplémentaires, une boîte d'allumettes résistantes à l'eau, une couverture de survie et un flacon de pastilles de purification à l'iode. J'avais pris deux stylos et trois livres en plus de *Staying Found. The Pacific Crest Trail, Volume 1 : California* (le guide à l'origine de mon voyage, rédigé par quatre auteurs décrivant avec une objectivité sévère les rigueurs et les joies de cette randonnée), *Tandis que j'agonise* de William Faulkner et *The Dream of a Common Language*[2]

1. « À vous de creuser ». (*Toutes les notes sont de la traductrice.*)

2. « Le rêve d'un langage commun ».

d'Adrienne Rich. J'avais également un carnet de croquis de deux cents pages, format A4 et couverture rigide, qui me servirait de journal, ainsi qu'un sachet hermétique renfermant mon permis de conduire, quelques billets, des timbres et un petit carnet à spirale dans lequel j'avais noté les adresses de mes amis. Enfin, un imposant appareil photo Minolta X-700 35 millimètres de qualité professionnelle accompagné d'un objectif, d'un flash et d'un petit trépied télescopique, le tout tenant dans un sac rembourré de la taille d'un ballon de foot.

Pourtant, je n'étais même pas photographe amateur.

Au cours des mois précédents, je m'étais rendue une bonne dizaine de fois dans un magasin d'équipement de plein air de Minneapolis appelé REI, où j'avais acheté la majeure partie de tous ces objets. Le choix était rarement simple. J'avais vite appris qu'acquérir ne serait-ce qu'une simple gourde sans avoir soigneusement étudié les dernières technologies en la matière relevait de l'inconscience. Il fallait tenir compte des avantages et inconvénients des différents matériaux, sans parler des recherches portant sur le design. Et ce n'était là que le plus petit et le plus basique de tous les accessoires. Le reste allait se révéler beaucoup plus complexe, comme me l'avaient vite expliqué les vendeurs de REI qui s'empressaient de m'offrir leur aide chaque fois qu'ils me voyaient plantée dans le rayon des réchauds ultralégers ou en train d'errer parmi les tentes. Ces hommes et ces femmes de tous les âges avaient des goûts et des spécialités très différentes en matière d'aventure, mais un point commun : leur capacité à parler de matériel avec passion et force détails, pendant si longtemps que je finissais par en être éblouie. Pour eux, c'était *important* que mon sac de couchage soit muni de protections de fermetures Éclair, et d'une capuche qui pouvait se fermer complètement sans gêner ma respiration. Ils étaient *heureux* que mon purificateur d'eau dispose d'un système en fibres de verre tissées augmentant la surface de contact. Et, avec le temps, leurs connaissances finissaient par déteindre sur moi. Une fois mon choix arrêté sur un sac de randonnée – le dernier cri de la marque Gregory, avec une armature externe hybride supposée offrir tout l'équilibre et l'agilité d'une structure interne –, j'avais l'impression d'être devenue une pro de la marche.

Ce n'est qu'une fois debout devant ma pile de matériel soigneusement sélectionné, dans ma chambre de motel à Mojave, que j'ai pris conscience avec une profonde humilité que ce n'était pas le cas.

Je me suis lentement attaquée à la montagne d'objets que j'ai coincés, enfoncés et forcés dans les moindres recoins jusqu'à ce qu'on ne puisse absolument plus rien y ajouter. J'avais eu l'intention d'utiliser les tendeurs pour attacher mon sac de nourriture, ma tente, ma bâche, mes vêtements et ma chaise-sommier autour de l'armature conçue à cet effet. Mais je constatais maintenant qu'il restait pas mal d'autres choses à mettre à l'extérieur. Après avoir passé les tendeurs autour des éléments prévus, j'y ai suspendu tout ce que je pouvais : la bride de mes sandales, l'étui d'appareil photo, la poignée de ma tasse isotherme, la lanterne. J'ai fixé la pochette *U-Dig-It* à la ceinture du sac à dos et accroché la chaîne du porte-clés thermomètre à l'une des fermetures Éclair.

Après avoir terminé, je me suis assise par terre, en nage, et j'ai contemplé mon sac. Soudain, je me suis rappelé un détail : l'eau.

J'avais choisi de démarrer ma randonnée à cet endroit précis parce que j'estimais que, de là, il me faudrait une centaine de jours pour atteindre Ashland dans l'Oregon – où j'avais au départ prévu de m'arrêter, parce que j'avais entendu beaucoup de bien de la ville et que je pensais m'y plaire. Des mois plus tôt, j'avais suivi le chemin vers le sud sur la carte, comptant les jours et les kilomètres, et j'étais arrivée au col de Tehachapi, où le PCT croise l'autoroute 58 dans le coin nord-ouest du désert des Mojaves, non loin de la ville de Mojave. Mais je n'avais réalisé que depuis deux semaines qu'il s'agissait de l'une des sections les plus arides du chemin, où même les plus rapides, les plus athlétiques et les plus endurants des randonneurs avaient parfois du mal à couvrir en une seule journée la distance séparant deux sources d'eau. Pour moi, ce serait donc impossible. J'estimais qu'il me faudrait au moins deux jours pour rallier le premier point d'eau, à un peu moins de trente kilomètres de mon point de départ – il fallait donc que j'emporte de quoi tenir jusque-là.

J'ai rempli mes deux gourdes d'un litre au robinet de la salle de bains avant de les glisser dans les filets de chaque côté du sac. Puis j'ai extirpé la poche à eau coincée au fin fond du compartiment principal et je l'ai remplie elle aussi au maximum. Elle pouvait contenir dix litres, ce qui signifiait que, sans savoir combien pesait mon sac ce jour-là, j'avais déjà douze kilos rien qu'en liquide. Douze kilos pas du tout maniables. La poche à eau, une sorte de gros ballon mou, s'affaissait, se repliait sur elle-même et me glissait des mains, échouant sur le sol chaque fois que j'essayais de l'attacher à mon sac. Heureusement, elle était entourée de sangles ; avec beaucoup d'efforts, j'ai commencé à passer les tendeurs dans celles-ci, à côté de l'appareil photo, de la tasse isotherme et de la lanterne, jusqu'à en avoir tellement marre que j'ai balancé la tasse à travers la pièce.

Enfin, tout s'est retrouvé en place et le calme m'a envahie. J'étais prête à commencer. J'ai mis ma montre, passé la sangle en Néoprène rose de mes lunettes de soleil autour de mon cou, posé mon chapeau sur ma tête, et regardé mon sac. Il était à la fois énorme et compact, avec un côté adorable mais aussi une arrogance qui m'intimidait un peu. Il avait quelque chose de vivant ; en sa compagnie, je ne me sentais plus tout à fait seule. Lorsqu'il était debout, il m'arrivait à la taille. Je l'ai attrapé et je me suis penchée pour le soulever.

Il n'a pas bougé.

Je me suis accroupie, j'ai empoigné l'armature, et j'ai essayé à nouveau. Il ne bougeait toujours pas. Pas d'un pouce. J'ai essayé à deux mains, les jambes fléchies, en le serrant dans mes bras, en y mettant tout mon souffle, ma force et ma volonté, en donnant tout ce que j'avais. Toujours rien. C'était exactement comme essayer de soulever une Coccinelle Volkswagen. Elle paraît tellement mignonne, comme si elle ne demandait qu'à décoller du sol – alors qu'en réalité c'est impossible.

Je me suis assise à côté pour réfléchir. Comment pourrais-je porter un sac sur plus de mille cinq cents kilomètres, à travers des montagnes accidentées et des déserts arides, si je ne parvenais même pas à le déplacer d'un millimètre dans une chambre climatisée ? C'était complètement aberrant, et pourtant il *fallait* que je le fasse. Je n'avais pas envisagé un seul instant que j'en serais incapable. Je croyais bêtement que si j'additionnais toutes les choses dont j'aurais besoin pour ma randonnée, j'obtiendrais un poids total que je pourrais porter. Certes, les vendeurs de REI avaient plusieurs fois évoqué la question du poids lors de leurs soliloques, mais je n'y avais jamais vraiment prêté attention. Il me semblait qu'il y avait des problèmes plus importants à prendre en compte. Comme celui de trouver une capuche de sac de couchage qui se fermait complètement sans gêner la respiration.

Je me suis demandé ce que je pourrais enlever, mais chaque objet me paraissait si indispensable ou si utile en cas d'urgence que je n'osais pas m'en séparer. Il faudrait que je porte le sac en l'état.

Assise sur la moquette juste devant mon sac, j'ai passé les bras dans les bretelles, attaché les sangles de poitrine au niveau de mon sternum. J'ai pris une grande inspiration, puis j'ai commencé à me balancer d'avant en arrière pour prendre de l'élan, jusqu'à réussir à me propulser à quatre pattes en y mettant toute mon énergie. Mon sac à dos ne reposait plus par terre. Il était officiellement attaché à ma personne. Il ressemblait toujours à une Coccinelle, mais une Coccinelle qu'on m'aurait garée sur le dos. Je suis restée immobile un moment, le temps de trouver mon équilibre. Lentement, j'ai ramené les pieds sous moi tout en me servant des fentes du climatiseur en métal comme des barreaux d'une échelle, jusqu'à être suffisamment droite pour tenter ce que les haltérophiles appellent un soulevé de terre. L'armature a couiné quand je me suis redressée, mise à mal elle aussi par le poids écrasant du sac. Une fois debout

– ou, pour être plus précise, penchée dans une position vaguement verticale –, je me suis rendu compte que je tenais à la main la grille du climatiseur, arrachée sous l'effort.

Il était hors de question que je la remette en place. Il ne manquait pourtant que quelques centimètres, mais ces quelques centimètres étaient inenvisageables. Je l'ai donc laissée appuyée contre le mur, j'ai attaché la ceinture autour de mes hanches, puis je me suis mise à tituber et tanguer à travers la pièce, mon centre de gravité complètement déséquilibré dès que je me penchais un tant soit peu. Mon chargement pesait douloureusement sur mes épaules, alors j'ai serré de plus en plus fort ma ceinture pour répartir le poids, à tel point que ma peau formait des bourrelets de chaque côté. Le sac se dressait derrière moi telle une houppelande, dépassant de plusieurs centimètres au-dessus de ma tête, et m'appuyait sur la colonne vertébrale comme un étau. Je me sentais horriblement mal, mais peut-être que c'était ça, être un randonneur.

Je n'en avais aucune idée.

Tout ce que je savais, c'est qu'il était temps de partir. Alors j'ai ouvert la porte et je suis entrée dans la lumière.

Deuxième Partie

CHEMINS

Words are purposes.
Words are maps.
Les mots sont des intentions.
Les mots sont des cartes.

Adrienne Rich
« Plongée dans le naufrage »

Will you take me as I am ?
Will you ?
M'accepteras-tu comme je suis ?
M'accepteras-tu ?

Joni Mitchell
« California »

4

Le Pacific Crest Trail, Volume 1 : la Californie

J'avais fait beaucoup de choses stupides et dangereuses dans ma vie, mais je n'étais encore jamais montée en voiture avec un inconnu. Je savais qu'il arrivait parfois des choses horribles aux autostoppeurs, surtout aux femmes. Elles étaient violées, décapitées, torturées, laissées pour mortes. Mais, tandis que je me dirigeais vers la station-service en face du *White's Motel*, je ne pouvais pas me permettre de me laisser distraire par ce genre de pensées. À moins d'être prête à longer l'autoroute brûlante sur vingt kilomètres, je devais me trouver un chauffeur.

En plus, les randonneurs du PCT faisaient tous du stop de temps à autre. Et j'étais l'un d'entre eux, non ? *Non* ?

Si.

The Pacific Crest Trail, Volume 1 : California décrivait cette pratique avec sa neutralité habituelle. Il pouvait arriver que le PCT croise une route qui conduisait, à plusieurs kilomètres de là, au bureau de poste où le randonneur devait récupérer son colis de matériel et de réapprovisionnement. Le stop était alors la meilleure solution pour aller chercher le carton et revenir.

Debout près des distributeurs de boissons devant la station, j'ai observé les gens en essayant de trouver le courage d'aborder quelqu'un. Je comptais sur mon sixième sens pour deviner avec qui je serais en sécurité. J'ai regardé les vieux loups du désert coiffés de chapeaux de cow-boys, les familles aux voitures déjà pleines, les ados qui écoutaient de la musique à fond, toutes vitres ouvertes. Aucun d'entre eux ne ressemblait particulièrement à un meurtrier ou à un violeur, mais aucun n'avait l'air particulièrement inoffensif non plus. J'ai acheté une canette de Coca que j'ai bue d'un air détaché pour cacher le fait que je n'arrivais pas à me tenir droite à cause du poids phénoménal de mon sac. Mais il était temps que je bouge. Il serait bientôt onze heures, et la chaleur implacable du désert au mois de juin s'installait peu à peu.

Un fourgon immatriculé dans le Colorado s'est arrêté ; deux hommes en sont sortis. L'un d'eux avait à peu près mon âge, et l'autre devait avoir la cinquantaine. Je me suis avancée et je leur ai demandé s'ils pouvaient me déposer. Ils ont hésité, échangé un regard, cherchant visiblement une excuse pour refuser. Alors j'ai continué à parler à toute vitesse en évoquant le PCT.

« D'accord, a fini par lancer le plus vieux à contrecœur.

— Merci ! » ai-je répondu d'une voix de petite fille.

Je me suis approchée en titubant du côté du van, et le plus jeune a ouvert la grande portière coulissante. J'ai fixé l'intérieur sans bouger, soudain consciente que je ne savais pas du tout comment y monter. Hors de question de me hisser à bord avec mon sac sur le dos. Il fallait que je l'enlève, mais ensuite ? Si je défaisais les boucles qui maintenaient les sangles autour de ma taille et de mes épaules, mon chargement se détacherait si violemment qu'il risquait de m'arracher les bras.

« Vous avez besoin d'un coup de main ? m'a proposé le jeune homme.

— Non, c'est bon », ai-je répliqué tranquillement.

La seule solution que j'ai trouvée consistait à tourner le dos au fourgon, plier les genoux et m'asseoir dans l'encadrement de la porte en m'agrippant aux montants métalliques, jusqu'à ce que mon sac touche le sol derrière moi. C'était le paradis. J'ai détaché les sangles avant de défaire délicatement des bretelles en prenant soin de ne pas renverser le sac, puis j'ai grimpé à côté.

Les deux hommes se sont radoucis une fois que nous avons pris la route vers l'ouest, à travers un paysage aride de buissons desséchés où des montagnes pâles se dessinaient au loin. Ils étaient père et fils et venaient de la banlieue de Denver pour assister à une remise de diplôme à San Luis Obispo. Très vite, nous avons passé un panneau annonçant le col de Tehachapi et le conducteur s'est arrêté sur le bas-côté. Son fils m'a ouvert la portière coulissante. Je comptais remettre mon sac de la même façon que je l'avais enlevé, en tirant parti de la hauteur du van, mais avant que j'aie eu le temps de sortir, il avait attrapé mon sac et le laissait tomber lourdement sur les graviers poussiéreux. J'ai eu peur que la violence de l'impact ne fasse éclater ma poche à eau. Je me suis approchée pour le redresser et l'épousseter.

« Vous êtes sûre que vous pourrez porter ça ? m'a-t-il demandé. Parce que, même moi, j'ai du mal.

— Bien sûr que oui ! »

Il est resté planté là, comme s'il attendait de le voir de ses propres yeux.

« Merci pour le trajet », ai-je lancé dans l'espoir qu'il parte.

Je ne tenais pas à ce qu'il assiste à ma technique de chargement humiliante.

Avec un hochement de tête, il a refermé la portière.

« Faites attention à vous.

— Promis. »

Je l'ai regardé s'asseoir près de son père.

Après leur départ, j'ai contemplé la route silencieuse. De petits nuages de poussière tourbillonnaient sous le soleil éblouissant qui brillait au zénith. Je me trouvais à un peu plus de mille cent mètres d'altitude, entourée dans toutes les directions par des montagnes beiges et dépouillées parsemées de touffes de chaparral, d'arbres de Josué et de broussailles hautes comme la taille. J'étais à la limite ouest du désert des Mojaves, au pied de la Sierra Nevada, l'immense chaîne de montagnes qui s'étirait vers le nord sur près de six cent cinquante kilomètres jusqu'au parc national volcanique de Lassen. Là, elle rejoignait la chaîne des Cascades, qui longeait le nord de la Californie, traversait l'Oregon et l'État de Washington, et se terminait un peu après la frontière canadienne. Ces deux chaînes de montagnes deviendraient mon univers pour les trois prochains mois ; leurs crêtes seraient ma maison. Sur un poteau planté près du fossé, j'ai repéré une plaque en métal grande comme la main qui annonçait « Pacific Crest Trail ».

J'y étais. Je pouvais enfin commencer.

Je me suis dit que c'était le moment rêvé pour prendre une photo, mais, pour récupérer mon appareil, il aurait fallu que je détache tellement de tendeurs et d'objets que je n'avais même pas le courage d'essayer. Sans compter que, pour m'inclure dans le cadre, j'aurais besoin d'un support sur lequel poser l'appareil avant de mettre le retardateur et de courir me placer au bon endroit – or, je ne voyais rien qui puisse faire l'affaire. Même le poteau supportant la petite plaque paraissait trop vieux et fragile. Alors je me suis assise dans la poussière devant mon sac et, comme dans la chambre de motel, j'ai passé les bretelles, je me suis propulsée à quatre pattes, et j'ai exécuté un nouveau soulevé de terre.

Ravie, nerveuse, penchée dans une position vaguement verticale, j'ai bouclé toutes les sangles et effectué quelques pas hésitants jusqu'à une boîte en métal brun accrochée à un autre poteau. À l'intérieur, j'ai découvert un carnet et un crayon. C'était le registre du chemin, dont je connaissais l'existence grâce à mon guide. J'ai écrit mon nom et la date avant de lire ce qu'avaient indiqué les randonneurs passés par là les semaines précédentes – pour la plupart, des hommes qui voyageaient à deux, et aucune femme seule. Je me suis attardée un peu, envahie par une bouffée d'émotion devant l'importance de l'instant, puis je me suis rendu compte que je n'avais plus qu'à y aller, alors je me suis lancée.

Le chemin partait vers l'est, parallèle à la route pendant quelque temps, puis plongeait dans des cuvettes rocheuses avant de remonter. « Je fais de la randonnée ! » ai-je pensé. Et puis : « Je randonne sur le Pacific Crest Trail. » C'était cet acte, la randonnée, qui m'avait convaincue que j'avais raison de me lancer dans cette aventure. Après tout, ce n'était que de la marche. « Je sais marcher ! » avais-je riposté quand Paul s'était inquiété de mon peu d'expérience en la matière. Je marchais tout le temps. Je piétinais pendant des heures quand j'étais serveuse. Je me promenais à pied dans les villes où je vivais, dans celles que je visitais. Je marchais pour le plaisir ou quand je devais me rendre quelque part. Tout cela était vrai. Mais, après quinze minutes sur le PCT, il est devenu évident que je n'avais encore jamais marché dans des montagnes désertiques, début juin, avec un sac qui représentait largement plus de la moitié de mon poids sanglé sur le dos.

Et il s'avérait que cela n'avait pas grand rapport avec la marche. En fait, ça avait nettement plus de rapport avec l'enfer qu'avec la marche à pied.

Je me suis mise à haleter et à transpirer immédiatement, les chaussures et les mollets recouverts de poussière, tandis que le chemin bifurquait vers le nord et cessait d'onduler pour grimper en pente raide. Chaque pas me coûtait, la montée n'en finissait pas, avec juste une petite descente de temps en temps qui me précipitait dans un autre type d'enfer : je devais me raidir pour éviter que la gravité nous entraîne vers l'avant, mon énorme, incontrôlable chargement et moi. J'avais l'impression que c'était moi qui étais attachée au sac et non l'inverse. Je me sentais comme un immeuble doté de bras et de jambes, qui se serait arraché à ses fondations pour aller tituber en pleine nature.

Au bout de quarante minutes, une voix dans ma tête s'est mise à hurler : « Mais dans quoi est-ce que tu t'es fourrée ? » J'ai tenté de l'ignorer, de chantonner, mais c'était difficile entre mon souffle haché, mes gémissements de douleur et mes efforts pour garder une position vaguement verticale tout en essayant d'avancer comme un immeuble sur pattes. Alors je me suis concentrée sur ce que j'entendais – le bruit de mes pas sur le chemin caillouteux, les craquements secs des arbustes bas qui bruissaient dans le vent brûlant – mais je n'y arrivais pas. Le hurlement était trop fort. « Mais dans quoi est-ce que tu t'es fourrée ? » Je ne parvenais pas à l'occulter. La seule chose qui m'occupait un peu l'esprit, c'était la recherche vigilante des serpents à sonnette. Je m'attendais à en découvrir un à chaque tournant, prêt à frapper. Le paysage semblait conçu pour eux. Pour eux, pour les pumas et pour les *serial killers* du désert.

Deux choses auxquelles je refusais de penser.

C'était un pacte que j'avais conclu avec moi-même quelques mois plus tôt, la condition indispensable pour pouvoir partir ainsi, seule. Je savais que si je laissais la peur m'envahir, mon voyage était voué à l'échec. La peur est en grande partie due aux histoires qu'on se raconte, alors j'avais décidé de me raconter autre chose que ce qu'on répète aux femmes. J'avais décidé que je ne courais aucun danger. J'étais forte. Courageuse. Rien ne pourrait me vaincre. M'en tenir à cette histoire était une forme d'autopersuasion, mais, la plupart du temps, ça fonctionnait. Chaque fois que j'entendais un bruit d'origine inconnue ou que je sentais quelque chose d'horrible prendre forme dans mon imagination, je le repoussais. Je ne me laissais tout simplement pas impressionner. La peur engendre la peur. La puissance engendre la puissance. Alors j'avais opté pour la puissance. Et il n'a pas fallu longtemps pour que je cesse réellement d'avoir peur.

De toute façon, je faisais trop d'efforts pour y penser.

Un pas après l'autre, j'avançais à peine plus vite que si je rampais. Je ne m'attendais pas à ce que randonner sur le PCT soit facile. Je savais qu'il me faudrait un certain temps pour m'y habituer. Sauf que, maintenant, je doutais d'y arriver un jour. C'était très différent de ce que j'avais imaginé. Je ne me souvenais même plus de ce que j'avais en tête en décembre, six mois plus tôt, quand j'avais décidé de me lancer dans ce périple.

J'étais en train de conduire sur l'autoroute à l'est de Sioux Falls, dans le Dakota du Sud, quand l'idée m'était venue. La veille, je m'étais rendue là-bas depuis Minneapolis avec mon amie Aimee pour récupérer mon pick-up, qu'un autre ami avait abandonné la semaine précédente à la suite d'une panne.

Quand Aimee et moi étions arrivées, il était déjà parti à la fourrière. Il se trouvait maintenant dans un parking entouré de grillage, enseveli sous la neige à cause du blizzard qui avait soufflé deux jours plus tôt. C'était d'ailleurs pour cette raison que j'étais allée acheter une pelle la veille chez REI. Et que, en faisant la queue à la caisse, j'étais tombée sur un guide à propos d'un chemin appelé le Pacific Crest Trail, dont j'avais étudié la couverture avant de le reposer sur son étagère.

Ce jour-là, à Sioux Falls, après avoir dégagé la neige qui bloquait mon pick-up avec Aimee, je m'étais assise au volant et j'avais tourné la clé. Je m'attendais à entendre le cliquetis inutile caractéristique d'une batterie à plat, mais il avait démarré aussitôt. Au lieu de rentrer directement à Minneapolis, nous avions préféré passer la nuit dans un motel.

Nous étions allées dîner de bonne heure dans un restaurant mexicain, ravies de voir que les choses se déroulaient aussi bien. Là, tandis que je trempais mes tortillas dans la sauce salsa en buvant des margaritas, j'avais ressenti une impression bizarre au creux de mon ventre.

« On dirait que j'ai avalé une chips sans la mâcher, avais-je expliqué à Aimee. Comme si les coins étaient encore intacts et m'appuyaient sur l'estomac. »

Je n'avais encore jamais éprouvé cette sensation de lourdeur et de picotement dans le bas-ventre.

« Si ça se trouve, je suis enceinte », avais-je plaisanté.

Au moment où je prononçais ces mots, je m'étais rendu compte que c'était plus qu'une plaisanterie.

« Sérieux ? m'avait demandé Aimee.

— Ce serait possible », avais-je répondu, soudain terrifiée.

Six semaines plus tôt, j'avais couché avec un certain Joe. Je l'avais rencontré l'été précédent à Portland, quand j'étais allée rendre visite à Lisa pour échapper à mes problèmes. Je n'étais arrivée que depuis quelques jours lorsqu'il m'avait abordée dans un bar, posant la main sur mon poignet.

« Joli », avait-il commenté en suivant les contours de mon bracelet du bout du doigt.

Il avait des cheveux fluo coupés très court et un tatouage voyant qui lui couvrait la moitié du bras. Son visage était à l'opposé de ces artifices : tendre et tenace à la fois, comme celui d'un chaton qui réclame du lait. Il avait vingt-quatre ans, et moi vingt-cinq. Je n'avais fait l'amour avec personne depuis que Paul et moi nous étions séparés trois mois plus tôt. Ce soir-là, j'avais couché avec Joe sur son matelas défoncé posé à même le sol ; nous avions très peu dormi, discutant jusqu'à l'aube, surtout de lui. Il m'avait parlé de sa mère, très intelligente, de son père alcoolique, de l'école huppée et très stricte où il avait décroché une licence l'année précédente.

« Tu as déjà essayé l'héroïne ? » m'avait-il demandé au matin.

J'avais secoué la tête avec un petit rire.

« Pourquoi, je devrais ? »

J'aurais pu m'en tenir à ça. Joe venait de commencer à se droguer quand il m'avait rencontrée. Il le faisait sans moi, avec un groupe d'amis que je ne connaissais pas. J'aurais pu rester éloignée de tout ça, mais quelque chose m'avait poussée à y regarder de plus près. Ça m'intriguait. Rien ne me retenait. Accablée par ma jeunesse et mes malheurs, j'étais prête à m'autodétruire.

Alors je ne m'étais pas contentée de dire oui à l'héroïne. Je l'avais accueillie à bras ouverts.

La première fois que j'avais essayé, j'étais blottie dans les bras de Joe, après l'amour, sur son canapé miteux. Nous nous connaissions depuis une semaine. Tour à tour, nous aspirions la fumée d'un morceau de *black tar* qui brûlait sur du papier alu, à l'aide d'une pipe fabriquée dans le même matériau. En l'espace de quelques jours, je n'étais plus à Portland pour Lisa ni pour échapper à mes soucis. J'étais à Portland parce que je vivais une semi-histoire d'amour alimentée par la drogue. Je m'étais installée chez Joe, au-dessus d'une épicerie désaffectée, et nous avions passé la majeure partie de l'été dans cet appartement, entre ébats sexuels aventureux et shoots d'héroïne. Au début, c'était quelques fois par semaine, puis tous les deux jours, puis tous les jours. Au début, nous la fumions, puis nous nous étions mis à sniffer. « Par contre, on ne se piquera jamais ! » avions-nous décrété. Hors de question.

Et puis nous avions commencé à nous piquer.

C'était bon. Et d'une beauté sans mesure, hors du monde. Comme si j'avais découvert une planète dont j'ignorais tout, alors qu'elle avait toujours été là. La planète Héroïne. Un lieu où la douleur n'existait pas, où c'était dommage mais pas si grave que ma mère soit morte, que mon père biologique soit sorti de ma vie, que ma famille se soit disloquée et que je n'aie pas été capable de rester mariée à l'homme que j'aimais.

En tout cas, c'était ce que je ressentais quand je planais.

Au matin, la douleur était multipliée par mille. Au matin, il n'y avait plus seulement toutes ces choses tristes dans ma vie. Désormais, il fallait y ajouter le fait que je n'étais qu'une merde. Je me réveillais dans la chambre crasseuse de Joe, où les objets les plus banals semblaient m'accuser : la lampe, la table, le livre tombé par terre, qui gisait à l'envers, ses pages fines recourbées contre le sol. Dans la salle de bains, je me lavais le visage et je sanglotais entre mes mains le temps de quelques respirations, avant de me préparer et d'aller servir des petits déjeuners dans un café. Je me disais : « Ce n'est pas moi. Je ne suis pas comme ça. Ça suffit. C'est fini. » Mais, l'après-midi, je rentrais avec une poignée de billets pour acheter une nouvelle dose, et je pensais : « Oui. Voilà ce que j'ai gagné. Le droit de gâcher ma vie. Le droit d'être une junkie. »

Sauf que ce n'était pas mon destin. Un jour, Lisa m'avait appelée en disant qu'elle voulait me voir.

Nous étions restées en contact ; je passais de longs après-midi chez elle à lui raconter des bribes de ma nouvelle vie. Cette fois, dès que j'étais entrée dans son appartement, j'avais compris qu'il se tramait quelque chose.

« Parle-moi de l'héroïne, avait-elle exigé.

— De l'héroïne ? »

Que pouvais-je lui dire ? J'étais incapable d'en parler.

« Je ne suis pas en train de devenir accro, si c'est ce qui t'inquiète », avais-je répondu.

J'étais adossée au plan de travail de la cuisine pendant qu'elle passait le balai.

« Oui, c'est bien ce qui m'inquiète, avait-elle répondu d'une voix sévère.

— Tu ne devrais pas. »

Je lui avais expliqué en rationalisant et en dédramatisant autant que possible. Ça ne faisait que quelques mois. Nous comptions arrêter bientôt. Joe et moi faisions juste des expériences, pour nous amuser.

« C'est l'été ! m'étais-je exclamée. Tu te souviens quand tu m'as proposé de venir ici pour me changer les idées ? C'est ce que je suis en train de faire. »

J'avais ri, mais pas elle. Je lui avais rappelé que je n'avais jamais touché à la drogue avant ça ; je buvais de l'alcool avec modération. J'étais une touche-à-tout. Une artiste. Le genre de femme qui disait oui au lieu de non.

Elle avait contredit chacun de mes arguments, démonté chacune de mes explications. Elle balayait le sol, encore et encore, tandis que notre discussion se transformait en dispute. Pour finir, elle était entrée dans une telle rage qu'elle m'avait frappée avec le balai.

J'étais retournée chez Joe et nous avions conclu que Lisa n'y comprenait rien.

Deux semaines plus tard, Paul m'avait appelée.

Il voulait me voir. Tout de suite. Lisa lui avait parlé de Joe et de l'héroïne, et il avait aussitôt parcouru les deux mille sept cents kilomètres depuis Minneapolis pour venir me parler. Je l'avais retrouvé une heure plus tard chez Lisa. C'était une journée chaude et ensoleillée de la fin du mois de septembre. J'avais vingt-six ans depuis une semaine. Joe n'avait pas fait attention à la date. Pour la première fois de ma vie, personne ne m'avait souhaité mon anniversaire.

« Bon anniversaire, avait lancé Paul lorsque j'étais entrée.

— Merci, avais-je répondu d'une voix trop formelle.

— Je voulais t'appeler, mais je n'avais pas ton numéro – enfin, celui de Joe. »

J'avais acquiescé. C'était étrange de le voir là. Mon mari. Un fantôme issu de ma vraie vie. La personne la plus réelle que je connaissais. Nous nous étions assis à la table de la cuisine. Les branches d'un figuier heurtaient la fenêtre ; le balai avec lequel Lisa m'avait frappée était appuyé au mur.

Il m'avait dit :

« Tu as changé. On dirait que tu es… comment dire ? On dirait que tu n'es pas vraiment là. »

Je comprenais très bien. Sa façon de me regarder me révélait tout ce que j'avais refusé d'entendre de la part de Lisa. J'avais changé. Je n'étais pas vraiment là. À cause de l'héroïne. Pourtant, y renoncer me paraissait inenvisageable. J'avais regardé Paul en face et compris que je n'arrivais plus à réfléchir correctement.

« Dis-moi pourquoi tu t'infliges tout ça », m'avait-il implorée, le regard doux, le visage familier.

Il avait tendu les mains par-dessus la table pour prendre les miennes, et nous étions restés ainsi, accrochés l'un à l'autre, les yeux dans les yeux, les larmes coulant sur mon visage, puis sur le sien. Il voulait que je rentre avec lui cet après-midi-là. Pas pour que nous nous remettions ensemble, mais pour m'éloigner. De Joe et surtout de l'héroïne.

Je lui avais dit que j'avais besoin d'un peu de temps. J'étais rentrée chez Joe, où je m'étais assise au soleil sur une chaise de jardin qu'il laissait toujours sur le trottoir, devant l'immeuble. L'héroïne m'avait rendue stupide, elle m'avait détachée de moi-même. Mes pensées s'évaporaient aussi vite qu'elles se formaient. Je n'arrivais plus à reprendre le contrôle de mon esprit, même lorsque je n'étais pas défoncée. Alors que j'étais assise là, un homme s'était approché et présenté – il s'appelait Tim. Il m'avait serré la main en me jurant que je pouvais lui faire confiance. Il m'avait demandé si je pouvais lui prêter trois dollars pour acheter des couches, puis s'il pouvait utiliser mon téléphone, puis si j'avais la monnaie sur un billet de cinq dollars, et ainsi de suite, une succession de questions et d'excuses qui avaient fini par m'embrouiller et me pousser à sortir mes dix derniers dollars de la poche de mon jean.

En voyant mon argent, il avait dégainé un couteau caché sous sa chemise. Il l'avait tenu presque poliment devant sa poitrine et sifflé :

« Donne-moi ton fric, chérie. »

J'avais emballé mes affaires, laissé un mot à Joe sur le miroir de la salle de bains et appelé Paul. Quand il s'était arrêté au coin de la rue, j'étais montée dans sa voiture.

Assise à côté de lui, j'avais traversé le pays avec la sensation que ma véritable vie était là, juste devant moi, impossible à atteindre. Paul et moi nous étions disputés, nous avions pleuré, notre colère avait secoué la voiture. Nous faisions preuve d'une monstrueuse cruauté et, l'instant d'après, nous nous parlions tendrement, choqués par notre propre comportement et celui de l'autre. Nous avions décidé de divorcer, puis de rester ensemble. Je le haïssais autant que je l'aimais. Avec lui, je me sentais piégée, marquée au fer rouge, tenue, chérie. Comme si j'étais sa fille.

« Je ne t'ai pas demandé de venir me chercher, avais-je hurlé à un moment. C'est toi qui l'as voulu. Pour pouvoir jouer au héros.

— Peut-être.

— Pourquoi avoir fait tout ce chemin pour moi ? avais-je insisté, pantelante.

— Parce que. »

Il avait serré les mains sur le volant, le regard perdu dans la nuit.

« Parce que. »

J'avais revu Joe quelques semaines plus tard, quand il était venu me rendre visite à Minneapolis. Nous n'étions plus ensemble, mais nous avions aussitôt repris nos vieilles habitudes – pendant toute la semaine, nous nous étions défoncés chaque jour et avions couché ensemble une ou deux fois. Pourtant, lorsqu'il était parti, j'avais raccroché. J'en avais fini avec lui, et avec l'héroïne. Je n'y avais plus jamais repensé, jusqu'à ce que je me retrouve à Sioux Falls avec Aimee et que j'éprouve cette sensation bizarre de tortilla avalée tout rond dont les pointes me labouraient le ventre.

Nous étions sorties du restaurant mexicain pour aller acheter un test de grossesse dans un grand supermarché. Dans le magasin brillamment éclairé, j'avais tenté de me raisonner ; je me disais qu'il y avait peu de chances que je sois enceinte. Je m'en étais tirée de justesse si souvent – je paniquais, je m'inquiétais pour rien, je m'imaginais des symptômes si convaincants que j'étais abasourdie quand mes règles arrivaient. Mais, cette fois, j'avais vingt-six ans et j'étais usée par le sexe. Je n'allais pas me laisser effrayer si facilement.

De retour au motel, je m'étais enfermée dans les toilettes pour faire pipi sur le bâtonnet pendant qu'Aimee attendait à côté, assise sur le lit. Quelques minutes plus tard, deux lignes bleues apparaissaient dans la petite fenêtre du test.

« Je suis enceinte », avais-je annoncé en sortant, les yeux pleins de larmes.

Aimee et moi étions restées couchées côte à côte pendant une heure, épuisant le sujet alors qu'il n'y avait pas grand-chose à dire. L'avortement était la solution si évidente qu'il semblait idiot d'en envisager une autre.

De Sioux Falls à Minneapolis, il y a quatre heures de route. Le lendemain matin, Aimee m'avait suivie dans sa voiture, au cas où mon pick-up tomberait à nouveau en panne. Je n'avais même pas allumé la radio, je ne pensais qu'à ma grossesse. Elle n'était qu'au stade d'un grain de riz, et pourtant je la sentais déjà au plus profond, au plus fort de moi ; elle me jetait à terre, me secouait, se propageait en moi. Au beau milieu des champs du sud du Minnesota, j'avais fondu en larmes. Je pleurais tellement que j'avais du mal à conduire, et ce n'était pas seulement à cause de ce bébé non désiré. Je pleurais sur tout le reste, sur le bourbier infâme qu'était devenue ma vie depuis la mort de ma mère, sur l'existence stupide qui était désormais la mienne. Je n'étais pas faite pour ça, pour vivre ainsi, pour échouer aussi lamentablement.

C'est alors que j'avais repensé au guide de voyage feuilleté chez REI quelques jours plus tôt alors que je faisais la queue à la caisse. L'image du lac parsemé de rochers et entouré de sommets acérés sur fond de ciel bleu m'était revenue de plein fouet, aussi violemment qu'un coup de poing. Au moment où j'avais pris le livre sur l'étagère, je croyais simplement passer le temps ; mais soudain, cet acte prenait une autre dimension. C'était un signe. Il me montrait la voie à suivre.

Quand Aimee avait pris sa bretelle de sortie en arrivant à Minneapolis, je lui avais fait au revoir de la main. Puis, au lieu de continuer vers ma sortie, j'avais filé chez REI pour acheter *The Pacific Crest Trail, Volume 1 : California*, que j'avais passé la nuit à lire chez moi. Au cours des mois qui avaient suivi, je l'avais relu une bonne dizaine de fois. J'avais subi un avortement, appris à préparer des flocons de thon déshydraté et de la dinde séchée, suivi un cours de mise à niveau en secourisme et testé mon purificateur d'eau dans l'évier de ma cuisine. Il fallait que je change. C'était devenu mon leitmotiv pendant ces mois de préparation : « Il faut que je change. » Pas pour devenir quelqu'un d'autre, mais pour redevenir celle que j'étais autrefois – une femme forte, responsable, lucide, motivée, avec un sens de l'éthique et du bien. Le PCT m'aiderait à y arriver. Là-bas, je marcherais en réfléchissant à ma vie. Je retrouverais mes forces, loin de tout ce qui avait transformé mon existence en une comédie ridicule.

Et voilà que j'étais enfin sur le PCT, toujours aussi ridicule bien que d'une façon différente – penchée dans une position de moins en moins verticale en cette première journée de randonnée.

Au bout de trois heures, je suis parvenue à une portion à peu près plane entourée d'arbres de Josué, de yuccas et de genévriers, où je me suis arrêtée pour me reposer. J'ai ressenti un immense soulagement en découvrant un gros rocher sur lequel je pourrais m'asseoir pour enlever mon sac de la même manière que dans le fourgon à Mojave. Émerveillée par ma liberté retrouvée, je me suis promenée un peu jusqu'à frôler accidentellement un arbre de Josué dont les épines acérées se sont plantées dans ma peau. Aussitôt, le sang s'est mis à couler. Le vent soufflait si fort que, lorsque j'ai ouvert ma trousse à pharmacie, tous mes pansements se sont envolés. Je leur ai couru après en vain sur le plateau, puis ils ont disparu dans la pente, hors d'atteinte. Je me suis assise dans la poussière, la manche de mon T-shirt pressée sur mes blessures, et j'ai bu plusieurs gorgées d'eau.

Je n'avais jamais été aussi épuisée de toute ma vie. C'était en partie dû au fait que mon corps devait s'habituer à l'effort et à l'altitude – je me trouvais maintenant à mille cinq cents mètres, soit trois cent cinquante de plus que lorsque j'avais commencé au col de Tehachapi – mais la cause principale restait bien sûr le poids hallucinant de mon sac. Je l'ai contemplé, désespérée. C'était mon fardeau, celui que je m'étais bêtement créé, et je n'avais pas la moindre idée de la façon dont j'allais le porter. J'ai sorti mon guide pour y chercher une réponse, les mains plaquées sur les pages qui volaient au vent, dans l'espoir que les mots familiers et les cartes parviennent à dissiper mon malaise grandissant. Peut-être que le livre me convaincrait, de ses quatre voix bienveillantes, que je pouvais y arriver, comme il l'avait fait au cours des mois où je mettais mon projet au point. Il n'y avait aucune photo des auteurs de *The Pacific Crest Trail, Volume 1 : California*, ce qui ne m'empêchait pas de me les représenter très clairement : Jeffrey P. Schaffer, Thomas Winnett, Ben Schifrin et Ruby Jenkins. Ils étaient raisonnables, gentils, sages et très renseignés. Ils me guideraient à travers cette épreuve. Il le fallait.

De nombreux vendeurs chez REI m'avaient raconté leurs propres randonnées, mais aucun n'avait jamais tenté le PCT, et il ne m'était pas venu à l'esprit de chercher quelqu'un qui l'aurait fait. On était à l'été 1995, autant dire l'âge de pierre en termes d'Internet. Aujourd'hui, on trouve des dizaines de blogs de randonneurs du PCT et une mine d'informations sur le chemin, à la fois constante et sans cesse renouvelée. Je n'avais rien de tout ça. Je n'avais que *The Pacific Crest Trail, Volume 1 : California*. C'était ma bible. Ma ligne de vie. Le seul livre que j'avais lu au sujet des randonnées sur le PCT, ou des randonnées tout court d'ailleurs.

Pour autant, le feuilleter ainsi sur le chemin n'était pas aussi rassurant que je l'avais espéré. Je me rendais compte que j'étais passée trop vite sur certaines choses, comme, à la page 6, une citation d'un certain Charles Long avec lequel les quatre auteurs étaient entièrement d'accord : « Comment un livre pourrait-il décrire les facteurs psychologiques à prendre en compte… le désespoir, la confusion, l'anxiété et surtout la douleur, à la fois physique et mentale, qui s'insinue au cœur de la volonté du randonneur, toutes ces choses qui demandent une véritable préparation ? Aucun mot ne peut rendre cela… »

Je suis restée assise, hagarde, peu à peu envahie par la certitude qu'en effet c'était impossible à exprimer par des mots. Je n'en avais pas besoin. Je savais désormais exactement de quoi il retournait. J'avais tout appris au sujet de ces « facteurs » en parcourant à peine cinq kilomètres de montagne désertique, avec une Coccinelle Volkswagen sur le dos. J'ai continué à lire, remarquant pour la première fois les petits conseils sur l'utilité d'un entraînement physique avant le départ, voire d'un entraînement spécifique à la randonnée. Et, bien sûr, toutes les mises en garde à propos du poids du sac. Les auteurs suggéraient même de ne pas emporter l'intégralité du guide dans la mesure où il pesait lourd et où certaines sections seraient inutiles – mieux valait photocopier ou déchirer celles dont on aurait besoin, et ajouter la suite dans les colis de réapprovisionnement. J'ai refermé le volume.

Pourquoi est-ce que je n'y avais pas pensé ? À le déchirer en plusieurs tronçons ?

Parce que j'étais une pauvre idiote et que je n'avais pas la moindre idée de ce que je faisais, voilà pourquoi. Je venais seulement de m'en rendre compte, alors que je me trouvais toute seule en pleine nature avec un énorme poids mort à trimballer.

J'ai passé mes bras autour de mes jambes et posé mon front sur mes genoux, les yeux fermés, roulée en boule contre le vent qui fouettait mes longs cheveux en bataille.

Quand j'ai rouvert les yeux, quelques minutes plus tard, j'ai reconnu la plante à côté de laquelle j'étais assise. C'était de la sauge, moins verdoyante que celle que ma mère faisait pousser dans le jardin, mais dont la forme et l'odeur étaient identiques. J'ai cueilli une poignée de feuilles que j'ai frottées entre mes mains, puis j'ai inspiré profondément dans le creux de mes paumes comme elle me l'avait appris. « Ça redonne de l'énergie », disait-elle toujours, nous poussant à l'imiter pendant ces longues journées où nous travaillions si dur à la construction de la maison que nos corps et nos esprits faiblissaient.

Quand j'ai respiré ce parfum, plus que l'odeur puissante et terreuse de la sauge sauvage, j'ai été envahie par le souvenir de ma mère. J'ai levé les yeux vers le ciel bleu, et j'ai senti le regain d'énergie dont elle parlait. Mais, surtout, j'ai senti sa présence, qui me rappelait pourquoi je m'étais lancée dans cette randonnée. Parmi tout ce qui m'avait convaincue que je ne devais pas avoir peur, parmi tout ce dont je m'étais persuadée pour y arriver, c'était la mort de ma mère qui me rassurait le plus. Je ne courais aucun danger, rien de mal ne pouvait se passer, puisque le pire s'était déjà produit.

Je me suis levée, les feuilles de sauge se sont envolées, et j'ai marché jusqu'au bord de la plateforme sur laquelle je me trouvais. Au-delà, le terrain cédait la place à un surplomb rocheux. Les montagnes s'étendaient sur des kilomètres à la ronde, descendant en pente douce vers l'immense vallée désertique. Des éoliennes blanches et angulaires se dessinaient au loin sur une crête. D'après mon guide, elles généraient de l'électricité pour les habitants des villes en contrebas, mais tout cela était très loin de moi. Les villes. L'électricité. Même la Californie, bien que je sois au beau milieu de son territoire, avec ses vents infatigables, ses arbres de Josué et ses serpents à sonnette tapis dans des cachettes insoupçonnées.

J'ai compris que j'allais m'arrêter là pour la journée, alors qu'au départ j'avais simplement prévu de faire une pause. Trop fatiguée pour allumer mon réchaud, trop épuisée de toute façon pour avoir faim, j'ai monté ma tente alors qu'il n'était que seize heures. J'ai sorti quelques objets de mon sac et les ai jetés à l'intérieur pour qu'elle ne s'envole pas. Pour finir, j'y ai carrément poussé tout le sac et je suis entrée à quatre pattes. Immédiatement, je me suis sentie soulagée d'être à l'abri, même si ce n'était qu'une minuscule grotte en Nylon vert. J'ai déplié ma chaise et me suis assise sous le petit auvent, là où il y avait assez de hauteur pour que je n'aie pas à courber la tête. Ensuite, j'ai fourragé dans mes affaires jusqu'à retrouver un livre – pas *The Pacific Crest Trail, Volume 1 : California*, que j'aurais pourtant dû consulter en prévision du lendemain, ni *Staying Found*, que j'étais censée avoir lu avant même de prendre la route. Non, c'était le recueil de poèmes d'Adrienne Rich, *The Dream of a Common Language*.

Je le savais, c'était un supplément de poids non justifié. J'imaginais déjà les visages désapprobateurs des auteurs du guide. Même le roman de Faulkner avait davantage de raisons d'être là, dans la mesure où je ne l'avais pas encore lu et où il représenterait une distraction bienvenue. J'avais ouvert *The Dream of a Common Language* si souvent que je le connaissais presque par cœur. Au cours des années précédentes, certains vers étaient devenus pour moi une espèce d'incantation que je psalmodiais lorsque j'étais triste ou perdue. Ce livre était un réconfort, un vieil ami, et quand je l'ai pris dans mes mains ce premier soir sur le PCT, je n'ai pas regretté une seconde de l'avoir apporté – même si, à cause de lui, je ne pouvais pas me tenir droite. Si *The Pacific Crest Trail, Volume 1 : California* était ma bible, *The Dream of a Common Language* était ma religion.

Je l'ai ouvert et j'ai lu le premier poème à voix haute, ma voix couvrant le bruit du vent qui agitait les parois de ma tente. Je l'ai relu encore et encore.

C'était un poème intitulé « Puissance ».

5

Chemins

Techniquement, j'ai quinze jours de plus que le Pacific Crest Trail. Je suis née le 17 septembre 1968, et le chemin a été officiellement reconnu par un acte du Congrès le 2 octobre de la même année. Il existait déjà sous diverses formes depuis bien plus longtemps – certaines sections ayant été tracées et reliées les unes aux autres dès les années 1930, quand une bande de randonneurs et amateurs de nature avait eu l'idée de créer une piste reliant le Mexique au Canada – mais il a fallu attendre 1968 pour que le PCT soit nommé et 1993 pour qu'il soit terminé. Il avait été officiellement inauguré tout juste deux ans avant que je me réveille pour la première fois au milieu des arbres de Josué qui m'avaient blessée. Pourtant, il n'avait pas l'air d'avoir deux ans. Ni même mon âge. Il semblait très ancien. Sage. Empreint d'une complète et profonde indifférence.

J'ai ouvert les yeux à l'aube, mais j'ai mis une bonne heure avant de m'asseoir, traînant dans mon sac de couchage, mon guide à la main, encore à moitié assoupie malgré ma nuit de douze heures. Il faut dire que j'avais été tirée plusieurs fois de mon sommeil par les rafales de vent qui claquaient contre ma tente, parfois si fort que la paroi de tissu me touchait la tête. Il était retombé juste avant l'aube, et là, c'était autre chose qui m'avait réveillée : le silence. Preuve irréfutable que j'étais seule en pleine nature.

J'ai rampé hors de ma tente et me suis levée lentement, les muscles encore raides après les efforts de la veille, les pieds nus et tendres sur les cailloux du chemin. Même si je n'avais toujours pas faim, je me suis forcée à prendre un petit déjeuner. Après avoir versé de l'eau dans l'une de mes casseroles, j'y ai dilué deux cuillerées d'une poudre de soja appelée *Better Than Milk* [1], puis j'ai ajouté des céréales. De mon point de vue, ce n'était pas vraiment meilleur que le lait. Ni moins bon. Ça n'avait aucun goût. J'aurais aussi bien pu manger de l'herbe. Mes papilles étaient engourdies. Pourtant, j'ai continué à porter la cuillère à ma bouche. J'aurais besoin d'énergie pour la longue journée qui m'attendait. Mes gourdes étaient vides, alors je les ai maladroitement remplies à l'aide de la poche à eau qui clapotait entre mes mains. Selon *The Pacific Crest Trail, Volume 1 : California*, je me trouvais à vingt kilomètres du premier point de ravitaillement : la source de Golden Oak. Malgré mes piètres performances de la veille, j'avais l'intention de l'atteindre ce jour-là.

J'ai refait mon sac selon la technique mise au point dans le motel, en entassant les objets à l'intérieur jusqu'à ne plus pouvoir y fourrer quoi que ce soit, puis j'ai attaché le reste à l'armature avec les tendeurs. Il m'a fallu une heure pour lever le camp et

1. « Meilleur que le lait ».

partir. Presque aussitôt, j'ai marché dans un petit tas de crottes, à quelques mètres de l'endroit où j'avais dormi. Noir comme du charbon. Un coyote, ai-je espéré. À moins que ce ne soit un puma ? J'ai cherché des traces dans la poussière, mais il n'y en avait pas. J'ai scruté le paysage, prête à distinguer une silhouette féline entre les touffes de sauge et les rochers.

Je me suis mise à marcher, avec l'impression d'avoir gagné en expérience par rapport à la veille. Je prêtais moins attention à chaque pas – malgré la crotte – et je me sentais plus forte sous mon sac. Cette force s'est évanouie en l'espace de quinze minutes, au fur et à mesure que je montais, montais encore, m'enfonçant dans les montagnes, côte après côte. L'armature de mon sac grinçait derrière moi, malmenée par le poids. Les muscles de mon dos et de mes épaules étaient tendus et formaient de petites boules dures. De temps en temps, je m'arrêtais, posais les mains sur mes genoux et décalais un peu les bretelles pour un bref instant de répit avant de reprendre ma route.

À midi, j'étais à mille huit cents mètres, et l'air s'était rafraîchi depuis que le soleil avait disparu derrière les nuages. La veille, il régnait une chaleur brûlante dans le désert ; désormais, je frissonnais tandis que je déjeunais d'une barre protéinée et d'abricots secs, mon T-shirt trempé de sueur refroidissant dans mon dos. Ensuite, j'ai étendu ma bâche sur le sol pour me reposer quelques minutes et, sans le vouloir, je me suis endormie.

J'ai été réveillée par des gouttes de pluie sur mon visage. J'ai regardé ma montre ; j'avais dormi près de deux heures. Sans rêver, sans même me rendre compte que je dormais, comme si quelqu'un avait surgi derrière moi pour m'assommer avec une pierre. En m'asseyant, j'ai constaté que j'étais enveloppée dans un nuage, un brouillard si impénétrable que je n'y voyais pas à plus de quelques mètres. J'ai chargé mon sac et recommencé à marcher sous la pluie fine, bien que mon corps ait eu autant de mal à se mouvoir que si j'avançais sous l'eau. J'ai roulé mon T-shirt et mon short pour former des coussins là où le poids m'écorchait les hanches, le dos et les épaules – mais ça ne faisait qu'empirer les choses.

J'ai continué tout le reste de l'après-midi et une partie de la soirée, sans rien voir d'autre que ce qui se trouvait sous mon nez. Je ne pensais plus aux serpents comme la veille. Je ne pensais plus « Je randonne sur le Pacific Crest Trail ». Je ne pensais même plus « Mais dans quoi est-ce que tu t'es fourrée ? » Je ne pensais qu'à une chose, avancer. Mon esprit était un vase de cristal empli de ce seul désir. Mon corps était tout le contraire : un sac de verre brisé. Dès que je bougeais, j'avais mal. Je comptais mes pas pour oublier la douleur, égrenant les chiffres dans ma tête jusqu'à cent avant de repartir de zéro. Ces séries rendaient la marche un tout petit peu plus supportable, comme si je n'avais qu'à tenir jusqu'à la fin d'une centaine.

Plus je montais, plus je me rendais compte que j'ignorais tout des montagnes ; je ne savais même pas si j'en gravissais une seule ou si c'était une succession de sommets agglomérés les uns aux autres. Je n'avais pas grandi dans ce genre de paysage. Je m'étais déjà promenée en montagne, sur des chemins bien fréquentés, l'espace d'une journée. Pour moi, à l'époque, les montagnes n'étaient que de grosses collines. Mais je m'étais trompée. Je devinais maintenant qu'elles étaient multiples, complexes, inexplicables et sans aucun équivalent. Chaque fois que j'atteignais ce que je croyais être le haut d'une montagne ou d'un groupe de montagnes, je constatais que ce n'était qu'une illusion. Le chemin montait toujours, même si de prime abord on ne voyait qu'une pente douce et tentante qui redescendait un peu. Alors j'ai continué jusqu'à atteindre le véritable sommet. Je l'ai su grâce à la neige. Elle n'était pas sur le sol mais tombait du ciel en minces flocons, tourbillonnant dans tous les sens, poussés par le vent.

Je ne m'attendais pas à ce qu'il pleuve dans le désert, et encore moins à ce qu'il neige. Là où j'avais grandi, il n'y avait pas plus de déserts que de montagnes et, malgré quelques petites randonnées ici ou là, je n'y connaissais pas grand-chose non plus. Je croyais que les déserts étaient des étendues sèches, brûlantes et sableuses peuplées de serpents, de scorpions et de cactus. Là encore, je m'étais trompée. Ils étaient tout ça, et bien d'autres choses. Ils étaient multiples, complexes, inexplicables et sans aucun équivalent. Ma nouvelle existence n'avait aucun équivalent. Voilà ce que je venais de comprendre, en ce deuxième jour sur le chemin.

Je me trouvais en terrain inconnu.

La réalité de la montagne et du désert n'était pas la seule surprise. Je ne m'attendais pas à ce que la peau de mon coccyx, de mes hanches et de mes épaules se mette à saigner. Je ne m'attendais pas à avancer d'un kilomètre et demi par heure, ce que d'après mes calculs – rendus possibles par les descriptions précises du guide – j'avais accompli jusque-là, en incluant mes nombreuses pauses. Quand cette randonnée n'était encore qu'une vague idée, j'avais estimé ma progression à environ vingt-deux kilomètres par jour en moyenne, ce qui signifiait que je marcherais un peu plus en réalité puisque je comptais m'accorder des jours de repos toutes les une ou deux semaines. Mais je n'avais pas pris en compte mon manque d'entraînement physique, ni les difficultés du chemin – pas avant d'y être confrontée.

Un peu paniquée, je suis redescendue de l'autre côté. La neige s'est transformée en brouillard, puis le brouillard a cédé la place au vert et au brun terne des montagnes qui m'entouraient à perte de vue, leurs silhouettes arrondies ou tranchantes se détachant sur le ciel pâle. Je n'entendais que le crissement des graviers sous mes chaussures et le grincement de mon sac qui me rendait folle. Je me suis arrêtée, je l'ai enlevé et j'ai badigeonné l'armature de baume à lèvres aux endroits dont le bruit me semblait provenir ; quand j'ai repris ma route, j'ai constaté que ça n'avait rien changé. J'ai prononcé quelques mots à voix haute pour me distraire. Il s'était écoulé un peu plus de quarante-huit heures depuis que j'avais dit au revoir aux deux hommes qui m'avaient prise en stop. Ça aurait aussi bien pu faire une semaine et le son de ma voix me paraissait déjà étrange. Je m'attendais à tomber sur un autre randonneur d'un moment à l'autre. J'étais étonnée de n'avoir encore croisé personne, mais mon isolement allait se révéler plutôt bienvenu une heure plus tard, quand je serais assaillie par une envie d'« aller aux toilettes », comme je le formulais dans ma tête – bien qu'il s'agisse en réalité de m'accroupir pour faire mes besoins dans un trou. C'était d'ailleurs à cet effet que j'avais apporté la petite truelle en Inox suspendue à la ceinture de mon sac, avec sa pochette en Nylon noir sur laquelle était imprimé *U-Dig-It*.

Ça ne m'enchantait pas, mais c'était ce que faisaient les randonneurs, alors je n'avais pas le choix. J'ai marché jusqu'à un endroit où je pourrais m'écarter du chemin sans danger. J'ai posé mon sac, sorti la truelle de son étui et je me suis accroupie derrière un buisson de sauge pour creuser. Le sol était caillouteux, d'un beige tirant sur le rouge, et extrêmement dur. S'y attaquer revenait un peu à essayer d'entamer un plan de travail en granit recouvert de sable et de graviers. Il m'aurait fallu un marteau-piqueur. « Ou un homme », ai-je songé, furieuse, en donnant des coups si violents avec le bout de ma truelle que j'ai eu peur de me briser les poignets. Je frappais, je frappais, tout mon corps inondé d'une sueur froide, à la limite de la crampe. Pour finir, j'ai dû me relever d'un bond avant de me faire dessus. Il ne me restait plus d'autre solution que de baisser mon pantalon – à ce stade, j'avais déjà renoncé aux sous-vêtements qui ne faisaient qu'irriter davantage la peau à vif de mes hanches –, m'accroupir et me soulager. Quand j'ai eu terminé, j'étais si affaiblie que j'ai manqué de tomber à la renverse dans mes propres excréments.

Ensuite, j'ai entassé quelques pierres par-dessus pour dissimuler les preuves.

Je croyais approcher de la source de Golden Oak, mais, à dix-neuf heures, elle n'était toujours pas en vue. Je m'en moquais. Trop fatiguée pour avoir faim, j'ai sauté une nouvelle fois le dîner, ce qui me permettait d'économiser un peu d'eau, et j'ai cherché un espace assez plat pour y dresser ma tente. Le minuscule thermomètre qui se balançait sur mon sac indiquait cinq degrés. J'ai retiré mes vêtements trempés et les ai étendus sur un buisson pour qu'ils sèchent, avant de rentrer sous ma tente.

Le lendemain matin, j'ai eu du mal à les enfiler. Ils avaient gelé pendant la nuit et étaient devenus aussi rigides que des planches.

J'ai atteint la source de Golden Oak après quelques heures de marche, au matin du troisième jour. À la vue du bassin en béton, je me suis sentie incroyablement soulagée, non seulement parce qu'il y avait de l'eau, mais aussi parce que c'était clairement l'œuvre de l'homme. J'ai plongé les mains dans l'eau, dérangeant quelques insectes qui nageaient à la surface. J'ai sorti mon purificateur, placé l'extrémité du tube dans le bassin et commencé à pomper comme je m'y étais entraînée dans ma cuisine à Minneapolis. C'était plus dur que dans mes souvenirs, peut-être parce que, dans mon évier, je n'avais pompé que deux ou trois fois. Il me fallait désormais rassembler toute mon énergie pour y arriver. Sans parler du tube qui remontait sans cesse à la surface où il n'aspirait que de l'air. J'ai pompé, pompé jusqu'à ce que je n'en puisse plus et que j'aie besoin d'une pause ; puis j'ai pompé encore pour remplir mes deux gourdes et ma poche à eau. Ça m'avait pris près d'une heure, mais c'était indispensable. La prochaine source se trouvait à une distance intimidante de trente kilomètres.

J'avais vraiment eu l'intention de continuer à marcher ce jour-là, mais, à la place, je me suis assise sur ma chaise de camping près du bassin. Le temps s'était enfin réchauffé, le soleil illuminait mes bras et mes jambes nus. J'ai retiré mon T-shirt, baissé au maximum la ceinture de mon short, et j'ai fermé les yeux en espérant que ses rayons apaiseraient la chair à vif de mon torse. Quand j'ai rouvert les yeux, j'ai aperçu un petit lézard sur un rocher. On aurait dit qu'il faisait des pompes.

« Salut, lézard », ai-je lancé.

Il s'est arrêté, parfaitement immobile, avant de disparaître en un éclair.

Il fallait que je me dépêche. J'étais déjà en retard par rapport à mon planning, mais j'étais incapable de me résoudre à quitter le bosquet de chênes verdoyants qui entourait la source de Golden Oak. En plus de ma peau arrachée, j'avais les muscles et les os douloureux à force de marcher, et mes pieds se couvraient peu à peu d'ampoules. Je me suis assise par terre pour les examiner, en sachant que je n'avais aucun moyen d'empêcher que les ampoules s'aggravent. Je les ai effleurées du bout du doigt, en remontant vers l'ecchymose grosse comme une pièce d'un dollar qui ornait ma cheville – et n'avait rien à voir avec le PCT, mais témoignait plutôt de ma stupidité.

C'était à cause de ce bleu que je n'avais pas appelé Paul alors que je me sentais si seule dans le motel de Mojave ; car il était au centre de l'histoire qu'il devinerait rien qu'au son de ma voix. J'avais eu beau me jurer de rester à l'écart de Joe pendant les deux jours que je devais passer à Portland avant de prendre l'avion, je n'y étais pas arrivée. J'avais fini par me shooter avec lui, alors que je n'avais pas touché à l'héroïne depuis sa visite à Minneapolis six mois plus tôt.

« À mon tour », avais-je réclamé, impatiente, en le voyant s'injecter sa dose.

Soudain, le PCT m'avait paru très éloigné, bien que je n'aie été qu'à quarante-huit heures du début de ma randonnée.

« Donne-moi ta cheville », avait dit Joe qui n'arrivait pas à trouver de veine sur mon bras.

J'ai passé la journée à Golden Oak, la boussole à la main, à lire *Staying Found*. J'ai localisé le nord, le sud, l'est et l'ouest. J'ai longé avec jubilation, sans mon sac, une piste de 4 × 4 qui partait de là, pour voir ce que je trouverais. Malgré l'état de mes pieds et mes courbatures, c'était incroyable. J'avais l'impression d'être non seulement droite, mais soulevée, comme si deux élastiques attachés à mes épaules me tiraient vers le haut. Chaque pas était un bond joyeux aussi léger que l'air.

En arrivant à un point de vue, je me suis arrêtée pour contempler l'horizon. Il n'y avait que des montagnes toujours aussi désertiques, belles et austères, et des rangées d'éoliennes blanches au loin. Je suis retournée à mon campement, j'ai installé mon réchaud et j'ai entrepris de me préparer un repas chaud, le premier depuis le début. En dépit de tous mes efforts, je n'ai pas réussi à obtenir de flamme. J'ai sorti le petit manuel d'instructions, et découvert dans la rubrique « Problèmes » que j'avais rempli la bouteille avec le mauvais combustible. J'avais pris de l'essence F, autrement dit du sans plomb, au lieu de l'essence C, si bien que le brûleur était encrassé et la petite casserole noircie par la suie.

De toute façon, je n'avais pas faim. À peine une vague sensation, comme un doigt engourdi appuyé sur mon ventre. J'ai avalé une poignée de flocons de thon et me suis endormie à dix-huit heures quinze.

Avant de repartir le quatrième jour, j'ai soigné mes blessures. Un vendeur de chez REI m'avait conseillé d'acheter une boîte de Spenco « seconde peau », des pansements gel prévus à l'origine pour traiter les brûlures et très efficaces sur les ampoules. J'en ai collé partout où ma peau était en sang, enflée ou rouge – le bout de mes orteils, l'arrière de mes talons, les os de mes hanches, mes épaules, le bas de mon dos. Ensuite, j'ai secoué mes chaussettes dans le but de les adoucir avant de les remettre. J'en avais deux paires, tout aussi raides l'une que l'autre à cause de la poussière et de la sueur. On aurait dit du carton, même si je prenais soin d'en changer toutes les quelques heures et de les suspendre à mon sac pour qu'elles sèchent.

Ce matin-là, quand je me suis éloignée de la source avec mes dix kilos d'eau fraîchement puisée, j'ai réalisé que d'une manière étrange, abstraite et rétrospective, je m'amusais. Malgré la torture que j'endurais, je remarquais par moments la beauté du paysage, je m'émerveillais des petites choses comme des grandes : la couleur d'une fleur du désert au bord du chemin, l'immense étendue du ciel où le soleil descendait derrière les montagnes. Soudain, au beau milieu de ma rêverie, j'ai glissé sur des graviers et je suis tombée, m'affalant face contre terre avec une violence qui m'a coupé le souffle. Je suis restée immobile pendant une bonne minute, la jambe envahie d'une douleur intense, écrasée sous le poids colossal de mon sac qui me clouait au sol. Lorsque j'ai réussi à me dégager pour constater les dégâts, j'ai découvert sur mon tibia une entaille qui saignait abondamment et sous laquelle un hématome gros comme le poing était déjà en train de se former. J'ai versé un peu de ma précieuse eau dessus, nettoyé de mon mieux la poussière et les graviers, puis pressé un morceau de gaze sur ma peau pour arrêter le saignement. Enfin, j'ai pu repartir en boitillant.

Tout le reste de l'après-midi, j'ai gardé les yeux rivés au sol devant moi de peur de trébucher à nouveau. C'est là que j'ai remarqué ce que je guettais depuis plusieurs jours : des empreintes de puma. Il était passé peu de temps auparavant, dans la même direction que moi – on distinguait clairement ses traces sur quatre cents mètres. Je m'arrêtais toutes les deux minutes pour scruter les alentours. Mis à part quelques touches de vert, la végétation était un camaïeu de beige et de marron dans lequel un puma se fondrait parfaitement. J'ai poursuivi ma route en pensant à un article que j'avais lu dans le journal – à propos de trois femmes tuées par des pumas en Californie l'année précédente – et aux documentaires animaliers que je regardais étant petite, dans lesquels les prédateurs se jetaient toujours sur le plus faible du troupeau. Aucun doute : c'était moi la plus susceptible de finir déchiquetée. J'ai chanté des petites chansons qui me passaient par la tête – *Twinkle twinkle little star* et *Take me home country roads* – dans l'espoir que ma voix terrifiée tienne le puma à distance sans pour autant lui signaler ma présence, au cas où le sang séché sur ma jambe et l'odeur de mon corps pas lavé depuis des jours ne suffiraient pas.

En observant les environs, j'ai pris conscience du chemin parcouru. Le terrain était en train de changer ; il était toujours aride et dominé par le chaparral et la sauge, mais les arbres de Josué typiques du désert des Mojaves n'apparaissaient plus que de façon sporadique. On voyait de plus en plus de genévriers, de pins parasols et de chênes bas. De temps à autre, je traversais des prairies couvertes d'une herbe épaisse. Leur présence et celle des arbres m'apportaient un certain réconfort. Elles suggéraient qu'il y avait de l'eau, de la vie. Elles signifiaient que je pouvais y arriver.

Jusqu'à ce qu'un tronc me barre la route. Il était tombé en travers du chemin, soutenu par des branches juste assez basses pour que je ne puisse pas me faufiler dessous, et juste assez hautes pour que je ne puisse pas passer par-dessus, surtout avec mon sac. Le contourner était hors de question : le chemin était bordé par une pente abrupte d'un côté et des broussailles denses de l'autre. Je suis restée plantée là un bon moment, à tenter de trouver un moyen de passer. Aussi insurmontable que paraisse l'obstacle, je n'avais pas le choix. La seule autre solution consistait à retourner au motel de Mojave. J'ai repensé à la petite chambre à dix-huit dollars et ma tête s'est mise à tourner tant le désir de faire demi-tour était fort. J'ai tourné le dos à l'arbre, détaché mon sac, et je l'ai poussé par-dessus le tronc en essayant de ralentir au maximum sa chute de l'autre côté pour éviter que ma poche à eau n'explose. Puis je l'ai escaladé en m'écorchant les mains, déjà abîmées par ma chute. Sur une distance d'un kilomètre et demi, j'ai croisé trois autres arbres abattus par le vent. Quand j'en ai eu fini avec eux, la blessure de mon tibia s'était rouverte et avait recommencé à saigner.

L'après-midi du cinquième jour, tandis que je longeais une section particulièrement étroite et raide du chemin, j'ai levé les yeux et vu qu'une énorme bête à cornes me chargeait.

« Élan ! » ai-je hurlé, tout en sachant que ça n'en était pas un.

Sous l'effet de la panique, mon cerveau n'arrivait pas à déterminer ce qu'il voyait, et un élan était ce qui s'en approchait le plus.

« Élan ! » ai-je hurlé à nouveau d'une voix désespérée – car il approchait.

Je me suis faufilée tant bien que mal entre les manzanitas aux branches acérées et les petits chênes qui bordaient la piste, entravée par le poids de mon sac.

À ce moment-là, le nom de la bête m'est revenu et j'ai compris que j'allais bientôt être piétinée par un taureau texan à longues cornes.

« Élaaaaannn ! » ai-je hurlé de toutes mes forces en tâtonnant pour attraper la ficelle jaune du sifflet le plus puissant du monde.

Je l'ai trouvée, j'ai fermé les yeux et j'ai sifflé aussi fort que je le pouvais, jusqu'à être obligée de m'arrêter pour reprendre mon souffle.

Lorsque j'ai rouvert les yeux, le taureau était parti.

Ainsi que toute la peau de mon index droit, arrachée sur les branches dans ma précipitation.

Ce qui me frappait le plus sur le Pacific Crest Trail – un constat qui, tout l'été, me semblerait si profond et si simple à la fois, comme cela arrive fréquemment –, c'était à quel point ma marge de manœuvre était limitée. Bien souvent, je me trouvais contrainte de faire ce qui me plaisait le moins. Il n'y avait pas d'issue, pas de déni possible. Pas de Martini pour faire passer la pilule, pas de roulades dans la paille pour adoucir les choses. Ce jour-là, agrippée au chaparral, le doigt en sang, terrifiée à l'idée que le taureau revienne, j'ai réfléchi aux différentes possibilités qui s'offraient à moi. Il y en avait deux, et elles revenaient au même. Soit je repartais en arrière, soit je continuais pour arriver là où j'avais prévu d'aller. Le taureau, songeais-je amèrement, pouvait aussi bien se trouver d'un côté que de l'autre puisque je ne l'avais pas vu partir. J'avais donc le choix entre le taureau qui me ferait revenir sur mes pas, et celui qui me pousserait vers l'avant.

Alors, j'ai opté pour la deuxième solution.

En y mettant toute mon énergie, je parvenais à peine à couvrir quinze kilomètres par jour. C'était déjà un exploit physique qui allait bien au-delà de tout ce que j'avais connu jusque-là. Toutes les parties de mon corps me faisaient souffrir. Sauf mon cœur. Je ne voyais personne mais, si étrange que ça puisse paraître, personne ne me manquait. Je ne rêvais que de nourriture, d'eau et de pouvoir poser mon sac. Pourtant, je continuais à le porter. Montant, descendant, contournant les montagnes sèches le long du chemin bordé de pins de Jeffrey et de chênes noirs, traversant des pistes de 4 × 4 qui portaient des traces d'énormes pneus, sans personne en vue.

Le matin du huitième jour, j'ai eu faim et j'ai déballé toutes mes provisions sur le sol pour voir où j'en étais, soudain avide d'un repas chaud. Malgré mon épuisement et mon appétit quasi inexistant, j'avais mangé quasiment tout ce qui ne nécessitait pas de cuisson – céréales, noix, fruits secs, flocons de dinde et de thon, barres protéinées, chocolat et poudre *Better Than Milk*. Pour tout le reste, il me fallait un réchaud, et le mien ne fonctionnait toujours pas. Mon premier colis de réapprovisionnement m'attendait à Kennedy Meadows, soit à plus de deux cent dix kilomètres de mon point de départ. Un randonneur expérimenté les aurait déjà parcouru. À la vitesse où j'avançais, il m'en restait encore plus de la moitié. Et quand bien même je tiendrais jusqu'à Kennedy Meadows avec ce qui me restait, mon réchaud avait besoin d'être réparé et je devrais remplir la bouteille avec le bon combustible. Or, il y avait peu de chance que ce soit possible dans ce qui était davantage un camp de base pour chasseurs, pêcheurs et randonneurs qu'une ville. Assise par terre au milieu de mes sachets de nourriture déshydratée que je ne pouvais pas manger, j'ai décidé de faire un détour. Non loin de là, le PCT croisait un réseau de pistes de 4 × 4 qui partaient dans toutes les directions.

J'en ai pris une en me disant que je finirais bien par retomber sur la civilisation par le biais de la route qui longeait le chemin, à environ trente kilomètres à l'est. Je ne savais pas vraiment où j'étais exactement, mais je continuais à avancer sous le soleil aveuglant, poussée par la certitude que j'allais trouver quelque chose. Je sentais mauvais, je m'en rendais compte. J'avais emporté du déodorant dont je me tartinais les aisselles chaque matin, mais ça ne servait à rien. Je ne m'étais pas lavée depuis une semaine. Mon corps était couvert de crasse et de sang, mes cheveux épaissis par la poussière et la sueur, plaqués sur ma tête sous mon chapeau. Je sentais mon corps se raffermir un peu plus chaque jour, en même temps que mes tendons et mes articulations se fatiguaient. Mes pieds étaient aussi douloureux à l'intérieur qu'à l'extérieur, la peau à vif à cause des ampoules, les os et les muscles fatigués par les kilomètres. La piste était agréablement plane ou descendait doucement, un répit bienvenu après les montagnes russes du chemin, et pourtant j'avais mal partout. Pendant de longs laps de temps, je tentais de me convaincre que je n'avais pas de pieds, que mes jambes se terminaient par des moignons insensibles capables de tout endurer.

Au bout de quatre heures, j'ai commencé à regretter ma décision. Même si je risquais de mourir de faim ou d'être tuée par un taureau en maraude, sur le PCT, au moins, je savais où j'allais. J'ai repris mon guide ; je commençais à douter d'être sur une des pistes qu'il décrivait très succinctement. Je sortais ma carte et ma boussole toutes les heures pour déterminer ma position. J'ai relu le passage de *Staying Found* qui expliquait comment s'en servir. J'ai observé le soleil. Puis j'ai dépassé un petit troupeau de vaches en liberté et mon cœur a fait un bond dans ma poitrine, bien qu'aucune n'ait bougé dans ma direction. Elles se sont arrêtées de brouter le temps de me regarder passer, tandis que je chantonnais gentiment :

« Vache, vache, vache. »

La route traversait un paysage étonnamment vert par endroits, sec et rocailleux à d'autres, et j'ai aperçu à deux reprises des tracteurs garés dans un silence angoissant sur le bas-côté. J'étais émerveillée par la beauté et le silence de ces lieux ; puis, vers la fin de l'après-midi, l'appréhension a commencé à me nouer la gorge.

J'étais sur une piste, mais je n'avais pas vu un seul être humain depuis huit jours. J'étais censée rejoindre la civilisation, et pourtant, mis à part les vaches errantes, les deux tracteurs abandonnés et la route elle-même, rien n'indiquait la présence de l'homme. J'avais l'impression d'être la dernière survivante sur la planète dans un film de science-fiction. Pour la première fois depuis le début de mon voyage, j'ai eu envie de pleurer. Avec une profonde inspiration, j'ai ravalé mes larmes et posé mon sac le temps de reprendre mes esprits. J'ai avancé sans lui jusqu'à un virage, un peu plus loin, pour voir si j'apercevais quelque chose.

Et j'ai découvert trois hommes assis dans la cabine d'un pick-up jaune.

Un Blanc. Un Noir. Et un Latino.

Il m'a fallu environ soixante secondes pour arriver à leur hauteur. Ils m'ont regardée approcher avec la même expression que moi, la veille, face au taureau. Comme si, d'un instant à l'autre, ils allaient se mettre à hurler : « Élan ! » Leur vue me procurait un soulagement intense. Pourtant, tandis que j'avançais vers eux, mon corps est devenu brûlant ; soudain, j'avais conscience de ne plus être une héroïne de science-fiction. Je jouais maintenant dans un tout autre genre de film : une femme seule face à trois hommes aux intentions, aux caractères et aux origines inconnus assis dans un pick-up jaune.

Quand je leur ai expliqué ma situation par la fenêtre du conducteur, ils m'ont dévisagée en silence avec un regard d'abord surpris, puis abasourdi, puis moqueur, avant d'exploser de rire.

« Tu sais dans quoi tu viens de te fourrer, ma belle ? » m'a demandé le Blanc une fois remis de ses émotions.

J'ai secoué la tête. Le Noir et lui devaient avoir une soixantaine d'années, le Latino à peine vingt ans.

« Tu vois la montagne, là ? a-t-il poursuivi, le doigt pointé droit devant lui. On s'apprête à la faire sauter. »

Il m'a expliqué qu'une compagnie minière venait de racheter cette parcelle de terre pour y récolter des pierres décoratives destinées aux jardins de particuliers.

« Je m'appelle Frank, a-t-il ajouté en portant la main à son chapeau de cow-boy. Et, en théorie, tu n'as pas le droit d'être ici, jeune demoiselle, même si on ne t'embêtera pas pour ça. »

Il m'a adressé un clin d'œil.

« Nous, on est juste des mineurs. On n'est pas les propriétaires, sans quoi on t'aurait déjà tiré dessus. »

Il a éclaté de rire à nouveau avant de désigner le Latino assis au milieu et de m'informer qu'il s'appelait Carlos.

« Et moi, c'est Walter », a précisé le Noir assis du côté passager.

C'était les premières personnes que je rencontrais depuis les deux types du Colorado qui m'avaient déposée au bord de la route une semaine plus tôt. Quand je parlais, ma voix me semblait bizarre, plus aiguë et plus rapide que dans mes souvenirs, comme si j'avais du mal à la contrôler, comme si chaque mot était un petit oiseau prêt à s'envoler. Ils m'ont dit de monter à l'arrière du pick-up, puis nous avons parcouru quelques dizaines de mètres pour aller récupérer mon sac. Frank s'est arrêté et ils sont tous sortis. Lorsque Walter a soulevé mon sac, il a été choqué par son poids.

« J'ai fait la guerre de Corée, m'a-t-il raconté en le hissant avec effort dans la remorque, et je n'ai jamais porté un truc aussi lourd. Ou peut-être une fois, parce que j'étais puni. »

Très vite, sans vraiment me consulter, ils ont décidé que j'irais chez Frank, où sa femme me préparerait à dîner et où je pourrais me laver et dormir dans un vrai lit. Le lendemain matin, il me conduirait jusqu'à une boutique où je pourrais faire réparer mon réchaud.

« Bon, explique-moi tout ça encore une fois », a réclamé Frank à plusieurs reprises, et tous trois m'ont écoutée avec attention, l'air un peu perdu.

Ils ne vivaient qu'à une trentaine de kilomètres du Pacific Crest Trail, et pourtant aucun d'entre eux n'en avait jamais entendu parler. Ils ne comprenaient pas ce qui pouvait pousser une femme à l'emprunter toute seule, comme Frank et Walter me l'ont exprimé de façon joviale.

« Moi, je trouve ça plutôt cool », a commenté Carlos au bout d'un moment.

Il avait dix-huit ans et s'apprêtait à entrer dans l'armée.

« Tu devrais peut-être faire cette rando, à la place, ai-je suggéré.

— Nan. »

Les hommes sont remontés dans le pick-up et j'ai repris ma place à l'arrière. Après quelques kilomètres, nous avons atteint l'endroit où Walter avait laissé sa camionnette. Il est parti avec Carlos, me laissant seule en compagnie de Frank qui avait encore une heure de travail devant lui.

Je me suis installée à l'avant et je l'ai regardé aller et venir sur un tracteur pour niveler la route. Chaque fois qu'il passait devant moi, il me faisait signe ; quand il s'éloignait, j'en profitais pour fouiller discrètement dans son pick-up. La boîte à gants contenait une flasque de whisky en argent. J'en ai pris une petite gorgée, puis je me suis dépêchée de la ranger, les lèvres en feu. Sous le siège, j'ai trouvé un étui noir et plat ; à l'intérieur, il y avait une arme aussi rutilante que la flasque. Aussitôt, j'ai refermé l'étui et je l'ai remis à sa place. Les clés étaient restées sur le contact ; je me suis demandé ce qui se passerait si je démarrais et m'enfuyais avec le pick-up. J'ai retiré mes chaussures pour me masser les pieds. Le petit bleu sur ma cheville, souvenir de mon shoot d'héroïne à Portland, était encore visible bien qu'il ait tourné au jaunâtre. J'ai passé un doigt sur la petite bosse encore gonflée au milieu, sans parvenir à croire que j'aie pu être aussi stupide. Ensuite, j'ai remis mes chaussettes pour ne plus le voir.

« Quel genre de femme es-tu ? m'a demandé Frank quand, son travail terminé, il est remonté dans le pick-up.

— Comment ça, quel genre ? »

Nos regards se sont croisés ; quelque chose s'est allumé dans ses yeux, alors j'ai détourné les miens.

« Tu es comme Jane ? La femme de Tarzan ?

— Sans doute que oui. »

J'ai ri, malgré l'inquiétude qui me gagnait peu à peu. J'aurais voulu qu'il démarre. Il n'était pas très grand, maigre, émacié, le teint mat. Un mineur aux allures de cow-boy. Ses mains me rappelaient celles de tous les hommes que j'avais connus dans mon enfance, des travailleurs manuels qui ne parvenaient jamais à les nettoyer, même en frottant de toutes leurs forces. Assise à côté de lui, j'avais la sensation, déjà éprouvée dans d'autres circonstances, que tout pouvait arriver. Qu'il pouvait aussi bien rester poli et aimable que me sauter dessus et changer le cours des choses en un instant. Je surveillais ses mains, ses moindres mouvements, toutes les cellules de mon corps en alerte, malgré mon air aussi détendu que si je venais de me réveiller d'une sieste.

« J'ai un petit quelque chose pour nous, a-t-il lancé en se penchant vers la boîte à gants d'où il a sorti la flasque de whisky. Voilà ma récompense après une dure journée de labeur. »

Il a dévissé le bouchon puis m'a tendu le flacon.

« Honneur aux dames », a-t-il lancé.

J'ai porté la flasque à mes lèvres, laissé couler un peu d'alcool dans ma bouche.

« Ouaip. Tu es bien ce genre de femme. D'ailleurs, je vais t'appeler comme ça : Jane. »

Il m'a pris la flasque des mains et a avalé une bonne lampée.

« Vous savez, je ne suis pas complètement seule, ai-je déclaré, inventant un mensonge au fur et à mesure. Mon mari – il s'appelle Paul – fait la randonnée lui aussi. Il est parti de Kennedy Meadows. Vous voyez où c'est ? On voulait tous les deux essayer la marche en solitaire, alors il descend vers le sud pendant que je monte vers le nord, et on doit se retrouver au milieu. Après, on passera le reste de l'été ensemble. »

Frank a hoché la tête avant de boire une nouvelle gorgée.

« Eh ben, il est encore plus dingue que toi, a-t-il conclu après une minute de réflexion. C'est une chose d'être une fille assez dingue pour faire ce que tu fais. Mais qu'un homme laisse sa femme partir comme ça, c'en est une autre.

— C'est sûr, ai-je lancé comme si j'étais d'accord avec lui. Enfin bref, on sera de nouveau réunis dans quelques jours. »

Je l'ai affirmé avec une telle conviction que j'en étais presque convaincue – Paul était en train de venir à ma rencontre. Nous n'avions pas divorcé deux mois plus tôt, par un jour neigeux du mois d'avril. Il venait me chercher. Ou, du moins, il serait au courant si je ne poursuivais pas ma route. Ma disparition serait signalée très rapidement.

En réalité, c'était tout le contraire. Il était arrivé la même chose aux gens qui comptaient dans ma vie qu'à ma boîte de pansements le premier jour dans le désert. Ils s'étaient envolés, éparpillés par le vent. Personne n'attendait ne serait-ce qu'un coup de fil de ma part lorsque j'atteindrais ma première étape. Ni la deuxième, ni la troisième.

Frank s'est laissé aller contre son siège et a ajusté la grosse boucle en métal de sa ceinture.

« Il y a une autre récompense que j'apprécie à la fin d'une longue journée de travail, a-t-il déclaré.

— Ah oui, quoi ? »

Je me suis forcée à sourire malgré mon cœur qui battait la chamade. J'avais des picotements dans les mains. Et la conscience douloureuse que mon sac était beaucoup trop loin sur la plate-forme arrière. En un éclair, j'ai décidé de l'abandonner derrière moi si je devais sauter en marche.

Frank a plongé la main sous son siège, là où le revolver était caché dans son étui noir.

Il en a sorti un sachet transparent. À l'intérieur, il y avait de longs fils de réglisse rouge entortillés comme des lassos. Il m'a tendu le sachet :

« Tu en veux, miss Jane ? »

6

Un taureau de chaque côté

J'ai dévoré au moins deux mètres de la réglisse de Frank pendant qu'il conduisait, et j'aurais bien continué s'il y en avait eu davantage.

« Attends-moi ici, m'a-t-il ordonné en se garant sur la petite allée de graviers qui courait le long de sa maison – une caravane plantée au milieu de plusieurs autres au milieu d'un petit campement broussailleux. Je vais expliquer qui tu es à Annette. »

Quelques minutes plus tard, il est ressorti avec elle. Annette était une femme rondelette aux cheveux gris, avec un air peu avenant et suspicieux.

« C'est tout ce que tu as ? » a-t-elle grogné quand Frank a attrapé mon sac à l'arrière.

Je les ai suivis à l'intérieur. Frank a aussitôt disparu dans la salle de bains.

« Fais comme chez toi », m'a dit Annette.

J'ai supposé que le mieux était de m'asseoir à table pendant qu'elle me préparait à manger. Une petite télé braillait dans un coin, le son si fort qu'il en devenait presque inaudible. Encore un reportage sur le procès d'O. J. Simpson. Je l'ai regardé jusqu'à ce qu'Annette dépose une assiette devant moi et éteigne la télévision.

« On n'entend plus parler que de ça. O. J. par ci, O. J. par là… À croire qu'il n'y a pas des gamins en train de crever de faim en Afrique. Vas-y, mange, a-t-elle ajouté avec un geste de la main.

— Je peux attendre », ai-je répondu d'une voix détachée alors que je mourais d'envie d'attaquer la nourriture.

J'ai baissé les yeux vers mon assiette. Elle était remplie d'une énorme pile de travers de porc à la sauce barbecue, de maïs et de salade de pommes de terre. J'ai songé à aller me laver les mains, mais j'avais peur que cela retarde le début du repas. De toute façon, ce n'était pas très important. La nécessité de se laver les mains avant de manger était devenue un concept aussi lointain que celui de journal télévisé.

« Mange ! » m'a intimé Annette en posant un gobelet de soda Kool-Aid à la cerise devant moi.

J'ai porté une bouchée de pommes de terre à ma bouche. C'était tellement bon que j'ai failli tomber de ma chaise.

« Tu es étudiante ?

— Oui, ai-je répondu, flattée d'en avoir encore l'air malgré ma crasse et ma puanteur. Enfin, je l'ai été. J'ai eu mon diplôme il y a quatre ans. »

J'ai continué à manger en songeant qu'en fait c'était un mensonge. En dépit de la promesse faite à ma mère sur son lit de mort, je n'avais jamais décroché ma licence. Ma mère était morte le premier lundi des vacances de printemps, et j'étais retournée à la fac la semaine suivante. J'avais enchaîné les cours jusqu'à la fin du trimestre, à moitié aveuglée par le chagrin, mais il m'avait manqué un devoir pour valider mon diplôme : un essai de cinq pages en littérature anglaise niveau intermédiaire. Ça aurait dû être un jeu d'enfant pour moi, mais, chaque fois que j'essayais d'écrire quelque chose, je ne parvenais qu'à fixer l'écran vide de mon ordinateur. À la fin de l'année, j'étais montée sur scène vêtue de ma toge et de ma toque pour recevoir le rouleau officiel. Je savais déjà ce que je lirais à l'intérieur : tant que ce cours ne serait pas validé, je n'aurais pas ma licence. La seule chose qu'il me restait, c'était l'emprunt étudiant que, selon mes calculs, je rembourserais jusqu'à l'âge de quarante-trois ans.

Le lendemain matin, Frank m'a déposée devant une petite épicerie au bord de la route après m'avoir conseillé de me rendre en stop jusqu'à une ville nommée Ridgecrest. Je me suis assise sur le porche. J'ai demandé à un livreur de chips s'il pouvait m'emmener et il a dit oui, bien que ce soit interdit par le règlement de sa compagnie. Il s'appelait Troy, m'a-t-il informée une fois que j'ai pris place à bord de son camion. Il sillonnait le sud de la Californie cinq jours par semaine pour livrer des chips de toutes les variétés imaginables. Il était marié depuis dix-sept ans à son amour de jeunesse, qu'il avait rencontrée à dix-sept ans.

« Dix-sept ans de liberté, et dix-sept en cage, a-t-il plaisanté, une pointe de regret dans la voix. Je ferais n'importe quoi pour être à votre place. Je suis un esprit libre qui n'a jamais eu les couilles de reprendre sa liberté. »

Il m'a déposée devant chez *Todd's*, une boutique d'équipement de plein air. M. Todd en personne s'est chargé de démonter mon réchaud, de le nettoyer, d'installer un filtre neuf et de me vendre le bon combustible. Puis, pour être sûr, il m'a demandé de l'allumer devant lui. J'ai également acheté du gros rouleau adhésif et des pansements seconde peau pour mes blessures, avant d'aller au restaurant commander un milk-shake au chocolat et un cheeseburger avec des frites. Comme la veille au dîner, j'étais en extase à chaque bouchée. Ensuite, je me suis promenée en ville ; les voitures défilaient à toute vitesse, chauffeurs et passagers se tournant pour me dévisager avec une froide curiosité. J'ai passé des fast-foods et des concessionnaires automobiles, sans trop savoir si je devais tendre le pouce ou passer la nuit à Ridgecrest et rejoindre le PCT le lendemain. Alors que j'étais plantée près d'un carrefour à me demander de quel côté aller, un homme débraillé s'est dirigé vers moi sur son vélo. Il tenait un sac en papier fripé à la main.

« Tu quittes la ville ? m'a-t-il demandé.

— Peut-être. »

Son vélo était trop petit pour lui – il était prévu pour un enfant – et décoré de flammes criardes sur les côtés.

« Tu vas par où ? »

Il sentait si fort que j'ai failli tousser, même si je ne devais pas être beaucoup mieux. Malgré le bain pris chez Frank et Annette la veille, j'avais dû remettre mes vêtements sales.

« Je vais peut-être passer la nuit dans un motel.

— Ne fais pas ça ! a-t-il hurlé. Quand j'ai essayé, ils m'ont mis en prison. »

J'ai hoché la tête. Il me prenait pour quelqu'un comme lui. Une vagabonde. Une marginale. Pas une étudiante, ni même une ancienne étudiante. J'ai renoncé à lui parler du PCT.

« Tu peux le garder, a-t-il offert en me tendant le sac en papier. C'est du pain et de la sauce bolognaise. Tu pourras te faire un sandwich.

— Non, merci, ai-je refusé, à la fois dégoûtée et touchée par son cadeau.

— Tu viens d'où ? a-t-il continué, visiblement peu pressé de partir.

— Du Minnesota.

— Hé ! »

Un sourire est apparu sur son visage crasseux.

« On est frère et sœur. Je viens de l'Illinois. L'Illinois et le Minnesota sont voisins.

— Enfin, presque voisins – il y a le Wisconsin au milieu. »

J'ai aussitôt regretté mes paroles, car je ne voulais pas le blesser.

« C'est quand même des voisins. »

Il a tendu la main, paume vers le haut, pour que je tape dessus.

Je me suis exécutée.

« Bonne chance », ai-je lancé tandis qu'il s'éloignait en pédalant.

Je suis entrée dans une épicerie et j'ai erré dans les rayons un long moment sans rien toucher, émerveillée par les montagnes de nourriture. Pour finir, j'ai acheté quelques provisions pour compenser ce que j'avais mangé à la place de mes plats déshydratés, puis j'ai longé une autoroute bondée jusqu'à trouver ce qui semblait être le motel le moins cher de la ville.

« Je m'appelle Bud », m'a répondu le réceptionniste quand je lui ai demandé une chambre.

Il avait un air de chien battu et une toux de fumeur. Ses bajoues bronzées pendaient de chaque côté de son visage ridé. Lorsque je lui ai expliqué que je randonnais sur le PCT, il a insisté pour laver mes vêtements.

« Je n'ai qu'à les fourrer dans la machine avec les draps et les serviettes, ma belle. C'est rien du tout », a-t-il insisté.

Une fois dans ma chambre, je me suis déshabillée, j'ai enfilé mon pantalon de pluie et mon imperméable malgré la chaleur, puis je suis retournée à l'accueil donner timidement mon linge sale à Bud en le remerciant encore une fois.

« C'est parce que j'aime bien votre bracelet. C'est pour ça que je vous l'ai proposé. »

J'ai relevé la manche de mon manteau. C'était un jonc en argent terni, un bracelet de POW/MIA[1] que mon amie Aimee m'avait passé au poignet lorsque nous nous étions dit au revoir, quelques semaines plus tôt, dans une rue de Minneapolis.

« Voyons voir qui vous avez là. »

Bud m'a pris la main par-dessus le guichet pour lire l'inscription.

« William J. Crockett. »

Aimee s'était renseignée sur lui : c'était un pilote de l'Air Force qui avait vingt-cinq ans et dix mois lorsque son avion avait été abattu au Vietnam. Elle avait porté ce bijou pendant des années sans jamais l'enlever. Depuis qu'elle me l'avait donné, je ne le quittais plus.

« Moi aussi, je suis un vétéran du Vietnam, alors je repère toujours ce genre de choses. C'est aussi pour ça que je vous ai donné la seule chambre avec

1. « Prisonnier de guerre / Disparu au combat ».

baignoire, m'a confié Bud. J'y étais en 63, j'avais à peine dix-huit ans. Maintenant, je suis contre la guerre. Toutes les guerres. Cent pour cent contre. Sauf dans certains cas. »

Il a pris la cigarette qui se consumait à côté de lui dans un cendrier en plastique, sans la porter à ses lèvres.

« Je suppose qu'il doit y avoir pas mal de neige là-haut, dans la Sierra Nevada, a-t-il lancé.

— De la neige ?

— C'est une année exceptionnelle. Tout est complètement blindé. Vous trouverez un bureau du BLM [1] en ville, si vous voulez vous renseigner sur les conditions météo, m'a-t-il informée avant de tirer une bouffée. Vos vêtements seront prêts dans une heure ou deux. »

Je suis retournée dans ma chambre prendre une douche, puis un bain. Ensuite, j'ai défait le lit et je me suis allongée sur les draps. Il n'y avait pas de clim, mais j'étais au frais. Je ne m'étais jamais sentie aussi bien de toute ma vie car, grâce au chemin, je savais désormais combien je pouvais me sentir mal. Je me suis levée, j'ai fouillé dans mon sac, puis je me suis allongée à nouveau avec *Tandis que j'agonise*. Les paroles de Bud au sujet de la neige résonnaient en moi.

Je connaissais la neige. Après tout, j'avais grandi dans le Minnesota. Je l'avais déblayée, j'avais conduit dessus, j'avais fait des batailles de boules de neige. Je l'avais contemplée par la fenêtre pendant des jours,

1. *Bureau of Land Management*, l'agence qui gère notamment les espaces naturels.

je l'avais vue former des congères qui restaient gelées des mois durant. Mais cette neige était différente. Elle dominait la Sierra Nevada d'une manière si indomptable qu'elle avait donné leur nom aux montagnes – en espagnol, Sierra Nevada signifie « chaîne enneigée ».

C'était presque absurde quand on pensait que, depuis le début de ma randonnée sur le PCT, je marchais dans cette chaîne enneigée à laquelle appartenaient en théorie les sommets arides que j'avais gravis. Mais je n'avais pas encore mis le pied dans la Haute Sierra, cette formidable succession de pics et de falaises de granit qui s'étendait au-delà de Kennedy Meadows et que l'alpiniste et écrivain John Muir avait célébrée un siècle plus tôt. Je n'avais pas lu son livre avant de partir sur le PCT, mais je savais qu'il était le fondateur du Sierra Club. Il avait consacré sa vie à protéger la région des troupeaux de moutons, des exploitations minières, du tourisme et des autres empiétements de la vie moderne. C'était grâce à lui et à ses disciples que la Sierra Nevada était encore à l'état sauvage. Un état sauvage apparemment « complètement blindé » par la neige cette année-là.

Je n'étais pas si surprise que ça. Les auteurs de mon guide m'avaient prévenue que je risquais de trouver de la neige dans la Haute Sierra, et je m'y étais donc préparée. Du moins, c'est ce que j'avais cru quand je ne savais encore rien du PCT : j'avais acheté un piolet et l'avais glissé dans le colis qui m'attendrait à Kennedy Meadows. Je ne pensais l'utiliser qu'en de rares occasions, sur les portions les plus élevées du chemin. D'après le guide, en temps normal la majeure partie de la neige fondait avant la fin du mois du juin, période à laquelle je traverserais la Haute Sierra. Mais il ne m'était pas venu à l'idée de creuser un peu le concept de « temps normal ».

J'ai trouvé un annuaire dans la table de chevet et composé le numéro de l'antenne locale du BLM.

« Oh, oui, il y a encore beaucoup de neige là-haut », m'a répondu mon interlocutrice.

Elle n'avait pas beaucoup plus de détails à me donner, mais une chose était sûre, les chutes de neige avaient battu des records cette année-là. Quand je lui ai expliqué que je randonnais sur le PCT, elle m'a proposé de m'y reconduire en voiture. J'ai raccroché, plus soulagée de ne pas avoir à faire du stop qu'inquiète au sujet de la neige. Ça me paraissait si lointain, si impossible.

La gentille dame du BLM m'a déposée près du chemin le lendemain après-midi, à un endroit appelé Walker Pass. Tandis que je la regardais s'éloigner, je me sentais à la fois plus humble et un peu plus confiante que neuf jours plus tôt. Depuis mon départ, j'avais été chargée par un taureau texan à longues cornes, coupée et meurtrie par mes nombreuses chutes. J'avais suivi une route isolée en contournant une montagne qu'on s'apprêtait à dynamiter. J'avais traversé des kilomètres de désert, monté et descendu d'innombrables côtes, passé des jours sans voir personne. Mes pieds étaient à vif, mon corps meurtri, et, non contente de marcher pendant des jours au milieu de nulle part, j'avais traîné un sac qui représentait la moitié de mon poids. Toute seule.

Ce n'était pas rien, si ? songeais-je en traversant le campement rudimentaire de Walker Pass à la recherche d'un coin où monter ma tente. Il était tard mais il faisait encore jour – c'était la dernière semaine du printemps. Je me suis installée et j'ai préparé mon premier vrai repas sur mon réchaud remis à neuf – haricots secs et riz – en contemplant le coucher de soleil multicolore au-dessus des montagnes. J'avais l'impression d'être la personne la plus chanceuse au monde. Il me restait quatre-vingt-trois kilomètres à parcourir jusqu'à Kennedy Meadows, et vingt-cinq jusqu'à la prochaine source d'eau.

Au matin, j'ai rempli toutes mes réserves de liquide avant de traverser la route 178. Le croisement suivant se trouvait à deux cent quarante kilomètres au nord à vol d'oiseau, près de Tuolumne Meadows. J'ai repris le chemin rocailleux et escarpé sous le soleil déjà brûlant, entourée de pics dans toutes les directions – les Scodies pas très loin au sud, El Paso tout à fait à l'est, et la réserve de Domeland au nord-ouest, que j'atteindrais quelques jours plus tard. Ils se ressemblaient tous, avec des nuances subtiles. Je m'étais habituée à ce paysage. En l'espace d'une semaine, ma vision s'était modifiée, ajustée aux panoramas infinis. J'avais la sensation désormais familière de marcher à l'endroit précis où le ciel rejoignait la terre : le sommet des crêtes.

La plupart du temps, je regardais par terre. Pas après pas, les yeux rivés sur la piste couverte de sable et de cailloux, dérapant parfois à force de monter et descendre. Mon sac grinçait toujours et ses couinements insupportables résonnaient à quelques centimètres de mes oreilles.

J'essayais de ne pas penser à ce qui me faisait souffrir – mes épaules, le haut de mon dos, mes pieds, mes hanches – mais je n'y parvenais jamais très longtemps. Sur le flanc est du mont Jenkins, je me suis arrêtée plusieurs fois pour admirer l'étendue du désert qui se perdait vers le levant et disparaissait à l'horizon. L'après-midi, je suis arrivée devant un éboulis. J'ai levé les yeux vers le sommet de la montagne et suivi la coulée jusqu'en bas. C'était une immense rivière de roches anguleuses et métamorphiques grosses comme le poing, qui avait englouti le chemin bien plat sur lequel un humain aurait pu passer. Sans compter que j'étais un humain chargé d'un poids écrasant et dépourvu ne serait-ce que d'un bâton sur lequel s'appuyer. Pourquoi avoir négligé cet équipement alors que la scie pliante m'avait parue indispensable ? Je n'en avais pas la moindre idée. Impossible de trouver un bout de bois autour de moi dans les maigres buissons épars. Je n'avais pas d'autre choix que d'avancer.

Les jambes tremblantes, je me suis aventurée sur les cailloux, à moitié accroupie de peur que mon habituelle position vaguement verticale ne provoque un nouveau glissement de terrain qui m'entraînerait vers le précipice. Je suis tombée une fois, me cognant le genou, mais je me suis relevée et j'ai repris ma route d'un pas encore plus hésitant. Ma poche à eau géante clapotait derrière moi. Lorsque j'ai atteint l'autre côté, j'étais si soulagée que je me souciais à peine de mon genou en sang. « C'est fini », ai-je songé avec gratitude. Je me trompais.

Cet après-midi-là, j'ai dû traverser trois autres éboulis.

En fin de journée, j'ai bivouaqué sur le col qui reliait le mont Jenkins au mont Owens, le corps traumatisé par les efforts fournis alors que je n'avais parcouru que treize kilomètres et demi. D'habitude, je me maudissais de ne pas réussir à marcher plus vite ; ce soir-là, avachie dans ma chaise pliante, alors que je portais machinalement ma cuillère de la casserole posée par terre à mes lèvres, j'étais simplement heureuse d'être arrivée jusque-là. Je me trouvais à une altitude de deux mille cent trente mètres, comme suspendue en plein ciel. À l'ouest, le soleil descendait sur le paysage vallonné dans un camaïeu de rose et d'orange ; à l'est, la vallée désertique s'étendait à l'infini.

La Sierra Nevada est formée d'un seul morceau de croûte terrestre incliné. Sa pente occidentale, qui représente quatre-vingt-dix pour cent de son étendue, est hérissée de sommets descendant par paliers jusqu'à des vallées fertiles. Celles-ci donnent à leur tour sur la côte californienne, qui suit une ligne parallèle au PCT à environ trois cent vingt kilomètres à l'ouest. Le versant est de la Sierra Nevada est très différent : ses falaises abruptes surplombent une vaste plaine aride qui se prolonge jusqu'au Grand Bassin du Nevada. Je n'avais vu la Sierra Nevada qu'une seule fois, avec Paul, quelques mois après notre départ de New York. Après une nuit dans la Vallée de la Mort, nous avions roulé vers l'ouest pendant des heures au cœur d'un paysage si désolé qu'on se serait crus sur une autre planète. Vers midi, la Sierra Nevada était apparue à l'horizon, tel un immense mur blanc et impénétrable surgi de terre. J'avais du mal à me la représenter maintenant que j'étais perchée entre deux sommets. Je ne l'admirais plus de loin, je la chevauchais. Je suis restée là jusqu'à la tombée de la nuit, envahie d'une forme de plénitude, trop lasse pour me lever et regagner ma tente. La lune brillait au-dessus de ma tête et en bas, tout au fond de la vallée, les lumières d'Inyokern et de Ridgecrest scintillaient. Le silence était incommensurable. Le vide écrasant. C'est ce que j'étais venue chercher, ai-je pensé. C'est ce que je voulais.

Quand j'ai fini par me redresser, je me suis rendu compte que, pour la première fois depuis le début, je n'avais pas enfilé mon gilet en polaire au coucher du soleil. Ni même mon T-shirt à manches longues. Il n'y avait pas le moindre souffle d'air frais, même à cette altitude. Je me suis délectée de la sensation de l'air tiède sur mes bras nus.

Dès dix heures le lendemain matin, j'ai déchanté. Ma joie avait été consumée par une chaleur implacable et magnifique.

À midi, elle était devenue si intense que je me suis demandé en toute honnêteté si j'allais survivre. Le chemin était très exposé et il faisait tellement chaud que j'étais obligée de m'arrêter cinq bonnes minutes toutes les dix minutes, pour boire une gorgée d'eau aussi brûlante que du thé. Je gémissais sans cesse, comme s'il y avait une chance que ça me procure un peu de fraîcheur – en vain. Le soleil me cognait sur la tête, se fichant complètement que je vive ou que je meure. Les buissons desséchés et les arbustes clairsemés restaient indifférents, semblables à ce qu'ils avaient toujours été et seraient toujours.

J'étais un caillou. Une feuille. La branche pointue d'un arbre. Je n'étais rien pour eux ; ils étaient tout pour moi.

Dès que je trouvais un coin d'ombre, je m'y arrêtais et je rêvais d'eau fraîche avec une profusion de détails. Sous l'effet de la chaleur, mes souvenirs n'étaient plus tant des sensations que des sons, une sorte de sifflement dissonant qui allait crescendo et m'enserrait la tête dans un étau. Malgré tout ce que j'avais enduré jusque-là sur ce chemin, je n'avais encore jamais envisagé de renoncer. Et voilà que tout à coup, après dix jours de marche, j'étais prête à baisser les bras.

Je titubais vers le nord en direction de Kennedy Meadows, furieuse d'avoir eu une idée aussi absurde. Ailleurs, les gens organisaient des barbecues, prenaient des vacances, bronzaient au bord des lacs et faisaient la sieste. Ils disposaient de glaçons, de limonade, de pièces à vingt degrés. Je connaissais ces gens. Je les aimais. Je les haïssais aussi, parce qu'ils étaient si loin alors que je frôlais la mort sur un chemin dont la plupart n'avait jamais entendu parler. J'allais arrêter là. « C'est fini, fini, fini », gémissais-je tout en alternant entre marche et repos (dix minutes, cinq, dix, cinq). J'allais continuer jusqu'à Kennedy Meadows, récupérer mon colis, manger tous les bonbons qui s'y trouvaient, puis je monterais dans une voiture et demanderais au chauffeur de me déposer dans la ville de son choix. Une fois à la gare routière, je grimperais dans n'importe quel bus.

Un bus pour l'Alaska, ai-je décidé aussitôt. Parce que, en Alaska, il n'y avait que de la glace.

Plus je me faisais à l'idée de tout arrêter, plus cette randonnée m'apparaissait comme une gigantesque bourde. J'avais pris la route pour réfléchir à ma vie, à tout ce qui m'avait brisée, afin de pouvoir me reconstruire. Mais, en fin de compte, j'étais obnubilée par mes souffrances physiques les plus immédiates. Depuis le début, c'était à peine si les difficultés rencontrées dans ma vie m'avaient effleuré l'esprit. Pourquoi, oh, pourquoi ma chère mère était-elle morte, et comment pouvais-je vivre et m'épanouir sans elle ? Comment ma famille, autrefois si unie et si forte, avait-elle pu se désagréger si vite dans son sillage ?

À quoi pensais-je donc quand j'avais trompé Paul – l'époux tendre et solide qui m'aimait envers et contre tout ? Pourquoi m'être jetée dans cette spirale négative où se mêlaient l'héroïne, Joe et les coups d'un soir ?

Autant de questions qui m'avaient accablée pendant tout l'hiver et le printemps, alors que je préparais ma randonnée sur le Pacific Crest Trail. Qui m'avaient arraché des pleurs, des sanglots, que j'avais disséquées douloureusement dans mon journal intime. J'espérais les résoudre une à une sur le chemin. Je m'étais imaginée méditant pendant des heures sur fond de coucher de soleil, le regard tourné vers des lacs cristallins. Je m'étais attendue à verser, jour après jour, des larmes de tristesse cathartique puis de joie réparatrice. Au lieu de ça, je me contentais de gémir, non pas à cause de mes tourments, mais parce que mes pieds, mon dos et les plaies de mes hanches me faisaient mal. Et en cette deuxième semaine sur le chemin, alors que le printemps était sur le point de céder officiellement la place à l'été, parce que j'avais tellement chaud que ma tête semblait sur le point d'exploser.

Quand mon état physique lui laissait un peu de répit, mon cerveau repassait en boucle des extraits de chansons et de jingles publicitaires, comme une radio détraquée. En réponse au silence, il ressortait des bribes de musique entendues au cours de ma vie – des morceaux que j'aimais aux pubs idiotes qui me rendaient dingues. Pendant des heures, j'ai essayé de me sortir de la tête la musique des chewing-gums Doublemint et celle de Burger King. J'ai mis tout un après-midi à me rappeler une phrase d'une chanson d'Uncle Tupelo qui commençait par « *Falling out the window. Tripping on a wrinkle in the rug…* ». Et toute une journée à reconstituer les paroles de *Something about what happens when we talk* de Lucinda Williams.

Mes pieds étaient en feu, ma chair à vif, mes muscles et mes tendons noués, mon doigt légèrement infecté depuis ma rencontre avec le taureau, mon cerveau en ébullition et ma tête envahie de petites musiques. À la fin de cette dixième journée éreintante, je marchais presque à quatre pattes quand j'ai pénétré sous un bosquet de peupliers et de saules qui, d'après mon guide, s'appelait *Spanish Needle Creek.* D'habitude, ce genre de noms prometteurs [1] ne correspondait pas vraiment à la réalité ; mais, cette fois, il y avait bien quelques centimètres d'eau qui scintillaient sur les cailloux à l'ombre des arbres. Cela suffisait amplement à mon bonheur. Je me suis débarrassée de mon sac, de mes chaussures et de mes vêtements pour m'asseoir toute nue dans l'eau fraîche et m'asperger la tête. Comme je n'avais croisé personne depuis dix jours, je ne craignais pas de voir arriver quelqu'un. Ivre de bonheur, j'ai actionné laborieusement mon filtre à eau et bu plusieurs gourdes d'affilée.

Le lendemain matin, réveillée par le doux clapotis du ruisseau, j'ai traîné un peu sous ma tente pendant que le ciel s'éclaircissait à travers la moustiquaire. J'ai mangé une barre de céréales en feuilletant mon guide afin de me préparer à la suite. Puis je me suis levée et je suis retournée me baigner, consciente qu'il fallait savourer ce luxe. Il n'était que neuf heures du matin, mais il faisait déjà chaud. J'appréhendais de

1. *Creek* signifie « ruisseau ».

quitter l'ombre du bosquet. Assise dans les dix centimètres d'eau, j'ai décidé que je n'irais pas à Kennedy Meadows. Au rythme où je progressais, c'était déjà trop loin. Mon guide mentionnait une petite route qui croisait le chemin à une vingtaine de kilomètres de là. Je la suivrais comme la première jusqu'à trouver une voiture. Sauf que, cette fois, je ne reviendrais pas.

Alors que j'allais partir, j'ai entendu du bruit vers le sud. Je me suis retournée et j'ai vu approcher un homme barbu avec un gros sac sur le dos. À chaque pas, son bâton de marche cliquetait contre le sol en terre battue.

« Bonjour ! a-t-il lancé, tout sourire. Tu dois être Cheryl Strayed.

— Oui, ai-je répondu d'une voix tremblante, aussi surprise de croiser un autre être humain que de l'entendre prononcer mon nom.

— Je t'ai vue sur le registre, m'a-t-il expliqué. Je te suis depuis plusieurs jours. » Je m'habituerai bientôt à ce qu'on m'aborde aussi familièrement ; en été, le registre fonctionnait comme une espèce de bulletin d'information et de réseau social. « Je m'appelle Greg », a-t-il repris en me serrant la main. Puis, après un coup d'œil à mon sac : « Tu arrives à porter un truc pareil ? »

Nous nous sommes assis à l'ombre pour discuter du chemin parcouru et de notre destination. Il avait quarante ans et était comptable à Tacoma, dans l'État de Washington. Cela expliquait son allure un peu guindée et son côté très organisé. Il avait commencé sa randonnée au début du mois de mai, au point de départ du PCT sur la frontière mexicaine. Il comptait aller jusqu'au Canada. C'était la première fois que je rencontrais quelqu'un qui partageait mon expérience, bien que son parcours soit nettement plus long. Je n'avais pas besoin de lui expliquer ce que je faisais là. Il comprenait.

J'étais partagée entre le bonheur d'avoir de la compagnie et un certain découragement, car il devenait de plus en plus évident que nous ne jouions pas dans la même catégorie : il était aussi bien préparé que je ne l'étais pas, et parfaitement renseigné sur un tas de sujets dont j'ignorais tout. Il avait passé des années à rassembler des informations sur le PCT en correspondant avec d'autres marcheurs et en assistant à des conférences sur ce qu'il appelait la « grande randonnée ». Il débitait des chiffres – distance, altitude – et analysait dans le détail les mérites comparés des sacs à armature externe ou interne. Il n'arrêtait pas de parler d'un certain Ray Jardine – un randonneur légendaire, m'a-t-il expliqué d'un ton plein de respect. Jardine était LE spécialiste de tout ce qui avait rapport au PCT, à commencer par les moyens d'alléger son sac. Greg m'a interrogée sur mon purificateur d'eau, ma ration quotidienne de protéines et la marque de mes chaussettes. Il voulait savoir comment je soignais mes ampoules et combien de kilomètres je parcourais en moyenne chaque jour. Pour sa part, il tournait autour de trente-cinq. Il venait d'avaler en une seule matinée les onze kilomètres qui m'avaient épuisée la veille.

« Je ne m'attendais pas à ce que ce soit si dur, ai-je avoué, le cœur lourd, consciente d'être encore plus nulle que ce que je croyais. Je n'arrive pas à faire plus de dix-huit ou dix-neuf par jour. »

En réalité, je ne m'étais jamais approchée d'un tel chiffre.

« Oh, c'est normal, a répliqué Greg, pas du tout surpris. C'était pareil pour moi au début, ne t'inquiète pas. Je tenais à peine vingt-trois ou vingt-quatre kilomètres avant de m'écrouler. Et, pourtant, je m'étais bien entraîné avant en faisant des randos à la journée avec mon sac rempli et tout. Ici, c'est différent. Il faut au moins deux semaines pour que le corps s'adapte ; ensuite, ça va plus vite. »

J'ai hoché la tête. Je me sentais incroyablement réconfortée, pas tant par sa réponse que par sa simple présence. En dépit de sa supériorité évidente, il était un peu de ma famille. Je me demandais si je lui inspirais la même chose.

« Où mets-tu tes provisions la nuit ? lui ai-je demandé, inquiète de ce que j'allais entendre.

— En général, je dors avec.

— Moi aussi ! » me suis-je écriée, soulagée.

Avant de partir, j'avais eu l'intention de suspendre mon sac de vivres à un arbre chaque soir, comme tout bon randonneur qui se respecte. Sauf que j'étais bien trop fatiguée pour ça. Alors je le prenais avec moi sous la tente – ce qui est fortement déconseillé – et je m'en servais pour surélever mes pieds enflés.

« Je les range dans ma tente, a continué Greg, et une étincelle s'est rallumée en moi. C'est ce que font les rangers de l'arrière-pays. Ils n'en parlent pas, parce que ça leur coûterait cher si ça attirait un ours qui pourrait blesser quelqu'un. Sur les portions plus touristiques du chemin, là où les animaux sont habitués aux hommes, je les mettrai en hauteur. Mais, pour l'instant, je ne me prends pas la tête. »

J'ai acquiescé, comme si j'avais la moindre idée de la façon dont il fallait suspendre un sac pour éloigner les ours.

« De toute façon, je ne suis même pas sûr qu'on atteigne ces zones-là, a ajouté Greg.

— Pourquoi ? »

J'ai rougi, envahie par la crainte irrationnelle qu'il ait deviné mes projets d'abandon.

« À cause de la neige.

— Ah oui. La neige. J'en ai entendu parler. »

Par cette chaleur, je l'avais complètement oubliée. Bud, l'employée du BLM, M. Todd et l'homme qui avait voulu m'offrir un sac de pain à la bolognaise semblaient appartenir à un rêve lointain.

« La Sierra est complètement blindée, a confirmé Greg, reprenant les mots de Bud. Plusieurs randonneurs ont renoncé à cause des chutes exceptionnelles de cette année. Ça va être difficile de passer.

— Ah. »

Je ressentais un mélange de terreur et de soulagement – maintenant, j'avais une bonne raison d'arrêter, et le jargon pour le dire. « J'ai voulu faire le PCT, mais je n'ai pas pu : c'était complètement blindé ! »

« À Kennedy Meadows, on va devoir réfléchir à un plan. Je compte y rester quelques jours pour souffler, donc j'y serai encore quand tu arriveras. On avisera à ce moment-là.

— Super », ai-je répondu d'un ton léger sans oser lui dire que, le temps qu'il parvienne à Kennedy Meadows, je serais déjà à bord d'un bus pour Anchorage.

« On tombera sur les premières neiges un peu plus loin au nord, et ensuite le chemin sera complètement enseveli sur plusieurs centaines de kilomètres. »

Il s'est levé et a chargé son sac sur son dos avec une aisance déconcertante. Ses jambes poilues me faisaient penser aux pilotis d'un ponton au bord d'un lac du Minnesota.

« On n'a pas choisi la meilleure année, a-t-il conclu.

— Non, c'est sûr. »

J'ai essayé de soulever mon sac et de passer les bretelles de la même façon que Greg, comme si le simple désir d'éviter l'humiliation m'avait subitement dotée de muscles deux fois plus gros. Mais il était beaucoup trop lourd et n'a pas bougé d'un pouce.

Greg s'est penché pour me donner un coup de main.

« Eh bien, il pèse son poids, celui-là, a-t-il commenté tandis que nous luttions pour le hisser sur mon dos. Il est beaucoup plus lourd que le mien.

— Je suis tellement contente de t'avoir croisé, ai-je avoué une fois que le sac a été en place, en faisant de mon mieux pour que ma position vaguement verticale paraisse tout à fait volontaire. Je n'avais encore vu personne sur le chemin. Je pensais qu'il y aurait plus de… marcheurs.

— Peu de gens font le PCT. Surtout cette année, avec les chutes de neige record. En voyant ça, beaucoup ont remis leur randonnée à l'année prochaine.

— Je me demande si on devrait les imiter, ai-je risqué en espérant qu'il soit d'accord et me propose de revenir l'année suivante.

— Tu es la seule marcheuse en solo que j'aie croisée jusqu'ici, et la seule sur le registre. Il y a de quoi être fière. »

Je l'ai remercié d'un petit sourire douloureux.

« Prête à partir ?

— Prête ! » ai-je répondu avec une énergie feinte.

Je l'ai suivi un moment, marchant aussi vite que j'en étais capable, réglant mes pas sur le cliquetis de son bâton. Quand nous sommes arrivés à une succession de lacets quinze minutes plus tard, je me suis arrêtée pour boire un peu.

« Greg, ai-je appelé dans son dos. Ravie de t'avoir rencontré. »

Il s'est retourné.

« On est à moins de cinquante kilomètres de Kennedy Meadows.

— Ouais. »

J'ai hoché faiblement la tête. Il y serait le lendemain matin. Si je continuais à ce rythme, il me faudrait trois jours.

« Il fera plus frais là-bas. C'est à trois cents mètres plus haut qu'ici.

— Tant mieux.

— Tu te débrouilles bien, Cheryl. Ne t'inquiète pas trop. Tu es encore un peu verte, mais coriace. C'est ce qui compte le plus. Il n'y a pas grand monde qui serait capable de faire ce que tu fais.

— Merci. »

Ses paroles me redonnaient tellement de courage que j'en avais la gorge serrée.

« On se voit à Kennedy Meadows, a-t-il ajouté en reprenant sa route.

— Oui, à Kennedy Meadows, ai-je lancé d'une voix assurée.

— On réfléchira à un plan pour la neige. »

Et il a disparu de mon champ de vision.

Ce jour-là, j'ai avancé sous la chaleur cuisante avec une détermination renouvelée. Motivée par la confiance de Greg, je ne songeais plus du tout à abandonner. Je pensais au piolet qui m'attendait dans mon colis de réapprovisionnement. Le piolet qui en théorie était le mien. Noir et argent, dangereux, un pic de métal long de soixante centimètres avec une tête aux pointes acérées. Je l'avais acheté, rapporté chez moi et placé dans le colis étiqueté « Kennedy Meadows », en partant du principe que, une fois arrivée là-bas, je saurais comment l'utiliser – sans doute grâce à un miracle qui m'aurait transformée en alpiniste experte.

J'étais beaucoup plus lucide désormais. Le chemin m'avait appris l'humilité. Sans formation, il était clair que j'avais plus de chance de m'empaler dessus que de m'y raccrocher pour ne pas glisser. Ce jour-là, lors de mes pauses par plus de trente-huit degrés, j'ai feuilleté mon guide dans l'espoir d'y trouver des indications sur le maniement du piolet. Il n'y en avait aucune. En revanche, il parlait de la randonnée sur terrain enneigé : les auteurs jugeaient indispensable d'avoir à la fois des crampons, un piolet et une bonne maîtrise de la boussole, « un respect bien informé pour les avalanches », et « une connaissance approfondie de la montagne ».

J'ai refermé le livre et repris ma route en direction de la réserve de Domeland, comptant sur Greg pour un cours d'alpinisme accéléré à Kennedy Meadows. Je le connaissais à peine, mais il était déjà devenu un repère, l'étoile qui me guidait vers le nord. S'il pouvait y arriver, moi aussi, avais-je décidé. Il n'était pas plus coriace que moi. Personne ne l'était, m'assurais-je sans vraiment y croire. C'était devenu un mantra : quand je me reposais avant d'entamer des lacets, quand je descendais des pentes qui me détruisaient les genoux, quand des lambeaux de peau se détachaient de mes pieds en même temps que mes chaussettes, quand j'étais couchée, seule au monde sous ma tente, je me le répétais à voix haute :

« C'est qui la plus coriace ? »

La réponse était toujours la même, et je la prononçais tout en sachant qu'il n'y avait rien de plus faux :

« C'est moi. »

Au fur et à mesure que j'avançais, le désert cédait la place à la forêt, les arbres devenaient plus hauts et plus verts, les filets d'eau des ruisseaux un peu plus profonds, les prairies se couvraient de fleurs sauvages. Il y avait aussi des fleurs dans le désert, mais elles étaient moins abondantes, plus exotiques, précieuses et richement ornées. Celles que je croisais maintenant, étalées en grandes nappes colorées ou disséminées au bord du chemin, étaient plus communes. Nombre d'entre elles me semblaient familières, car elles appartenaient à la même famille que celles qui prospéraient l'été dans le Minnesota. Leur vue m'évoquait si vivement ma mère que je croyais sentir sa présence ; une fois, je me suis même arrêtée pour la chercher autour de moi.

L'après-midi qui a suivi ma rencontre avec Greg, j'ai aperçu mon premier ours. Pour être plus exacte, je l'ai d'abord entendu : un renâclement rauque et très reconnaissable qui m'a figée sur place. En levant les yeux, j'ai découvert un animal aussi gros qu'un réfrigérateur, à quatre pattes au milieu du chemin à six mètres de moi. Lorsque nos regards se sont croisés, la même expression de surprise s'est peinte sur nos visages.

« Ours ! » ai-je piaillé.

Le temps que j'attrape la dragonne suspendue à mon épaule, il avait déjà détalé, sa croupe épaisse luisant au soleil, poursuivi par le bruit mortellement strident de mon sifflet.

Il m'a fallu quelques minutes pour trouver le courage de continuer. Non seulement j'allais dans la même direction que la bête, mais, en plus, j'étais obsédée par l'impression qu'il ne s'agissait pas d'un ours noir. J'en avais vu des tas ; ils pullulaient dans les bois du Minnesota. Souvent, je les surprenais alors que je marchais ou courais sur la route de gravier où j'avais grandi. Mais ils étaient différents de celui que je venais de voir. Ils étaient noirs. Comme du charbon. Comme le terreau qu'on achetait en sacs énormes à la jardinerie. Celui-là n'avait rien à voir avec eux. Son pelage était brun cannelle, presque blond par endroits.

J'ai repris ma route à contrecœur, tentant de me persuader que ce n'était ni un grizzly ni un ours brun – les cousins les plus agressifs de l'ours noir. Non, c'était impossible. Je le savais. Ces espèces ne vivaient plus en Californie ; elles avaient été décimées des années plus tôt. Mais, dans ce cas, comment expliquer que j'aie vu un ours clairement, indiscutablement… pas noir ?

J'ai gardé mon sifflet à la main pendant une heure, prête à l'utiliser, sans cesser de chanter pour éviter de surprendre une nouvelle fois l'animal de couleur indéterminée gros comme un frigo. D'une voix forte et courageuse, j'ai ressorti mes classiques – les mêmes que la semaine précédente, quand j'avais eu la certitude d'être pistée par un puma : *« Twinkle, twinkle little star »* et *« Country roads, take me home »*. Puis j'ai laissé ma radio mentale enchaîner des bribes de chansons que j'avais envie d'entendre.

« A mulatto, an albino, a mosquito, my libido. Yeah ! »

J'étais si occupée à chanter que j'ai failli marcher sur un serpent à sonnette, sans réaliser que ce bruit insistant et de plus en plus fort était un message d'alerte. Un message en forme de clochettes attachées à la queue d'un reptile aussi épais que mon bras.

« Ah ! » ai-je crié quand mes yeux se sont posés sur ses anneaux, à quelques mètres de moi.

Si j'en avais été capable, j'aurais bondi. D'ailleurs, j'ai bondi, mais mes pieds n'ont pas quitté le sol. Alors j'ai reculé le plus vite possible pour m'éloigner de la petite tête du serpent en hurlant de terreur. Il m'a fallu dix bonnes minutes pour trouver la force de le contourner, en tremblant comme une feuille.

J'ai passé le reste de la journée à marcher au ralenti, les yeux rivés alternativement sur le sol et l'horizon, terrifiée par le moindre bruit, en me répétant : « Je n'ai pas peur. » Encore sous le choc, j'étais malgré tout assez contente d'avoir aperçu deux des animaux avec qui je cohabitais sur ce chemin qui était un peu devenu mon chez-moi. Alors que j'approchais de la fin de ma première étape, je me suis rendu compte que, en dépit des difficultés rencontrées, je commençais à avoir de l'affection pour le PCT. Mon sac, si lourd soit-il, était devenu un compagnon presque vivant. Ce n'était plus la Coccinelle Volkswagen ridicule que j'avais péniblement soulevée dans une chambre de motel à Mojave, deux semaines plus tôt. Désormais, il avait un nom : Monster.

Ce n'était pas du tout péjoratif. J'étais épatée que tout ce dont j'avais besoin pour survivre puisse tenir à l'intérieur. Et encore plus d'être capable de le hisser sur mon dos. De supporter l'insupportable. Évidemment, ces constatations liées au domaine matériel finissaient par déteindre sur le spirituel. Que ma vie si compliquée puisse soudain devenir si simple avait quelque chose de fascinant. À force, je commençais à me dire que ce n'était peut-être pas si grave de ne pas réfléchir à mes malheurs toute la journée. Peut-être qu'en me concentrant sur ma souffrance physique, je finirais par oublier la souffrance psychique. Alors que j'approchais de la fin de ma deuxième semaine, je me suis aperçue que je n'avais pas versé une seule larme depuis le début.

J'ai parcouru les derniers kilomètres jusqu'à un espace plat où je pourrais bivouaquer avant de repartir pour Kennedy Meadows, accablée par la souffrance qui était devenue mon quotidien. J'ai découvert avec soulagement un énorme tronc d'arbre couché sur le côté. Il était mort depuis longtemps, le bois gris et lisse, dépouillé de son écorce. Grâce au banc qu'il formait, j'ai pu retirer mon sac sans difficulté. Dès que j'en ai été débarrassée, je me suis allongée sur le tronc – un répit bienvenu après toutes ces nuits par terre. Il était juste assez large pour que, en restant immobile, je ne roule pas sur le côté. C'était un vrai bonheur. J'avais chaud, soif, faim et envie de dormir, mais ce n'était rien en comparaison de la douleur qui irradiait mon dos noué. J'ai fermé les yeux en poussant un soupir d'aise.

Quelques minutes plus tard, j'ai senti quelque chose sur ma jambe. J'ai baissé les yeux ; elle était couverte de fourmis noires, une armée entière qui sortait à la file indienne d'un trou dans le tronc et se répandait sur mon corps. J'ai bondi au sol en hurlant encore plus fort que lorsque j'avais vu l'ours et le serpent, donnant de grandes claques aux insectes inoffensifs, envahie d'une peur irraisonnée. La peur des fourmis et de tout le reste. Du fait que je n'appartenais pas à ce monde, malgré tous mes efforts pour me convaincre du contraire.

J'ai avalé mon dîner et me suis réfugiée sous ma tente bien avant le coucher du soleil. J'avais besoin de me sentir entourée, même si ce n'était que par des parois en Nylon. Avant de commencer ma randonnée sur le PCT, je pensais que la tente ne me servirait qu'en cas de pluie et que, la plupart du temps, je dormirais sur ma bâche, à la belle étoile. Encore une fois, je me berçais d'illusions. Chaque soir, j'avais hâte de me mettre à l'abri, d'avoir l'impression que quelque chose me séparait du reste du monde, me protégeait non pas du danger, mais du vide. J'adorais l'obscurité humide qui régnait sous ma tente, le rituel familier selon lequel je rangeais mes affaires avant de dormir.

J'ai sorti *Tandis que j'agonise*, allumé ma frontale et calé mon sac de provisions sous mes mollets tout en récitant une petite prière pour que l'ours rencontré plus tôt – l'ours noir, j'y tenais – ne débarque pas sous ma tente pour me les voler.

J'ai été réveillée à vingt-trois heures par les aboiements des coyotes. Ma lampe était à court de batterie et le roman de Faulkner encore ouvert sur ma poitrine.

Le lendemain, au matin du quatorzième jour, je tenais à peine debout. Ce n'était pas la première fois. Depuis une semaine, l'accumulation de douleurs et problèmes divers m'empêchait de me redresser ou de marcher comme une personne normale lorsque j'émergeais de ma tente. J'avais l'impression de m'être métamorphosée en vieille femme boiteuse. À ce stade, j'avais porté Monster sur plus de cent cinquante kilomètres, sur des terrains parfois rudes, parfois très escarpés. Mais, le matin, je tolérais à peine mon propre poids ; mes pieds étaient encore enflés et douloureux après les efforts de la veille, et mes genoux trop raides pour bouger normalement.

Alors que je me promenais pieds nus autour de mon camp pour finir d'emballer mes affaires, deux hommes sont apparus au sud. Comme Greg, ils m'ont saluée par mon nom avant même que j'aie dit un mot. Ils s'appelaient Albert et Matt ; c'était un père et son fils venus de Géorgie pour parcourir l'intégralité du chemin. Albert avait cinquante-deux ans ; Matt, vingt-quatre. Tous deux avaient été chefs scouts, et ça se voyait. Ils dégageaient une impression de sincérité et de précision militaire qui contrastait avec leurs barbes, leurs mollets couverts de poussière et l'odeur qu'ils dégageaient à plus d'un mètre.

« Bon sang de bonsoir ! s'est exclamé Albert en voyant Monster. Qu'est-ce que tu as là-dedans, ma petite ? On dirait qu'il ne manque plus qu'un évier de cuisine.

— Juste des affaires de randonnée », ai-je répondu, rouge de honte.

Leurs sacs faisaient à peine la moitié du mien.

« Je te taquine », a-t-il ajouté gentiment.

Nous avons discuté du chemin brûlant désormais derrière nous et du chemin gelé qui nous attendait. Aussitôt, j'ai éprouvé la même chose que lors de ma rencontre avec Greg : j'étais tout excitée de les voir, même si leur présence soulignait un peu plus à quel point j'étais mal préparée. Je sentais leurs regards, je lisais dans leurs pensées tandis qu'ils observaient mon sac ridicule et devinaient que je ne connaissais pas grand-chose à tout ça, tout en reconnaissant qu'il m'avait fallu un sacré cran pour arriver jusque-là. Matt était un grand costaud taillé comme un défenseur de football américain, avec des boucles châtain-roux qui lui tombaient sur les oreilles et des poils de la même couleur qui brillaient d'un éclat doré sur ses jambes de colosse. Il n'avait qu'un ou deux ans de moins que moi, mais était si timide qu'on aurait dit un gamin. Il restait en retrait et laissait son père parler.

« Pardonne-moi cette question, s'est risqué Albert, mais combien de fois urines-tu par jour en ce moment ?

— Euh… je n'ai pas compté. Je devrais ? »

Encore une fois, j'avais l'impression d'être un imposteur. J'espérais qu'ils n'avaient pas campé assez près pour m'entendre hurler la veille à cause des fourmis.

« Dans l'idéal, c'est sept fois. C'est une vieille règle scout. Mais nous, par cette chaleur et étant donné le manque de points d'eau, sans parler de l'épuisement physique, on a de la chance si on arrive à trois.

— Oui, pareil. »

En fait, au moment où les températures avaient atteint des sommets, il m'était déjà arrivé de ne pas uriner une seule fois en vingt-quatre heures.

« J'ai vu un ours, un peu au sud, ai-je déclaré pour changer de sujet. Il était brun, même si bien sûr c'était un ours noir. Sauf qu'il était brun. Enfin, de couleur brune.

— Ils sont couleur cannelle par ici, m'a répondu Albert. Ça doit être à cause du soleil de Californie. »

Il a porté la main à son chapeau.

« On se revoit à Kennedy Meadows, miss. Ravi de t'avoir rencontrée.

— Il y a un autre type devant qui s'appelle Greg. Je l'ai croisé il y a quelques jours, et il m'a dit qu'il resterait quelques jours là-bas. »

Mon ventre s'est serré à la mention de Greg, pour la simple raison qu'il était la seule personne que je connaissais sur le chemin.

« On le suit depuis un bon bout de temps, alors ce sera sympa de faire sa connaissance. Et il y a deux autres gars derrière nous. Ils ne devraient plus tarder, a-t-il ajouté en se tournant dans la direction d'où il était venu. Deux gosses qui s'appellent Doug et Tom, à peu près de votre âge à tous les deux. Ils ont commencé un peu avant toi, un poil plus au sud. »

J'ai salué Albert et Matt de la main et me suis assise quelques minutes pour réfléchir à l'existence de Doug et Tom. Puis, je me suis levée et j'ai marché plus vite que jamais pendant plusieurs heures, avec un seul objectif en tête : arriver avant eux à Kennedy Meadows. Bien sûr, je mourais d'envie de les rencontrer – mais je préférais être la fille qui les avait semés plutôt que celle qu'ils avaient doublée. Albert et Matt, comme Greg, avaient démarré à la frontière mexicaine et étaient désormais bien rodés, avec une moyenne de trente et quelques kilomètres par jour. Alors que Doug et Tom étaient comme moi. Ils n'avaient commencé leur randonnée que récemment – un peu avant moi, avait dit Albert, et juste « un poil plus au sud ». Ses mots résonnaient dans mon esprit, comme si à force de les répéter je pouvais en extraire davantage de sens. Comme s'ils pouvaient m'aider à déterminer si j'étais plus rapide ou plus lente que Doug et Tom. Comme si la réponse à cette question détenait la clé de mon succès ou de mon échec dans cette aventure, la plus difficile de ma vie.

À cette idée, je me suis arrêtée tout net. Puis je me suis corrigée. Regarder ma mère mourir et devoir survivre sans elle, c'était ça, la chose la plus difficile de ma vie. Et quitter Paul, détruire notre mariage, notre vie pour la simple raison que je ne pouvais pas m'en empêcher – ça aussi, ça avait été très dur. Mais randonner sur le PCT donnait un autre sens au mot « difficile ». Un sens qui, si étrange que ça puisse paraître, rendait le reste un tout petit peu plus supportable. D'ailleurs, peut-être qu'au fond je le savais depuis le début. Peut-être que l'impulsion qui m'avait poussée à acheter le guide des mois plus tôt était une quête instinctive d'un remède, une volonté de reprendre le fil de ma vie.

Je le sentais se dérouler derrière moi ce matin-là, ce vieux fil que j'avais sectionné et que je recommençais à tisser. J'apercevais de temps à autre les sommets enneigés de la Haute Sierra, mais je ne pensais pas à eux. Je me concentrais sur ce que je ferais en arrivant au magasin d'alimentation de Kennedy Meadows dans l'après-midi. J'imaginais en détail les boissons et les friandises que je pourrais m'offrir – de la limonade glacée, des bonbons, des cochonneries que je ne mangeais presque jamais dans ma vie d'avant. Je me voyais déjà poser les mains sur mon premier colis de réapprovisionnement, qui représentait un jalon monumental, la preuve palpable de ce que j'avais accompli jusque-là. « Bonjour ! » songeais-je, répétant à l'avance ce que je dirais en entrant. « Je suis une randonneuse du PCT et je viens chercher mon colis. Je m'appelle Cheryl Strayed. »

Cheryl Strayed, Cheryl Strayed, Cheryl Strayed – j'avais encore un peu de mal à associer ces deux mots. Je m'étais toujours prénommée Cheryl, mais je n'avais pris le nom de Strayed que depuis peu – officiellement, depuis mon divorce en avril. Lorsque nous nous étions mariés, Paul et moi avions choisi de porter nos deux noms, qui étaient devenus avec le temps une seule entité de quatre syllabes séparées par un trait d'union. Je n'avais jamais aimé ce patronyme. Il était trop compliqué, trop lourd. Peu de gens parvenaient à le prononcer correctement, et je me trompais moi-même très souvent. Un vieil homme grincheux pour qui j'avais travaillé à une époque m'appelait « Cheryl Trait d'union » tellement il avait de mal à s'en souvenir, ce que je ne pouvais pas lui reprocher.

Quelques mois après notre séparation, au cours de cette période incertaine où nous n'étions pas encore sûrs de vouloir divorcer, Paul et moi nous étions attablés un jour devant un formulaire de divorce à l'amiable commandé par téléphone. Comme si le fait de le tenir entre nos mains pouvait nous aider à prendre une décision. En feuilletant le document, nous étions tombés sur une question à propos du nom des ex-époux après le divorce. Dessous, il y avait une ligne complètement vierge. Avec stupéfaction, nous avions constaté que nous pouvions y écrire n'importe quoi. Que nous pouvions être n'importe qui. Sur le coup, nous nous étions amusés à inventer des noms saugrenus inspirés de stars de cinéma ou de personnage de dessins animés, voire des combinaisons étranges qui ne rimaient à rien.

Mais plus tard, quand je m'étais retrouvée seule dans mon appartement, cette ligne blanche était devenue une obsession. C'était une évidence : si je divorçais de Paul, je devrais me choisir un nouveau nom. Il était hors de question que je continue à être Cheryl Trait d'union, et je ne pouvais pas reprendre mon nom de jeune fille car je n'avais plus rien à voir avec celle que j'étais au lycée. Aussi, tandis que cet état de transition maritale s'éternisait, que les mois s'écoulaient et que Paul et moi hésitions toujours sur la direction à prendre, j'avais longuement réfléchi à ce futur nom de famille. Je cherchais lequel sonnerait le mieux avec Cheryl, je dressais des listes de mes personnages de roman préférés. Aucun ne me satisfaisait. Jusqu'à ce qu'un jour, le mot *strayed* me vienne à l'esprit. Aussitôt, j'avais regardé dans le dictionnaire et su que c'était celui qu'il me fallait. Sa définition avait un côté poétique qui correspondait parfaitement à ma vie : « s'écarter du droit chemin, dévier de sa course, être perdu, perdre la tête, être sans père ni mère, ne pas avoir de maison, errer inlassablement en quête de quelque chose, se détacher ou s'éloigner. »

Je m'étais détachée, éloignée, j'avais erré et perdu la tête. Mais si j'avais choisi ce mot, ce n'était pas pour ses connotations négatives. Même dans mes heures les plus sombres – que je vivais précisément à cette époque –, j'avais toujours cru au pouvoir de l'obscurité. Oui, je m'étais perdue et je l'étais encore, mais, grâce à ces errances, j'avais appris des choses qui me seraient restées inconnues dans d'autres circonstances.

« Cheryl Strayed », avais-je écrit un peu partout sur une page de mon journal, comme une gamine amoureuse d'un garçon qu'elle rêve d'épouser. Sauf que ce garçon n'existait pas. Il n'y avait que moi, plantant une racine au cœur de mon être déraciné. Bien sûr, j'avais encore des doutes. Choisir un nom de famille dans le dictionnaire me semblait un peu frauduleux, un peu puéril ou bête, voire hypocrite. Pendant des années, je m'étais moquée de mes connaissances des cercles hippies, artistes et de gauche qui s'inventaient une nouvelle identité. Des Jennifer et des Michelle qui devenaient Séquoia ou Luna ; des Mike et des Jason qui se transformaient en Chêne ou Chardon. Pourtant, je n'avais pas renoncé. J'en avais parlé à quelques amis, leur demandant de m'appeler comme ça pour voir ce que ça donnait. Lors d'un *roadtrip,* j'avais signé « Cheryl Strayed » dans tous les livres d'or que je trouvais, la main tremblante, avec le même sentiment de culpabilité que si je remplissais un faux chèque.

Quand Paul et moi avions finalement décidé de divorcer, j'étais suffisamment habituée à ce nouveau nom pour l'apposer sans la moindre hésitation sur la fameuse ligne blanche. J'avais eu beaucoup plus de mal avec les autres pages, toutes celles que je devais signer pour dissoudre mon mariage. Je les avais remplies à contrecœur. Je n'avais pas vraiment envie de divorcer. Ni de rester mariée. J'étais à la fois convaincue que me séparer de Paul était la meilleure chose à faire, et que j'étais en train de détruire la plus belle chose qui me soit arrivée. Alors, un peu comme le jour où je comprendrais qu'il pouvait y avoir un taureau de chaque côté du chemin, je m'étais lancée dans le vide et j'avais choisi la direction de l'inconnu.

Nous avions signé les papiers un jour d'avril, à Minneapolis. Il neigeait ; les flocons qui tourbillonnaient en colonnes épaisses conféraient un aspect magique à la ville. Nous avions pris place dans le bureau d'une certaine Val, une connaissance commune qui exerçait comme notaire. Nous avions regardé la neige tomber derrière la grande baie vitrée, en échangeant de petites plaisanteries. Je ne l'avais rencontrée que deux ou trois fois ; les quelques informations dont je disposais à son sujet se mélangeaient dans ma tête. Âgée d'une bonne dizaine d'années de plus que nous, elle était jolie, franche et incroyablement petite. Ses cheveux coupés très court étaient blonds décolorés, à l'exception d'une longue mèche rose qui lui balayait le front. Elle portait des boucles d'oreilles en argent et avait les bras couverts de tatouages multicolores.

Ce qui ne l'empêchait pas d'être notaire dans un beau bureau vitré en plein centre-ville. Nous l'avions choisie parce que nous voulions que les choses soient simples. Décomplexées. Nous voulions croire que nous étions encore des gens bien. Que tout ce que nous nous étions dit six ans plus tôt restait vrai. « Qu'est-ce qu'on s'était dit, déjà ? » nous étions-nous demandé quelques semaines plus tôt, à moitié saouls dans mon appartement, après avoir décidé d'en finir une bonne fois pour toutes.

« Les voilà », m'étais-je écriée après avoir fouillé dans des papiers et retrouvé les vœux de mariage que nous avions rédigés nous-mêmes. Trois pages agrafées couvertes d'une écriture délavée. Il y avait même un titre : « Le jour où fleurirent les pâquerettes. »

« Le jour où fleurirent les pâquerettes ! » m'étais-je exclamée. Nous avions ri aux larmes en repensant aux personnes que nous avions été. Puis j'avais reposé les feuilles sur la pile de papiers, incapable de les lire.

Nous nous étions mariés si jeunes, de façon si inattendue, que nos parents nous avaient demandé pourquoi on ne se contentait pas de vivre ensemble. Ça ne nous suffisait pas, même si je n'avais que dix-neuf ans et lui vingt et un. Nous étions si follement amoureux que nous ressentions le besoin de le prouver par un acte tout aussi fou – alors nous avions opté pour le mariage. Par la suite, nous ne nous étions pourtant jamais considérés comme des gens mariés. Nous étions monogames, mais nous n'avions pas du tout l'intention de nous poser. Nous avions emballé nos vélos et pris l'avion pour l'Irlande où, un mois plus tard, j'avais fêté mes vingt ans. Nous avions loué un appartement à Galway avant de changer d'avis et de nous installer à Dublin, où nous avions trouvé des petits boulots dans des restaurants – une pizzeria pour lui, un café végétarien pour moi. Au bout de quatre mois, nous étions partis pour Londres où nous avions arpenté les rues, si fauchés que nous cherchions des pièces de monnaie par terre. Peu après notre retour, ma mère était morte et les événements s'étaient enchaînés jusqu'à nous conduire là, dans le bureau de Val.

Les mains enlacées sous la table, nous l'avions regardée passer en revue nos papiers de divorce à l'amiable. Elle avait inspecté une à une chacune des cinquante ou soixante pages pour s'assurer que nous avions tout complété correctement. J'avais senti monter en moi une bouffée de loyauté, prête à faire front avec Paul face à d'éventuelles critiques, comme si nous demandions à passer le reste de notre vie ensemble et non l'inverse.

« Ça m'a l'air parfait », avait-elle conclu avec un sourire réticent.

Puis elle avait tout vérifié une deuxième fois, plus vite, apposant son énorme tampon de notaire sur certaines pages et nous en faisant signer des dizaines d'autres.

« Je l'aime », avais-je balbutié, les yeux pleins de larmes, alors que nous avions presque terminé.

J'avais eu envie de remonter ma manche pour le lui prouver en lui montrant la compresse qui protégeait mon tout nouveau tatouage de cheval, mais je m'étais retenue.

« Je veux dire, ce n'est pas par manque d'amour, je voulais que vous le sachiez. Je l'aime et il m'aime aussi… »

J'avais regardé Paul, attendant qu'il intervienne, qu'il acquiesce, qu'il me déclare son amour. Il avait gardé le silence.

« Je voulais que vous le sachiez, avais-je répété. Pour que vous n'alliez pas imaginer autre chose.

— Je sais », avait répondu Val.

Elle avait repoussé sa mèche rose ; ses yeux passaient nerveusement des papiers à mon visage.

« Et tout est de ma faute, avais-je ajouté d'une voix tremblante. Il n'y est pour rien. C'est moi. Je me suis brisé le cœur toute seule. »

Paul avait posé la main sur ma cuisse pour me réconforter. J'avais baissé la tête pour ne pas fondre en larmes. Nous avions pris cette décision d'un commun accord, mais je savais que si je me tournais vers lui, si je lui demandais de tout annuler maintenant pour revenir vivre avec moi, il accepterait. Je n'avais pas bougé. Quelque chose ronronnait en moi, une machine que j'avais déclenchée et que j'étais incapable d'arrêter. J'avais posé ma main sur celle de Paul.

Parfois, nous nous demandions si un seul événement aurait pu tout changer. Si ma mère n'était pas morte, par exemple, est-ce que j'aurais trompé Paul ? Et si je ne l'avais pas trompé, m'aurait-il trompée ? Et si rien de tout cela n'avait eu lieu – pas de décès, pas de tromperie – aurions-nous quand même fini par divorcer, parce que nous nous étions mariés trop jeunes ? Même si c'était impossible, nous aurions aimé le savoir. Aussi proches que nous ayons été, nous l'étions devenus encore davantage ; nous nous disions enfin tout, des mots que nous n'aurions jamais crus possibles entre deux êtres humains tant ils allaient loin et exprimaient tout ce qu'il y avait de beau, d'horrible et de vrai entre nous.

« Maintenant qu'on a traversé tout ça, on devrait rester ensemble », avais-je commenté en ne plaisantant qu'à moitié à l'issue de notre dernière mise à nu – celle qui devait décider de notre avenir.

Nous étions tendrement blottis sur mon canapé, dans le noir, après avoir discuté tout l'après-midi et une bonne partie de la soirée, trop épuisés pour allumer la lumière à la tombée de la nuit.

« J'espère que tu parviendras à partager autant avec quelqu'un d'autre un jour », avais-je repris en constatant qu'il restait silencieux.

Pourtant, la simple pensée qu'il puisse y avoir « quelqu'un d'autre » me brisait le cœur.

« Je te le souhaite aussi. »

Assise près de lui, j'avais essayé de me convaincre que je pourrais connaître à nouveau un amour aussi fort sans tout gâcher. Ça me semblait impossible. J'avais pensé à ma mère. Aux derniers jours de sa vie, marqués par des détails horribles. Insignifiants, mais horribles. Ses délires incompréhensibles. Le sang qui s'accumulait sous la peau à l'arrière de ses bras depuis qu'elle était clouée au lit. La façon dont elle réclamait quelque chose qui n'était même pas de la pitié. Une chose qui était bien moins que ça, qu'il n'y avait même pas de mot pour exprimer. À l'époque, je croyais traverser le pire, mais, dès l'instant où elle était morte, j'aurais donné n'importe quoi pour revenir en arrière. Pour revivre l'une après l'autre ces brèves journées, terribles et merveilleuses à la fois. Peut-être que ce serait pareil avec Paul, avais-je pensé la nuit où nous avions décidé de divorcer. Peut-être que, lorsque tout serait fini, je rêverais de revivre ces terribles journées.

« À quoi tu penses ? » m'avait-il demandé.

Au lieu de répondre, j'avais tendu le bras pour allumer la lampe.

C'était à nous de poster les papiers du divorce authentifiés par le notaire. Nous étions sortis ensemble de l'immeuble et avions longé le trottoir sous la neige jusqu'à trouver une boîte aux lettres. Ensuite, adossés contre un mur de briques glacées, nous nous étions embrassés en pleurant et en murmurant des regrets, tandis que nos larmes se mêlaient sur nos visages.

« Qu'est-ce qu'on fait ? avait demandé Paul au bout d'un moment.

— On se dit au revoir. »

J'avais failli lui proposer de me raccompagner, comme cela s'était produit plusieurs fois au cours de notre année de séparation – nous passions alors une nuit ou un après-midi au lit. Mais je n'en avais pas le courage.

« Au revoir, avait-il dit.

— Au revoir. »

Nous étions restés face à face, mes mains serrées sur le col de son manteau. Je sentais la férocité muette du mur de briques contre mon épaule ; le ciel gris et les rues blanches, semblables à une gigantesque bête endormie, de l'autre côté ; et nous au milieu, seuls dans un tunnel. Des flocons de neige fondaient dans ses cheveux. J'avais eu envie de lever la main pour les toucher, mais je m'étais retenue. Sans un mot, nous avions plongé nos regards l'un dans l'autre comme pour la dernière fois.

« Cheryl Strayed », avait-il finalement murmuré.

Mon nouveau sonnait bizarrement dans sa bouche.

J'avais hoché la tête et lâché son manteau.

7

La seule fille dans les bois

« Cheryl Strayed ? » m'a lancé, sans un sourire, la vendeuse du *Kennedy Meadows General Store*.

Quand j'ai hoché vigoureusement la tête, elle a tourné les talons et disparu à l'arrière.

J'ai regardé autour de moi, étourdie par la quantité de nourriture et de boissons, j'étais follement joyeuse en pensant à ce que j'allais pouvoir avaler dans les prochaines heures, et profondément soulagée depuis que je m'étais débarrassée de mon sac qui reposait maintenant contre le mur de la boutique.

J'y étais. J'avais atteint ma première étape. C'était presque un miracle. Je m'attendais plus ou moins à voir Greg, Matt et Albert dans le magasin, mais ils n'y étaient pas. D'après mon guide, le campement se trouvait à cinq kilomètres de là ; j'ai supposé que je les y trouverais, et que j'y ferais enfin la connaissance de Doug et Tom. Grâce à mes efforts, ils ne m'avaient toujours pas rattrapée. Kennedy Meadows était un joli site couvert de bois de pins, de buissons de sauge et de prairies, situé à mille huit cent quatre-vingt-dix mètres d'altitude au bord de la South Fork Kern River. Ce n'était pas à proprement parler un village, mais plutôt un avant-poste de la civilisation qui s'étendait sur quelques kilomètres et incluait un magasin d'alimentation, un restaurant appelé *Grumpie's* et un terrain de camping rudimentaire.

« Voilà, a dit la vendeuse en posant mon colis sur le comptoir. C'est le seul qui porte un nom de fille. C'est comme ça que j'ai deviné. »

Elle l'a poussé vers moi.

« Et vous avez reçu ça aussi. »

Elle m'a tendu une carte postale couverte d'une écriture familière : « J'espère que tu as réussi à aller jusque-là. Je voudrais être ton mec clean un jour. Je t'aime. Joe. »

De l'autre côté, il y avait une photo du *Sylvia Beach Hotel* sur la côte de l'Oregon, où nous avions passé une nuit ensemble. Je l'ai contemplée un long moment, tandis que des vagues de sentiments contrastés déferlaient en moi : la joie d'avoir des nouvelles de quelqu'un que je connaissais ; la nostalgie de ce que j'avais vécu avec Joe ; la déception de n'avoir reçu qu'une seule lettre ; et le désespoir, si déraisonnable soit-il, de voir qu'elle n'était pas de Paul.

J'ai acheté deux bouteilles de limonade Snapple, un Mars format géant et un sachet de Doritos, puis je suis allée m'asseoir sur les marches du porche pour les déguster tout en relisant la carte, encore et encore. Au bout d'un moment, j'ai aperçu dans un coin une boîte qui débordait de sachets de nourriture déshydratée. Au-dessus, un panneau rédigé à la main indiquait :

« GRATUIT pour les randonneurs du PCT !!
Laissez ce dont vous ne voulez plus !
Et prenez ce qui vous intéresse ! »

Il y avait un bâton de ski appuyé au mur juste derrière la boîte, exactement ce qu'il me fallait. Un bâton de ski de princesse : blanc avec une dragonne en Nylon rose bonbon. Je l'ai essayé en faisant quelques pas. La hauteur était parfaite. Il me serait bien utile, non seulement pour la neige mais aussi pour traverser tous les ruisseaux et les éboulis qui m'attendaient sûrement.

Une heure plus tard, mon nouveau bâton à la main, j'ai suivi le chemin de terre qui faisait le tour du campement à la recherche de Greg, Matt et Albert. C'était un dimanche après-midi de juin, mais l'endroit était quasiment désert. J'ai croisé un homme occupé à préparer son équipement de pêche et un couple avec une glacière pleine de bières et un transistor, avant d'arriver à une clairière où un homme grisonnant au gros ventre bronzé était en train de lire, assis torse nu à une table de pique-nique. Il a levé les yeux en m'entendant approcher.

« Tu dois être la fameuse Cheryl au sac gigantesque ! » s'est-il exclamé.

J'ai acquiescé en riant.

« Je m'appelle Ed. »

Il s'est levé pour me serrer la main.

« Tes amis sont ici. Ils viennent de partir en voiture pour le magasin – vous avez dû vous croiser – mais ils m'ont demandé de te guetter. Tu peux t'installer ici si tu veux. Ils campent tous dans le coin – Greg, et Albert et son fils. »

D'un geste, il a désigné les tentes qui l'entouraient.

« On a parié sur qui arriverait en premier, toi ou les deux gars de l'est qui te suivent.

— Qui a gagné ? »

Ed a réfléchi un moment.

« Personne, a-t-il répondu avant d'éclater d'un gros rire. Personne n'avait parié sur toi. »

J'ai posé Monster sur la table de pique-nique, retiré les bretelles, et je l'ai laissé là pour pouvoir le remettre plus tard sans avoir à effectuer mon pitoyable « soulevé de terre ».

« Bienvenue dans mon humble demeure, a repris Ed en montrant une petite caravane pliante dotée d'un auvent qui abritait une cuisine de plein air. Tu as faim ? »

Il n'y avait pas de douche sur le terrain, alors, pendant qu'Ed me préparait à manger, je suis allée me laver de mon mieux à la rivière en gardant mes vêtements. Après tous ces kilomètres de désert, c'était un choc de voir autant d'eau. Car la South Fork Kern River n'était pas un simple ruisseau. Elle était violente, incontrôlable, glaciale et rugissante, preuve qu'il y avait effectivement beaucoup de neige dans les montagnes. Le courant était trop fort pour y entrer ne serait-ce que jusqu'aux chevilles. Je me suis dirigée vers une espèce de bassin naturel près de la berge où, accroupie, j'ai mouillé mes cheveux sales et me suis aspergé le corps. J'étais électrisée par le sucre et un sentiment de victoire ; impatiente d'avoir toutes les conversations qui m'attendaient les jours suivants.

Une fois sortie de l'eau, j'ai traversé une grande prairie, au frais dans mes vêtements trempés. Je distinguais Ed au loin qui allait et venait entre sa cuisine de fortune et la table de pique-nique, portant des assiettes pleines, des pots de ketchup et de moutarde et des cannettes de Coca. Je ne le connaissais que depuis quelques minutes, mais, comme les autres, il me paraissait déjà familier et m'inspirait une confiance presque aveugle. J'ai pris place en face de lui et, pendant que nous mangions, il m'a raconté sa vie. À cinquante ans, sans enfants et divorcé, il se décrivait comme un poète amateur et vagabond saisonnier. J'essayais de me calquer sur son rythme, d'attendre qu'il prenne une bouchée pour l'imiter, tout comme j'avais tenté de suivre Greg quelques jours plus tôt – mais je n'y arrivais pas. J'étais affamée. En un clin d'œil, j'ai dévoré deux hot dogs, une montagne de haricots à la tomate et une pile de chips. Si j'avais pu, j'aurais bien continué. Ed, lui, prenait son temps, s'interrompait pour ouvrir son carnet et me lire des poèmes composés la veille. La majeure partie de l'année, il vivait à San Diego ; mais, chaque été, il s'installait à Kennedy Meadows pour accueillir les randonneurs qui passaient par là. Dans le jargon du PCT, il était ce qu'on appelait un « ange du chemin », même si je ne connaissais pas encore l'expression. Je ne savais même pas qu'il existait un jargon du PCT.

« Regardez, les gars, on a tous perdu notre pari ! s'est-il écrié lorsque les hommes sont revenus du magasin d'alimentation.

— Pas moi ! a protesté Greg avant de me poser une main sur l'épaule. J'avais misé sur toi, Cheryl », m'a-t-il juré, malgré les dénégations des autres.

Nous avons tous pris place autour de la table de pique-nique en discutant. Un peu plus tard, ils se sont dispersés pour faire la sieste – Ed dans sa caravane ; Greg, Albert et Matt sous leurs tentes respectives. Je suis restée seule, trop excitée pour dormir, à passer en revue le contenu du colis que j'avais préparé quelques semaines plus tôt. Les objets portaient encore l'odeur du monde lointain que j'avais occupé dans une autre vie : celle de l'encens Nag Champa qui s'était infiltré dans tous les recoins de mon appartement. Les sachets congélation et les emballages étaient encore brillants, intacts. Le T-shirt propre sentait la lessive à la lavande que j'achetais en gros dans une coopérative de Minneapolis. La couverture fleurie des *Nouvelles* de Flannery O'Connor n'était pas encore cornée.

On ne pouvait pas en dire autant de *Tandis que j'agonise* de Faulkner, ou plutôt de la petite partie du livre qu'il me restait. La veille, j'avais arraché la jaquette et les pages que j'avais lues avant de les brûler dans la petite casserole en alu qui servait de support à mon réchaud, pour éviter les étincelles. Il y avait quelque chose de sacrilège à regarder le nom de Faulkner disparaître dans les flammes – mais j'avais vraiment besoin d'alléger mon fardeau. J'avais fait la même chose avec le début de *The Pacific Crest Trail, Volume 1 : California.*

C'était difficile, mais nécessaire. Dans ma vie d'avant le PCT, j'adorais déjà les livres ; sur le chemin, ils avaient pris une signification encore plus importante. Ils représentaient un univers dans lequel je pouvais me perdre lorsque le mien devenait trop solitaire, dur ou pénible. Le soir, lorsque je m'arrêtais pour bivouaquer, je me dépêchais de planter ma tente, filtrer mon eau et préparer mon dîner afin de pouvoir me réfugier dans mon antre, sur ma chaise pliante, avec ma casserole sur les genoux. La cuillère dans une main et le livre dans l'autre, je lisais à la lueur de ma frontale tandis que la nuit tombait. La première semaine, j'étais si fatiguée que je parcourais à peine une ou deux pages avant de m'endormir.

Mais plus je m'endurcissais, plus je lisais longtemps, ravie de pouvoir échapper un peu à la routine. Et, chaque matin, je brûlais ce que j'avais lu la veille.

Alors que je contemplais mon exemplaire des *Nouvelles* d'O'Connor, Albert a émergé de sa tente.

« On dirait que tu pourrais te passer de deux ou trois trucs, a-t-il commenté. Besoin d'aide ?

— Je crois, oui, ai-je répondu avec un sourire contrit.

— Très bien. Alors voilà ce que tu vas faire : prépare ton sac comme si tu t'apprêtais à reprendre la route jusqu'à l'étape suivante, et on verra ce que ça donne. »

Il s'est dirigé vers la rivière, une tête de brosse à dents à la main – évidemment, il avait coupé le manche pour économiser un peu de poids.

Je me suis mise au travail, ajoutant les nouveaux éléments aux anciens, avec l'impression de passer un examen auquel j'étais sûre d'échouer. Quand j'ai terminé, Albert est revenu et, méthodiquement, il a tout déballé. Il séparait mes affaires en deux tas : celles qui iraient dans mon sac, et celles qui rempliraient mon colis désormais vide, que je pourrais soit renvoyer chez moi soit laisser dans la boîte dédiée à cet effet devant le magasin. Parmi les choses non indispensables, il y avait la scie pliante, les jumelles miniatures et l'énorme flash pour l'appareil photo dont je ne m'étais toujours pas servie. Sous mes yeux, Albert a également écarté le déodorant dont j'avais surestimé l'efficacité, le rasoir jetable que j'avais emporté dans l'idée illusoire de m'épiler jambes et aisselles, et, à ma grande honte, le gros rouleau de préservatifs qui se trouvait dans ma trousse à pharmacie.

« Tu en as vraiment besoin ? » m'a demandé ce papa scout dont l'alliance étincelait au soleil, lui qui avait sacrifié le manche de sa brosse à dents mais portait certainement une Bible de poche dans son sac.

Il me dévisageait, aussi imperturbable qu'un soldat, tandis que le serpentin de douze préservatifs ultrafins non lubrifiés Trojan se déroulait devant lui dans un bruissement de plastique.

« Non », ai-je répondu, mortifiée.

L'idée d'avoir des rapports sexuels me paraissait désormais complètement absurde, alors que, au moment où je les avais glissés dans mon sac, ça m'avait semblé tout à fait envisageable. À l'époque, je ne me doutais pas une seconde des conséquences que cette randonnée aurait sur mon corps. Je ne m'étais pas vue depuis la chambre de motel à Ridgecrest. Pendant la sieste des hommes, j'avais néanmoins pu observer mon visage dans le rétroviseur d'Ed. J'étais bronzée et sale malgré mon bain, un peu plus mince qu'avant, les cheveux plus blonds, aplatis ou ébouriffés par endroits sous l'effet combiné de la sueur, de l'eau de la rivière et de la poussière.

Pas vraiment le genre de femme qui aurait besoin de douze préservatifs.

Mais Albert ne prenait même pas la peine de réfléchir à tout ça – ni aux occasions qui pourraient se présenter, ni à la tête que j'avais. Il a continué à fouiller mon sac, me demandant mon autorisation d'une voix sévère chaque fois qu'il ajoutait un objet – jusque-là indispensable à mes yeux – dans la pile « à jeter ». J'ai hoché la tête chaque fois, sauf pour les *Nouvelles* d'O'Connor et mon exemplaire bien-aimé de *The Dream of a Common Language*. J'ai également tenu bon pour le journal dans lequel je consignais tout ce qui se passait cet été-là. Enfin, profitant d'un moment où il avait le dos tourné, j'ai détaché un préservatif du rouleau et je l'ai glissé discrètement dans la poche arrière de mon short.

« Alors, qu'est-ce qui t'as amenée ici ? » m'a-t-il demandé une fois sa mission terminée.

Il était assis sur le banc de la table de pique-nique, ses grandes mains croisées devant lui.

« Sur le PCT ? »

Il a acquiescé pendant que je fourrais dans mon sac les affaires que j'étais autorisée à garder.

« Je vais te dire pourquoi, moi, je suis venu, a-t-il enchaîné sans me laisser le temps de répondre. J'en rêvais depuis toujours. Quand j'ai entendu parler de ce chemin, j'ai pensé : “Voilà un truc que j'aimerais bien faire avant d'aller retrouver Notre-Seigneur.” »

Il a tapoté la table.

« Et toi, ma petite ? Selon moi, la plupart des gens ont une bonne raison d'être ici. Quelque chose les a poussés à partir.

— Je ne sais pas », ai-je hésité.

Il avait beau avoir un regard gentil, je n'allais quand même pas raconter à un chef scout chrétien de cinquante ans pourquoi j'avais décidé de partir toute seule dans la nature pendant trois mois. Les événements qui m'avaient conduite jusque-là lui auraient paru scandaleux sans vraiment expliquer quoi que ce soit. Pour moi, c'était une preuve de plus que rien de tout cela ne tenait la route.

« Je me suis dit que ce serait amusant.

— Tu as une drôle de façon de t'amuser ! » a-t-il commenté, et nous avons éclaté de rire.

Je me suis placée dos à Monster et j'ai passé mes bras dans les bretelles.

« Voyons voir si ça change quelque chose », ai-je lancé en attachant les sangles.

Lorsque je l'ai soulevé de la table, j'ai été stupéfaite de le trouver si léger, alors que j'y avais ajouté mon piolet et des provisions pour les onze jours à venir. J'ai décoché un grand sourire à Albert.

« Merci. »

Il s'est contenté de glousser en secouant la tête.

Toute joyeuse, je suis partie faire un test sur la piste de terre qui entourait le campement. Mon sac était toujours plus gros que les autres – comme je randonnais seule, je ne pouvais pas répartir certaines charges, et je n'avais ni l'assurance ni les talents d'organisation de Greg, capable de se contenter du strict minimum. Mais, par rapport à avant, il était tellement plus léger que j'avais l'impression de pouvoir sauter. Je me suis donc empressée d'cssayer.

Je n'ai décollé que d'un centimètre, mais c'était déjà énorme.

« Cheryl ? » a appelé quelqu'un.

Un jeune homme s'avançait vers moi, un sac de randonnée sur le dos.

« Doug ? » ai-je répondu.

J'avais vu juste. Il a agité les mains, poussé un cri de joie, puis il s'est approché et m'a serrée dans ses bras.

« On a lu ton nom sur le registre et, depuis, on essaie de te rattraper.

— Me voilà, ai-je balbutié, un peu déconcertée par son enthousiasme et ses beaux yeux. On est tous installés par là-bas, ai-je ajouté. Tout le petit groupe. Où est ton copain ?

— Il arrive. »

À nouveau, Doug a poussé un youyou, sans raison. Il me rappelait tous les fils à papa que j'avais rencontrés dans ma vie – beau, charmant, sûr de sa place au sommet, persuadé que le monde lui appartenait et qu'il y était en sécurité, sans jamais avoir envisagé que cela puisse changer. J'avais l'impression qu'il allait me prendre la main d'une seconde à l'autre pour sauter d'une falaise en riant.

« Tom ! » s'est-il exclamé en voyant apparaître une silhouette au bout de la route.

Nous nous sommes dirigés vers lui. Même de loin, je devinais qu'il était l'exact opposé de Doug, autant physiquement que psychologiquement – maigre, pâle, il portait des lunettes et souriait d'un air pas vraiment convaincu.

« Salut », m'a-t-il dit en tendant la main quand nous avons été suffisamment proches.

Le temps de retourner au camp d'Ed, nous avons échangé une foule d'informations sur qui nous étions et d'où nous venions. Tom avait vingt-quatre ans ; Doug, vingt et un. « Du sang bleu de Nouvelle-Angleterre », aurait dit ma mère, ce qui signifiait en gros qu'ils étaient riches et venait d'un endroit situé à l'est de l'Ohio et au nord de Washington D. C. Au cours des jours suivants, j'allais tout apprendre d'eux. Que leurs parents étaient chirurgiens, maires ou directeurs financiers. Qu'ils avaient fréquenté un internat d'élite si réputé que, même moi, j'en connaissais le nom. Qu'ils passaient leurs vacances à Nantucket et sur des îles privées au large du Maine, et le mois de février à faire du ski à Vail. Pour le moment, j'ignorais encore tout cela. Je ne mesurais pas à quel point leur vie était inconcevable pour moi et vice versa. Tout ce que je savais, c'est que, d'une certaine façon, ils étaient ma plus proche famille. Ils n'étaient ni spécialistes de l'équipement, ni experts en randonnée, ni virtuoses du PCT. Ils n'avaient pas marché depuis le Mexique ni préparé leur voyage pendant dix ans. Encore mieux, les kilomètres parcourus jusque-là les avaient presque autant démolis que moi. Comme ils étaient deux, ils n'avaient pas connu des jours entiers sans voir un autre être humain. Leurs sacs semblaient d'une taille si raisonnable qu'ils n'avaient pas dû emporter de scie pliante. Mais dès l'instant où j'ai croisé le regard de Doug, j'ai compris que, malgré toute son assurance, il avait *traversé quelque chose*. Et, lorsque Tom a serré ma main, je n'ai eu aucun mal à décoder l'expression de son visage. Elle signifiait : « Laissez-moi retirer ces putains de godasses ! »

Ce qu'il a fait, à la table de pique-nique d'Ed, dès que les présentations ont été terminées. Je l'ai regardé ôter délicatement ses chaussettes sales auxquelles étaient collés des lambeaux de corne et de chair. Ses pieds ressemblaient aux miens : blancs comme des cachets d'aspirine, couverts d'ampoules sanglantes d'où pendaient des morceaux de peau qui s'accrochaient encore douloureusement avant de succomber à la mort lente du PCT. J'ai posé mon sac et sorti ma trousse à pharmacie.

« Tu as déjà essayé ça ? » lui ai-je demandé en lui montrant les pansements seconde peau.

Par chance, j'en avais mis une boîte neuve dans mon colis de réapprovisionnement.

« Ils m'ont sauvé la vie, lui ai-je expliqué. Je ne sais même pas si je pourrais continuer sans eux. »

Il m'a regardée d'un air désespéré et s'est contenté

de hocher la tête. J'ai posé deux plaques de pansements à côté de lui sur le banc.

« Prends-les, si tu veux. »

En les voyant dans leur emballage bleu transparent, j'ai repensé au préservatif encore dans ma poche. Je me suis demandé si Tom en avait apporté. Et Doug ? Ce n'était peut-être pas une si mauvaise idée après tout. En leur présence, ça me semblait un peu moins absurde.

« On pensait tous aller dîner chez *Grumpie's* à dix-huit heures, a annoncé Ed en regardant sa montre. Ça nous laisse deux heures. Je vous emmènerai avec mon pick-up. »

Il a jeté un coup d'œil à Doug et Tom.

« En attendant, je serais ravi de vous offrir un petit en-cas. »

Les hommes se sont installés pour manger des chips et des haricots froids en parlant des avantages et des inconvénients de leurs sacs respectifs. Quelqu'un a sorti un jeu de cartes et une partie de poker a commencé. Greg feuilletait son guide à l'autre bout de la table. Quant à moi, plantée devant mon sac, je m'émerveillais de sa transformation. Il restait même un peu de place dans les poches jusque-là pleines à craquer.

« Tu es quasiment une Jardi-Nazi maintenant, m'a taquinée Albert. Pour info, c'est comme ça qu'on surnomme les disciples de Ray Jardine. Ils ont un point de vue très particulier en ce qui concerne le poids du sac.

— C'est le gars dont je t'ai parlé », a précisé Greg.

J'ai hoché la tête en essayant de cacher mon ignorance.

« Je vais me préparer pour le dîner », ai-je lancé avant de m'éloigner.

Après avoir planté ma tente à l'extrémité du campement, je me suis faufilée à l'intérieur, et j'ai déplié mon sac de couchage ; puis, les yeux rivés sur le plafond de Nylon vert, j'ai écouté le murmure de leur conversation ponctuée d'éclats de rire. Je m'apprêtais à aller au restaurant avec six hommes, et je n'avais rien d'autre à me mettre que ce que je portais déjà : brassière de sport, T-shirt et short, sans rien en dessous. Soudain, je me suis rappelé que j'avais reçu un T-shirt neuf dans mon colis. Je l'ai enfilé. Le dos de celui que je n'avais pas quitté depuis Mojave avait jauni à force d'être trempé de sueur. Je l'ai roulé en boule et poussé dans un coin de ma tente. Je le jetterais plus tard, au magasin. À part ça, je n'avais que mes vêtements chauds. J'ai repensé au collier que j'avais gardé jusqu'à ce que la chaleur le rende insupportable ; il était dans le sachet hermétique où je rangeais mon permis de conduire et mes billets. C'était une petite boucle d'oreilles en argent et turquoise qui avait appartenu à ma mère. Comme j'avais perdu l'autre, j'avais transformé celle qui restait en pendentif que je portais sur une délicate chaîne en argent. Grâce à elle, c'était comme si j'emportais un peu de ma mère avec moi. Mais, ce soir-là, j'étais simplement contente d'avoir ce bijou parce qu'il me rendait plus jolie. J'ai passé mes doigts dans mes cheveux et sorti mon minuscule peigne dans l'espoir de leur redonner un semblant de forme, mais j'ai fini par renoncer et les coincer derrière mes oreilles.

C'était aussi bien, au fond, d'y aller comme ça, telle que j'étais, avec l'odeur que j'avais. Pour reprendre l'expression un peu exagérée d'Ed, j'étais « la seule fille dans les bois », ou en tout cas au milieu de ce groupe d'hommes. Sur le chemin, je sentais que je n'avais pas le choix : afin de neutraliser la sexualité des hommes que je croisais, je devais leur ressembler le plus possible.

C'était la première fois de ma vie que je me comportais de cette façon envers le sexe opposé, avec indifférence, d'égal à égal. Assise sous ma tente pendant qu'ils jouaient aux cartes, j'ai réfléchi à ce qui rendait la chose si difficile. J'avais toujours été une vraie fille, habituée à tirer parti de mes atouts. À l'idée que je ne puisse plus me reposer sur eux, mon ventre se nouait. Faire partie de la bande signifiait renoncer à être l'experte en séduction que j'étais devenue au contact des hommes. Je misais sur ce personnage depuis l'âge de onze ans, quand les adultes avaient commencé à tourner la tête sur mon passage, à me siffler ou à lancer des « Hé, ma belle » juste assez fort pour que je les entende, ce qui m'emplissait d'un sentiment de puissance. J'en avais tiré parti pendant tout le lycée, m'affamant pour rester mince, jouant les jolies écervelées pour être populaire, appréciée. Plus tard, j'avais exploré différentes facettes – fille nature, punk, cow-girl, rebelle, garçon manqué. Mais derrière chaque paire de bottes sexy, chaque minijupe et chaque mouvement de cheveux se cachait une porte dérobée qui conduisait à une autre version de moi-même.

Désormais, il n'y avait plus qu'une seule version. Sur le PCT, j'étais obligée de révéler mon visage sale au monde. Un monde qui, pour le moment, se réduisait à six hommes.

« Cheeeryyl… »

C'était la voix de Doug, à quelques mètres de moi.

« Tu es là ?

— Oui.

— On descend à la rivière. Viens avec nous.

— OK. »

Malgré moi, j'étais flattée. Lorsque je me suis redressée, l'emballage du préservatif a crissé dans ma poche. Je l'ai sorti et rangé dans ma trousse à pharmacie avant d'émerger de ma caverne.

Doug, Tom et Greg pataugeaient dans le petit bassin où je m'étais lavée quelques heures plus tôt. Derrière eux, les flots impétueux éclaboussaient des rochers aussi gros que ma tente. J'ai songé à la neige que je n'allais pas tarder à rencontrer si je continuais, avec pour seules armes le piolet dont je ne savais toujours pas me servir et le bâton de ski blanc à dragonne rose tombé du ciel. Je n'avais pas encore pris le temps de réfléchir à ce qui m'attendait plus loin. Je m'étais contentée d'écouter en hochant la tête quand Ed m'avait expliqué que la majeure partie des randonneurs passés à Kennedy Meadows depuis trois semaines avaient préféré quitter le PCT à cet endroit et contourner les sept ou huit cents kilomètres suivants, rendus quasiment impraticables par la neige. Ils faisaient ensuite du stop ou prenaient un bus pour rattraper le chemin plus au nord, à une altitude moins élevée. Certains comptaient revenir plus tard dans l'été pour parcourir la section qu'ils avaient manquée ; d'autres y renonçaient tout simplement. Comme me l'avait dit Greg, quelques-uns avaient même décidé d'arrêter là et de tenter leur chance une autre année. Seules quelques rares personnes continuaient, déterminées à passer malgré la neige.

Heureuse d'avoir mis mes sandales, j'ai marché sur les galets pour rejoindre les hommes. L'eau était si froide qu'elle me gelait les os.

« J'ai quelque chose pour toi », m'a annoncé Doug, la main tendue.

C'était une plume brillante de trente centimètres de long, si noire qu'elle semblait presque bleue sous le soleil.

« En quel honneur ? ai-je demandé.

— Pour te porter chance. »

Il m'a touché le bras et, quand il a retiré sa main, ma peau brûlait – j'ai pris conscience que personne ne m'avait touchée depuis quatorze jours, et compris à quel point j'avais été seule.

« J'étais en train de réfléchir à la neige, ai-je déclaré en haussant la voix par-dessus le bruit de la rivière. Les gens qui l'ont contournée sont passés une ou deux semaines plus tôt que nous. Depuis, ça a dû pas mal fondre ; peut-être que ça ira. »

J'ai regardé Greg avant de baisser les yeux vers la plume noire.

« La couche de neige sur le plateau de Bighorn le 1er juin était deux fois plus épaisse que l'année dernière, a-t-il répondu en jetant un galet dans l'eau. Une semaine ne va pas y changer grand-chose. »

J'ai acquiescé comme si je savais où se trouvait le plateau de Bighorn ou ce que signifiait une couche deux fois plus épaisse. Encore une fois, j'avais l'impression d'être un imposteur, la mascotte d'une équipe de foot, une passante tombée par hasard au milieu d'un groupe de vrais randonneurs. Comme si mon manque d'expérience, le fait que je n'aie jamais lu une seule page écrite par Ray Jardine, mon rythme ridiculement lent et mon idée saugrenue d'apporter une scie pliante annulaient tout le chemin parcouru entre le col de Tehachapi et Kennedy Meadows.

Pourtant, j'étais venue seule, personne ne m'avait portée jusque-là, et je n'étais pas prête à renoncer à la Haute Sierra. C'était la partie que j'attendais avec le plus d'impatience, celle dont les auteurs du *Pacific Crest Trail, Volume 1 : California* vantaient la beauté intacte, celle que le naturaliste John Muir avait immortalisée dans ses écrits un siècle plus tôt. La région qu'il avait surnommée « la chaîne de lumière ». Les sommets culminant à quatre mille ou quatre mille deux cents mètres, les lacs limpides, les profonds canyons, c'était justement là l'intérêt du PCT. Sans compter qu'un détour impliquait de gros problèmes de logistique. Si je sautais la Haute Sierra, je me retrouverais à Ashland un mois plus tôt que prévu.

« J'aimerais bien continuer, si possible », ai-je déclaré en agitant ma plume.

Je n'avais plus mal aux pieds. L'eau glacée les avait rendus merveilleusement insensibles.

« Eh bien, il nous reste encore une bonne soixantaine de kilomètres avant que les choses ne se corsent – d'ici à Trail Pass, est intervenu Doug. Là-bas, le PCT croise un chemin qui conduit à un camping. On peut déjà aller voir ce que ça donne pour se faire une idée de la quantité de neige et, en cas de besoin, on bifurquera à ce niveau.

— Qu'est-ce que tu en penses, Greg ? » ai-je demandé.

Quoi qu'il décide, j'étais résolue à le suivre.

« C'est un bon plan, a-t-il acquiescé.

— Alors c'est ce que je vais faire. Ça devrait aller, j'ai mon piolet maintenant.

— Tu sais t'en servir ? »

Le lendemain matin, Greg m'a donné un cours.

« Ça, c'est le manche. Et ça, la pointe, a-t-il ajouté en touchant l'extrémité inférieure. De l'autre côté, c'est la tête. »

Le manche ? La pointe ? La tête ? J'ai essayé de ne pas exploser de rire comme une collégienne en cours d'éducation sexuelle, mais je n'ai pas pu m'en empêcher.

« Quoi ? » s'est interrompu Greg, la main serrée autour du manche.

J'ai piqué du nez sans répondre.

« La tête se compose de deux parties. La plus large s'appelle la panne. On l'utilise pour tailler des marches dans la neige. L'autre, c'est la lame, et elle peut te sauver la peau quand tu te mets à glisser sur le flanc d'une montagne. »

Il parlait comme si je savais déjà tout ça et qu'il se contentait de revoir les bases avant de commencer.

« D'accord. Le manche, la tête, la pointe, la lame, la patte, ai-je répété.

— La *panne*. Avec deux N. »

Nous étions debout sur la berge escarpée de la rivière, le meilleur équivalent que nous ayons pu trouver à une pente enneigée.

« Maintenant, imaginons que tu tombes, a repris Greg en se jetant au sol et en plantant la lame dans la boue. Il faut que tu enfonces cette lame le plus fort possible, en gardant une main sur le manche et l'autre sur la tête. Comme ça. Une fois bien arrimée, tu peux essayer de trouver un point d'appui pour tes pieds. »

Je l'ai regardé.

« Mais si je n'y arrive pas ?

— Alors tu restes suspendue, a-t-il répondu en remontant ses mains sur le piolet.

— Mais si je ne tiens pas assez longtemps ? Parce que j'aurai mon sac et tout, et je ne suis même pas assez forte pour faire une seule pompe.

— Tu t'accroches. À moins que tu ne préfères dévaler la pente », a-t-il conclu d'une voix calme.

Je me suis mise au travail. Je me suis jetée encore et encore dans la boue de plus en plus glissante en imaginant que c'était de la glace, et j'ai planté la lame de mon piolet sous le regard de Greg qui me donnait des conseils techniques.

Doug et Tom, assis un peu plus loin, faisaient mine de ne pas regarder. Albert et Matt étaient allongés sur une bâche que nous leur avions installée à l'ombre d'un arbre, près du pick-up d'Ed. Trop malades pour bouger, ils se contentaient de courir aux toilettes plusieurs fois par heure. Ils s'étaient réveillés en pleine nuit, pris d'une crise que nous supposions due à la giardia – un parasite présent dans l'eau qui provoque de violentes diarrhées et nausées, nécessite un traitement médical et, le plus souvent, au moins une semaine de repos. C'était à cause de lui que les randonneurs du PCT passaient autant de temps à parler de purificateurs et de sources, de peur de commettre une erreur qu'ils paieraient cher. Je ne savais pas où Albert et Matt l'avaient attrapé, mais je priais pour être épargnée. En fin d'après-midi, nous nous sommes rassemblés autour des deux hommes pâles et affaiblis pour les convaincre d'aller à l'hôpital de Ridgecrest. Trop mal en point pour résister, ils nous ont regardés rassembler leurs affaires et charger leurs sacs à l'arrière du pick-up d'Ed.

« Merci de m'avoir aidée à alléger mon sac », ai-je glissé à Albert, profitant d'un moment où j'étais seule avec lui.

Toujours couché sur sa bâche, il a péniblement levé les yeux vers moi.

« Je n'y serais pas arrivée sans toi. »

Il m'a adressé un petit sourire et un signe de tête.

« Au fait, ai-je ajouté, je voulais te dire quelque chose – pour répondre à ta question sur ce qui m'a poussée à faire cette randonnée. J'ai divorcé. J'étais mariée, et je viens de divorcer ; et puis, il y a quatre ans, ma mère est morte – elle n'avait que quarante-cinq ans, elle a été emportée par un cancer. J'ai vécu des moments très difficiles et j'ai un peu déraillé. Alors je… »

Il a ouvert les yeux.

« J'ai pensé que venir ici m'aiderait à me retrouver. »

J'ai levé les mains, à court de mots, un peu surprise d'avoir laissé échapper tout ça.

« Eh bien, on dirait que tu y vois un peu plus clair, maintenant, non ? »

Il s'est assis, le visage illuminé malgré sa nausée. Puis il est allé prendre place dans la voiture à côté de son fils. Je suis montée à l'arrière avec leurs sacs et la boîte contenant les objets dont je ne voulais plus. Ed s'est arrêté au magasin d'alimentation ; j'ai sauté à terre et salué Albert et Matt de la main en criant : « Bonne chance ! »

Je les ai regardés partir, envahie par une bouffée d'affection. Ed serait de retour dans quelques heures, mais je ne reverrais sans doute jamais Albert et Matt. J'allais continuer vers la Haute Sierra avec Doug et Tom le lendemain, et, au matin, je devrais dire adieu à Ed et Greg, qui voulait rester un jour de plus à Kennedy Meadows. Même s'il ne tarderait pas à me rattraper, ce ne serait qu'une brève rencontre avant qu'il disparaisse à son tour de ma vie.

Je me suis dirigée vers le porche de la boutique pour déposer toutes mes affaires, à l'exception de la scie pliante, du flash high-tech de mon appareil et des jumelles miniatures, dans la boîte destinée aux randonneurs du PCT. J'ai adressé le reste à Lisa, à Portland. Puis j'ai fermé le colis à l'aide d'un rouleau d'adhésif prêté par Ed, avec la sensation qu'il manquait quelque chose.

Plus tard, en route vers le campement, j'ai trouvé ce que c'était : les préservatifs.

Il n'en restait plus un seul.

Troisième partie

La chaîne de lumière

We are now in the mountains
and they are in us…
Nous sommes désormais dans les montagnes
et elles sont en nous…

John Muir
Un été dans la Sierra

If your Nerve, deny you –
Go above your Nerve –
Si le courage te fait défaut –
Va au-delà de ton courage –

Emily Dickinson

8

Corvidologie

On parle souvent de Kennedy Meadows comme du portail de la Haute Sierra – un portail que j'ai franchi de bonne heure le lendemain matin. Doug et Tom m'ont accompagnée sur cinq cents mètres, puis je me suis arrêtée pour les laisser passer sous prétexte de récupérer quelque chose dans mon sac. Nous nous sommes étreints en nous souhaitant bonne chance, des adieux qui ont duré une éternité ou une quinzaine de minutes, je ne savais plus vraiment. Enfin, adossée à un gros rocher pour me soulager un peu du poids de mon sac, je les ai regardés s'éloigner.

Bien que leur départ m'ait rendue mélancolique, j'étais soulagée de les voir disparaître entre les arbres. Je n'avais rien à prendre dans mon sac ; je voulais juste être seule. Pour moi, la solitude avait toujours été un lieu plus qu'un sentiment, une petite pièce dans laquelle je pouvais me réfugier pour être moi-même. L'absence totale d'êtres humains sur le PCT avait altéré cette sensation. La solitude s'était étendue à l'univers tout entier, que j'occupais d'une façon toute nouvelle pour moi. Depuis que je vivais au grand air, sans même un toit au-dessus de ma tête, il me semblait à la fois plus grand et plus petit. Avant de parcourir le monde à pied, je n'avais jamais pris conscience qu'il était si vaste – que même un kilomètre était vaste. Mais j'avais aussi l'impression contraire, en raison de l'intimité étrange que j'avais développée avec ce chemin, avec les pins parasols et les mimules, avec les petits cours d'eau qui me semblaient si familiers alors que je ne les avais jamais traversés de ma vie.

Je marchais dans la fraîcheur du matin au rythme du cliquetis de mon bâton, tandis que le poids allégé mais toujours écrasant de Monster se calait dans mon dos. Lorsque j'avais pris la route, je m'attendais à ce que ça change tout, à ce que la marche soit beaucoup plus facile. Après tout, mon sac était bien moins lourd, non seulement grâce à la purge d'Albert mais aussi parce que je n'avais pas besoin de porter plus de deux litres d'eau, maintenant que j'étais sur une portion moins aride. Pourtant, au bout d'une heure et demie, les douleurs habituelles étaient revenues et je m'accordais déjà une pause. Paradoxalement, je sentais mon corps s'endurcir peu à peu, comme Greg me l'avait promis.

En ce premier jour de ma troisième semaine, nous étions officiellement en été – c'était la dernière semaine de juin – et j'avais changé de paysage en même temps que de saison. Je montais désormais vers la région sauvage de la Sierra du Sud. Au cours des soixante-cinq kilomètres qui séparaient Kennedy Meadows de Trail Pass, j'allais passer de mille huit cent soixante à plus de trois mille trois cents mètres d'altitude. Malgré la chaleur qui régnait l'après-midi, je sentais déjà une pointe de fraîcheur dans l'air, ce qui présageait d'une nuit plutôt froide. Plus de doute, j'étais dans la Sierra, la « chaîne de lumière » si chère à Muir. Je suis passée sous de grands arbres sombres qui empêchaient le soleil d'atteindre les plantes plus petites, puis le long de grandes prairies couvertes de fleurs sauvages ; j'ai franchi des ruisseaux de neige fondue sur des pierres branlantes en m'aidant de mon bâton de ski. À ce rythme, la Sierra Nevada me paraissait presque surmontable. Il suffisait de mettre un pied devant l'autre. Ce n'est que lorsque j'apercevais les sommets enneigés au détour d'un virage que je doutais de mes capacités ; à la pensée de tout le chemin qu'il me restait à parcourir, je perdais la foi.

Les traces de Doug et de Tom apparaissaient régulièrement sur la piste tour à tour boueuse et poussiéreuse. Vers le milieu de l'après-midi, je suis tombée sur eux, assis près d'un ruisseau. Ils avaient l'air surpris de me voir. Je me suis assise pour pomper de l'eau tout en discutant.

« Tu devrais bivouaquer avec nous ce soir, si tu arrives à nous rattraper, m'a proposé Tom avant de repartir.

— Je vous ai déjà rattrapés », ai-je répliqué.

Nous avons tous éclaté de rire.

Ce soir-là, je les ai retrouvés dans une petite clairière où ils avaient déjà installé leur tente. Après le dîner, ils m'ont offert quelques gorgées des deux bières qu'ils avaient apportées de Kennedy Meadows. Nous étions pelotonnés sur le sol, emmitouflés dans nos vêtements. Je me suis demandé si l'un d'eux avait pris les onze préservatifs ultrafins non lubrifiés Trojan que j'avais achetés à Portland. Je ne voyais pas qui ça pouvait être d'autre.

Le lendemain, alors que je marchais seule, je suis arrivée devant une grande plaque de neige qui recouvrait la pente comme un manteau gelé. On aurait dit l'éboulis en plus effrayant, un fleuve de glace au lieu de pierres. Si je glissais, je dévalerais le flanc de la montagne et je m'écraserais sur les rochers un peu plus bas. Ou, pire, je continuerais au-delà vers Dieu sait quoi – le vide, probablement, d'après ce que je voyais. Et si je renonçais à traverser, je devrais rentrer à Kennedy Meadows. Ce qui ne me semblait pas une si mauvaise idée. Pourtant, je restais plantée là.

« Et merde, ai-je pensé. Fait chier. » J'ai sorti mon piolet et étudié ma trajectoire, ce qui revenait à contempler la neige pendant plusieurs minutes le temps de rassembler mon courage. Je savais que Doug et Tom avaient réussi grâce aux deux séries d'empreintes qu'ils avaient laissées. Tenant mon piolet comme Greg me l'avait appris, j'ai posé le pied dans l'une de ces traces. Leur existence me compliquait la vie et me la simplifiait à la fois. Je n'avais pas à creuser mon chemin à chaque pas, mais les trous, trop espacés pour moi, étaient glissants et parfois si profonds que ma chaussure restait coincée à l'intérieur et que je perdais l'équilibre. Mon piolet était si peu maniable qu'il me gênait plus qu'autre chose. Je me répétais le mot « arrêt » pour visualiser ce que je devrais faire en cas de chute. La neige était très différente de celle du Minnesota. Par endroits, c'était presque de la glace, si dense qu'elle me faisait penser à l'intérieur d'un congélateur qui a besoin d'être dégivré. À d'autres endroits, elle cédait sous mes pieds, plus molle qu'il n'y paraissait.

Je n'ai pas jeté un seul coup d'œil aux rochers en contrebas avant d'avoir atteint la terre ferme de l'autre côté, tremblante mais ravie. Je savais que ce n'était là qu'un avant-goût de ce qui m'attendait plus loin. Si je ne bifurquais pas à Trail Pass pour contourner la neige, je ne tarderais pas à rejoindre le col de Forrester, le point le plus haut du PCT avec ses quatre mille mètres d'altitude. Et si je ne dévalais pas la pente en essayant de le franchir, je passerais alors plusieurs semaines dans une neige beaucoup plus dangereuse que celle que je venais de traverser. Mon expérience sur cette petite plaque rendait la suite bien plus concrète. Je n'avais pas le choix : je devais faire ce détour. Je n'étais pas préparée à emprunter le PCT une année ordinaire, et encore moins une année où la couche de neige était deux ou trois fois plus importante que d'habitude. Il n'y avait pas eu d'hiver aussi rude depuis 1983, et cela ne se reproduirait pas avant une bonne dizaine d'années.

La neige n'était pas le seul problème. Il y avait aussi tous ses effets secondaires : les rivières et les cours d'eau tumultueux que je devrais traverser, les températures qui entraîneraient un risque d'hypothermie, la nécessité de s'en remettre entièrement à la carte et à la boussole sur les longues sections du chemin recouvertes par la neige – sans compter que j'étais seule, ce qui rendrait la tâche encore plus difficile. Je n'avais ni l'équipement adéquat, ni les connaissances, ni l'expérience nécessaires. Et je ne pouvais me permettre aucune marge d'erreur. En contournant ce passage, comme la majorité des randonneurs, je raterais la beauté de la Haute Sierra. Mais, en restant sur le chemin, je risquerais ma vie.

« Je vais sortir à Trail Pass », ai-je annoncé à Doug et Tom ce soir-là, pendant le dîner.

J'avais randonné seule toute la journée – couvrant près de vingt-cinq kilomètres pour la deuxième fois – avant de les rattraper à nouveau alors qu'ils installaient leur campement.

« Je reprendrai le chemin au niveau de Sierra City.

— Nous, on a décidé de continuer, m'a annoncé Doug.

— On en a parlé, et on trouve que tu devrais venir avec nous, a ajouté Tom.

— Venir avec vous ? »

Je lui ai jeté un coup d'œil sous ma capuche en polaire. J'avais enfilé l'intégralité de mes vêtements car il faisait près de zéro. Des nappes de neige nous entouraient, là où les arbres bloquaient les rayons du soleil.

« C'est trop risqué pour toi de continuer seule, m'a expliqué Doug.

— Aucun de nous deux ne le ferait.

— Mais c'est risqué aussi de marcher sur la neige. Seul ou à plusieurs, ai-je objecté.

— On a envie d'essayer, a dit Tom.

— Merci, ai-je déclaré. Je suis touchée que vous me le proposiez, mais je ne peux pas.

— Pourquoi ? a demandé Doug.

— Parce que le principe de mon voyage, c'est que je le fasse en solitaire. »

Nous sommes restés silencieux un moment, serrant nos casseroles pleines de riz, de haricots ou de nouilles entre nos mains gantées. J'étais triste de refuser. Pas seulement parce que cela impliquait de renoncer à la Haute Sierra, mais aussi parce que, malgré ma volonté de marcher seule, leur compagnie m'apaisait. La présence de Doug et Tom le soir signifiait que je n'avais plus besoin de me répéter « Je n'ai pas peur » chaque fois qu'une branche craquait dans le noir ou que le vent soufflait trop fort, comme un mauvais présage. Sauf que je n'étais pas venue pour ça. J'étais justement venue, je commençais à le comprendre, pour surpasser ma peur et tout le reste – tout ce que je m'étais infligé, tout ce qu'on m'avait fait subir. Et je n'y arriverais pas si je restais avec eux.

Après le repas, je me suis allongée sous ma tente, les *Nouvelles* de Flannery O'Connor sur la poitrine, trop épuisée pour tenir le livre à bout de bras. Parce qu'il faisait froid et parce que ma journée de marche m'avait fatiguée, mais aussi parce que, à cette altitude, l'oxygène commençait à se raréfier. Pourtant, je n'arrivais pas à m'endormir. Dans cet état de semi-veille, j'ai réfléchi à ce qu'impliquait le contournement de la Haute Sierra. En gros, ça compromettait tout. Tous mes préparatifs, tous mes calculs pour définir l'été en termes de nombre de colis et de repas. Je m'apprêtais à enjamber d'un bond plus de sept cent vingt kilomètres de chemin. Je me retrouverais à Ashland début août au lieu de mi-septembre.

« Doug ? » ai-je appelé dans le noir, sachant que sa tente n'était qu'à une dizaine de centimètres de la mienne.

« Ouais ?

— Je suis en train de me demander… si je bifurque, je pourrais peut-être traverser l'Oregon pour compenser. »

Je me suis tournée sur le côté, le visage vers sa tente, souhaitant à moitié qu'il vienne me rejoindre dans la mienne – lui ou n'importe qui d'autre. Je ressentais la même impression de faim, de vide que le premier jour, dans le motel de Mojave, quand j'avais rêvé d'un compagnon. Pas de quelqu'un à aimer. Juste de quelqu'un contre qui me blottir.

« Tu saurais combien ça représente de kilomètres, par hasard ?

— Environ huit cents.

— Parfait. »

Mon cœur s'est emballé à cette idée, puis j'ai fermé les yeux et j'ai sombré dans un profond sommeil.

Le lendemain après-midi, Greg m'a rattrapée juste avant que j'arrive à Trail Pass, où je comptais quitter le PCT.

« Je vais faire le détour, lui ai-je annoncé à contrecœur.

— Moi aussi.

— C'est vrai ?

— C'est beaucoup trop blindé là-haut. »

Nous avons contemplé les pins de Balfour tordus par le vent entre les rochers ; les montagnes et les arêtes visibles à des kilomètres à la ronde sous le ciel d'un bleu pur. Le point le plus haut du PCT ne se trouvait qu'à cinquante-six kilomètres. Et le mont Whitney, le sommet le plus haut des États-Unis contigus, était encore plus proche, un peu à l'écart du chemin.

Nous avons longé ensemble la piste de Trail Pass sur trois kilomètres, jusqu'à l'aire de pique-nique qui jouxtait le camping de Horseshoe Meadows et où nous avons retrouvé Doug et Tom. Puis nous avons cherché une voiture pour descendre à Lone Pine. Au départ, je n'avais pas prévu de passer par-là. Certains randonneurs du PCT s'y adressaient des colis, mais j'avais préféré la ville d'Independence, à quatre-vingts kilomètres au nord. Il me restait encore de quoi tenir quelques jours dans mon sac. Pourtant, dès que nous sommes arrivés en ville, je me suis précipitée dans la première épicerie venue pour compléter mon stock. Il me fallait suffisamment de nourriture pour parcourir les cent cinquante-quatre kilomètres de la prochaine section, celle que j'entamerais à l'issue de ce contournement, entre Sierra City et Belden Town. Ensuite, je suis allée téléphoner à Lisa depuis une cabine publique. Je lui ai laissé un message pour lui expliquer mon nouveau projet le plus brièvement possible, en lui demandant de m'envoyer tout de suite le colis à destination de Belden Town, et de garder les autres jusqu'à ce que je lui donne de plus amples informations.

Je me sentais perdue et mélancolique lorsque j'ai raccroché, moins excitée d'être en ville que je ne l'aurais cru. J'ai longé la rue principale jusqu'à tomber sur les garçons.

« On ne va pas tarder à remonter », m'a annoncé Doug.

Nous avons échangé un regard. J'avais le cœur serré à l'idée de leur dire au revoir. Je commençais à éprouver de l'affection pour eux, et j'étais un peu inquiète.

« Vous êtes sûrs de vouloir traverser la neige ?

— Et toi, tu es sûre de ne pas vouloir venir ? a répliqué Tom.

— Tu as toujours ton porte-bonheur », m'a rappelé Doug en montrant la plume noire qu'il m'avait donnée à Kennedy Meadows.

Je l'avais coincée dans l'armature de Monster, juste au-dessus de mon épaule droite.

« Comme ça, je penserai à toi », ai-je dit.

Nous avons ri.

Après leur départ, je me suis dirigée en compagnie de Greg vers le magasin qui faisait également office de gare routière. Nous avons passé de prétendus véritables saloons du Far West, puis des boutiques aux vitrines ornées de chapeaux de cow-boys et de portraits d'hommes à cheval sur des étalons cabrés.

« Tu as déjà vu *High Sierra* avec Humphrey Bogart ? » m'a demandé Greg.

J'ai secoué la tête.

« Il a été tourné ici. Comme un tas d'autres films. Des westerns. »

Je n'étais pas surprise. Le paysage semblait tout droit sorti d'un plateau de Hollywood – un haut plateau sans arbre couvert de sauge, complètement dépouillé et encadré de rochers. Il s'étendait à perte de vue. À l'est, les sommets blancs de la Sierra Nevada se détachaient si nettement sur le ciel bleu qu'ils me paraissaient presque factices, comme une belle façade.

« Voilà notre car », a lancé Greg en désignant un gros bus Greyhound garé sur le parking.

Il se trompait. Nous avons vite appris qu'il n'y avait pas de ligne directe pour Sierra City. Nous allions devoir attendre le soir, rouler pendant sept heures jusqu'à Reno, dans le Nevada, puis attraper une correspondance d'une heure qui nous amènerait à Truckee en Californie. De là, nous serions obligés de parcourir les soixante-dix kilomètres restants en stop. Nous avons acheté deux billets et un gros tas de snacks, puis nous nous sommes installés sur le trottoir chauffé par le soleil, tout au bout du parking. Nous avons vidé des paquets de chips et des cannettes de soda tout en discutant. Après avoir épuisé le sujet du Pacific Crest Trail, celui de l'équipement de randonnée, celui des chutes de neige record et celui des théories de Ray Jardine et de ses disciples – dont certains étaient plus fidèles que d'autres à son esprit –, nous avons fini par parler de nous. Je lui ai posé des questions sur son travail et sa vie à Tacoma. Il n'avait pas d'animal, pas d'enfant, juste une copine qu'il fréquentait depuis un an, grande randonneuse elle aussi. Il était clair que sa vie était très ordonnée et réfléchie. Je la trouvais à la fois ennuyeuse à mourir et fascinante. Je me demandais ce qu'il pensait de la mienne.

Quand nous sommes enfin montés dans le bus pour Reno, il était presque vide. J'ai suivi Greg jusqu'au milieu, où nous avons pris place de chaque côté de l'allée centrale.

« Je vais dormir un peu, m'a-t-il prévenue une fois le car engagé sur l'autoroute.

— Moi aussi. »

Je mentais. Même dans un état d'extrême fatigue, j'étais incapable de dormir dans un véhicule, quel qu'il soit – et en l'occurrence, je n'étais pas fatiguée. Ravie d'être de retour dans le monde civilisé, j'ai regardé par la fenêtre pendant que Greg dormait. À part une poignée de personnes qui me connaissaient depuis moins d'une semaine, personne ne savait où j'étais. « Je suis en route pour Reno, dans le Nevada », ai-je songé, un peu ahurie. Je n'étais jamais allée à Reno. Ça me semblait complètement absurde de m'y rendre dans cette tenue, couverte de crasse, les cheveux aussi rêches qu'un sac de jute. J'ai sorti toute ma monnaie, recompté pièces et billets à la lumière de ma lampe frontale. J'avais quarante-quatre dollars et soixante-quinze *cents*. J'ai ressenti un pincement au cœur devant cette maigre somme. J'avais dépensé beaucoup plus d'argent que prévu. Je n'avais pas prévu les arrêts à Ridgecrest et Lone Pine, ni le billet pour Truckee. Mais je devrais m'en contenter jusqu'à ce que je récupère mon colis à Belden Town dans plus d'une semaine, colis qui de toute façon ne contenait que vingt dollars. Alors que Greg et moi avions décidé de passer une nuit dans un motel à Sierra City, j'avais le désagréable pressentiment que j'allais devoir trouver un endroit où camper à la place.

Je ne voyais pas d'autre solution. Je n'avais pas de carte de crédit. Il faudrait que je me débrouille avec ce qu'il me restait. Je m'en suis voulu de ne pas avoir glissé plus d'argent dans les colis, tout en sachant que je n'aurais pas pu. J'y avais mis tout ce que j'avais. J'avais économisé mes pourboires tout l'hiver et le printemps et vendu une bonne partie de ce que je possédais pour acheter de la nourriture, ainsi que l'équipement que j'avais déballé sur le lit à Mojave. Puis j'avais fait un chèque à Lisa pour couvrir les frais de port, et réglé quatre mois de prêt étudiant – celui que j'avais souscrit pour obtenir un diplôme que je n'aurais jamais et que je continuerais à rembourser jusqu'à mes quarante-trois ans. Après ça, il ne me restait plus grand-chose à dépenser sur le PCT.

J'ai rangé mon argent dans ma poche, éteint ma lampe et regardé vers l'ouest à travers la vitre, envahie d'un sentiment de tristesse. J'étais nostalgique, mais je ne savais pas vraiment si c'était de ma vie d'avant ou du PCT. Je distinguais à peine la silhouette de la Sierra Nevada au clair de lune. Elle ressemblait à nouveau à ce mur impénétrable que j'avais vu la première fois, des années plus tôt, avec Paul. Sauf qu'elle ne l'était plus. Je pouvais m'imaginer dessus, en elle, faisant partie d'elle. Je savais ce qu'on ressentait en la parcourant, pas à pas. J'y retournerais dès que je quitterais Sierra City. Certes, je contournais la Haute Sierra – j'allais rater les parcs nationaux de Sequoia, Kings Canyon et Yosemite, Tuolumne Meadows, les réserves de John Muir et Desolation, ainsi que beaucoup d'autres sites – mais il me resterait encore cent cinquante kilomètres de Sierra Nevada à admirer avant d'atteindre la chaîne des Cascades.

Entre le départ et l'arrivée du car dans la gare de Reno à quatre heures du matin, je n'ai pas fermé l'œil une minute. Greg et moi avions une heure à tuer avant notre correspondance pour Truckee. Nous avons déambulé dans le petit casino qui jouxtait la gare routière, nos gros sacs sur le dos. J'étais fatiguée mais alerte, un gobelet en polystyrène plein de thé Lipton à la main. Greg a joué au black jack ; il a gagné trois dollars. J'ai déniché trois pièces de vingt-cinq *cents* au fond de ma poche et tout perdu dans une machine à sous.

Greg m'a décoché un petit sourire qui signifiait « Je te l'avais bien dit ».

« Hé, on ne sait jamais, ai-je répondu. Un jour, à Vegas – j'y suis passée il y a un ou deux ans –, j'ai mis cinq *cents* dans une machine et gagné soixante dollars. »

Il n'a pas eu l'air impressionné.

Je suis allée aux toilettes. Pendant que je me brossais les dents au-dessus d'une rangée de lavabos, devant un miroir éclairé aux néons, une femme m'a dit :

« J'aime bien ta plume.

— Merci. »

Nos regards se sont croisés dans le miroir. Elle était pâle, avec des yeux bruns, un nez cassé et une longue tresse dans le dos ; elle portait un T-shirt imprimé *tie and dye,* un jean coupé et des sandales *Birkenstock.*

« C'est un ami qui me l'a donnée », ai-je marmonné en bavant du dentifrice.

Il y avait une éternité que je n'avais pas parlé à une femme.

« Ça doit être un corvidé, a-t-elle repris en la touchant délicatement du bout du doigt. Un corbeau ou une corneille, symbole du vide, a-t-elle précisé d'une voix mystique.

— Du vide ? ai-je répété, prise de court.

— C'est une bonne chose. C'est là que naissent les choses, qu'elles commencent. Pense à la façon dont un trou noir absorbe l'énergie avant de la relâcher sous une nouvelle forme, en recréant de la vie. »

Elle s'est tu un instant, m'a jeté un regard entendu.

« Mon ex est ornithologue, m'a-t-elle ensuite expliqué d'un ton moins éthéré. Spécialisé en corvidologie. Sa thèse portait sur les corbeaux, et comme j'ai un master d'anglais, j'ai dû relire ce foutu texte une bonne dizaine de fois, alors j'en sais plus que je ne voudrais sur eux. »

Elle s'est retournée vers le miroir, lissant ses cheveux.

« Tu ne serais pas en route pour le Rainbow Gathering, par hasard ?

— Non, je…

— Tu devrais venir. C'est vraiment cool. Cette année, le rassemblement doit se tenir dans la forêt nationale de Shasta-Trinity, à Toad Lake.

— J'y suis allée l'année dernière, dans le Wyoming.

— Je vois, a-t-elle répondu avec cet air d'indifférence qu'ont souvent les gens lorsqu'ils emploient cette expression. Bonne marche », a-t-elle ajouté avant de me tapoter le bras.

Puis elle a répété : « Corvidologie ! » en se dirigeant vers la porte et en nous saluant de la main, ma plume et moi.

À huit heures, Greg et moi sommes arrivés à Truckee. À onze heures, nous étions toujours au bord de la route à essayer de trouver une voiture pour Sierra City.

« Hé ! » ai-je hurlé comme une folle quand un combi Volkswagen est passé à toute vitesse.

C'était au moins le sixième à nous snober depuis deux heures. Je trouvais ça particulièrement vexant.

« Foutus hippies, ai-je lancé à Greg.

— Je croyais que tu en étais une.

— Oui. On peut dire ça. Mais juste un peu. »

Je me suis assise dans le gravier au bord de la route pour refaire mon lacet. Je n'ai pas réussi à me relever. J'étais tellement fatiguée que j'avais la tête qui tournait. Je n'avais pas dormi depuis un jour et demi.

« Tu devrais passer devant et essayer toute seule, m'a conseillé Greg. Je comprendrais. Sans moi, tu aurais déjà été prise depuis longtemps.

— Non. »

Pourtant, je savais qu'il avait raison – une femme seule paraît moins menaçante qu'un couple. Les gens ont envie d'aider les femmes seules. Ou de se les taper. Mais nous étions ensemble, alors je ne l'ai pas lâché jusqu'à ce que, une heure plus tard, quelqu'un s'arrête et accepte de nous conduire à Sierra City. C'était un village pittoresque d'à peine une dizaine de chalets en bois, perché à une altitude de mille deux cent quatre-vingts mètres. Il était coincé entre la rivière Yuba Nord et les Sierra Buttes qui se dressaient sur fond de ciel bleu.

Notre chauffeur nous a déposés devant le magasin d'alimentation du centre-ville, une vieille boutique à l'ancienne où des touristes mangeaient des glaces sous le porche en bois peint. L'endroit était pris d'assaut en ce week-end précédant le 4 Juillet.

« Tu veux un cône ? m'a demandé Greg en sortant quelques dollars.

— Non, pas maintenant », ai-je répondu d'un ton léger pour masquer mon désespoir.

Je mourais d'envie d'en prendre un, bien sûr. Mais je n'osais pas me l'offrir de peur de ne plus pouvoir me payer une chambre ensuite. Lorsque nous sommes entrés dans la petite boutique, j'ai essayé de ne pas regarder la nourriture. Je suis restée plantée près de la caisse, à feuilleter des brochures touristiques pendant que Greg faisait ses courses.

« Toute la ville a été rasée par une avalanche en 1852, lui ai-je appris en m'éventant avec un dépliant quand il est revenu. La neige des Buttes a cédé. »

Il a hoché la tête comme s'il le savait déjà, puis léché son cône au chocolat. J'ai détourné le regard face à cette torture.

« J'espère que tu ne m'en voudras pas, mais il me faudrait un endroit pas trop cher. Pour ce soir, je veux dire. »

En réalité, le mieux aurait été un endroit gratuit, mais j'étais trop fatiguée pour envisager de camper. La dernière fois que j'avais dormi, j'étais encore sur le PCT dans la Haute Sierra.

« Pourquoi pas ici ? » a suggéré Greg, le doigt tendu vers un vieux bâtiment en bois de l'autre côté de la rue.

Le rez-de-chaussée abritait un bar-restaurant ; à l'étage, il y avait des chambres avec sanitaires collectifs. Il n'était que treize heures trente, mais l'employée du bar a accepté de nous donner les clés. Après avoir réglé ma chambre, je n'avais plus que treize dollars en poche.

« Tu veux qu'on dîne ensemble en bas, ce soir ? m'a proposé Greg alors que nous nous apprêtions à entrer dans nos chambres respectives.

— Bien sûr », ai-je répondu en rougissant un peu.

Il ne m'attirait pas, et pourtant je ne pouvais pas m'empêcher d'espérer que, moi, je lui plaisais – si absurde que ce soit. C'était peut-être lui qui avait pris mes préservatifs. À cette idée, un frisson m'a parcouru le corps.

« Tu peux y aller la première si tu veux », a-t-il ajouté en désignant la salle de bains que nous partagions avec tout l'étage. Pour le moment, il n'y avait que nous deux.

« Merci. »

J'ai ouvert la porte de ma chambre. Une commode en bois usé surmontée d'un miroir était appuyée contre un mur ; de l'autre côté, il y avait un lit double, une table de nuit branlante et une chaise. Une ampoule nue pendait du plafond au milieu de la pièce. J'ai posé Monster avant de m'asseoir sur le lit. Il a grincé, ployé et tremblé dangereusement sous mon poids, mais j'étais au paradis. C'était si bon que ça faisait presque mal d'être assise là. Le contraire d'une sensation de brûlure. La chaise pliante qui me servait aussi de couchette n'offrait qu'un confort limité. Si je dormais profondément la plupart du temps sur le PCT, ce n'était pas parce que j'étais bien ; j'étais simplement trop vidée pour me soucier du confort.

J'avais envie de dormir, mais mes bras et jambes étaient couverts de crasse et je sentais horriblement mauvais. Me mettre au lit dans cet état me semblait presque criminel. Je ne m'étais pas lavée correctement depuis le motel de Ridgecrest, près de deux semaines plus tôt. Je suis donc ressortie dans le couloir pour aller à la salle de bains. Il n'y avait pas de douche, juste une grande baignoire de porcelaine à pattes de lion et une immense pile de serviettes sur une étagère. J'en ai pris une, j'ai plongé le nez dans sa merveilleuse odeur de lessive, puis j'ai ôté mes vêtements et je me suis regardé dans le miroir en pied.

Je n'étais pas belle à voir.

Plus qu'à une femme qui vient de randonner en pleine nature pendant trois semaines, je ressemblais à la victime d'un crime bizarre et violent. Des bleus allant du jaune au noir couvraient mes bras, mes jambes, mon dos et mes fesses, comme si on m'avait frappée à coups de bâton. Mes hanches et mes épaules étaient constellées d'ampoules, de plaques rouges, de plaies enflammées et de croûtes noires à cause du frottement du sac. Sous les bleus, les blessures et la saleté, je distinguais tout de même de nouveaux muscles et de la chair ferme à la place de mes anciens bourrelets.

J'ai rempli la baignoire et me suis décrassée avec un gant et du savon. En quelques minutes, l'eau est devenue si noire que je l'ai vidée et remplie à nouveau.

Je me suis allongée dans mon bain propre, plus reconnaissante que je ne l'avais jamais été. Au bout d'un moment, j'ai examiné mes pieds. En plus des meurtrissures et des ampoules, deux de mes ongles étaient complètement noirs. J'en ai touché un ; il ne tenait presque plus. Cet orteil m'avait fait souffrir le martyre pendant plusieurs jours, si enflé que j'avais l'impression qu'il allait exploser. Maintenant, je n'avais presque plus mal. Quand j'ai tiré sur l'ongle, il s'est détaché avec un petit élancement douloureux. À la place, il y avait une couche translucide qui n'était ni de la peau ni de l'ongle, légèrement brillante, comme du film étirable.

« J'ai perdu un ongle, ai-je annoncé à Greg au dîner.

— Tu perds des ongles ?

— Un seul, ai-je répondu d'un air sombre, consciente que ça n'allait pas s'arrêter là et que c'était encore une preuve de mon imbécillité.

— Ça veut dire que tes chaussures sont trop petites », m'a-t-il expliqué alors que la serveuse nous apportait deux assiettes de spaghetti et du pain à l'ail.

J'avais eu l'intention de me montrer raisonnable, d'autant plus que j'avais encore dépensé cinquante *cents* à la laverie dans l'après-midi. Mais, une fois assise, je n'avais pas pu m'empêcher d'imiter Greg, de commander un rhum-Coca avec mon dîner et de dire oui au pain à l'ail. J'essayais de cacher que j'étais en train de faire les comptes en mangeant. Greg savait déjà à quel point j'étais mal préparée pour ma randonnée sur le PCT. Il n'avait pas besoin d'apprendre que j'étais tout aussi nulle dans le domaine des finances.

Pourtant, c'était le cas. Une fois que nous avons réglé l'addition et laissé un pourboire, il me restait soixante-cinq cents.

De retour dans ma chambre, j'ai ouvert *The Pacific Crest Trail, Volume 1 : California* pour lire la section suivante. Ma prochaine étape était Belden Town, où m'attendrait un colis de réapprovisionnement et vingt dollars. Je pourrais sûrement tenir jusque-là avec soixante-cinq *cents*, non ? Je serais dans la nature, sans nulle part où dépenser mon argent. Pourtant, j'étais inquiète. J'ai écrit à Lisa pour lui demander de m'acheter le guide du PCT consacré à l'Oregon – elle pourrait utiliser les quelques dollars supplémentaires que je lui avais laissés. Puis j'ai rédigé le nouveau planning des envois de colis. J'ai relu plusieurs fois la liste pour m'assurer que je ne m'étais pas trompée, que les kilométrages, lieux et dates correspondaient bien.

Lorsque j'ai éteint et que je me suis couchée sur mon lit grinçant, j'ai entendu Greg qui remuait de l'autre côté de la cloison, proche et distant à la fois. Je me suis sentie si seule que j'aurais pu hurler de douleur. Je ne savais pas vraiment pourquoi. Je n'attendais rien de lui et, en même temps, j'attendais tout. Comment réagirait-il si je frappais à sa porte ? Et moi, s'il me laissait entrer ?

Je savais ce que je ferais. Ce n'était pas la première fois.

« Je suis un homme, sur le plan sexuel », avais-je expliqué au psy que j'avais vu deux fois l'année précédente – un certain Vince, bénévole dans une clinique publique de Minneapolis où les gens comme moi pouvaient vider leur sac pour dix dollars la séance.

« Et c'est comment, un homme ?

— Détaché. Enfin, beaucoup le sont. Et moi aussi. Lorsqu'il s'agit de sexe, je suis capable de me montrer détachée. »

J'avais regardé Vince. La quarantaine, il avait des cheveux noirs séparés par une raie et retombant proprement de chaque côté de son visage. Je ne ressentais rien pour lui, mais s'il s'était levé pour m'embrasser, je l'aurais embrassé en retour. J'aurais fait n'importe quoi.

Il ne s'était pas levé. Il s'était contenté de hocher la tête, sans un mot, ce qui pouvait aussi bien témoigner de son scepticisme que de son assentiment.

« Qui s'est détaché de vous ? avait-il fini par demander.

— Je ne sais pas. »

J'avais souri, comme toujours quand j'étais gênée. Je ne le regardais pas vraiment. J'avais les yeux rivés sur l'affiche encadrée au mur derrière lui, un rectangle noir avec un tourbillon blanc censé représenter la Voie lactée. Une flèche indiquait le centre, sous les mots « Vous êtes ici ». C'était une image qu'on voyait un peu partout sur des T-shirts et des posters, et elle m'avait toujours un peu agacée parce que je ne savais pas comment la prendre. Se voulait-elle humoristique ou sérieuse, soulignait-elle l'immensité de nos vies ou leur insignifiance ?

« Personne n'a jamais rompu avec moi, si c'est ce que vous voulez savoir. C'est toujours moi qui mets fin aux relations. »

Mon visage était devenu brûlant. Je m'étais rendu compte que j'avais les bras croisés et les jambes nouées – comme dans la posture de l'aigle au yoga, désespérément contorsionnée. J'avais tenté de me détendre, de m'asseoir normalement – impossible. Je m'étais forcée à lever les yeux vers lui.

« C'est là que je me mets à vous parler de mon père, c'est ça ? » avais-je demandé avec un rire forcé.

Alors que ma mère avait toujours été au centre de tout, soudain, dans cette pièce avec Vince, la pensée de mon père m'avait transpercée comme un pieu en plein cœur. « Je le déteste », avais-je coutume de dire durant mon adolescence. Je ne savais pas ce que j'éprouvais pour lui désormais. Il tournait tel un film dans ma tête, un film au scénario décousu et incohérent. Avec de grandes scènes dramatiques et des moments inexplicablement intemporels, peut-être parce que la majorité de mes souvenirs remontait aux six premières années de ma vie. Mon père projetant des assiettes pleines contre le mur dans un accès de colère. Mon père en train d'étrangler ma mère, à califourchon sur sa poitrine, et de lui cogner la tête par terre. Mon père nous sortant du lit en pleine nuit, ma sœur et moi, quand j'avais cinq ans, pour nous demander si on voulait partir avec lui, sous les yeux de ma mère en sang qui serrait dans ses bras mon petit frère encore bébé et le suppliait d'arrêter. Lorsque nous avions fondu en larmes au lieu de répondre, il était tombé à genoux, le front contre le sol, et avait hurlé tellement fort que j'étais persuadée que nous allions tous mourir là.

Une fois, au beau milieu d'une de ses tirades, il avait menacé de jeter ma mère et « ses gosses » tout nus dans la rue, comme si nous n'étions pas aussi les siens. Nous vivions dans le Minnesota. C'était l'hiver. J'étais à un âge où l'on prend tout au premier degré. Je le croyais tout à fait capable de mettre sa menace à exécution. Je nous voyais déjà, tous les quatre, nus et piaillant dans la neige. En Pennsylvanie, il nous avait plusieurs fois enfermés dehors, Leif, Karen et moi, parce que ma mère était au travail et qu'il en avait marre de s'occuper de nous. Il nous envoyait dans le jardin, verrouillait la porte, et ma sœur et moi tenions par ses petites mains dodues notre frère qui marchait à peine. Nous avancions dans l'herbe en pleurant, avant d'oublier les raisons de notre chagrin et de nous mettre à jouer au papa et à la maman ou à la reine du rodéo. Plus tard, énervés et lassés, nous allions tambouriner à la porte de derrière en criant. Je me souviens parfaitement de cette porte ainsi que des trois marches de béton qui y conduisaient, de la façon dont je devais me dresser sur la pointe des pieds pour jeter un coup d'œil par la vitre.

Quant aux bonnes choses, il n'y en a pas assez pour constituer un film. Elles forment à peine un poème, pas plus long qu'un haïku. Il y a sa passion pour Johnny Cash et les Everly Brothers. Les barres de chocolat qu'il nous rapportait de son travail à l'épicerie. Toutes les personnes grandioses qu'il aurait voulu être, un désir si nu et irréalisable que, malgré mon jeune âge, ça me rendait triste. Il y a aussi la chanson de Charlie Rich qui dit *« Hey, did you happen to see the most beautiful girl in the world*[1] *? »*, et qui d'après lui parlait de ma sœur, de ma mère et de moi, parce que nous étions les plus jolies filles du monde. Pourtant, même ce souvenir est sali. Il ne disait ça que lorsqu'il essayait de reconquérir ma mère, prétendant que les choses allaient changer, lui promettant qu'il ne recommencerait plus jamais.

Il recommençait toujours. C'était un menteur, un charmeur, une brute briseuse de cœurs.

1. « Hé, tu n'aurais pas vu la plus jolie fille du monde ? »

Ma mère nous emmenait, le quittait, revenait, le quittait, revenait encore. Nous n'allions jamais bien loin. Nous n'avions nulle part où aller. Notre famille ne vivait pas dans les environs, et ma mère était trop fière pour faire appel à ses amis. Le premier foyer pour femmes battues des États-Unis n'ouvrirait qu'en 1974, l'année où elle quitterait mon père pour de bon. En attendant, elle conduisait toute la nuit, ma sœur et moi endormies à l'arrière, réveillées de temps à autre par les drôles de lumières vertes du tableau de bord, mon frère Leif à l'avant à côté d'elle.

Au matin, nous rentrions à la maison ; notre père redevenu sobre préparait des œufs brouillés, et il ne tardait pas à chanter la fameuse chanson de Charlie Rich.

Lorsque ma mère avait finalement tourné la page, un an après notre départ de Pennsylvanie pour le Minnesota, j'avais sangloté du haut de mes six ans en la suppliant de ne pas faire ça. À mes yeux, le divorce était la pire chose qui soit. J'aimais mon père envers et contre tout, et je savais que si ma mère le quittait, je le perdrais. J'avais raison. Après leur ultime séparation, nous étions restés dans le Minnesota alors qu'il rentrait en Pennsylvanie. Il donnait très peu de nouvelles. Une ou deux fois par an, nous recevions une lettre adressée à Karen ou à moi et nous déchirions l'enveloppe, folles de joie. Mais, à l'intérieur, il n'y avait que des diatribes contre ma mère, cette salope, cette pute stupide qui abusait du système. Il jurait qu'un jour il se vengerait. Il nous ferait payer ça.

« Mais nous n'avons jamais payé, avais-je confié à Vince lors de notre deuxième et dernier entretien. (La fois suivante, il m'expliquerait qu'il quittait son poste et me donnerait les coordonnées d'un autre psychologue.) Après le divorce de mes parents, je me suis rendu compte que l'absence de mon père était malheureusement une bonne chose. Finies les scènes de violence. Je veux dire, vous imaginez la vie que j'aurais eue si mon père m'avait élevée ?

— Imaginez plutôt celle que vous auriez eue si vous aviez été élevée par un père aimant », avait rétorqué Vince.

J'avais essayé, mais mon cerveau s'y refusait. Je ne parvenais même pas à dresser une liste. À me concentrer sur l'amour, la sécurité, la confiance en soi ou le sentiment d'appartenance à un tout. Un père aimant était un concept trop vaste. Comme le tourbillon blanc sur l'affiche « Vous êtes ici ». Une chose gigantesque composée de millions d'autres et, comme je n'en avais jamais eu aucune, j'avais peur de me perdre au cœur de ce tourbillon.

« Et votre beau-père ? m'avait demandé Vince en jetant un coup d'œil au carnet posé sur ses genoux, dans lequel il avait pris des notes à mon sujet.

— Eddie. Il s'est détaché lui aussi. »

À m'entendre, ça n'avait rien de très grave, c'était presque amusant.

« C'est une longue histoire, avais-je ajouté en regardant l'horloge accrochée près du poster. Et la séance est presque finie.

— Sauvée par le gong », avait plaisanté Vince.

Dans ma chambre à Sierra City, je distinguais la silhouette de Monster dans la lumière des lampadaires qui filtrait par la fenêtre. La plume offerte par Doug était toujours coincée dans l'armature. J'ai pensé à la corvidologie. Je me suis demandé si cette plume était réellement un symbole, ou s'il s'agissait simplement d'un souvenir ramassé sur le chemin. J'avais toujours été aussi superstitieuse que sceptique. Je ne savais pas dans quoi placer ma foi, ni même s'il existait un endroit où la placer, ni même ce que ce mot signifiait vraiment, dans toute sa complexité. À mes yeux, tout cela pouvait aussi bien être puissant que faux. « Tu es en quête de quelque chose », m'avait dit ma mère pendant sa dernière semaine à l'hôpital. « Comme moi. » Mais que cherchait-elle ? Est-ce qu'elle connaissait la réponse ? C'était la seule question que je ne lui avais pas posée, et, même si elle me l'avait dit, j'aurais encore douté, je l'aurais suppliée de m'expliquer le monde spirituel, de me donner la preuve de son existence. Je doutais même des choses dont la véracité était vérifiable. « Tu devrais voir un psy », m'avait-on conseillé après la mort de ma mère. Voilà pourquoi, au plus noir de l'année terrible qui avait précédé ma randonnée, j'avais fini par consulter Vince. Mais je n'avais pas gardé la foi bien longtemps. Je n'avais jamais appelé son confrère. J'avais des problèmes qu'aucun psy ne pouvait régler ; des peines qu'aucun homme ne pourrait soulager dans un cabinet.

Je suis sortie de mon lit et, simplement vêtue d'une serviette, j'ai longé le couloir, passant devant la porte de Greg. Une fois dans la salle de bains, j'ai ouvert le robinet et pris place dans la baignoire. L'eau chaude avait un pouvoir magique. Son bruit de tonnerre a empli la pièce, jusqu'à ce que je coupe le robinet et que le silence retombe, encore plus profond qu'auparavant. Allongée sur la porcelaine aux courbes parfaites, j'ai contemplé le mur. Puis on a frappé à la porte.

« Oui ? »

Pas de réponse, juste un bruit de pas qui s'éloignait dans le couloir.

« C'est occupé », ai-je lancé bien que ce soit évident.

C'était occupé. Par moi. J'étais là. Je n'avais pas ressenti ça depuis des lustres : l'impression d'être en moi, d'occuper ma place dans l'insondable Voie lactée.

J'ai attrapé un gant sur l'étagère et je me suis lavée, même si j'étais déjà propre. Je me suis frotté le visage, la nuque, le cou, la poitrine, le ventre, le dos, les fesses, les bras, les jambes, les pieds.

« La première chose que j'ai faite, à votre naissance, c'est d'embrasser chaque partie de votre corps, nous racontait souvent ma mère. J'ai compté chacun de vos doigts, de vos orteils et de vos cils, et suivi chaque ligne de vos mains. »

Je ne me le rappelais pas, et pourtant je ne l'avais jamais oublié. Ce souvenir était aussi ancré en moi que celui de mon père menaçant de me jeter par la fenêtre. Voire plus.

Je me suis laissée aller en arrière, les yeux fermés, plongeant la tête sous l'eau. Comme lorsque je le faisais, petite, le monde de la salle de bains a disparu pour céder la place, par le biais de cette simple immersion, à un endroit étrange et mystérieux. Les sons, les sensations étaient étouffés, distants, abstraits, tandis que d'autres encore jamais entendus ou ressentis émergeaient peu à peu.

Je venais juste de commencer. Je ne randonnais que depuis trois semaines, et pourtant tout était altéré en moi. Je suis restée sous l'eau le plus longtemps possible, sans respirer, seule dans ce territoire nouveau, pendant que le vrai monde bourdonnait à l'extérieur.

9

Ne pas se perdre

J'avais fait le détour. Contourné la difficulté. J'étais désormais hors de danger. J'avais franchi la neige d'un bond. Le reste de la Californie se ferait d'une traite, supposais-je. Puis ce serait l'Oregon jusqu'à l'État de Washington. Ma nouvelle destination finale était le pont qui enjambait le fleuve Columbia et marquait la frontière entre les deux États. Le pont des Dieux. Il se trouvait à plus de mille six cents kilomètres ; je n'en avais encore parcouru que deux cent soixante-treize, mais ma cadence était en train d'accélérer.

Au matin, Greg et moi avons longé la route sur deux kilomètres et demi jusqu'à l'endroit où elle croisait le PCT. Nous avons continué ensemble pendant quelques minutes avant de nous dire adieu.

« Ce sont des *mountain miseries* [1], ai-je déclaré en montrant les buissons verts qui bordaient le chemin. En tout cas, c'est ce que dit mon guide. J'espère qu'il ne faut pas le prendre au sens littéral.

— Peut-être bien que si », a répondu Greg.

1. « Malheurs de la montagne ».

Il avait raison : sur les treize prochains kilomètres, il y aurait presque mille mètres de dénivelé. J'étais prête à affronter cette nouvelle journée, et Monster contenait assez de provisions pour tenir une semaine.

« Bonne chance, a lancé Greg en me regardant dans les yeux.

— Toi aussi. »

Je l'ai serré dans mes bras.

« Ne lâche pas, Cheryl.

— Toi non plus. »

Comme si ça risquait d'arriver.

Dix minutes plus tard, je l'ai perdu de vue.

J'étais excitée de me retrouver à nouveau sur le chemin, à sept cent vingt kilomètres au nord de l'endroit où j'avais bifurqué. Les sommets enneigés et les falaises de granit de la Haute Sierra ne se dessinaient plus au loin, mais, pour moi, rien n'avait changé. Par bien des côtés, le chemin était toujours le même. Montagne après montagne, désert après désert, le seul point familier était la piste de soixante centimètres de large que je ne quittais quasiment pas des yeux, me méfiant des racines, des branches, des serpents et des pierres. Elle était parfois sableuse, parfois caillouteuse, parfois boueuse, couverte de gravier ou d'une épaisse couche d'aiguilles de pin. Elle pouvait être noire, brune, grise ou aussi blonde que le blé ; c'était toujours le PCT. Mon chez-moi.

Après avoir marché à l'ombre d'une forêt de pins, de chênes et de cèdres blancs, j'ai traversé un bosquet de sapins de Douglas. Je n'ai vu personne ce matin-là, tandis que je montais les lacets sous le soleil. Malgré tout, je sentais la présence invisible de Greg. À chaque kilomètre, cette sensation s'estompait un peu plus, au fur et à mesure que je l'imaginais prendre de la distance à son habituel rythme effréné. Le chemin était sorti de la forêt pour longer une arête exposée, d'où je voyais le canyon s'étendre à mes pieds sur des kilomètres en contrebas des buttes rocheuses. À midi, j'étais déjà à plus de deux mille mètres. Le chemin a commencé à devenir boueux, bien qu'il n'ait pas plu depuis des jours et, au détour d'un virage, j'ai découvert un champ de neige. Ou, plutôt, ce que j'ai supposé être un champ, me raccrochant à l'espoir qu'il avait une fin. J'ai cherché les empreintes de Greg, sans succès. La neige n'était pas sur une pente mais sur une étendue plane parsemée d'arbres, ce qui tombait bien, car je n'avais plus mon piolet. Je l'avais laissé ce matin-là dans la boîte destinée aux randonneurs du PCT à la poste de Sierra City, avant de quitter la ville avec Greg. Je n'avais pas assez d'argent pour le renvoyer à Lisa, à mon grand regret étant donné ce qu'il m'avait coûté. Mais je n'avais pas envie de continuer à le porter maintenant que je n'en aurais plus l'utilité.

J'ai planté mon bâton dans la neige, posé le pied sur la surface glissante et commencé à marcher, un exploit qui me demandait beaucoup d'efforts. Par endroits, je patinais ; à d'autres, je m'enfonçais jusqu'aux genoux. Très vite, la neige s'est accumulée autour de mes chevilles ; la peau de mes jambes était tellement gelée que j'avais l'impression qu'on m'écorchait à l'aide d'un couteau émoussé.

Ce qui me souciait le plus, c'est que je ne voyais pas le chemin. Je me rassurais en me disant que l'itinéraire était assez simple. Mon guide à la main, je m'arrêtais régulièrement pour vérifier chaque mot. Au bout d'une heure, je me suis figée, envahie par la peur. Étais-je encore sur le PCT ? Depuis le début, je cherchais les petits blasons métalliques en forme de losange sur les arbres, mais je n'en avais pas vu un seul. Il n'y avait pas pour autant de quoi s'inquiéter. J'avais déjà constaté que ces jalons n'étaient pas très fiables. Sur certaines portions du PCT, on en trouvait tous les deux ou trois kilomètres ; sur d'autres, on pouvait marcher pendant des jours sans en croiser aucun.

J'ai sorti la carte topographique de la région de la poche de mon short, ce qui a fait tomber ma pièce de cinq *cents* dans la neige. J'ai voulu la rattraper, dangereusement courbée sous le poids de mon sac, mais, dès que je l'ai touchée, elle s'est enfoncée un peu plus et a disparu. J'ai ratissé la neige pour la retrouver, en vain.

Il ne me restait plus que soixante *cents*.

J'ai repensé aux cinq *cents* de Las Vegas, grâce auxquels j'avais gagné soixante dollars dans une machine à sous. J'ai éclaté de rire, persuadée qu'il y avait un lien entre ces deux pièces. Je ne saurais pas dire pourquoi cette idée stupide m'est venue à l'esprit à ce moment précis, alors que j'étais plantée dans la neige. Peut-être que la disparition des cinq *cents* allait me porter chance, de la même façon que la plume noire symbole du vide avait un sens positif. Peut-être que je n'étais pas vraiment perdue au beau milieu de ce que j'avais justement tout fait pour éviter. Peut-être que, au prochain virage, j'allais retrouver la terre ferme.

Je tremblais de froid, seulement vêtue de mon short et de mon T-shirt trempé de sueur, mais je n'osais pas continuer avant d'y voir un peu plus clair. J'ai déplié les pages du guide pour lire ce que les auteurs du *Pacific Crest Trail, Volume 1 : California* avaient écrit sur cette portion du chemin. « Après avoir longé la crête, vous entamerez une montée régulière bordée de buissons. » Cela me semblait correspondre à ce que j'avais fait le matin. « Au bout d'un moment, le chemin se nivellera et vous déboucherez sur un plateau couvert d'une forêt clairsemée… » J'ai tourné lentement sur moi-même pour avoir une vision à trois cent soixante degrés. Étais-je dans la fameuse forêt clairsemée ? La réponse aurait dû être évidente, mais ce n'était pas le cas. La seule évidence, c'était que la neige recouvrait tout.

J'ai attrapé ma boussole, suspendue par un cordon à l'armature de mon sac à côté du sifflet le plus puissant du monde. Je ne m'en étais pas servie depuis le jour où j'avais emprunté la route de service, à la fin de ma difficile première semaine. Entre elle et la carte, j'ai estimé de mon mieux où je me trouvais avant de reprendre mon chemin, progressant d'un pas hésitant dans la neige. Je dérapais, je m'enfonçais, mes tibias et mes mollets de plus en plus brûlés par le froid. Une heure plus tard, quand j'ai aperçu sur un arbre un losange métallique marqué « Pacific Crest Trail », tout mon corps a été envahi d'un immense soulagement. Je ne savais toujours pas précisément où je me tenais, mais, au moins, j'étais sur le PCT.

En fin d'après-midi, j'ai atteint une arête d'où je surplombais une cuvette tapissée de neige.

« Greg ! » ai-je appelé pour voir s'il était dans les parages.

Je n'avais pas aperçu la moindre trace de son passage depuis le début de la journée, mais je m'attendais toujours à le voir apparaître ; j'espérais que la neige l'aurait suffisamment ralenti pour que je le rattrape, pour que nous la traversions ensemble. J'ai entendu des cris étouffés et distingué trois skieurs de l'autre côté de la cuvette, à portée de voix mais hors d'atteinte. Ils m'ont salué avec de grands gestes et je les ai imités. À cette distance, sous leur équipement de ski, je n'aurais pas pu dire si c'était des hommes ou des femmes.

« On est où ? ai-je hurlé.

— Quoi ? »

Je les entendais à peine.

J'ai répété plusieurs fois ma question – « On est où, on est où ? » – jusqu'à en avoir mal à la gorge. J'avais beau avoir une vague idée de l'endroit où je me trouvais, je voulais leur confirmation. Après plusieurs tentatives infructueuses, j'ai essayé une dernière fois de crier de toutes mes forces, manquant de dévaler la pente sous l'effort : « ON EST OÙ ? »

Il y a eu un silence ; ils avaient enfin saisi ma question. Puis ils ont hurlé à l'unisson : « CALIFORNIE ! »

À la façon dont ils sont retombés les uns contre les autres, j'ai compris qu'ils riaient.

« Merci ! » ai-je lancé d'un ton sarcastique, même si cette nuance a disparu dans le vent.

Ils ont dit quelque chose que je n'ai pas bien compris. Ils l'ont répété encore et encore, mais les mots se brouillaient. Pour finir, ils les ont prononcés un à un :

« TU »

« ES »

« PERDUE ? »

J'ai réfléchi un moment. Si je répondais oui, ils viendraient à mon secours et j'en aurais enfin fini avec ce maudit chemin.

« NON ! » ai-je rugi.

Je n'étais pas perdue.

J'étais foutue.

J'ai regardé les arbres, les rayons de soleil déclinants qui filtraient entre les branches. Ce serait bientôt le soir et je n'avais nulle part où camper. Je devrais planter ma tente dans la neige, me réveiller dans la neige et continuer à marcher dans la neige. Et ce en dépit de tous mes efforts pour l'éviter.

Je suis repartie jusqu'à trouver un endroit relativement confortable où passer la nuit, si tant est qu'une plaque de neige gelée sous un arbre puisse l'être. Quand je me suis glissée dans mon sac de couchage, avec ma tenue de pluie par-dessus mes vêtements, j'avais juste un peu froid. Je serrais mes gourdes pleines d'eau contre moi pour qu'elles ne gèlent pas.

Le lendemain matin, les parois de ma tente étaient couvertes de givre à cause de la condensation. Je suis restée allongée un bon moment, pas encore prête à affronter la neige, à écouter le chant d'oiseaux dont je ne connaissais pas le nom. Tout ce que je savais, c'est qu'ils m'étaient devenus familiers. Lorsque je me suis assise et que j'ai ouvert la porte, je les ai vus voleter d'arbre en arbre, élégants, simples, indifférents à ma présence.

J'ai sorti ma casserole, versé de l'eau et du *Better Than Milk* à l'intérieur, ajouté du muesli, puis je me suis assise à l'entrée de ma tente en espérant que j'étais toujours sur le PCT. Après m'être levée et avoir nettoyé la casserole avec une poignée de neige, j'ai observé les environs. Les rochers et les arbres se détachaient sur le manteau blanc. J'étais à la fois inquiète et époustouflée par la beauté solitaire de l'endroit. Devais-je continuer ou revenir sur mes pas ? Je connaissais déjà la réponse. Elle était logée dans mon ventre : bien sûr que j'allais continuer. J'avais travaillé trop dur pour qu'il en soit autrement. Pourtant, rebrousser chemin aurait été plus logique. Je pouvais regagner Sierra City et me faire déposer plus au nord, là où il n'y aurait plus de neige. C'était plus sûr. Plus raisonnable. C'était certainement la meilleure solution. Mais tout en moi s'y opposait.

Toute la journée, je suis tombée, j'ai glissé et j'ai avancé péniblement, serrant si fort mon bâton de ski que j'ai attrapé une ampoule à la main. Je l'ai changé de côté ; même chose. À chaque virage, derrière chaque crête, au bout de chaque pré, j'espérais qu'il n'y aurait plus de neige. Mais elle était toujours là, le sol à peine visible ici ou là. « Est-ce bien le PCT ? » me demandais-je quand mes yeux se posaient sur un bout de terre. Je ne pouvais pas en être sûre. Seul l'avenir le dirait.

Je transpirais beaucoup et le dos de mon T-shirt restait trempé sous mon sac, quelle que soit la température ou ma tenue. Quand je m'arrêtais, je frissonnais au bout de quelques minutes dans mes vêtements glacés. Mes muscles commençaient tout juste à s'habituer aux rigueurs de la marche, et voilà qu'on leur imposait de nouveaux efforts. Désormais, en plus de me tenir debout, je devais tailler des marches pour ne pas glisser, au risque de dévaler la montagne et terminer ma course dans les rochers, les buissons et les arbres ou, pire, le précipice. Méthodiquement, je creusais la croûte gelée à coups de talon comme Greg me l'avait appris à Kennedy Meadows, en même temps que le maniement du piolet.

Ce piolet pour lequel je ressentais un désir presque pathologique depuis que je l'avais laissé, seul et inutile, dans la boîte des randonneurs à Sierra City. À force de taper dans la neige, mes ampoules se sont réveillées et de nouvelles sont apparues sur mes pieds. La peau de mes hanches et de mes épaules était toujours mise à vif par Monster.

Je continuais à avancer sur mon chemin de croix, à un rythme désespérément lent. D'habitude, je couvrais en moyenne un peu plus de trois kilomètres par heure. Dans la neige, tout était différent : j'étais moins rapide, moins sûre de moi. J'avais compté six jours pour atteindre Belden Town ; lorsque j'avais emballé les provisions nécessaires, je ne me doutais pas une seconde de ce qui m'attendait. Six jours dans ces conditions étaient hors de question, pas seulement à cause de la difficulté physique liée à la progression dans la neige. Chaque pas impliquait de savants calculs pour rester sur le PCT. Munie de ma carte et de ma boussole, je tentais de me rappeler de mon mieux ce que j'avais lu dans *Staying Found*, brûlé depuis longtemps. Bon nombre des techniques évoquées – telles que la prise de repères, la triangulation et la fourchette d'estimation de distance – m'avaient déjà laissée perplexe quand j'avais encore le livre en main. Maintenant, j'aurais été bien en peine de les appliquer correctement. Je n'avais jamais été douée pour les maths. J'étais incapable de retenir chiffres et formules. Cette logique m'échappait complètement. Pour moi, le monde n'avait rien d'un graphique, d'une formule ou d'une équation. C'était une histoire. La plupart du temps, je me fondais sur les descriptions narratives de mon guide ; je les relisais plusieurs fois, les comparais à mes cartes, tentais d'analyser l'intention et la nuance cachée derrière chaque mot, chaque phrase. J'avais l'impression d'être un personnage dans un problème géant : « Si Cheryl longe une arête vers le nord pendant une heure, à une vitesse de deux virgule quatre kilomètres-heure, puis se dirige vers l'ouest jusqu'à un col d'où elle distingue deux lacs oblongs à l'est, se tient-elle sur le flanc sud du Pic 7503 ? »

J'avançais par devinettes, mesurais, lisais, m'interrompais, calculais et recomptais avant de placer ma foi dans ce qui me paraissait le plus vraisemblable. Heureusement, cette portion du chemin comportait de nombreux indices – pics, falaises, lacs ou étangs souvent visibles de loin. J'avais toujours la même sensation qu'au début, quand j'avais attaqué la Sierra Nevada par le sud : celle d'être perchée au sommet du monde, que je contemplais en contrebas. J'avançais de crête en crête, soulagée d'apercevoir le sol par endroits, là où le soleil avait fait fondre la neige ; tremblant de joie lorsque j'identifiais un plan d'eau ou une formation rocheuse représentés sur la carte ou décrits par le guide. Je me sentais alors forte et calme, jusqu'à ce que je m'arrête pour faire le point et me dise que j'avais commis une énorme erreur en décidant de continuer. Je passais sous des arbres qui me paraissaient étonnamment familiers, comme si je les avais déjà vus une heure plus tôt. Je scrutais de vastes étendues montagneuses identiques, à mes yeux, à celles que je venais d'admirer. Je gardais les yeux rivés au sol, à la recherche d'empreintes, espérant être rassurée par un signe de présence humaine. Il n'y en avait pas. Tout ce que je découvrais, c'était des traces de pattes – petits zigzags de lapins ou triangles laissés par ce que je supposais être des porcs-épics ou des ratons laveurs pressés. L'air était parfois animé du bruissement des arbres, parfois complètement silencieux, la neige éternelle étouffant le moindre bruit. À part moi, chaque chose était sûre de sa place. Le ciel, lui, ne se demandait jamais où il était.

« Hé ho ! » criais-je de temps à autre en sachant pertinemment que personne ne me répondrait.

J'avais besoin d'entendre une voix humaine, quand bien même ce ne serait que la mienne. Ma voix me protégerait contre « ça », songeais-je, autrement dit contre la possibilité que je sois perdue pour toujours dans cette solitude enneigée.

Pendant ce temps, ma station de radio mentale continuait à diffuser ses extraits de chansons, interrompus à l'occasion par la voix de Paul me reprochant ma décision stupide de partir toute seule dans la neige. Ce serait à lui de prendre les mesures nécessaires si je ne revenais pas. Malgré notre divorce, il était toujours la personne la plus proche de moi, ou en tout cas la seule qui soit suffisamment organisée pour s'en charger. Je me suis rappelé ses reproches dans la voiture à l'automne précédent, quand il m'avait ramenée de Portland à Minneapolis après m'avoir arrachée aux griffes de l'héroïne et de Joe.

« Tu te rends compte que tu aurais pu mourir ? avait-il craché, écœuré, comme s'il regrettait presque que ce ne soit pas arrivé. Chaque fois que tu te shootes, tu joues à la roulette russe. Tu te poses un flingue sur la tempe et tu presses la détente. Sans savoir s'il y a une balle dans le chargeur. »

Je n'avais rien à répondre à ça. Il avait raison, bien que je n'aie pas eu cette impression quand je me droguais.

Alors que marcher le long d'un chemin que je devais tracer toute seule (en espérant qu'il s'agissait bien du PCT), c'était tout le contraire de l'héroïne. Depuis que j'avais pressé la détente en posant le pied sur la neige, tous mes sens étaient en éveil. Malgré mes hésitations, je sentais que je faisais le bon choix en continuant, comme si l'effort en lui-même était ce qui importait le plus. Comme si la beauté intacte de la nature qui m'entourait pouvait me rendre intacte moi aussi, en dépit de tout ce que j'avais perdu, de tout ce qu'on m'avait enlevé, de toutes les choses regrettables que j'avais fait subir tant aux autres qu'à moi-même et de toutes celles que j'avais subies. Moi qui doutais de tout, j'avais une certitude : la nature sauvage me nimbait de sa clarté.

Sombre et heureuse à la fois, je marchais dans l'air glacé, éblouie, malgré mes lunettes, par le soleil qui filtrait entre les arbres et se reflétait sur la neige. Cette dernière était toujours omniprésente, mais je la sentais faiblir, fondre imperceptiblement à chaque minute qui passait. Elle mourait peu à peu tout en restant aussi vivante qu'une ruche bourdonnante. Parfois, j'entendais une espèce de gargouillis laissant supposer la présence d'un ruisseau invisible en dessous. À d'autres moments, elle tombait lourdement des branches en grands tas humides.

Trois jours après mon départ de Sierra City, alors que je soignais mes ampoules, assise dans ma tente, je me suis rendu compte qu'on était le lendemain du 4 Juillet. En imaginant ce que mes amis, ainsi qu'une bonne partie de la population des États-Unis, avaient pu faire, je me suis sentie encore plus loin de tout. Il y avait sûrement eu des fêtes, des parades, des coups de soleil et des feux d'artifice – et moi j'étais là, seule dans le froid. L'espace d'une seconde, je me suis vue d'en haut, petite tache sombre sur l'immensité vert et blanc, pas plus ni moins importante que les oiseaux anonymes perchés dans les arbres. Ici, on pouvait aussi bien être le 4 Juillet que le 10 décembre. Les montagnes ne tenaient pas de calendrier.

Le lendemain matin, j'ai marché plusieurs heures dans la neige avant d'arriver à une clairière au milieu de laquelle gisait un grand arbre au tronc dénudé. J'ai posé mon sac pour grimper dessus et m'asseoir sur l'écorce sèche, où j'ai grignoté quelques morceaux de bœuf séché en buvant un peu d'eau. Soudain, j'ai aperçu un éclair roux sur ma droite : un renard venait de sortir de la forêt, trottinant sans bruit sur la neige. Il regardait droit devant lui, inconscient de ma présence, même si ça me semblait impossible. Arrivé à moins de trois mètres de moi, il s'est arrêté, a tourné la tête en reniflant et levé tranquillement les yeux dans ma direction, sans pour autant croiser les miens. Moitié félin, moitié canin, il avait des traits acérés et compacts, un corps vif.

Mon cœur battait très fort, mais je suis restée parfaitement immobile, luttant contre l'envie de relever les jambes et de me réfugier derrière le tronc. Je me demandais ce que le renard allait faire. Bien qu'il ne me veuille sans doute aucun mal, je ne pouvais pas m'empêcher de me poser la question. Il avait beau ne m'arriver qu'aux genoux, il dégageait une impression évidente de force et de beauté, écrasant de supériorité jusqu'au bout des poils. Il pouvait m'attaquer en un seul bond. J'étais dans son monde. Il était aussi sûr de lui que le ciel.

« Renard », ai-je soufflé le plus doucement possible, comme si, en le nommant, j'espérais à la fois m'en défendre et l'attirer plus près de moi.

Il a levé sa tête à l'ossature fine, sans bouger, m'a dévisagée quelques secondes, puis a fait brusquement demi-tour et repris son chemin avant de disparaître entre les arbres.

« Reviens », ai-je appelé à mi-voix.

Et tout à coup, je me suis mise à crier :

« Maman ! Maman ! Maman ! »

J'ignorais que ce mot allait sortir de ma bouche avant de l'entendre.

Enfin, tout aussi soudainement, je me suis tue, vidée.

Le lendemain matin, j'ai débouché sur une route. J'avais croisé de petites pistes de 4 × 4 recouvertes de neige les jours précédents, mais aucune aussi large et importante que celle-là. J'ai failli tomber à genoux en la voyant. La beauté des montagnes enneigées était incontestable, mais la route signifiait que les miens n'étaient pas loin. S'il s'agissait bien de celle à laquelle je pensais, le simple fait d'être arrivée jusque-là représentait un exploit. Cela signifiait que j'avais réussi à suivre le PCT. Et qu'il y avait une ville de chaque côté, à quelques kilomètres. Que je prenne à gauche ou à droite, je retrouverais une version du mois de juillet beaucoup plus conforme à ce que je connaissais. J'ai posé mon sac, je me suis assise sur un tas de poudreuse, et j'ai réfléchi. Si je ne me trompais pas, j'avais parcouru soixante-dix kilomètres en quatre jours – sans doute plus, étant donné mes piètres compétences en maniement de boussole. Belden Town était à un peu de moins de quatre-vingt-dix kilomètres de là, au bout d'un chemin sans doute couvert de neige lui aussi. Il n'y avait pas vraiment de question à se poser. Il me restait des provisions pour deux ou trois jours. Si je continuais, je me trouverais bientôt à court de nourriture. Alors j'ai descendu la route en direction d'une ville appelée Quincy.

Comme la forêt que j'avais traversée les jours précédents, la piste était plongée dans un silence glacé ; sauf que, maintenant, je n'avais plus besoin de m'arrêter toutes les deux minutes pour vérifier mon itinéraire. Je n'avais qu'à la suivre. Peu à peu, la neige a cédé la place à la boue. Mon guide n'indiquait pas à quelle distance exacte se trouvait Quincy, se contentant d'évoquer « une longue journée de marche ». J'ai accéléré le pas dans l'espoir d'arriver avant la nuit. Ce que je ferais une fois là-bas avec mes soixante *cents* en poche était un autre problème.

À onze heures, au détour d'un virage, j'ai découvert un 4 × 4 vert garé sur le bas-côté.

« Hé ho », ai-je lancé avec un peu plus de précautions que lorsque je hurlais dans l'immensité blanche. Pas de réponse. Je me suis approchée pour jeter un œil à l'intérieur. Il y avait un sweat-shirt à capuche sur le siège avant et un gobelet en carton sur le tableau de bord, parmi d'autres objets excitants qui me rappelaient mon ancienne vie. J'ai repris ma route pendant une demi-heure, jusqu'à entendre une voiture approcher dans mon dos. Je me suis retournée.

C'était le 4 × 4 vert. Un instant plus tard, il s'est arrêté près de moi. Un homme était au volant, une femme sur le siège passager.

« On va au *Packer Lake Lodge*, si vous voulez qu'on vous emmène », m'a proposé la femme après avoir baissé sa fenêtre.

Le cœur lourd, je l'ai remerciée et je suis montée à l'arrière. J'avais lu ce nom dans mon guide plusieurs jours auparavant. J'aurais pu emprunter un sentier qui y conduisait le lendemain de mon départ de Sierra City, mais j'avais préféré rester sur le PCT. Au fur et à mesure que nous avancions, je sentais tous mes progrès vers le nord s'annuler – tous les kilomètres que j'avais tant peiné à parcourir perdus en moins d'une heure. Malgré tout, j'étais dans une voiture et c'était le paradis. J'ai essuyé la vitre couverte de buée et contemplé les arbres qui défilaient. Nous ne roulions pas à plus de trente kilomètres à l'heure, négociant les virages au ralenti, et pourtant j'avais l'impression de voler. Le paysage n'était plus une succession d'éléments particuliers, mais un tout dont je ne faisais plus partie, comme s'il avait reculé d'un pas.

J'ai repensé au renard. Je me suis demandé s'il était retourné près de l'arbre tombé et s'était interrogé à mon sujet. Je me souvenais du moment où il avait disparu dans les bois et où j'avais appelé ma mère. Le silence qui avait suivi ma crise était si intense, si puissant, qu'il semblait renfermer l'univers tout entier. Les chants des oiseaux, les craquements des arbres. La neige mourante et l'eau invisible qui gargouillait. Le soleil miroitant. Le ciel dans toute sa certitude. Le flingue sans balles dans le chargeur. Et la mère. Toujours la mère. Celle qui ne viendrait jamais à moi.

10

La chaîne de lumière

Le *Packer Lake Lodge* m'a fait l'effet d'une gifle. C'était un restaurant. Avec de la nourriture. Soudain transformée en berger allemand, je l'ai reniflée à peine sortie de la voiture. J'ai remercié le couple qui m'avait déposée et je me suis dirigée vers le petit bâtiment, laissant Monster sous le porche avant d'entrer. La salle était bondée de touristes, pour la plupart locataires des chalets rustiques disséminés autour du restaurant. Ils n'avaient pas l'air de remarquer le regard affamé que je posais sur leurs assiettes remplies de piles de pancakes, de tranches de bacon, de montagnes d'œufs brouillés ou, pire que tout, de cheeseburgers ensevelis sous les frites. Leur simple vue était une torture.

« Vous savez s'il reste beaucoup de neige, là-bas au nord ? » ai-je demandé à la caissière.

J'avais deviné que c'était la propriétaire à la façon dont elle surveillait les moindres mouvements de la serveuse qui allait et venait, une cafetière à la main. Je ne l'avais jamais rencontrée, mais j'avais travaillé pour elle des centaines de fois. Il m'est venu à l'esprit que je pourrais lui demander de m'embaucher pour l'été et renoncer au PCT.

« C'est encore blindé à peu près partout, m'a-t-elle répondu. Tous les randonneurs sont redescendus cette année. Ils longent la Gold Lake Highway à la place.

— La Gold Lake Highway ? ai-je répété, abasourdie. Vous n'auriez pas vu passer un homme, il y a quelques jours ? Il s'appelle Greg. La quarantaine, brun, avec une barbe… »

Elle a secoué la tête, mais la serveuse est intervenue pour dire qu'elle avait parlé à un randonneur du PCT correspondant à cette description, bien qu'il ne lui ait pas donné son nom.

« Vous pouvez vous asseoir, si vous voulez déjeuner », m'a offert la patronne.

J'ai attrapé un menu posé sur le comptoir, juste par curiosité.

« Est-ce que vous avez quelque chose qui coûte moins de soixante *cents* ? » ai-je demandé sur le ton de la plaisanterie, si bas qu'on m'entendait à peine par-dessus le brouhaha.

— Pour soixante-quinze *cents*, vous pouvez avoir du café. À volonté.

— En fait, j'ai de quoi manger dans mon sac. »

Je suis ressortie en évitant de regarder les assiettes « vides » dans lesquelles restaient encore des morceaux parfaitement mangeables, bien que personne à part les ours, les ratons laveurs et moi ne daigne s'y intéresser. Je suis allée m'asseoir à côté de Monster. J'ai contemplé mes soixante *cents* comme si les pièces pouvaient se multiplier à force d'être regardées. J'ai pensé au colis qui m'attendait à Belden Town et au billet de vingt dollars qu'il contenait. J'étais affamée. Certes, j'avais de quoi manger dans mon sac ; mais je n'avais pas le cœur d'y toucher.

Alors j'ai feuilleté mon guide en essayant de mettre un nouveau plan au point.

« Je vous ai entendue parler du Pacific Crest Trail », m'a interpellée une femme d'âge mûr, mince, les cheveux blond platine coupés au carré. Elle portait des diamants aux oreilles.

« Je fais une randonnée de plusieurs mois, ai-je répondu.

— Je trouve ça génial. »

Elle m'a souri.

« Je me suis toujours demandé quel genre de personnes faisaient ça. Je sais que le chemin passe là-haut, a-t-elle ajouté en agitant la main vers l'ouest, mais je n'y suis jamais allée. »

Elle s'est approchée de moi ; l'espace d'un instant, j'ai cru qu'elle allait me serrer dans ses bras, mais elle s'est contentée de me tapoter l'épaule.

« Vous n'êtes pas seule, rassurez-moi ? »

Quand j'ai hoché la tête, elle a éclaté de rire et porté la main à sa poitrine.

« Et que diable pense votre mère de tout ça ?

— Elle est morte », ai-je déclaré, trop découragée et affamée pour adoucir cette nouvelle par un mot d'excuse, comme je le faisais généralement.

« Mon Dieu. C'est terrible. »

Ses lunettes de soleil pendaient au bout d'un cordon en perles pastel. Elle les a mises. Elle s'appelait Christine, m'a-t-elle dit, et occupait l'un des chalets avec son mari et ses deux filles adolescentes.

« Vous voulez venir avec moi et prendre une douche ? » m'a-t-elle proposé.

Jeff, le mari de Christine, m'a préparé un sandwich pendant que je me lavais. Lorsque j'ai émergé de la salle de bains, il était posé sur une assiette, coupé en deux et entouré d'une poignée de chips de maïs bleu et d'un cornichon.

« Si vous voulez un peu plus de viande, servez-vous », a ajouté Jeff en poussant le plat vers moi.

Assis de l'autre côté de la table, il était beau, un peu joufflu, avec des cheveux grisonnants qui bouclaient sur les tempes. Sur le chemin du chalet, Christine m'avait expliqué qu'il était avocat. Ils vivaient à San Francisco et passaient chaque année la première semaine de juillet sur ce site.

« Peut-être une ou deux tranches, merci. »

J'ai tendu la main vers la dinde avec une nonchalance feinte.

« Elle est bio, pour information, a précisé Christine. Élevée en plein air. On essaie de manger aussi sainement que possible. Tu as oublié le fromage ! a-t-elle reproché à Jeff en allant le chercher dans le frigo. Est-ce que vous voulez du havarti à l'aneth dans votre sandwich, Cheryl ?

— Ça ira, merci », ai-je répondu par politesse.

Elle m'en a quand même apporté un morceau. Je l'ai englouti tellement vite qu'elle est retournée en couper un autre, sans rien dire. Puis elle a ajouté une poignée de chips dans mon assiette et ouvert une cannette de boisson aux plantes qu'elle a posée devant moi. Elle aurait pu vider son frigo, j'aurais tout dévoré.

« Merci », disais-je chaque fois qu'elle plaçait quelque chose sur la table.

Derrière la porte-fenêtre de la cuisine, j'apercevais les deux filles de Jeff et Christine sur la terrasse. Assises sur des chaises en bois identiques, elles feuilletaient *Seventeen* et *People*, leurs écouteurs vissés aux oreilles.

« Quel âge ont-elles ? ai-je demandé en les désignant d'un signe de tête.

— Seize et bientôt dix-huit, m'a répondu Christine. Elles vont respectivement entrer en seconde et en terminale. »

Se sentant observées, elles ont levé les yeux. Je les ai saluées, et elles m'ont répondu timidement avant de retourner à leurs magazines.

« J'adorerais qu'elles fassent le même genre de choses que vous. Qu'elles soient aussi fortes et courageuses. Ou peut-être que non, finalement. Ça me ferait peur de les savoir toutes seules en pleine nature. Vous n'avez jamais peur, toute seule ?

— Parfois. Mais pas autant qu'on pourrait croire. »

Mes cheveux mouillés dégoulinaient sur les épaules de mon T-shirt sale. J'avais conscience que mes vêtements sentaient mauvais, bien que je me sois rarement sentie aussi propre. Après plusieurs jours à transpirer dans le froid, cette douche avait été une expérience presque divine. L'eau chaude et le savon m'avaient décapé la peau. J'ai remarqué quelques livres au bout de la table – *Accouplement* de Norman Rush, *L'Exploitation* de Jane Smiley et *Nœuds et Dénouement* d'E. Annie Proulx. Je les avais tous lus et aimés, et la simple vue de leurs couvertures familières me faisait me sentir un peu chez moi. Tout à coup, une idée absurde m'a traversé l'esprit : peut-être que Jeff et Christine accepteraient de me garder avec eux ? Je pourrais être l'une de leurs filles, lire des magazines en bronzant sur la terrasse. S'ils me l'avaient proposé, j'aurais accepté.

« Vous aimez lire ? m'a demandé Christine. C'est

à ça que nous passons nos journées ici. C'est notre conception des vacances.

— La lecture est ma récompense en fin de journée. En ce moment, je lis les *Nouvelles* de Flannery O'Connor. »

J'avais encore l'intégralité de mon exemplaire dans mon sac. Je n'en avais pas brûlé une seule page car, entre la neige et mes changements d'itinéraire, je ne savais pas combien de temps s'écoulerait avant que je récupère mon prochain colis. Après l'avoir terminé une première fois, je l'avais recommencé la veille.

« Eh bien, n'hésitez pas à prendre un de ceux-là », m'a proposé Jeff. Il s'est levé, *Accouplement* à la main. « On les a tous finis. Sinon, s'ils ne vous tentent pas, j'en ai un autre. »

Il a disparu dans la chambre derrière la cuisine, revenant quelques minutes plus tard avec un épais broché de James Michener qu'il a posé à côté de mon assiette vide.

Le Roman. Je n'en avais jamais entendu parler, alors que Michener était l'un des auteurs préférés de ma mère. Avant que j'aille à la fac, ça ne m'avait jamais dérangée. Mais c'était « du divertissement de masse », m'avait asséné l'un de mes professeurs après s'être enquis de mes goûts. Michener n'était pas le genre d'auteur à lire si je voulais devenir écrivain. Je m'étais sentie nulle. Pendant toute mon adolescence, je m'étais crue très sophistiquée lorsque je me plongeais dans *Pologne*, *Les Dériveurs*, *La Course aux étoiles* et *Sayonara*. Dès mon premier mois à l'université, je m'étais aperçue que je n'avais pas la moindre idée de ce qu'il fallait avoir lu ou pas.

« Tu sais que ce n'est pas un *vrai* livre, avais-je

lancé à ma mère d'une voix dédaigneuse lorsque quelqu'un lui avait offert *Texas* au Noël suivant.

— Comment ça, pas un *vrai* livre ? m'avait-elle répondu d'un air narquois.

— Je veux dire, pas sérieux. De la vraie littérature, qui vaut la peine qu'on y consacre du temps.

— Eh bien, si tu veux tout savoir, mon temps n'a jamais valu grand-chose. J'ai rarement gagné plus que le minimum syndical et, bien souvent, je me suis échinée pour rien. »

Avec un petit rire et une tape sur la main, elle s'était soustraite à mon jugement. Sans effort, comme toujours.

Après sa mort et l'arrivée de la nouvelle femme d'Eddie, j'avais récupéré tous les livres qui m'intéressaient dans sa bibliothèque. Ceux qu'elle avait achetés dans les années quatre-vingt, lorsque nous nous étions installés sur notre terrain : *L'Encyclopédie du jardinage bio* et *Double Yoga. Northland Wildflowers*[1] et *Quilts to Wear*[2]. *Songs for the dulcimer*[3] et *Bread Baking Basics*[4]. *Using Plants for Healing*[5] et *I Always Look up the Word Egregious*[6]. Ceux qu'elle m'avait lus, chapitre après chapitre, avant que j'aie l'âge de lire seule : la version intégrale de *Bambi*, *Les Aventures de Prince Noir* et *La Petite Maison dans les grands bois*. Ceux qu'elle avait achetés pour ses études, quelques années avant

1. « Fleurs sauvages du nord des États-Unis ».
2. « Vêtements en patchwork ».
3. « Chansons au dulcimer ».
4. « Recettes de base pour faire son pain ».
5. « La Médecine par les plantes ».
6. Livre de vocabulaire consacré aux mots rares.

sa mort : *The Sacred Hoop*[1] de Paula Gunn Allen, *Les Fantômes chinois de San Francisco*[2] de Maxine Hong Kingston et *This Bridge Called my Back*[3] de Cherríe Moraga et Gloria Anzaldúa. *Moby Dick* d'Herman Melville, *Huckleberry Finn* de Mark Twain et *Feuilles d'herbe* de Walt Whitman. Mais je n'avais pas pris les romans de James Michener, ceux que ma mère aimait le plus.

« Merci, ai-je dit à Jeff en serrant *Le Roman* contre moi. Je peux vous l'échanger contre les *Nouvelles* de Flannery O'Connor, si vous voulez. C'est un livre incroyable. »

Je n'ai pas précisé que, s'il refusait, je devrais le brûler dans la forêt le soir même.

« Avec plaisir, a-t-il accepté en riant. Je crois que c'est moi le gagnant dans l'affaire. »

Après le déjeuner, Christine m'a conduite au poste de rangers de Quincy. Malheureusement, le ranger d'astrcinte n'avait pas l'air de savoir grand-chose sur le PCT. Il m'a avoué qu'il n'y était pas encore monté cette année-là à cause de la neige. Il était même étonné que j'en vienne. De retour dans la voiture de Christine, j'ai sorti mon guide pour faire le point. Le meilleur endroit où rejoindre le chemin était la prochaine intersection avec la route, à un peu plus de vingt kilomètres à l'ouest.

« Ces jeunes filles pourront peut-être nous aider », a suggéré Christine en désignant la station-service de l'autre côté du parking, où deux jeunes femmes se

1. Essai consacré à la femme dans la culture amérindienne.
2. Mémoires d'une jeune Sino-Américaine.
3. Recueil de nouvelles rédigées par des femmes de couleur.

tenaient près d'un van portant le nom d'un camp de vacances.

Je me suis présentée à elles et, quelques minutes plus tard, je serrais Christine dans mes bras avant de grimper à l'arrière du fourgon. Elles étaient étudiantes, travaillaient dans ce camp pour l'été et devaient justement passer par l'endroit où le PCT croisait la route. Elles seraient ravies de m'y déposer, à condition que je puisse attendre qu'elles aient fini leurs courses. Je me suis assise à l'ombre de leur gros van et j'ai entamé *Le Roman* pendant qu'elles étaient à l'épicerie. Il faisait chaud et humide – un vrai temps d'été, très différent de la neige sur laquelle je marchais encore le matin même. La présence de ma mère était si vivace, son absence si douloureuse que j'avais du mal à me concentrer sur ma lecture. Pourquoi l'avoir méprisée parce qu'elle aimait Michener ? Moi aussi, je l'adorais – à quinze ans, j'avais lu *Les Dériveurs* quatre fois. Le pire, quand on perd sa mère aussi jeune, ce sont les regrets. De petites choses qui me faisaient mal rien que d'y penser : toutes les fois où j'avais levé les yeux au ciel quand elle essayait d'être gentille, eu un mouvement de recul lorsqu'elle me touchait ; le jour où je lui avais dit : « Tu ne trouves pas que je suis incroyablement plus sophistiquée que toi à vingt et un ans ? » En y repensant, ce manque d'humilité me donnait la nausée. Je me comportais en sale petite arrogante et, tout à coup, ma mère était morte. Oui, j'avais été une fille aimante et, oui, j'avais été là pour elle, mais j'aurais pu faire mieux. Devenir ce que je l'avais suppliée de dire que j'étais : la meilleure fille au monde.

J'ai refermé *Le Roman*, paralysée par les regrets, jusqu'à ce que les deux étudiantes reviennent en poussant un chariot. Je les ai aidées à charger leurs sacs dans le fourgon. Elles avaient quatre ou cinq ans de moins que moi, des cheveux et des visages lisses, propres. Elles portaient des shorts de sport, des débardeurs et des bracelets de fil coloré aux chevilles et aux poignets.

« On était en train de se dire que c'est assez énorme, de randonner toute seule comme ça, m'a lancé l'une des deux.

— Et tes parents, ils en pensent quoi ? a ajouté l'autre.

— Rien. Je veux dire – je n'ai pas de parents. Ma mère est morte et je n'ai pas de père. Enfin, si, mais il ne fait plus partie de ma vie. »

Je suis montée ranger *Le Roman* dans mon sac pour ne pas voir leurs visages gênés.

« Eh ben, a commenté l'une d'elles.

— Ouais, a dit l'autre.

— Le bon côté, c'est que je suis libre. Je fais ce que je veux.

— Ouais », a dit celle qui avait dit « Eh ben ».

« Eh ben », a dit celle qui avait dit « ouais ».

Elles se sont installées à l'avant, et nous sommes parties. J'ai regardé les grands arbres par la fenêtre en pensant à Eddie. Je me sentais un peu coupable de ne pas l'avoir mentionné quand j'avais parlé de mes parents. Mais il appartenait au passé. Je l'aimais toujours, comme je l'avais aimé dès le début, dès le premier soir où je l'avais rencontré. Il ne ressemblait pas aux hommes avec qui ma mère était sortie pendant les années qui avaient suivi son divorce. La plupart de ces relations ne duraient pas plus de quelques semaines, car ils étaient tous effrayés – nous n'avions pas tardé à le comprendre – par le fait que se caser avec ma mère signifiait aussi se caser avec Karen, Leif et moi. Eddie, au contraire, nous avait d'emblée adoptés. À l'époque, il travaillait dans une usine de pièces détachées pour voitures, bien qu'il soit charpentier de formation. Il avait des yeux bleus très doux, un nez allemand pointu et des cheveux bruns attachés en une longue queue de cheval qui lui pendait jusqu'au milieu du dos.

Le premier soir, il était venu dîner à Tree Loft, la résidence où nous vivions. C'était la troisième depuis la séparation de mes parents. Elles étaient toutes situées dans un rayon de huit cents mètres à Chaska, une ville à une heure de Minneapolis. Chaque fois que ma mère trouvait un endroit moins cher, nous déménagions. Quand Eddie était arrivé, elle n'avait pas fini de préparer le dîner, alors il était venu jouer avec nous sur le petit carré de pelouse devant l'immeuble. Il nous courait après, nous attrapait, nous soulevait la tête en bas et nous secouait pour voir si des pièces tombaient de nos poches ; quand c'était le cas, il les ramassait et partait en courant. Nous le poursuivions en poussant des cris de joie, cette joie toute simple que nous n'avions jamais connue, nous qui n'avions jamais eu de père aimant. Il nous chatouillait, nous regardait danser et faire la roue. Il nous apprenait des chansons idiotes et des claquements de mains compliqués. Il volait nos nez, nos oreilles, nous les montrait en passant le bout de son pouce entre ses doigts, puis finissait par nous les rendre tandis que nous riions aux éclats. Quand ma mère nous avait appelés pour manger, j'étais tellement dingue de lui que j'en avais perdu l'appétit.

Nous n'avions pas de salle à manger, juste deux chambres, une salle de bains et un salon avec une alcôve dans un coin équipée d'un plan de travail, d'une cuisinière, d'un frigo et de quelques placards. Au milieu de la pièce trônait une grande table ronde en bois dont on avait coupé les pieds, si bien qu'elle n'était pas plus haute que le genou. Ma mère l'avait rachetée pour dix dollars aux locataires précédents. Nous nous asseyions par terre en prétendant que nous étions chinois, sans savoir que ce sont en réalité les Japonais qui mangent ainsi, agenouillés autour de tables basses. À Tree Loft, les animaux étaient interdits, mais nous avions quand même un chien, Kizzy, et un canari nommé Canari que nous laissions en liberté dans l'appartement.

C'était un oiseau très bien élevé. Il faisait ses besoins sur un morceau de journal, dans une litière à chat. J'ignore si ma mère le lui avait appris ou si ça venait de lui. Alors que nous étions attablés depuis quelques minutes, Canari était venu se poser sur la tête d'Eddie. D'habitude, il ne restait perché qu'un moment, puis s'envolait. Mais, cette fois, il ne bougeait plus. Nous nous étions mis à glousser. Eddie s'était tourné vers nous et nous avait demandé, comme si de rien n'était, ce qui nous faisait rire.

« Tu as un canari sur la tête, avions-nous répondu.

— Quoi ? »

Il avait regardé autour de lui, l'air faussement surpris.

« Tu as un canari sur la tête !

— Où ça ?

— Tu as un canari sur la tête ! » avions-nous hurlé, hystériques.

Il avait un canari sur la tête et, par un miracle inexplicable, l'oiseau était resté là pendant tout le repas et toute la soirée, puis il s'était roulé en boule et endormi.

Eddie avait fait pareil.

En tout cas, jusqu'à la mort de ma mère. Au départ, sa maladie nous avait encore plus rapprochés. Nous étions devenus des compagnons d'armes à l'hôpital – travaillant en équipe, prenant les décisions médicales à deux, pleurant ensemble quand nous avions compris que la fin était proche, rencontrant ensemble l'entrepreneur de pompes funèbres. Mais, très vite, Eddie s'était détaché de mon frère, de ma sœur et de moi. Il ne se comportait plus en père mais en ami. Il n'avait pas tardé à tomber amoureux d'une autre femme, qui s'était installée chez nous avec ses enfants. Un an après la mort de notre mère, Karen, Leif et moi étions livrés à nous-mêmes ; la plupart de ses affaires avaient été rangées dans des cartons entreposés chez moi. Eddie nous aimait toujours, disait-il, mais la vie continuait. Il jurait qu'il était toujours notre père, sans rien faire pour le prouver. Après m'être insurgée, j'avais été obligée d'accepter ce que ma famille était devenue : tout sauf une famille.

Comme disait ma mère, ça ne servait à rien de se battre contre des moulins à vent.

Lorsque les deux jeunes femmes se sont garées au bord de la route étroite, le soleil avait presque disparu derrière les grands arbres. Je les ai remerciées, puis j'ai regardé autour de moi tandis qu'elles s'éloignaient. Je me tenais près d'un panneau d'information forestier qui indiquait « Camping de Whitehorse ». Le PCT était juste un peu plus loin, m'avaient assuré les filles quand j'étais sortie du fourgon. Je n'avais pas pris la peine de consulter ma carte sur le trajet. Après des jours de vigilance ininterrompue, j'étais fatiguée de tout vérifier, encore et toujours, dans mon guide. Alors j'avais profité de la vue, faisant confiance aux étudiantes qui semblaient savoir où elles allaient. Elles m'avaient dit que, depuis le camping, je pourrais emprunter un petit sentier qui me ramènerait sur le PCT. Tout en parcourant les allées pavées du camping, j'ai jeté un coup d'œil aux dernières pages arrachées à mon guide, les yeux plissés pour distinguer quelque chose dans la lumière qui déclinait. Mon cœur a bondi de soulagement quand mes yeux se sont posés sur les mots « Camping de Whitehorse », avant de se serrer aussitôt, car je venais de constater que j'étais encore à plus de trois kilomètres du PCT. « Juste un peu plus loin » ne voulait clairement pas dire la même chose pour deux filles en fourgon et pour moi.

J'ai contemplé les robinets, les cabanes brunes abritant les toilettes et le grand panneau expliquant comment payer sa nuit à l'aide d'une enveloppe qu'on glissait dans une boîte en bois. À l'exception de quelques camping-cars et d'une poignée de tentes, le terrain était complètement désert. Je n'avais pas d'argent, mais il faisait trop sombre pour que je m'aventure dans la forêt. J'ai choisi un emplacement à l'extrémité du site, le plus loin possible du panneau explicatif. Qui pourrait bien me voir ?

J'ai monté ma tente, préparé et dégusté mon dîner à la lueur de ma frontale en profitant du luxe d'une table de pique-nique. Puis, après avoir fait pipi dans des toilettes sèches très confortables, j'ai regagné ma tente et ouvert *Le Roman*. Je n'avais pas lu trois pages que j'ai été inondée de lumière. En ouvrant la porte, j'ai découvert un couple âgé, planté devant les phares aveuglants d'un pick-up.

« Bonsoir, ai-je lancé.

— Vous devez payer cet emplacement, a aboyé la femme en guise de réponse.

— Je dois *payer* ? ai-je répété, feignant la surprise et l'innocence. Je croyais que ça ne s'appliquait qu'aux voitures. Moi, je suis à pied. Je n'ai que mon sac à dos. »

Ils m'ont écoutée en silence, l'air renfrogné.

« Je vais repartir de très bonne heure demain matin, ai-je ajouté. Six heures au plus tard.

— Si vous dormez ici, vous devez payer, a insisté la femme.

— C'est douze dollars la nuit, a précisé l'homme d'une voix saccadée.

— Le problème, c'est que je n'ai pas de liquide sur moi. Je suis au milieu d'une longue randonnée sur le Pacific Crest Trail – vous savez, le PCT ? – et il y a beaucoup de neige dans les montagnes cette année. Du coup, j'ai dû quitter le chemin. Je n'avais pas prévu de dormir ici, mais les personnes qui m'ont prise en stop m'ont déposée au mauvais endroit et il était trop tard…

— Ça ne change rien au fait qu'il faut payer, jeune demoiselle », a tonné l'homme d'une voix qui évoquait une corne de brume.

J'en ai eu le souffle coupé.

« Si vous ne pouvez pas payer, vous devez remballer vos affaires et partir. »

La femme portait un sweat-shirt orné de deux bébés ratons laveurs qui pointaient le nez par le trou d'un arbre.

« Mais il n'y a personne ! Et on est au milieu de la nuit ! Qu'est-ce que ça peut bien faire si…

— Ce sont les règles », a décrété l'homme avant de me tourner le dos et de remonter dans son pick-up pour signifier que la discussion était close.

« Désolé, mademoiselle, mais nous sommes responsables de ce camping et notre travail, c'est de nous assurer que tout le monde respecte les règles », m'a expliqué la femme.

Son visage s'est radouci un moment, puis elle a pincé les lèvres et ajouté :

« On ne voudrait pas avoir à appeler la police. »

J'ai baissé les yeux comme si je m'adressais aux ratons laveurs.

« C'est juste que… je ne vois pas où est le mal. Personne n'utiliserait cet emplacement de toute façon », ai-je murmuré, essayant en ultime recours d'en appeler à la solidarité féminine.

« On ne dit pas que vous devez *partir*, s'est-elle écriée, comme si elle grondait un chien récalcitrant. On dit simplement qu'il faut *payer*.

— Eh bien, je ne *peux pas*.

— Il y a un sentier qui conduit au PCT, juste après les toilettes, m'a-t-elle informée avec un geste de la main. Sinon, vous pouvez longer la route sur un kilomètre et demi. Je crois que c'est plus direct que le sentier. On va laisser les phares allumés pendant que vous rangez », a-t-elle conclu avant de rejoindre son mari dans l'ombre de la voiture.

Je me suis tournée vers ma tente, abasourdie. Depuis le début de mon voyage, je n'avais eu affaire qu'à de la gentillesse de la part des inconnus. Je suis entrée à quatre pattes à l'intérieur, j'ai allumé ma frontale d'une main tremblante, et j'ai rangé ce que j'avais déballé sans prendre les précautions habituelles pour remettre chaque chose à sa place. Je ne savais pas quoi faire. La nuit était tombée, un croissant de lune brillait dans le ciel. La seule perspective plus effrayante que marcher seule dans le noir sur un chemin, c'était de marcher seule dans le noir le long d'une route. J'ai chargé Monster sur mon dos et salué le couple de la main, sans savoir s'ils me répondaient.

Je tenais ma lampe frontale à la main. Elle n'éclairait qu'à un pas devant moi, car les piles étaient presque à plat. J'ai longé l'allée menant aux toilettes ; juste derrière, j'ai aperçu le sentier mentionné par la femme. Je m'y suis engagée, un peu hésitante. J'avais beau me sentir en sécurité dans la forêt, même la nuit, marcher dans le noir était une autre paire de manches : je n'y voyais rien. Je pouvais très bien tomber sur un animal nocturne ou trébucher sur une racine. Je pouvais rater un virage et continuer dans la mauvaise direction. J'avançais lentement, aussi nerveuse que le tout premier jour de ma randonnée, quand je m'attendais à être attaquée par un serpent à sonnette d'une seconde à l'autre.

Au bout d'un moment, les contours des choses ont commencé à se préciser. Je me trouvais dans une forêt de grands pins et d'épicéas, dont les immenses troncs lisses déployaient leurs chapeaux de branches très loin au-dessus de ma tête. J'entendais un ruisseau sur ma gauche ; un tapis moelleux d'épines sèches craquait sous mes pieds. Je n'avais jamais été aussi concentrée. J'avais une conscience aiguë du chemin et de mon corps, comme si j'étais nue et sans chaussures. Ça me rappelait l'époque où, enfant, j'avais appris à monter à cheval. Ma mère m'avait assise sur la selle de Lady, sa jument, qu'elle conduisait par une longe attachée au mors. Au début, j'avais agrippé la crinière de Lady des deux mains, effrayée même quand elle marchait au pas. Mais, à force, j'avais fini par me détendre et ma mère avait insisté pour que je ferme les yeux afin de sentir les mouvements du cheval, et mon corps qui bougeait avec lui. Plus tard, j'avais fait la même chose en ouvrant grands les bras, tournant encore et encore autour de la piste, abandonnée au bon vouloir de Lady.

J'ai marché pendant vingt minutes, jusqu'à atteindre une espèce de clairière. Là, à quatre pattes par terre, j'ai cherché un endroit où dormir. J'ai monté ma tente, rampé à l'intérieur et déroulé mon sac de couchage, même si je n'avais plus du tout sommeil après cette éviction et cette randonnée de nuit.

Au moment où j'ouvrais *Le Roman*, ma frontale s'est mise à clignoter, alors je l'ai éteinte et je suis restée allongée dans le noir. J'ai croisé les bras pour me réconforter. Je sentais mon tatouage sous mes doigts ; les contours du cheval étaient encore enflés. La femme qui l'avait réalisé m'avait prévenue que ça durerait quelques semaines, mais plusieurs mois s'étaient écoulés et le dessin restait toujours en relief. Ce n'était pas n'importe quel cheval. C'était Lady – la jument dont ma mère avait parlé au médecin de la clinique Mayo en apprenant qu'elle allait mourir, celle qu'elle espérait encore monter. Lady n'était en réalité que le surnom que nous lui donnions. C'était une American Saddlebred pure race, avec un nom grandiloquent qui s'étalait en toutes lettres sur son pedigree : *Stonewall's Highland Nancy*, engendrée par *Stonewall Sensation* et portée par *Mack's Golden Queen*. Ma mère se l'était offerte sur un coup de tête pendant l'hiver horrible où mon père et elle s'étaient finalement séparés. Elle avait rencontré un couple au restaurant où elle travaillait comme serveuse. Ils voulaient vendre leur jument de douze ans pour une somme très modique qui restait néanmoins trop élevée pour ma mère. Elle était malgré tout allée la voir et avait fini par conclure un accord avec eux : elle leur paierait trois cents dollars sur six mois. Ensuite, elle s'était arrangée avec un autre couple, propriétaire d'une écurie, pour qu'ils logent Lady en échange d'heures de travail.

« Elle est à couper le souffle », disait-elle chaque fois qu'elle la décrivait.

Et c'était vrai. Plus d'un mètre soixante au garrot, svelte, de longues jambes, le pas relevé, un port de reine. À l'exception d'une étoile blanche sur le front, sa robe était du même brun-roux que le renard que j'avais aperçu dans la neige.

J'avais six ans quand ma mère l'avait achetée. Nous vivions alors au sous-sol d'une résidence appelée Barbary Knoll. Ma mère venait juste de quitter mon père pour la dernière fois. Nous avions à peine de quoi vivre, mais elle ne pouvait pas renoncer à ce cheval. Malgré mon jeune âge, je sentais instinctivement que Lady avait sauvé la vie de ma mère. C'était grâce à elle qu'elle avait pu tourner la page et continuer à avancer. Pour ma mère, les chevaux étaient une religion. C'est avec eux qu'elle aurait voulu passer ses dimanches, enfant, quand on la forçait à enfiler des robes pour aller à la messe. En contrepoint de toutes les histoires qu'elle nous racontait sur son éducation religieuse, il y avait des histoires de chevaux. Elle faisait tout ce qu'elle pouvait pour les monter. Elle balayait les stalles, astiquait les harnais, rentrait le foin, étalait la paille, se rendait utile de toutes les manières possibles et imaginables pour avoir le droit de traîner dans une écurie et d'enfourcher une monture.

Des images de son passé de cow-girl me venaient parfois à l'esprit, figées pour l'éternité, aussi claires et concises que si je les avais lues dans un livre. Les promenades de plusieurs jours qu'elle faisait dans la campagne du Nouveau-Mexique avec son père. Les dangereuses pirouettes de rodéo auxquelles elle s'entraînait avec ses amies. À seize ans, elle avait eu son premier cheval, un palomino nommé Pal avec qui elle avait participé à des concours hippiques et des rodéos dans le Colorado. Jusqu'à sa mort, elle avait gardé les rubans remportés à l'époque. Ils étaient désormais rangés dans un carton, dans la cave de Lisa à Portland. Un ruban jaune pour une troisième place en course de tonneaux, un rose pour une cinquième place au pas, trot et galop, un vert pour la présentation et la participation, et un bleu pour avoir maîtrisé son cheval à différentes allures sur un parcours semé d'embûches – flaques de boue, virages serrés, clowns hilares et cornes de brume – en tenant un œuf en équilibre sur une cuillère en argent plus longtemps que n'importe qui.

Dans l'écurie où Lady avait vécu au début, ma mère se chargeait des mêmes tâches que dans son enfance : elle nettoyait les stalles, changeait le foin, transportait des choses dans une brouette. Souvent, elle nous amenait avec elle, Leif, Karen et moi. Nous jouions dans la grange à côté d'elle. Après, nous la regardions tourner avec Lady autour du manège et, quand elle avait terminé, nous avions chacun droit à un tour. Quand nous nous étions installés sur notre terrain dans le nord du Minnesota, nous avions acheté un deuxième cheval, un gelding croisé appelé Roger. J'en étais tombée amoureuse et son propriétaire avait accepté de nous le céder pour trois fois rien. Nous avions emprunté un van pour déplacer les deux chevaux, dont la pâture s'étendait sur un quart de nos seize hectares.

Lorsque j'étais retournée voir Eddie au début du mois de décembre, trois ans après la mort de ma mère, j'avais été choquée de voir combien Lady était faible et amaigrie. Elle avait près de trente-neuf ans, ce qui est vieux pour un cheval, et quand bien même il aurait été possible de la soigner, personne n'était là assez régulièrement pour s'en charger. Eddie et sa compagne partageaient leur temps entre la maison où j'avais grandi et un mobil-home dans une petite ville près des Twin Cities. Les deux chiens, deux chats et quatre poulets que ma mère nous avait laissés étaient morts ou avaient été donnés depuis longtemps. Il ne restait plus que nos deux chevaux, Roger et Lady. Souvent, ils étaient nourris à la va-vite par un voisin engagé par Eddie.

En ce mois de décembre, j'avais décidé de lui parler de l'état de Lady. Il avait commencé par se rebeller en me répondant que ce n'était pas son problème. Je n'avais pas le cœur de lui expliquer pourquoi, en tant que veuf de ma mère, il avait hérité de la responsabilité de ses chevaux. Je n'avais parlé que de Lady, insistant sur le fait qu'il fallait prendre une décision, et au bout d'un moment il avait baissé la voix et reconnu qu'il fallait l'abattre. Elle était vieille et malade ; elle avait perdu énormément de poids ; la lumière s'était éteinte dans ses yeux. J'avais déjà consulté un vétérinaire qui accepterait de venir l'euthanasier. Ou alors nous pouvions nous en charger nous-mêmes avec un fusil.

Eddie trouvait que c'était la meilleure solution. Nous n'avions pas un sou, ni l'un ni l'autre. Et depuis toujours, c'était comme ça qu'on achevait les chevaux. Ça nous semblait paradoxalement plus humain – qu'elle meure des mains de ceux qu'elle connaissait et en qui elle avait confiance, plutôt que de celles d'un étranger. Eddie m'avait promis de s'en occuper avant que je revienne avec Paul pour Noël quelques semaines plus tard. Il n'y aurait pas de grand repas de famille : nous serions seuls tous les deux. Eddie avait prévu de passer les fêtes chez sa compagne. Quant à Karen et Leif, ils avaient des projets de leur côté – Leif irait à Saint Paul dans la famille de sa copine, et Karen resterait avec son mari, qu'elle avait rencontré et épousé cette année-là en l'espace de quelques semaines.

Quand nous étions arrivés devant la maison la veille de Noël, j'étais pleine d'appréhension. Je n'avais pas arrêté d'imaginer ce que je ressentirais quand je me tournerais vers le champ et n'y verrais que Roger. Mais lorsque j'étais sortie de la voiture, Lady était toujours là, à trembler dans sa stalle, les os apparents sous sa peau décharnée. Ça me faisait mal rien que de la regarder. C'était un hiver exceptionnellement froid, avec des températures qui tournaient autour des moins trente degrés et un vent glacial qui renforçait encore cette sensation.

Plutôt que de demander à Eddie pourquoi il n'avait pas tenu sa promesse, j'avais appelé le père de ma mère en Alabama. Il avait été cavalier toute sa vie. Nous avions parlé de Lady pendant une heure. Après m'avoir posé question sur question, il avait conclu qu'il était impératif de l'abattre. Je lui avais dit que je me donnais la nuit pour réfléchir. Le lendemain matin, peu après l'aube, le téléphone avait sonné : c'était mon grand-père.

Il ne voulait pas me souhaiter un joyeux Noël, mais me supplier d'agir. Laisser Lady mourir à petit feu serait cruel et inhumain. Je savais qu'il avait raison. Je savais aussi que ce serait à moi de m'en occuper. Je n'avais pas de quoi payer le vétérinaire et, de toute façon, il y avait peu de chances qu'il accepte de venir le jour de Noël. Mon grand-père m'avait expliqué en détail comment tuer un cheval. Devant mon anxiété, il m'avait rappelé qu'on employait cette méthode depuis des générations. Je m'inquiétais aussi de ce que deviendrait le corps. Le sol était si gelé qu'il était impossible de l'enterrer.

« Laisse-la, m'avait-il conseillé. Les coyotes l'emporteront. »

« Qu'est-ce que je dois faire ? » avais-je demandé à Paul en pleurant après avoir raccroché.

Nous ne savions pas encore que c'était notre dernier Noël ensemble. Deux mois plus tard, je lui avouerais mes infidélités et il quitterait notre appartement. Un an plus tard, nous parlerions de divorce.

« Fais ce qui te semble juste », m'avait-il répondu ce jour-là.

Nous étions assis à la table de la cuisine, dont chaque nœud, chaque fissure m'était familière. Pourtant, j'avais l'impression d'être très loin de chez moi, de flotter seule sur un iceberg.

« Je ne sais pas ce qui est juste. »

En réalité, je le savais. Je savais exactement ce que j'avais à faire. Je commençais à avoir l'habitude de choisir le moindre de deux maux. Mais j'en serais incapable sans l'aide de mon frère. Paul et moi avions déjà utilisé une arme à feu – Leif nous avait donné des cours l'hiver précédent – mais nous manquions d'entraînement. Sans être un chasseur acharné, Leif avait tiré assez souvent pour maîtriser son sujet. Lorsque je l'avais appelé, il avait accepté de nous rejoindre le soir même.

Le lendemain matin, nous avions discuté en détail de la tâche qui nous attendait. Je lui avais répété mot pour mot les paroles de notre grand-père.

« OK, avait-il conclu. Va la chercher. »

Dehors, le soleil brillait dans le ciel d'un bleu pur. À onze heures, il faisait moins vingt-sept. Nous nous étions emmitouflés dans plusieurs couches de vêtements. Il faisait si froid que les arbres éclataient sous l'effet du gel, avec de grands craquements que j'avais entendus toute la nuit, incapable de fermer l'œil.

Tout en lui passant son licou, j'avais murmuré à l'oreille de Lady combien je l'aimais. Puis nous étions sorties. Paul avait refermé la porte derrière nous pour empêcher Roger de nous suivre. J'avais conduit la jument sur la neige gelée, me retournant pour la regarder marcher une dernière fois. Elle dégageait toujours une impression de grâce et de puissance infinies, avec ces grandes enjambées au pas relevé que ma mère admirait tant. Je l'avais emmenée jusqu'au bouleau que Paul et moi avions choisi la veille pour l'y attacher. L'arbre se trouvait tout au bout de la pâture, là où la forêt commençait à reprendre ses droits – assez loin de la maison, je l'espérais, pour que les coyotes osent approcher et emporter son corps le soir même. Je lui parlais, je caressais sa robe châtain, je lui murmurais mon amour et mon chagrin, je la suppliais de me pardonner, de me comprendre.

Quand j'avais relevé les yeux, mon frère était là, le fusil à la main.

Paul avait pris mon bras ; ensemble, nous avions titubé dans la neige pour aller nous placer derrière Leif. Nous n'étions qu'à deux mètres de Lady. Son haleine formait un nuage duveteux devant ses naseaux. La croûte de neige avait supporté notre poids un moment avant de céder, puis nous nous étions enfoncés jusqu'aux genoux.

« Entre les deux yeux », avais-je dit à Leif, répétant encore une fois les paroles de notre grand-père.

Il m'avait promis que si nous y arrivions, elle mourrait sur le coup.

Leif avait posé un genou à terre. Lady s'était cabrée, avait raclé ses sabots avant sur la neige, puis baissé la tête pour nous regarder. J'avais pris une grande inspiration ; Leif avait tiré. La balle avait frappé Lady pile entre les deux yeux, au milieu de l'étoile blanche, exactement là où nous le voulions. Elle avait sursauté si fort que son licou en cuir s'était rompu. Elle était restée là, immobile, une expression de surprise dans les yeux.

« Tire encore », avais-je hoqueté, et Leif s'était exécuté, faisant feu trois fois.

Elle avait trébuché, tremblé, mais elle n'était pas tombée, et elle n'était pas partie alors que plus rien ne la retenait à l'arbre. Elle fixait sur nous un regard sauvage, choquée par ce que nous venions de faire, le visage frappé d'une constellation de trous qui ne saignaient pas encore. En un instant, j'avais compris que nous avions eu tort, non pas de l'abattre, mais de croire que nous pouvions nous en charger nous-mêmes. J'aurais dû insister pour qu'Eddie le fasse, ou payer le vétérinaire. Je ne me rendais pas compte de ce que signifiait tuer un animal. Ils ne meurent jamais sur le coup.

« Tire ! *Tire !* avais-je supplié d'une voix gutturale que je ne me connaissais pas.

— Je n'ai plus de balles.

— Lady ! » avais-je hurlé.

Paul m'avait prise par les épaules et attirée à lui pendant que je me débattais en gémissant, comme si je me faisais tabasser.

Lady avait fait un pas incertain avant de tomber à genoux vers l'avant, le corps horriblement incliné, tel un grand navire en train de sombrer. Elle avait balancé la tête et laissé échapper un grand râle. Un flot de sang avait brutalement jailli de ses narines douces, si chaud que la neige sifflait à son contact. Elle avait toussé, toussé, crachant à chaque fois une incroyable quantité de sang, pendant que ses jambes arrière cédaient au ralenti. Elle était restée comme ça un moment, dans cette position grotesque, avant de s'écrouler sur le côté en donnant de grands coups de pied. Le cou tendu, elle luttait pour se redresser.

« Lady ! hurlais-je. Lady ! »

Leif m'avait attrapée.

« Ne regarde pas ! » m'avait-il ordonné, et nous avions tous les deux tourné la tête. « NE REGARDE PAS ! » avait-il répété à l'intention de Paul, qui avait obéi.

« S'il te plaît, emmène-la, marmonnait Leif, le visage inondé de larmes. Emmène-la. Emmène-la. Emmène-la. »

Quand je m'étais retournée, Lady avait enfin posé la tête sur le sol, mais ses flancs et ses jambes se soulevaient encore. Nous nous étions approchés tous les trois en nous enfonçant misérablement dans la neige. Nous l'avions regardée respirer lentement, profondément, puis elle avait poussé un grand soupir, et son corps s'était immobilisé.

Le cheval de notre mère. Lady. *Stonewall's Highland Nancy* était morte.

J'ignore si cela avait pris cinq minutes ou une heure. J'avais perdu mes gants et mon bonnet, mais j'étais incapable de les ramasser. Mes cils avaient gelé. Des mèches de cheveux balayaient mon visage couvert de larmes et de morve et se transformaient en stalactites qui tintaient à chacun de mes mouvements. Insensible au froid, je les avais repoussées de mes mains engourdies. Je m'étais agenouillée près de Lady pour caresser sa robe ensanglantée une dernière fois. Elle était encore tiède, comme ma mère lorsque j'étais entrée dans sa chambre à l'hôpital et avais découvert qu'elle était morte sans moi. J'avais regardé Leif en me demandant s'il pensait à la même chose. À genoux, je m'étais approchée de la tête de Lady, j'avais touché ses oreilles froides aussi douces que du velours. J'avais posé mes mains sur les trous noirs au milieu de l'étoile blanche. Les tunnels creusés par son sang dans la neige avaient déjà commencé à geler.

Leif avait sorti son couteau pour couper des mèches de crinière et de queue d'un blond roux. Il m'en avait tendu une.

« Maman peut passer de l'autre côté, maintenant, m'avait-il confié en me regardant droit dans les yeux comme s'il n'y avait que nous deux au monde. C'est ce que croient les Indiens – lorsqu'un grand guerrier meurt, il faut tuer son cheval pour qu'il puisse traverser la rivière. C'est un témoignage de respect. Peut-être que maman va pouvoir partir, maintenant. »

J'avais imaginé notre mère traversant un fleuve sur le dos musclé de Lady, nous quittant pour de bon, trois ans après sa mort. J'aurais voulu que ce soit vrai. Plus tard, quand j'aurais un vœu à faire, ce serait toujours celui-là. Pas que ma mère me revienne – même si, bien sûr, je le désirais plus que tout – mais que Lady et elle soient parties ensemble. Pour que la pire chose que j'aie jamais commise ait été une libération et non un massacre.

J'ai fini par m'endormir, cette nuit-là, dans la forêt à l'écart du camping de Whitehorse. Et j'ai rêvé de la neige. Pas de celle dans laquelle mon frère et moi avions tué Lady, mais de la neige que je venais de rencontrer dans la montagne, plus effrayante dans mon souvenir qu'elle ne l'avait été en réalité. Toute la nuit, j'ai rêvé de ce qui aurait pu se passer. Que je glissais le long d'une pente traîtresse, que je tombais d'une falaise, que je m'écrasais sur les rochers. Que je marchais sans jamais parvenir à la route, tournant en rond et mourant de faim.

Le lendemain matin, j'ai pris mon petit déjeuner en lisant mon guide. Si je rejoignais le PCT là où je l'avais prévu, je serais à nouveau confrontée à la neige. Cette idée me fichait la trouille. Heureusement, en étudiant ma carte, je me suis aperçue que j'avais une autre solution. Je pouvais redescendre au camping de Whitehorse et continuer vers l'ouest jusqu'à Bucks Lake. De là, je suivrais la piste de 4 × 4 qui montait au nord et croisait le PCT à un endroit appelé Three Lakes. Cet itinéraire représentait à peu près la même distance que le PCT, soit environ vingt-cinq kilomètres, mais à une altitude plus basse à laquelle je pouvais espérer ne pas trouver de neige. J'ai emballé mes affaires, repris le chemin par où j'étais arrivée la nuit précédente, et traversé d'un pas assuré le camping de Whitehorse.

Toute la matinée, alors que je prenais vers l'ouest en direction de Bucks Lake, puis vers le nord, puis à nouveau vers l'ouest le long de la rive pour atteindre la piste défoncée qui me ramènerait sur le PCT, je n'ai pensé qu'au colis qui m'attendait à Belden Town. Pour être plus précise, aux vingt dollars qui se trouvaient à l'intérieur. Et, pour être encore plus précise, à toute la nourriture et les boissons que je pourrais m'offrir avec. J'ai passé des heures entre l'extase et la torture, à fantasmer sur des gâteaux, des cheeseburgers, des bananes, des pommes, des salades composées et, plus que tout, de la limonade Snapple. Ça n'avait aucun sens. Les quelques fois où j'en avais bu dans ma vie d'avant le PCT, j'avais trouvé ça bon, sans plus. Ça n'avait jamais été ma boisson préférée. Mais voilà qu'elle me hantait. Rose ou jaune, peu m'importait. Il ne se passait pas une journée sans que je me représente dans les moindres détails le moment où je prendrais une cannette et la porterais à ma bouche. Certains jours, je m'interdisais même d'y penser pour ne pas devenir folle.

J'ai constaté que la route de Three Lakes n'était dégelée que depuis peu. D'immenses ornières la traversaient de part en part et la neige fondue formait des ruisseaux de chaque côté. J'ai marché sous l'épaisse canopée sans croiser personne. En milieu d'après-midi, j'ai ressenti un tiraillement familier au bas-ventre et compris que j'allais avoir mes règles.

Pour la première fois depuis que j'étais sur le chemin. J'avais presque oublié que ça arriverait. La nouvelle perception que j'avais de mon corps depuis le début de ma randonnée avait occulté mes anciennes habitudes. Finies les subtiles analyses pour savoir si j'étais infinitésimalement plus grosse ou plus mince que la veille. Finies les journées où j'étais de mauvaise humeur parce que je me trouvais mal coiffée. Toutes ces sensations mineures étaient oblitérées par la douleur franche qui ne me quittait pas, de mes pieds sanguinolents aux muscles de mes épaules et de mon dos, si noués et si brûlants que je devais m'arrêter plusieurs fois par heure pour faire des étirements qui m'offraient un peu de répit. J'ai posé mon sac, sorti ma trousse à pharmacie et récupéré la petite boule d'éponge naturelle que j'avais rangée dans un sachet congélation avant de partir. Je l'avais essayée une ou deux fois. À Minneapolis, ça m'avait paru le meilleur moyen de gérer la question des règles sur le chemin. Maintenant que le moment était venu, je n'en étais plus si sûre. Après m'être lavé les mains de mon mieux, j'ai mouillé et essoré l'éponge, baissé mon short, je me suis accroupie et je l'ai enfoncée aussi loin que possible dans mon vagin, jusqu'au col de l'utérus.

Alors que je me rhabillais, j'ai entendu un bruit de moteur. Peu après, un pick-up rouge à cabine double avec des pneus surdimensionnés est apparu. Le chauffeur a écrasé la pédale du frein en me voyant, surpris de me trouver là. J'étais aussi surprise que lui, et soulagée qu'il ne soit pas arrivé alors que j'étais accroupie, à moitié nue, avec la main entre les jambes. Je lui ai fait signe nerveusement pendant qu'il se garait à côté de moi.

« Salut », a-t-il lancé en me tendant la main par sa fenêtre ouverte.

Je l'ai serrée en sachant très bien où je venais de mettre la mienne. Il était accompagné de deux autres hommes, un à l'avant et un à l'arrière avec deux enfants. Ils devaient avoir une trentaine d'années, et les garçons à peu près huit ans.

« Vous allez à Three Lakes ? m'a demandé le premier.

— Oui. »

Beau, bien rasé, il était blanc, comme son voisin et les enfants. Le troisième homme était latino, avec des cheveux longs et un petit ventre rond.

« On part pêcher là-haut. On vous aurait bien emmenée, mais il n'y a plus de place », a-t-il ajouté en désignant la benne arrière, recouverte d'une caravane amovible.

« Pas de problème. J'aime bien marcher.

— Par contre, on a prévu des *Hawaiian screwdrivers* ce soir, passez nous voir.

— Merci. »

J'ai passé le reste de l'après-midi à penser aux « Hawaiian screwdrivers ». Je ne savais pas exactement ce que c'était, mais ça me semblait presque aussi alléchant que de la limonade Snapple. Quand j'ai atteint le bout de la route, j'ai découvert le pick-up rouge et le campement des trois hommes, perchés sur les hauteurs à l'ouest de Three Lakes. Le PCT commençait juste après. J'ai pris un petit sentier qui longeait la berge dans la direction opposée, jusqu'à trouver un emplacement isolé entre de gros rochers. Après avoir monté ma tente, je me suis enfoncée sous les arbres pour retirer mon éponge, la rincer et la remettre en place. Ensuite, je suis descendue au lac filtrer de l'eau, me laver les mains et me rincer le visage. J'ai envisagé de piquer une tête, mais l'eau était gelée et j'avais déjà froid. Avant de me lancer sur le PCT, j'avais imaginé que je me baignerais sans arrêt dans des lacs, des rivières ou des ruisseaux. Mais cela n'arrivait quasiment jamais. Le soir, j'avais mal partout et je frissonnais comme si j'avais de la fièvre, à cause de l'épuisement et de la sueur qui refroidissait. En général, j'étais tout juste capable de me débarbouiller, de retirer mon T-shirt et mon short trempés, et d'enfiler ma polaire et mon caleçon pour la nuit.

J'ai enlevé mes chaussures, décollé les pansements seconde peau et l'adhésif qui me couvraient les pieds, et trempé mes orteils dans l'eau froide. Quand je les ai frottés, un ongle m'est resté dans la main – le deuxième jusqu'à présent. Le lac était calme et limpide, bordé de grands arbres et de buissons touffus qui poussaient entre les rochers. J'ai aperçu un lézard vert vif dans la boue ; il s'est figé sur place un instant avant de repartir à la vitesse de l'éclair. Le campement des hommes n'était pas très loin, mais ils n'avaient pas encore remarqué ma présence. Avant d'aller les voir, je me suis brossé les dents, mis du baume à lèvres et coiffée un peu.

« La voilà ! s'est écrié celui que j'avais aperçu côté passager plus tôt dans la journée. Pile à l'heure. »

Il m'a tendu une tasse en plastique rouge remplie d'un liquide jaune, que j'ai supposé être le fameux *Hawaiian screwdriver*. Glaçons. Vodka. Et jus d'ananas. À la première gorgée, j'ai cru que j'allais m'évanouir, à cause non pas de l'alcool mais du goût fabuleux de cette mixture.

Les deux Blancs étaient pompiers. Le Latino, passionné de peinture, travaillait comme charpentier. Il s'appelait Francisco, même si tout le monde le surnommait Paco. C'était le cousin d'un des deux autres, à qui il était venu rendre visite depuis Mexico. Tous les trois avaient grandi ensemble dans une rue de Sacramento, où les pompiers vivaient toujours. Dix ans plus tôt, Paco était allé voir son arrière-grand-mère au Mexique ; il était tombé amoureux d'une Mexicaine et n'était jamais revenu. Les fils des pompiers couraient autour de nous, jouant à la guerre tandis que nous contemplions le feu pas encore allumé. Tapis derrière les rochers, ils se tiraient dessus avec des armes en plastique à grand renfort de cris, de hoquets et de bruits d'explosion.

« Tu rigoles ! *Non mais tu rigoles !* » se sont exclamés les deux pompiers quand je leur ai expliqué ce que je faisais et montré mes pieds abîmés, avec leurs huit ongles restants.

Ils m'ont posé question sur question en secouant la tête, émerveillés, avant de me resservir un cocktail et des chips de maïs.

« Ce sont les femmes qui ont le plus de *cojones*, a déclaré Paco, qui préparait un bol de guacamole. On croit qu'on est des durs, mais on a tout faux. »

Ses cheveux descendaient comme un serpent dans son dos, attachés par des élastiques à intervalles réguliers. Une fois le feu allumé, nous avons dégusté une truite pêchée dans le lac et du ragoût de cerf – l'animal avait été tué par l'un d'entre eux l'hiver précédent. Puis les pompiers sont allés lire des histoires à leurs fils sous la tente et je me suis retrouvée seule avec Paco.

« Ça te dit de fumer un joint avec moi ? » m'a-t-il proposé en en sortant un de la poche de sa chemise.

Il l'a allumé, a tiré une taffe, me l'a passé.

« Alors c'est la Sierra, ici ? m'a-t-il demandé, le regard tourné vers le lac sombre. J'ai grandi dans le coin mais je n'étais jamais venu.

— La chaîne de lumière. C'est John Muir qui lui a donné ce nom. Je comprends pourquoi. Je n'avais jamais vu une lumière pareille. Tous ces couchers et levers de soleil sur les montagnes…

— Tu fais une marche spirituelle, pas vrai ?

— Je ne sais pas. On peut sans doute appeler ça comme ça.

— Oui, c'est ça. »

Il m'a dévisagé intensément. Puis il s'est levé.

« Je voudrais te donner quelque chose. »

Il s'est dirigé vers le pick-up et en est revenu avec un T-shirt. Il était orné d'un énorme portrait de Bob Marley, ses dreadlocks entourées d'images de guitares électriques et d'effigies précolombiennes. Au dos, il y avait une photo d'Haïlé Sélassié, l'homme que les Rastafaris considéraient comme l'incarnation de Dieu, encadrée par une guirlande rouge, vert et or.

« Ce T-shirt est sacré, m'a confié Paco pendant que je l'examinais à la lueur du feu. Je veux que tu le prennes, parce que je vois que tu marches avec les esprits des animaux, les esprits de la terre et du ciel. »

J'ai hoché la tête, muette d'émotion, à moitié saoule et tellement défoncée que j'étais convaincue de tenir effectivement un vêtement sacré entre mes mains.

« Merci », ai-je dit.

De retour à mon campement, j'ai contemplé les étoiles un moment. Loin de Paco, les idées éclaircies par l'air frais, j'ai réfléchi à cette histoire de marche avec les esprits. Qu'est-ce que ça signifiait ? Est-ce que je marchais vraiment avec eux ? Et ma mère ? Où était-elle allée après sa mort ? Où était Lady ? Avaient-elles franchi ensemble le grand fleuve ? La raison me soufflait qu'elles étaient juste mortes, et pourtant, elles me rendaient souvent visite dans mon sommeil. Mes rêves sur Lady étaient à l'opposé de ceux que je faisais sur ma mère – ceux où elle m'ordonnait encore et toujours de la tuer. Dans ces rêves, je ne devais tuer personne. Je devais simplement accepter un immense bouquet de fleurs merveilleusement colorées que Lady tenait dans sa bouche délicate. Elle me poussait du bout du nez jusqu'à ce que je le prenne et, par cette offrande, je savais que j'étais pardonnée. Mais était-ce vraiment le cas ? S'agissait-il de son esprit, ou d'une manifestation de mon subconscient ?

Je portais le T-shirt de Paco le lendemain quand j'ai repris le PCT en direction de Belden Town. De temps à autre, j'apercevais le Lassen Peak qui se dressait à quatre-vingts kilomètres au nord. Ce volcan enneigé de trois mille cent quatre-vingt-sept mètres d'altitude représentait pour moi un jalon important, non seulement en raison de sa taille et de sa majesté, mais parce que c'était le premier sommet de la chaîne des Cascades, dans laquelle j'allais pénétrer juste après Belden Town. À partir de là, les montagnes des Hautes Cascades dessinaient une rangée irrégulière entre des centaines de pics moins imposants. Chacune marquerait une étape de mon trajet dans les semaines à venir. Elles étaient un peu comme les séries de barres fixes sur lesquelles je me balançais étant enfant : chaque fois que j'en attrapais une, il y en avait une autre, presque hors d'atteinte. J'allais m'élancer du Lassen Peak au mont Shasta, puis du mont McLoughlin au mont Thielsen et aux Three Sisters – les « trois sœurs » du sud, du milieu et du nord – puis du mont Washington au Three Fingered Jack et au mont Jefferson, pour finalement atteindre le mont Hood, environ quatre-vingts kilomètres avant le pont des Dieux. Tous étaient des volcans culminant entre deux mille quatre cent trente et quatre mille deux cent soixante mètres. Ils représentaient une petite partie de la ceinture de feu du Pacifique, un alignement volcanique de plus de quarante mille kilomètres qui s'étend en fer à cheval le long de l'océan Pacifique, du Chili à l'Amérique du Nord en passant par l'Amérique centrale, avant de redescendre vers la Russie, le Japon, l'Indonésie et la Nouvelle-Zélande pour finir en Antarctique.

En cette dernière de journée de marche dans la Sierra Nevada, je n'en finissais pas de descendre. Three Lakes n'était qu'à onze kilomètres de Belden Town, mais avec un cruel dénivelé de plus de mille mètres sur les huit premiers. Quand je suis arrivée en bas, j'avais découvert une nouvelle forme de torture : les ampoules au bout des orteils. Mes pieds glissaient vers l'avant à chaque pas, heurtant sans répit le cuir de mes chaussures. Alors que c'était censé être une journée facile, je suis entrée dans Belden Town en me traînant. À ma grande déception, ce n'était même pas une ville. L'unique bâtiment décrépit situé à côté de la voie de chemin de fer abritait un bar, une petite épicerie, un bureau de poste, une minuscule laverie et des douches. J'ai enlevé mes chaussures sur le porche, enfilé mes sandales et claudiqué jusqu'à l'intérieur pour récupérer mon colis. Bientôt, je tenais à la main l'enveloppe contenant mes vingt dollars, dont la vue m'a procuré un soulagement si intense que j'en ai oublié un instant mes orteils douloureux. Je me suis acheté deux bouteilles de limonade Snapple que j'ai bues aussitôt devant le magasin.

« Sympa, ton T-shirt », m'a lancé une femme.

Elle avait des cheveux gris courts et frisés, et tenait un grand chien blanc en laisse.

« Je te présente Odin. »

Elle s'est penchée pour lui gratter le cou, puis a remonté ses petites lunettes rondes sur son nez en me fixant d'un air curieux.

« Est-ce que, par hasard, tu ne randonnerais pas sur le PCT ? »

Elle s'appelait Trina. Elle avait la cinquantaine, était professeur d'anglais dans un lycée du Colorado et n'avait pris la route que deux jours plus tôt. Partie de Belden Town, elle était montée vers le nord mais avait rencontré tellement de neige qu'elle avait fait demi-tour. Son récit m'a déprimée. Allais-je un jour échapper à la neige ? Pendant que nous parlions, une autre randonneuse nous a rejointes – une dénommée Stacy qui avait pour sa part commencé la veille, en passant comme moi par la route de Three Lakes.

Enfin, je rencontrais des femmes ! Je n'en revenais pas. Nous avons échangé à toute vitesse une foule de détails sur nos vies. Trina était une avide randonneuse du dimanche, Stacy une trekkeuse expérimentée qui avait parcouru le PCT du Mexique à Belden Town l'été précédent avec un ami. Toutes les deux, nous avons parlé des endroits par où nous étions passées, d'Ed qu'elle avait rencontré à Kennedy Meadows, et de sa vie dans une ville du désert au sud de la Californie, où elle était comptable dans la société de son père. Tous les étés, elle partait en randonnée. C'était une jolie fille de trente ans au teint pâle et aux cheveux bruns, qui descendait d'une grande famille irlandaise.

« On n'a qu'à bivouaquer ensemble ce soir pour décider de la suite, a proposé Trina. Il y a un coin sympa dans le pré, là-bas. »

Elle nous a indiqué un endroit visible depuis la boutique. Nous sommes allées y monter nos tentes. J'ai déballé mon colis pendant que Trina et Stacy discutaient, assises sur l'herbe. Des vagues de plaisir me parcouraient chaque fois que je saisissais un objet, que je le portais instinctivement à mon nez. Les paquets de nouilles Lipton, de haricots déshydratés et de riz que je mangeais au dîner, les barres énergétiques Clif dans leurs emballages encore brillants, les sachets congélation bien lisses remplis de fruits secs et de noix. J'en avais plus qu'assez de ces aliments, mais de les voir ainsi, neufs et immaculés, ravivait quelque chose en moi. Il y avait aussi le T-shirt propre dont je n'avais plus besoin maintenant que je portais celui de Bob Marley, deux paires de chaussettes de laine, un exemplaire d'*Une volière en été* de Margaret Drabble qui devrait attendre – je n'avais brûlé que la moitié des pages du *Roman*, le matin même, dans le feu de Paco. Enfin, plus important que tout le reste, un stock de pansements seconde peau.

J'ai retiré mes chaussures et me suis assise pour soigner mes pieds crevassés. Quand le chien de Trina s'est mis à aboyer, j'ai levé les yeux et aperçu un jeune homme mince, blond aux yeux bleus. À son pas traînant, j'ai aussitôt deviné que c'était un randonneur du PCT. Dès qu'il s'est présenté – il s'appelait Brent – je l'ai salué comme un vieil ami. Je ne l'avais jamais vu, mais j'avais entendu parler de lui à Kennedy Meadows. Il avait grandi dans une petite ville du Montana. Greg, Albert et Matt m'avaient raconté que, un jour, il était entré chez un traiteur dans un village du sud de la Californie, avait commandé un sandwich garni d'un kilo de rosbif, et l'avait gobé en six bouchées. Il a éclaté de rire quand je lui ai rapporté cette histoire, puis il a posé son sac et s'est accroupi à côté de moi pour examiner mes pieds.

« Tes chaussures sont trop petites », a-t-il déclaré, comme Greg à Sierra City.

Je l'ai fixé sans réagir. Mes chaussures ne *pouvaient pas* être trop petites. C'était les seules que j'avais.

« Je crois que c'est à cause de la descente depuis Three Lakes.

— Justement. Si elles étaient à ta taille, tu pourrais descendre sans te bousiller les pieds. C'est à ça que servent les chaussures : à *descendre*. »

J'ai repensé aux braves vendeurs de chez REI. À celui qui m'avait fait marcher sur une petite rampe de bois pour cette raison précise : s'assurer que mes orteils ne touchaient pas le bout en descente et que mes talons ne frottaient pas en montée. Dans le magasin, ça avait l'air d'aller. Pourtant, le constat s'imposait : soit je m'étais trompée, soit mes pieds avaient grandi, mais une chose était sûre, tant que je porterais ces chaussures, je vivrais un véritable enfer.

Je ne voyais pas de solution. Je n'avais pas de

quoi me payer une nouvelle paire, quand bien même j'aurais trouvé un endroit où en acheter une. Mes sandales aux pieds, je suis retournée vers la boutique où, pour un dollar, j'ai pu prendre une douche et enfiler mes vêtements de pluie pendant que les autres passaient à la machine. J'en ai profité pour appeler Lisa qui, à ma grande joie, a décroché. Nous avons parlé de sa vie, et je lui ai raconté ce que je pouvais de la mienne. Ensemble, nous avons passé en revue mon nouvel itinéraire. Puis j'ai signé le registre du PCT et feuilleté les dernières pages pour voir si Greg était passé par là. Je n'ai pas trouvé son nom. Impossible pourtant qu'il soit derrière moi.

« Tu as entendu parler de Greg ? ai-je demandé à Brent, une fois de retour au campement dans mes vêtements propres.

— Il a abandonné à cause de la neige. »

Je l'ai regardé, stupéfaite.

« Tu es sûr ?

— C'est ce que les Australiens m'ont dit. Tu les as croisés ? »

J'ai secoué la tête.

« Un couple de jeunes mariés en lune de miel. Eux aussi ont préféré arrêter. Ils sont partis faire l'AT à la place. »

Ce n'est qu'après avoir décidé de randonner sur le PCT que j'avais entendu parler de l'AT – l'Appalachian Trail, son cousin beaucoup plus populaire et mieux aménagé. Tous deux avaient été officiellement reconnus sentiers nationaux en 1968. L'AT s'étend sur trois mille cinq cents kilomètres, soit huit cents de moins que le PCT, le long des crêtes des Appalaches entre la Géorgie et le Maine.

« Greg aussi ?

— Non. Il en avait assez de rater la moitié du chemin à cause de tous ces détours et ces itinéraires alternatifs, alors il compte revenir l'année prochaine. En tout cas, d'après les Australiens.

— Ça alors. »

J'en étais malade. Depuis que je l'avais rencontré au moment précis où je voulais abandonner, Greg était mon talisman. Il était persuadé que s'il pouvait y arriver, j'en étais capable aussi – mais voilà qu'il était parti. Comme les Australiens, que je me représentais parfaitement sans les avoir jamais vus. Je les imaginais solides, déterminés, génétiquement adaptés à la vie sauvage en vertu de leur sang australien – tout ce que je ne serais jamais.

« Et toi, pourquoi tu ne vas pas sur l'AT ? ai-je demandé, craignant qu'il ait justement pris cette décision.

— Il y a trop de passage », m'a-t-il répondu après un instant de réflexion.

Il gardait les yeux rivés sur l'immense visage de Bob Marley qui ornait ma poitrine, comme s'il voulait ajouter quelque chose.

« Au fait, il est vraiment top, ton T-shirt. »

Sans avoir jamais mis le pied sur l'AT, j'avais appris beaucoup de choses à son sujet à Kennedy Meadows. C'était le plus proche cousin du PCT, mais aussi son opposé par bien des aspects. Environ deux mille personnes l'empruntaient chaque année, bien que deux cents à peine le parcourent dans son intégralité. C'était bien plus que la petite centaine de randonneurs du PCT. Sur West, on dormait généralement dans des abris collectifs installés le long du chemin. Les points de ravitaillement étaient également plus rapprochés, et souvent situés dans de vraies villes, contrairement à ceux du PCT qui se limitaient à un bureau de poste, un bar ou une minuscule boutique. J'ai imaginé les amoureux australiens en train de manger des cheeseburgers et de descendre des bières dans un pub à quelques kilomètres de West, avant de passer la nuit sous un auvent en bois. Les autres randonneurs leur avaient probablement attribué des surnoms, pratique beaucoup plus courante sur West que sur le PCT, bien que nous utilisions nous aussi des noms de code. Quand Greg, Matt et Albert évoquaient Brent, ils disaient souvent « le Gamin », alors qu'il n'avait que deux ou trois ans de moins que moi. On appelait parfois Greg le Statisticien, en référence à son métier de comptable et parce qu'il connaissait énormément de détails et de chiffres à propos du chemin. Matt et Albert étaient les Chefs Scouts, Doug et Tom les Fils à papa. Je ne me connaissais pas de surnom, et si j'en avais un, je préférais l'ignorer.

Trina, Stacy, Brent et moi sommes allés dîner dans le bar qui jouxtait l'épicerie de Belden. Après ma douche, ma lessive et mes achats de limonade et de snacks, il me restait à peu près quatorze dollars. J'ai commandé une salade verte et une assiette de frites, des plats pas trop chers qui satisfaisaient mes deux plus fortes envies : légumes frais et friture. Ça m'a coûté cinq dollars, ce qui m'en laissait neuf pour tenir jusqu'à mon prochain colis. Il m'attendrait à deux cent quinze kilomètres de là, au Memorial State Park de McArthur-Burney Falls. Là-bas, un concessionnaire acceptait de recevoir du courrier pour les randonneurs du PCT. J'ai siroté misérablement un verre d'eau glacée pendant que les autres buvaient des bières et que nous discutions de la suite du chemin. Tous les témoignages concordaient : il restait de longues sections encore « blindées ». Le beau barman, qui avait entendu notre conversation, s'est approché pour nous dire que, d'après la rumeur, le parc national volcanique de Lassen était encore enfoui sous cinq mètres de neige. Les autorités étaient en train de dynamiter les routes dans l'espoir de pouvoir l'ouvrir pour une courte saison touristique.

« Tu veux un verre ? m'a-t-il proposé en me regardant dans les yeux. C'est la maison qui offre », a-t-il ajouté devant mon hésitation.

Il m'a apporté un verre rempli à ras bord de pinot gris bien frais. Dès la première gorgée, ma tête s'est mise à tourner de plaisir, comme la veille avec les *Hawaiian screwdrivers*. Quand le moment est venu de régler l'addition, notre décision était prise. À partir du lendemain matin, nous alternerions entre le PCT et des pistes de 4 × 4 moins élevées sur environ quatre-vingts kilomètres, avant de contourner en stop la portion ensevelie du parc national volcanique de Lassen. Nous rattraperions le PCT à un endroit appelé Old Station.

De retour au camp, je me suis assise sur ma chaise pour écrire à Joe sur une feuille arrachée à mon journal. Son anniversaire approchait, et le vin m'avait rendue nostalgique. Je me suis souvenue d'une soirée, un an plus tôt, où je m'étais promenée avec lui sans rien sous ma minijupe, et où nous avions fait l'amour contre un mur de pierre dans le recoin d'un parc. Je sentais encore la poussée d'émotion vertigineuse qui m'envahissait chaque fois que nous prenions de l'héroïne, je revoyais la tache bleue laissée par ses cheveux sur mon oreiller. Je me suis retenue d'en parler dans la lettre. Le stylo à la main, je me suis contentée d'y repenser et de réfléchir à ce que je pourrais lui raconter du PCT. Il me paraissait impossible de lui faire comprendre tout ce que j'avais vécu depuis notre dernière rencontre à Portland, un mois plus tôt. Mes souvenirs de l'été précédent m'étaient devenus aussi étrangers que mon récit le serait pour lui. Alors j'ai préféré rédiger une longue liste de questions, lui demandant comment il allait, ce qu'il faisait, avec qui il traînait et s'il avait décroché, comme il l'évoquait dans la carte postale qu'il m'avait envoyée à Kennedy Meadows. Je l'espérais. Pas pour moi, pour lui. J'ai plié la feuille, je l'ai glissée dans l'enveloppe que Trina m'avait donnée, et j'y ai ajouté quelques fleurs sauvages avant de la sceller.

« Je vais poster ça », ai-je annoncé aux autres.

À la lueur de ma frontale, j'ai traversé le pré et suivi le petit chemin de terre qui menait à la boîte aux lettres, juste devant l'épicerie fermée.

« Salut ma belle », a lancé une voix d'homme dans mon dos.

Je ne distinguais que le point lumineux d'une cigarette dans l'obscurité.

« Salut, ai-je répondu d'une voix hésitante.

— C'est moi, le barman. »

Il s'est avancé dans la faible lumière pour que je voie son visage.

« Alors, tu as aimé le vin ?

— Oh. Salut. Oui, c'était vraiment gentil. Merci.

— Je bosse encore, a-t-il repris en laissant tomber sa cendre dans un pot de fleurs. Mais je termine bientôt. Ma caravane est là-bas, si tu veux venir passer un peu de bon temps. Je peux apporter toute une bouteille de pinot gris, puisque que tu aimes ça.

— Merci. Mais je dois me lever tôt demain pour randonner. »

Il a tiré une nouvelle bouffée de sa cigarette, faisant rougeoyer l'extrémité. Je l'avais un peu observé dans le bar : la trentaine, plutôt pas mal dans son jean. Pourquoi ne pas me joindre à lui ?

« Bon, tu as encore le temps d'y réfléchir et de changer d'avis.

— J'ai trente kilomètres à faire demain, ai-je précisé, comme si ça signifiait quoi que ce soit pour lui.

— Tu pourras dormir chez moi. Je te laisserai mon lit. Je prendrai le canapé, si tu veux. Je parie que ça te ferait du bien, un vrai lit, après toutes ces nuits par terre.

— J'ai déjà tout installé là-bas. »

Je suis repartie un peu troublée, aussi gênée que flattée de son intérêt, envahi par une pulsion de désir pur. Les filles s'étaient déjà enfermées dans leurs tentes pour la nuit, mais Brent était encore debout dans le noir à contempler les étoiles.

« C'est beau, hein ? » ai-je murmuré en levant les yeux.

À cet instant, je me suis aperçue que je n'avais pas pleuré une seule fois depuis que j'avais mis le pied sur le chemin. Comment était-ce possible ? Après toutes les larmes que j'avais versées, ça paraissait incroyable, mais c'était vrai. J'ai failli éclater en sanglots à cette idée, ce qui m'a fait pouffer.

« Qu'est-ce qu'il y a de si drôle ? m'a demandé Brent.

— Rien. »

J'ai regardé ma montre. Vingt-deux heures quinze. « D'habitude, je dors déjà profondément à cette heure-ci.

— Moi aussi.

— Sauf que, ce soir, je ne suis pas du tout fatiguée.

— C'est parce qu'on est trop excités d'être en ville. »

Nous avons éclaté de rire. J'avais apprécié toute la journée la compagnie des femmes, heureuse de pouvoir aborder des sujets de conversation devenus très rares depuis que je randonnais. Pourtant, c'était de Brent que je me sentais le plus proche, peut-être parce que j'avais l'impression de le connaître. Debout près de lui, j'ai soudain compris pourquoi : il me rappelait mon frère. Et, malgré la distance qui s'était installée entre nous, Leif restait la personne que j'aimais le plus au monde.

« On devrait faire un vœu, ai-je lancé.

— On n'est pas censés attendre de voir une étoile filante ?

— En théorie, si. Mais on a le droit d'inventer de nouvelles règles. Moi, par exemple, je souhaite que mes chaussures ne me fassent plus mal aux pieds.

— Tu ne dois pas le dire à voix haute ! a-t-il protesté, exaspéré. C'est comme quand on souffle ses bougies d'anniversaire. On ne doit jamais dire son vœu aux autres. Maintenant, il ne se réalisera jamais. Tes pieds sont complètement foutus.

— Pas forcément ! » me suis-je indignée, bien qu'au fond j'en sois malheureusement convaincue.

« OK, j'ai fait le mien. À ton tour. »

J'ai regardé les étoiles, incapable de me décider.

« Tu pars à quelle heure, demain ?

— À l'aube.

— Moi aussi. »

Je ne voulais pas lui dire au revoir. Trina, Stacy et moi avions décidé de marcher et de bivouaquer ensemble pendant deux jours ; Brent, qui avançait beaucoup plus vite, continuerait seul.

« Alors, ton vœu ? a-t-il insisté.

— Je réfléchis.

— C'est un bon moment pour faire un vœu. Notre dernière nuit dans la Sierra Nevada.

— Au revoir, chaîne de lumière…

— Tu pourrais souhaiter avoir un cheval. Comme ça, tu n'aurais plus à t'inquiéter pour tes pieds. »

Je me suis tournée vers lui dans le noir. Il n'avait pas tort, d'autant plus que le PCT était aussi bien ouvert aux animaux qu'aux randonneurs – même si je n'avais pas encore croisé un seul cavalier.

« J'en avais un, avant, lui ai-je confié en levant de nouveau les yeux vers le ciel. Deux, même.

— Eh bien, tu as de la chance. Ce n'est pas donné à tout le monde. »

Nous sommes restés silencieux un moment.

J'ai fait mon vœu.

Quatrième partie

En pleine nature

When I had no roof I made
Audacity my roof.
Quand je n'avais pas de toit, j'ai fait
De l'audace mon toit.

Robert Pinsky
« Samurai Song »

Never never never give up.
N'abandonnez jamais, jamais, jamais.

Winston Churchill

11

Lou

Je faisais du stop au bord de la route, à la sortie de la ville de Chester, quand un homme au volant d'une Chrysler LeBaron s'est arrêté et est descendu de voiture. Au cours des dernières cinquante et quelques heures, j'avais parcouru quatre-vingts kilomètres avec Stacy, Trina et le chien, de Belden Town à un site appelé Stover Camp. Nous nous étions séparées dix minutes plus tôt lorsqu'un couple dans une Honda Civic nous avait expliqué qu'il n'avait de la place que pour deux.

« Allez-y, avions-nous toutes déclaré en chœur. Non, toi, vas-y. »

Pour finir, j'avais tellement insisté que Stacy et Trina étaient montées à bord, suivies par Odin qui s'était glissé dans un coin. Je leur avais dit de ne pas s'inquiéter.

Tout irait bien, me répétais-je en regardant approcher le conducteur de la Chrysler sur les graviers du bas-côté, malgré le léger malaise qui me serrait le ventre tandis que j'essayais de deviner ses intentions. Il était un peu plus âgé que moi et n'avait pas l'air méchant. Quand j'ai aperçu un autocollant vert

« *Visualize whirled peas* [1] » sur son pare-chocs arrière, je me suis dit que c'était forcément un type bien.

Vous avez déjà vu un *serial killer* imaginer des tourbillons de petits pois ?

« Salut », ai-je lancé d'un ton aimable.

Inconsciemment, ma main s'était levée vers la petite dragonne en Nylon accrochée à Monster, pour se poser sur le sifflet le plus puissant du monde. Je ne l'avais pas utilisé depuis que j'avais croisé l'ours, mais je sentais constamment sa présence d'une façon viscérale, comme s'il était relié à moi par une cordelette invisible.

« Bonjour », a répondu l'homme en me tendant la main.

Ses cheveux bruns lui tombaient dans les yeux.

Il m'a dit qu'il s'appelait Jimmy Carter – aucun rapport avec l'autre – et qu'il ne pouvait pas me prendre parce qu'il n'avait pas la place. En me tournant vers la voiture, j'ai vu que c'était vrai. Le moindre centimètre carré à l'exception du siège du conducteur était encombré de journaux, de livres, de vêtements, de cannettes de soda et de tout un fouillis qui montait jusqu'aux fenêtres. Il voulait juste discuter un peu avec moi, si j'étais d'accord. Journaliste pour un magazine appelé le *Hobo Times* [2], il se promenait dans tout le pays dans le but d'interviewer des vagabonds.

1. « Imaginez un tourbillon de petits pois », un sticker très apprécié par les écologistes et amoureux de la nature. La phrase est un jeu de mots du groupe Whirled Peas sur « *Visualize world peace* » – « Imaginez la paix dans le monde », autre slogan typique de ce genre d'autocollants.

2. Le *Times* des sans-abri.

« Je ne suis pas une vagabonde, ai-je précisé, amusée. Je suis une randonneuse. »

J'ai lâché mon sifflet et levé le pouce en direction d'une camionnette qui passait.

« Je fais le Pacific Crest Trail », lui ai-je expliqué.

J'aurais préféré qu'il remonte dans sa voiture et s'en aille. Il me restait deux étapes à parcourir sur deux routes différentes pour atteindre Old Station, et sa présence ne m'aidait pas. Malgré mon allure négligée et mes vêtements sales, je restais une femme seule. Jimmy Carter compliquait les choses en donnant une tout autre impression aux conducteurs. Je me rappelais avoir dû patienter des heures quand j'avais rejoint Sierra City avec Greg. S'il restait là, personne ne s'arrêterait.

« Alors, ça fait combien de temps que vous vivez sur les routes ? » m'a-t-il demandé en sortant un stylo et un étroit bloc-notes de la poche arrière de son pantalon en velours râpé.

Ses cheveux étaient emmêlés, pas lavés. Les mèches cachaient et révélaient ses yeux au gré des caprices du vent. J'ai pensé qu'il était du genre à avoir une thèse dans un domaine très pointu et complètement improbable. Histoire de la conscience, peut-être ou études comparées en discours et société.

« Je viens de vous dire que je n'étais pas une vagabonde ! ai-je insisté en riant.

Malgré mon impatience de trouver une voiture, j'étais heureuse d'avoir un peu de compagnie.

« Je randonne sur le Pacific Crest Trail. »

En guise de précision, j'ai agité le bras vers la forêt qui bordait la route, alors que le PCT se trouvait en réalité à une quinzaine de kilomètres à l'ouest.

Il m'a dévisagée sans comprendre. Nous n'étions qu'au milieu de la matinée mais il faisait déjà chaud ; à midi, on étoufferait. Je me suis demandé s'il me sentait. J'avais dépassé le stade où je distinguais encore mon odeur. J'ai reculé d'un pas et laissé tomber mon bras, renonçant au stop. Pas la peine de compter arrêter une voiture tant qu'il serait là.

« C'est un chemin panoramique national », ai-je ajouté.

Il a continué à me regarder d'un air patient, son carnet vierge à la main. Pendant que je lui expliquais en quoi consistait le PCT et ce que j'y faisais, je me suis aperçue que ce Jimmy Carter était plutôt mignon. Je me suis demandé s'il avait de la nourriture dans sa voiture.

« Mais si vous êtes en pleine randonnée, qu'est-ce que vous fichez *ici* ? »

Je lui ai parlé de mon détour pour éviter la neige qui recouvrait le parc volcanique de Lassen.

« Ça fait combien de temps que vous êtes sur les routes ?

— Je suis sur le *chemin* depuis presque un mois. »

Il l'a noté dans son carnet. Tout à coup, il m'est venu à l'esprit que j'étais peut-être un tout petit peu sans-abri, étant donné le temps que j'avais passé à l'écart du chemin. J'ai préféré garder ça pour moi.

« Combien de nuits avez-vous dormi avec un toit au-dessus de votre tête au cours de ce dernier mois ?

— Trois », ai-je répondu après une seconde de réflexion – une chez Frank et Annette, une au motel de Ridgecrest, et une à Sierra City.

« Tout ce que vous possédez est là ? a-t-il voulu savoir en désignant mon sac et mon bâton de ski d'un hochement de tête.

— Ouais. Enfin, j'ai aussi des affaires stockées quelque part, mais, pour le moment, c'est tout. »

J'ai posé la main sur Monster. Face à Jimmy Carter, je le considérais encore plus comme un ami.

« Vous ressemblez quand même beaucoup à une vagabonde ! » s'est-il exclamé joyeusement avant de me demander mon nom et mon prénom.

Quand j'ai vu sa réaction, j'ai regretté de les lui avoir donnés.

« Sans déconner, "Strayed" ? a-t-il commenté. C'est votre vrai nom ?

— Oui. »

Je me suis détournée comme pour chercher une voiture, dans l'espoir qu'il ne voie pas mon regard hésitant. Un silence lourd a plané jusqu'à ce qu'un camion de bois apparaisse et nous dépasse dans un rugissement, sans se préoccuper de mon pouce implorant.

« Donc, a repris Jimmy Carter, ça confirme ce que je pensais : vous êtes une vraie vagabonde.

— Je ne crois pas. Vivre sur les routes et faire de la randonnée, ça n'a rien à voir. »

J'ai passé le cordon rose de mon bâton de ski autour de mon poignet et tracé une ligne dans la terre avec la pointe.

« Je ne parle pas de randonnée au sens où vous l'entendez sans doute. Disons que je suis une randonneuse experte. Je couvre entre vingt-cinq et trente-deux kilomètres par jour, tous les jours, en montée comme en descente, loin des routes, des gens, de tout, en restant parfois des semaines sans voir personne. Vous devriez peut-être écrire un article là-dessus. »

Il a jeté un coup d'œil à son carnet, le vent soulevant ses cheveux avec extravagance. Il ressemblait à tellement de gens que je connaissais. Je me suis demandé si je lui donnais la même impression.

« Je ne rencontre presque jamais de femmes vagabondes, a-t-il soufflé comme s'il me confiait un secret. C'est génial.

— *Je ne suis pas une vagabonde !*

— Elles sont dures à trouver. »

Sans doute parce que les femmes étaient trop opprimées pour partir sur les routes, ai-je répliqué. Toutes celles qui voulaient devenir vagabondes étaient probablement coincées dans un trou à rat avec une tripotée de gosses à élever. Des enfants dont les pères vagabonds avaient repris la route.

« Oh, je vois. Vous êtes une féministe, alors.

— Oui. »

Pour une fois, nous étions d'accord.

« Mes préférées. »

Il a noté quelque chose dans son carnet, sans préciser à quoi il faisait référence.

« Mais ça n'a aucune importance ! me suis-je écriée. Puisque je ne suis pas une vagabonde. C'est parfaitement légal, vous savez. Ce que je fais. Je ne suis pas la seule randonneuse sur le PCT. Nous sommes très nombreux. Vous avez déjà entendu parler de l'Appalachian Trail ? Eh bien, c'est pareil. Juste un peu plus à l'ouest. »

Je l'ai regardé écrire ; ça semblait beaucoup plus long que ce que je venais de dire.

« J'aimerais vous prendre en photo, a ajouté Jimmy Carter en allant chercher un appareil dans sa voiture. Super T-shirt, au fait. J'adore Bob Marley. Et j'aime bien votre bracelet, aussi. Beaucoup de vagabonds sont des vétérans du Vietnam. »

J'ai baissé les yeux vers le nom de William J. Crockett sur mon poignet.

« Un petit sourire ! » a-t-il réclamé avant de prendre un cliché.

Il m'a annoncé que l'article paraîtrait dans le numéro d'automne, comme si j'étais une lectrice assidue du *Hobo Times*.

« Parfois, ils reprennent des extraits dans le *Harper's*, a-t-il précisé.

— Le *Harper's* ? »

Je n'en revenais pas.

« Oui, c'est un magazine qui…

— Je connais. Et je ne tiens pas du tout à être dedans. Ou plutôt, si, j'aimerais beaucoup, mais pas en tant que vagabonde.

— Je croyais que vous n'en étiez pas une… »

Il s'est dirigé vers le coffre de sa voiture.

« Non, bien sûr, c'est pour ça que ce serait une très mauvaise idée d'apparaître dans le *Harper's*, ce qui signifie que vous ne devriez même pas écrire cet article parce que…

— Kit de survie spécial vagabond, m'a-t-il coupée en me tendant une cannette de Budweiser glacée et un sac plastique contenant une poignée d'objets.

— Mais je n'en suis pas une », ai-je répété une dernière fois, avec moins d'insistance, de peur qu'il ne finisse par me croire et reprenne le kit de survie.

« Merci pour l'interview, a-t-il conclu en refermant le coffre. Faites attention à vous.

— Ouais. Vous aussi.

— J'imagine que vous avez une arme. En tout cas, j'espère. »

J'ai haussé les épaules sans me prononcer.

« Parce que je sais que vous arrivez du sud, mais là vous montez vers le nord, ce qui veut dire que vous allez entrer sur le territoire du Bigfoot.

— Le Bigfoot ?

— Oui. Vous savez, Sasquatch. Sans rire. La majorité des témoignages le situe dans une zone qui s'étend d'ici jusqu'à l'autre côté de la frontière avec l'Oregon. »

Il s'est tourné vers les arbres, comme si la bête risquait de débouler d'un instant à l'autre.

« Il y a pas mal de gens qui y croient. Surtout les vagabonds – ceux qui vivent là, dehors. Qui savent. J'entends tout le temps des histoires à propos du Bigfoot.

— Ça devrait aller. Enfin, pour le moment », ai-je commenté en riant, bien que mon cœur ait fait un petit bond dans ma poitrine.

Au cours des semaines qui avaient précédé mon départ, quand j'avais décidé que je n'aurais peur de rien, je pensais aux ours, aux serpents, aux pumas, aux individus bizarres que je risquais de croiser. Pas une seconde je n'avais envisagé de tomber sur des créatures humanoïdes bipèdes et poilues.

« Vous ne risquez sans doute rien. Ne vous inquiétez pas. Il y a de fortes chances qu'ils vous laissent tranquilles. Surtout si vous avez une arme.

— D'accord.

— Bonne chance pour votre randonnée.

— Bonne chance… pour votre chasse aux vagabonds », ai-je répondu en le saluant de la main.

Je suis resté là un moment, laissant passer des voitures sans même essayer d'en arrêter une. Je me sentais plus seule que n'importe qui au monde. Le soleil me tapait sur la tête malgré mon chapeau. Je me suis demandé où étaient Stacy et Trina. Le couple qui les avait prises en stop devait les déposer à vingt kilomètres à l'est, à la jonction avec la route qui nous conduirait vers le nord, puis l'ouest, jusqu'à Old Station – où nous récupérerions le PCT. Je regrettais un peu de les avoir encouragées à partir sans moi. J'ai tendu le pouce devant une autre voiture, avant de me rendre compte un peu trop tard que la cannette de bière ne devait pas beaucoup aider. J'ai collé mon front sur l'aluminium glacé, soudain morte d'envie de la boire. Pourquoi attendre ? Dans mon sac, elle allait se réchauffer.

J'ai chargé Monster sur mon dos et traversé le fossé plein de mauvaises herbes pour m'enfoncer dans la forêt qui était un peu mon chez-moi, un monde auquel j'appartenais bien plus qu'à celui des routes, des villes et des voitures. Une fois installée dans un endroit confortable, à l'ombre, j'ai ouvert la cannette. Je n'aimais pas la bière – d'ailleurs, c'était la première que je boirais en entier de toutc ma vie – mais j'ai compris l'intérêt qu'on pouvait y trouver : elle était fraîche, amère, désaltérante, parfaite.

Pendant ce temps, j'ai examiné le contenu du sac en plastique. J'ai étalé les objets devant moi : un paquet de chewing-gums à la menthe, trois lingettes emballées individuellement, un sachet en papier contenant deux aspirines, six caramels enveloppées dans du plastique doré, une boîte d'allumettes qui disait « *Thank you Steinbeck drug* », une saucisse séchée Slim Jim sous vide, une cigarette dans un étui cylindrique en faux verre, un rasoir jetable, une petite boîte de haricots.

J'ai d'abord mangé la saucisse en finissant ma bière, puis les six bonbons les uns à la suite des autres. Ensuite, toujours aussi affamée, je me suis penchée sur la boîte de conserve. J'ai découpé le métal millimètre par millimètre à l'aide de l'ouvre-boîte très peu pratique de mon couteau suisse, puis, trop fainéante pour chercher une cuillère dans mon sac, j'ai avalé les haricots en me servant de la lame de mon couteau – comme une vagabonde que j'étais.

Je suis retournée sur la route, l'esprit un peu embrumé par la bière, en mâchant deux chewing-gums pour me réveiller. Pleine d'entrain, j'ai tendu le pouce à chaque véhicule qui passait. Quelques minutes plus tard, une vieille Maverick blanche s'est arrêtée. Une femme était assise au volant, un homme sur le siège passager, et un autre homme à l'arrière avec un chien.

« Tu vas où ? m'a-t-elle demandé.

— À Old Station. Ou bien à la jonction entre la 36 et la 44.

— C'est sur notre chemin. »

Elle est sortie de la voiture pour m'ouvrir le coffre. Elle devait avoir une quarantaine d'années. Les cheveux frisés, blond décoloré, le visage bouffi et marqué de cicatrices d'acné. Elle portait un jean coupé aux genoux, des boucles d'oreilles papillon en or et un débardeur grisâtre qui semblait taillé dans une serpillière.

« C'est un sacré sac que tu as là, ma petite », a-t-elle lancé avec un rire rauque.

« Merci, merci », ai-je répété plusieurs fois en essuyant la sueur qui me couvrait le visage, tandis qu'elle m'aidait à hisser Monster dans le coffre. Ensuite, j'ai pris place à l'arrière. Le chien, un magnifique husky aux yeux bleus, se tenait debout dans le petit espace devant le siège. L'homme assis à côté était maigre, à peu près du même âge que la femme, avec de longs cheveux bruns ramassés en une mince tresse. Il portait un gilet de cuir noir sans rien en dessous et un bandana rouge autour de la tête, façon biker.

« Salut », ai-je murmuré tout en cherchant en vain la ceinture de sécurité, coincée dans les plis de mon siège.

J'ai examiné ses tatouages du coin de l'œil : sur un bras, il avait une boule hérissée de pics en métal au bout d'une chaîne ; sur l'autre, le torse nu d'une femme qui se pâmait de plaisir ou de douleur ; et un mot latin que je ne comprenais pas en travers de la poitrine. Quand j'ai renoncé à attraper la ceinture, le husky s'est mis à me lécher le visage avec avidité, de sa langue douce et étonnamment fraîche.

« Ce clébard a sacrément bon goût en matière de bonnes femmes, a commenté l'homme. Il s'appelle Stevie Ray. »

Aussitôt, le chien a cessé de me lécher, fermé la gueule et tourné vers moi ses yeux d'un bleu glacial ourlés de noir. À croire qu'il avait compris qu'on était en train de le présenter et voulait faire bonne impression.

« Moi, c'est Spider. Tu connais déjà Louise, qu'on surnomme Lou.

— Salut ! a dit Lou en croisant mon regard dans le rétroviseur.

— Et lui, c'est mon frère Dave.

— Salut, ai-je lancé.

— Et toi ? T'as un nom ? a voulu savoir Dave.

— Oh oui – pardon. Cheryl. »

Je leur ai souri, pas vraiment sûre d'avoir eu raison de monter dans cette voiture. Pour le moment, je n'y pouvais rien. Nous étions déjà en route, le vent chaud soulevait mes cheveux. J'ai caressé Stevie Ray tout en gardant un œil sur Spider.

« Merci de m'avoir prise, ai-je ajouté pour masquer ma gêne.

— Bah, pas de problème, ma sœur », a répondu Spider.

Il portait au majeur une bague ornée d'une turquoise carrée.

« On a tous été sur la route à un moment ou un autre. On sait ce que c'est. J'ai fait du stop la semaine dernière et, bordel de merde, pas une bagnole pour me sauver les fesses, alors c'est pour ça que quand je t'ai vue, j'ai dit à Lou de s'arrêter. C'est le putain de karma, tu vois ?

— Ouais. »

J'ai coincé mes cheveux derrière mes oreilles. Ils étaient aussi rêches et secs que de la paille.

« Qu'est-ce tu fais sur la route, d'ailleurs ? » m'a demandé Lou.

Je leur ai débité tout mon bla-bla sur le PCT, les chutes de neige record et les détours compliqués en stop pour atteindre Old Station. Ils m'ont écoutée avec une curiosité polie tout en fumant des cigarettes.

Quand j'ai eu terminé, Spider a déclaré :

« J'ai une histoire pour toi, Cheryl. Je crois que ça colle bien avec ce que tu viens de nous raconter. Y a un petit moment, je lisais un truc à propos des animaux, et ça parlait d'un enculé de scientifique français, dans les années trente ou quarante ou je sais plus quand, qui essayait de faire dessiner des tableaux aux singes, des vrais tableaux d'art, le genre sérieux qu'on voit dans les putains de musées et tout. Alors le scientifique arrêtait pas de leur montrer des peintures et de leur filer des fusains pour qu'ils dessinent avec, et, un jour, un des singes a enfin dessiné quelque chose, mais c'était pas du tout un tableau artistique. Ce qu'il a dessiné, c'est les barreaux de sa foutue cage. *Sa putain de cage !* Ça veut tout dire, pas vrai ? Je me reconnais là-dedans, et je parie que toi aussi, ma sœur.

— En effet, ai-je répondu – et j'étais sincère.

— On se reconnaît tous là-dedans, *man*, a lancé Dave en se retournant pour échanger avec Spider une poignée de main compliquée de bikers frères de sang.

— Tu veux que je te dise un truc sur ce chien ? a continué Spider. Je l'ai eu le jour de la mort de Stevie Ray Vaughan. C'est pour ça qu'il s'appelle comme ça.

— J'adore Stevie Ray.

— T'aimes bien *Texas Flood* ? m'a demandé Dave.

— Oui, ai-je acquiescé, agitant la tête en rythme à cette seule pensée.

— Je l'ai là. »

Il a sorti un CD et l'a glissé dans le gros transistor calé entre Lou et lui. Aussitôt, la guitare électrique divine de Vaughan a empli la voiture. La musique me réconfortait, comme de la nourriture, comme toutes les choses que je tenais autrefois pour acquises et qui étaient devenues des sources de ravissement depuis que je n'y avais plus droit. J'ai regardé défiler les arbres, perdue dans la chanson *Love Struck Baby*[1].

À la fin, Lou a dit :

1. « Fou d'amour, bébé ».

« Nous aussi on est fous d'amour, Dave et moi. On va se marier la semaine prochaine.

— Félicitations.

— Tu veux m'épouser, chérie ? » m'a proposé Spider, effleurant ma cuisse nue du dos de la main.

Sa bague en turquoise m'a griffé la peau.

« Ignore-le, m'a conseillé Lou. C'est rien qu'un vieil obsédé. »

Elle a éclaté de rire et m'a lancé un regard dans le rétroviseur.

« Moi aussi je suis une vieille obsédée », ai-je songé pendant que Stevie Ray me léchait le genou et que l'autre Stevie Ray entamait *Pride and Joy* d'une voix rauque. Je sentais battre le sang à l'endroit où Spider m'avait touchée. J'avais envie qu'il recommence tout en sachant que c'était ridicule. Une carte plastifiée ornée d'une croix pendait au rétroviseur, à côté d'un désodorisant en forme de sapin délavé. Quand elle a pivoté, j'ai aperçu la photo d'un petit garçon de l'autre côté.

« C'est ton fils ? ai-je demandé à Lou lorsque la chanson s'est terminée.

— C'est mon petit Luke.

— Il va assister au mariage ? »

Elle n'a pas répondu. Quand elle a baissé la musique, j'ai compris que j'avais abordé un sujet sensible.

« Il est mort il y a cinq ans. Il en avait huit, m'a-t-elle confié au bout d'un moment.

— Je suis vraiment désolée. »

Je me suis penchée pour lui poser la main sur l'épaule.

« Il a été renversé par un camion alors qu'il faisait du vélo. Il n'a pas été tué sur le coup. Il a tenu une semaine à l'hôpital. Les docteurs n'en revenaient pas qu'il ne soit pas mort plus vite.

— C'était un sacré petit dur, a dit Spider.

— Oh que oui.

— Comme sa mère, est intervenu Dave en lui caressant le genou.

— Je suis vraiment désolée, ai-je répété.

— Je sais. »

Lou a remonté le volume de la musique. Nous avons roulé sans dire un mot, bercés par la guitare plaintive de Vaughan qui interprétait *Texas Flood* avec une telle émotion que j'en avais le cœur serré.

Quelques minutes plus tard, Lou s'est écriée :

« Voilà ton intersection ! »

Elle s'est garée sur le bas-côté, a coupé le moteur et a regardé Dave.

« Les gars, pourquoi vous n'emmèneriez pas Stevie Ray pisser ? »

Ils sont tous sortis avec moi et ont allumé des cigarettes pendant que j'extrayais mon sac du coffre. Dave et Spider ont conduit Stevie Ray sous les arbres pendant que je restais avec Lou à l'ombre pour hisser Monster sur mon dos. Elle m'a demandé si j'avais des enfants, quel âge j'avais, si j'étais mariée ou si je l'avais été.

Non, vingt-six ans, non, oui, ai-je répondu dans l'ordre.

« Tu es jolie, alors tu t'en sortiras toujours, quoi que tu fasses. Moi, les gens se contentent de ma bonté d'âme. Je n'ai jamais eu le physique qu'il fallait.

— Je ne suis pas d'accord. Je te trouve jolie.

— C'est vrai ?

— Oui, ai-je insisté, même si ce n'était pas exactement le mot que j'aurais employé pour la décrire.

— *Vraiment ?* Merci. Ça me fait plaisir. D'habitude, Dave est le seul à penser ça. »

Elle a regardé mes jambes.

« T'as besoin de te raser, ma fille ! » a-t-elle ajouté avant d'éclater du même rire rauque que lorsqu'elle avait parlé de mon sac.

« Non, je rigole, a-t-elle repris, sa cigarette à la bouche. T'as bien raison d'en faire qu'à ta tête. C'est dommage qu'il y ait pas plus de filles comme toi, si tu veux mon avis – capables d'envoyer chier la société et tout ce qu'on attend d'elles. Si elles étaient plus nombreuses à t'imiter, ça irait beaucoup mieux. »

Elle a tiré une bouffée, recraché la fumée en serrant les lèvres.

« Tu sais, après ce qui est arrivé, la mort de mon fils et tout ça… je suis morte moi aussi. À l'intérieur. »

Elle s'est tapoté la poitrine de la main qui tenait la cigarette.

« Physiquement, je n'ai pas changé, mais je ne suis plus la même là-dedans. Alors c'est sûr, la vie continue, bla-bla, mais la mort de Luke m'a enlevé quelque chose. J'essaie de le cacher, mais c'est vrai. Ça m'a enlevé un bout de Lou, un bout que je ne pourrai jamais récupérer. Tu vois ce que je veux dire ?

— Oh oui, ai-je répondu, les yeux dans ses yeux noisette.

— C'est bien ce que je pensais. J'ai eu cette impression en te voyant. »

Après leur avoir dit au revoir, j'ai traversé le carrefour et longé la route qui me conduirait à Old Station. La chaleur était si intense qu'elle s'élevait en vagues au-dessus du sol. Soudain, j'ai aperçu trois silhouettes qui ondulaient au loin.

« Stacy ! Trina ! »

Elles m'ont reconnue, ont agité le bras. Odin a aboyé pour me saluer.

Ensemble, nous avons continué en stop jusqu'à Old Station – encore un hameau composé d'à peine quelques bâtiments. Trina s'est dirigée vers la poste pour envoyer un colis pendant que Stacy et moi l'attendions dans le petit café climatisé en buvant du soda et en discutant de la suite de notre itinéraire. Nous allions entrer sur la partie du plateau de Modoc appelée le Hat Creek Rim – une étendue désolée célèbre pour son peu d'ombre et d'eau, une portion légendaire sur un chemin de légende. Sèche et brûlante, elle avait été ravagée par un incendie en 1987. *The Pacific Crest Trail, Volume 1 : California* m'informait qu'il n'y avait aucune source d'eau fiable entre Old Station et Rock Springs Creek, cinquante kilomètres plus loin. Néanmoins, à l'heure où le guide partait à l'impression en 1989, les services forestiers prévoyaient d'installer un réservoir à mi-chemin, près des ruines d'une ancienne tour de surveillance des feux. Les auteurs précisaient que cette information restait à vérifier et que, par ailleurs, ce genre de réservoirs était souvent l'objet d'actes de vandalisme – certains s'amusant à y percer des trous à coups d'armes à feu.

J'ai sucé un à un les glaçons de mon verre de soda en réfléchissant à tout ça. J'avais abandonné ma poche à eau à Kennedy Meadows car, à partir de là, la majeure partie du chemin était équipée de points d'eau réguliers. Pour traverser le Hat Creek Rim dessséché, j'avais prévu d'acheter une bonbonne que j'attacherais sur Monster ; mais, pour des raisons aussi bien financières que physiques, j'espérais pouvoir m'en passer. Je préférais dépenser mes derniers dollars dans ce café, sans parler du calvaire que ce serait de porter toute cette eau sur cinquante kilomètres. J'ai donc failli tomber à la renverse de joie et de soulagement quand Trina, tout juste revenue de la poste, nous a annoncé que des randonneurs en route vers le sud avaient signalé le fameux réservoir dans le registre et indiqué qu'il contenait de l'eau.

Très enthousiastes, nous avons rejoint le terrain de camping situé à un kilomètre et demi du bourg et monté nos tentes côte à côte pour notre dernière nuit ensemble. Trina et Stacy repartaient le lendemain, alors que j'avais décidé de rester un peu pour reposer mes pieds, pas encore remis de la descente douloureuse de Three Lakes, avant de continuer seule.

Quand je me suis réveillée le lendemain matin, j'avais le terrain tout à moi. Assise à la table de pique-nique, j'ai bu mon thé dans ma casserole tout en brûlant les dernières pages du *Roman*. Le professeur qui avait critiqué Michener n'avait pas complètement tort : ce n'était ni William Faulkner ni Flannery O'Connor. Malgré tout, ce livre m'avait captivée, et pas seulement par son écriture. Le sujet me parlait. L'histoire, qui abordait de nombreux thèmes, était centrée sur la vie d'un roman racontée du point de vue de l'auteur, de l'éditeur, des critiques et des lecteurs. Derrière tout ce que j'avais vécu, derrière toutes les versions de moi-même que j'avais testées, il y avait une certitude qui n'avait jamais changé : j'étais un écrivain dans l'âme. Un jour, j'écrirais mon propre roman. J'avais honte que ce ne soit pas encore fait. Dix ans plus tôt, quand j'imaginais mon avenir, j'étais persuadée que j'aurais déjà publié quelque chose à mon âge. J'avais rédigé plusieurs nouvelles et entamé sérieusement l'écriture d'un roman, mais j'étais loin d'avoir fini. Dans le tumulte de l'année précédente, j'avais cru que l'inspiration m'avait quittée ; et voilà que, sur le chemin, je la sentais revenir, j'entendais la voix de mon roman qui s'immisçait dans mon esprit entre les bribes de chansons et les jingles publicitaires. Ce matin-là, accroupie près du feu à Old Station, tandis que je déchirais le livre de Michener en morceaux de cinq ou dix pages pour les brûler, j'ai décidé de m'y remettre. J'avais une longue journée chaude devant moi, alors je me suis installée à la table de pique-nique et j'ai écrit jusque tard dans l'après-midi.

Quand j'ai relevé les yeux, je me suis aperçu qu'un écureuil était en train de grignoter la moustiquaire de ma tente dans l'espoir d'atteindre la nourriture rangée à l'intérieur. Je l'ai chassé et maudit pendant qu'il me fixait en piaillant depuis son arbre. Entre-temps, le terrain s'était rempli : la plupart des tables étaient désormais couvertes de glacières et de réchauds à gaz ; des pick-up et des camping-cars étaient garés sur les petits emplacements pavés. J'ai sorti mon sac à provisions et je l'ai emporté avec moi au café où Stacy et moi avions attendu Trina la veille. J'ai commandé un hamburger sans me soucier du peu d'argent qui me restait. Mon prochain colis m'attendait à Burney Falls, à près de soixante-dix kilomètres de là, mais je pourrais y être en deux jours maintenant que j'étais enfin capable de marcher plus vite et plus longtemps – après Belden, j'avais enchaîné deux journées de trente kilomètres. Il n'était que dix-sept heures et comme le soir ne tomberait pas avant vingt et une ou vingt-deux heures, j'étais la seule cliente.

Après avoir englouti mon dîner, j'ai quitté le restaurant presque sans un sou en poche. J'ai dépassé une cabine téléphonique, fait demi-tour, décroché le combiné et appuyé sur 0, le ventre noué par un mélange de peur et d'excitation. Quand l'opératrice m'a demandé qui je souhaitais appeler en PCV, je lui ai donné le numéro de Paul.

Il a décroché à la troisième sonnerie. Envahie par l'émotion d'entendre sa voix, j'ai à peine pu lui dire bonjour.

« Cheryl ! s'est-il exclamé.

— Paul ! »

Avec un débit de mitraillette, je lui ai raconté où j'étais et une partie de ce qui m'était arrivé depuis la dernière fois que je l'avais vu. Nous avons parlé pendant près d'une heure, une conversation tendre, exubérante, encourageante et amicale. On n'aurait jamais cru qu'il s'agissait de mon ex-mari. J'avais plutôt l'impression de m'adresser à mon meilleur ami. Quand j'ai enfin raccroché, j'ai baissé les yeux vers mon sac à provisions posé sur le sol. Il était presque vide, bleu turquoise et tout en longueur, fabriqué dans un matériau qui ressemblait à du caoutchouc. Les yeux fermés, je l'ai serré contre moi.

De retour au campement, je suis restée assise un long moment à la table de pique-nique avec *Une Volière en été* à la main, trop hébétée par l'émotion pour lire. J'ai regardé les gens préparer à manger autour de moi, puis le soleil fondre dans des tons rose, orange et violet très doux. Paul me manquait. Ma vie me manquait. Mais je n'avais pas non plus envie de la retrouver. Le moment terrible où Paul et moi nous étions écroulés par terre, quand je lui avais avoué mes infidélités, me revenait sans cesse par vagues, et j'ai soudain compris que ce que j'avais déclenché en prononçant ces mots avait conduit non seulement à mon divorce, mais à tout ça : à cette table de pique-nique d'Old Station, en Californie, où j'étais assise seule sous un ciel magnifique. Je ne me sentais ni heureuse ni triste. Ni fière ni honteuse. Juste convaincue que, malgré tous mes torts, j'avais eu raison de venir jusque-là.

Je me suis approchée de Monster pour sortir la cigarette que Jimmy Carter m'avait donnée la veille. Même si je ne fumais pas, j'ai ouvert l'étui en plastique et, perchée sur la table de pique-nique, j'ai allumé la cigarette. J'étais sur le PCT depuis un tout petit peu plus d'un mois. Ça me semblait très long et, en même temps, j'avais l'impression que mon voyage ne faisait que débuter, que je commençais tout juste à comprendre ce que j'étais venue faire là. Comme si j'étais toujours cette femme avec un trou dans le cœur, mais que ce trou avait imperceptiblement rétréci.

J'ai aspiré une bouffée, soufflé la fumée par la bouche en me rappelant à quel point je m'étais sentie seule après le départ de Jimmy Carter. Peut-être qu'en effet j'étais la personne la plus seule au monde. Mais peut-être que c'était bien.

12

Jusque-là

Après m'être réveillée aux premières lueurs de l'aube, j'ai levé le camp avec des mouvements précis. Désormais, il ne me fallait plus que cinq minutes pour tout ranger. Chaque objet qui s'était trouvé dans cette pile inconcevable sur le lit du motel de Mojave, et que je n'avais pas encore jeté ou brûlé, avait sa place dans ou sur mon sac, une place que je connaissais parfaitement. Mes mains se déplaçaient instinctivement, presque sans attendre l'ordre de mon cerveau. Monster était mon univers, un membre supplémentaire et inanimé. Bien que son poids et sa taille me paraissent toujours aussi hallucinants, j'avais accepté ce fardeau. Je ne me sentais plus en contradiction avec lui comme c'était encore le cas un mois plus tôt. Nous n'étions plus des ennemis. Nous ne faisions qu'un.

Porter Monster avait également modifié mon apparence. Mes jambes étaient devenues dures comme de la pierre, mes muscles visiblement capables de tout surmonter ondulaient sous ma chair d'une manière toute nouvelle. Les zones sur mes hanches, mes épaules et mon coccyx qui avaient tant saigné et pelé avaient fini par capituler et se couvrir d'une couche de peau épaisse et rugueuse, sorte de croisement entre l'écorce et la peau de poulet plumé.

Mes pieds, quant à eux, étaient encore complètement et incroyablement foutus.

Mes deux gros orteils ne s'étaient toujours pas remis de la descente impitoyable entre Three Lakes et Belden Town. Leurs ongles étaient presque morts. Mes petits orteils étaient tellement à vif que je me demandais si le frottement n'allait pas finir par les faire disparaître. Des ampoules permanentes couvraient mes talons jusqu'aux chevilles. D'ailleurs, ce matin-là à Old Station, j'ai refusé de regarder mes pieds. Ma capacité à continuer reposait en grande partie sur la force mentale et l'entêtement obstiné à aller de l'avant, quoi qu'il advienne. J'ai recouvert mes blessures de sparadrap et de pansements seconde peau, enfilé chaussettes et chaussures puis boitillé jusqu'aux robinets pour remplir mes gourdes avec les deux litres d'eau dont je devrais me contenter pour traverser les vingt-quatre kilomètres de désert brûlant du Hat Creek Rim.

Malgré l'heure matinale, il faisait déjà chaud quand j'ai pris la route pour rejoindre le PCT. Je me sentais forte et reposée, prête à affronter ma journée. J'ai passé la matinée à naviguer entre des lits de ruisseaux et des ravines aussi sèches que des os en essayant de boire un minimum. En milieu de matinée, j'ai traversé un escarpement large d'un kilomètre et demi, un haut plateau aride parsemé de mauvaises herbes et de fleurs sauvages qui n'offraient pas la moindre trace d'ombre. Les rares arbres que je croisais étaient morts, tués par le feu des années plus tôt, leurs troncs blanchis ou noircis par les flammes, les branches brisées aussi coupantes que des couteaux.

J'ai été frappée par leur beauté austère qui dégageait une impression de force et d'angoisse silencieuses.

Le ciel était uniformément bleu, le soleil dur me brûlait déjà, malgré mon chapeau et la crème que j'avais étalée sur mes bras et mon visage en sueur. La vue était dégagée sur des kilomètres – je distinguais le Lassen Peak enneigé au sud, ainsi que le mont Shasta au nord, plus haut et encore plus blanc. Cette image m'a réconfortée. J'y serais bientôt. Puis je le dépasserais pour continuer jusqu'au fleuve Columbia. Maintenant que j'avais échappé à la neige, plus rien ne pourrait m'arrêter. Je me suis vue avalant à toute vitesse et sans effort les kilomètres restants ; mais, très vite, la chaleur miroitante a mis fin à ce doux rêve et m'a ramenée sur terre. Si j'arrivais jusqu'à la frontière entre les États de l'Oregon et de Washington, ce serait après avoir surmonté toutes les épreuves qu'impliquait la marche à pied avec un monstre sur le dos.

Mon rythme n'avait rien à voir avec celui des moyens de locomotion que l'on utilise normalement pour parcourir le monde. Les kilomètres ne défilaient pas. Ils formaient de longs méandres d'herbes folles, de mottes de terre, de brins d'herbe, de fleurs courbées par le vent, d'arbres tordus et grinçants. Ils étaient faits du son de ma respiration et de celui de mes pas sur le chemin, l'un après l'autre, accompagnés du cliquetis de mon bâton. Chacun d'eux devait être affronté avec humilité. Surtout ce jour-là, sur le Hat Creek Rim, tandis que la température passait de chaude à brûlante et que le vent se contentait de soulever la poussière en petits tourbillons à mes pieds. Au cours d'une de ces rafales, j'ai entendu un bruissement plus insistant ; j'ai compris qu'il s'agissait de la mise en garde d'un serpent à sonnette, tout proche. J'ai reculé et je l'ai aperçu, quelques mètres plus loin, qui brandissait sa queue comme un doigt menaçant et pointait sa tête émoussée dans ma direction. Encore quelques pas et je lui aurais marché dessus. C'était le troisième que je croisais depuis le début. Je l'ai contourné en dessinant un grand arc presque comique, puis j'ai continué.

À midi, j'ai trouvé un petit coin d'ombre où je me suis installée pour manger. Après m'être débarrassée de mes chaussettes et de mes chaussures, je me suis allongée dans la poussière, posant mes pieds enflés et douloureux sur mon sac comme je le faisais presque toujours. J'ai contemplé le ciel où tournaient sereinement des faucons et des aigles, sans réussir à me détendre. Ce n'était pas à cause du serpent. Le paysage était si pelé qu'on voyait à des lieues à la ronde et, pourtant, j'avais la sensation que quelque chose était tapi dans un coin et m'observait, prêt à bondir. Jc me suis redressée, j'ai vérifié qu'il n'y avait pas de pumas, puis je me suis recouchée en me disant que je n'avais rien à craindre. Soudain, j'ai bondi en entendant ce qui ressemblait à un craquement de branche.

Ce n'était rien, me suis-je répété. Je n'avais pas peur. J'ai attrapé ma gourde, bu une longue gorgée. J'avais tellement soif que je l'ai vidée et que j'ai entamé l'autre, incapable de me contrôler. Le thermomètre accroché à la fermeture Éclair de mon sac indiquait près de trente-huit degrés à l'ombre.

J'ai repris ma route en chantant ; le soleil me tapait tellement sur la tête que la chaleur acquérait une espèce de force physique. La sueur s'accumulait sous mes lunettes de soleil, me coulait dans les yeux et me piquait, si bien que je devais sans cesse m'arrêter pour m'essuyer le visage. J'avais du mal à croire que, une semaine plus tôt, je grelottais dans la neige vêtue de plusieurs couches de vêtements, et que je me réveillais le matin dans une tente aux parois gelées. Je n'arrivais même plus à m'en souvenir. Ces jours blancs semblaient appartenir à un rêve, comme si, depuis le début, je titubais vers le nord sous la chaleur accablante de cette cinquième semaine, la même qui avait failli me pousser à renoncer trois semaines plus tôt. Je me suis arrêtée pour boire. L'eau était si chaude qu'elle me brûlait les lèvres.

La grande plaine était couverte de sauge et de fleurs robustes. Des plantes non identifiées me griffaient les mollets au passage. D'autres me parlaient, me chuchotaient leur nom de la voix de ma mère. Des noms que je croyais ignorer jusqu'à ce qu'ils me reviennent clairement à l'esprit : carotte sauvage, pinceau indien, lupin – autant d'espèces dont j'avais admiré les fleurs blanches, orange ou violettes dans le Minnesota. Lorsque nous passions à côté en voiture, ma mère s'arrêtait parfois pour cueillir un bouquet dans le fossé.

Je me suis immobilisée, les yeux levés vers le ciel. Les oiseaux de proie continuaient à tracer des cercles au-dessus de ma tête, presque sans bouger les ailes. « Je ne rentrerai jamais à la maison », ai-je songé avec une certitude qui m'a coupé le souffle ; et puis j'ai continué, la tête vide, sans penser à rien d'autre qu'à l'effort nécessaire pour pousser mon corps dans cette marche monotone. Il n'y avait pas un jour où la monotonie ne finissait pas par prendre le dessus, où la seule chose à laquelle je pouvais penser, c'était la difficulté physique, quelle qu'elle soit. Cela revenait un peu à soigner le mal par le mal. Je comptais mes pas jusqu'à cent avant de recommencer. Chaque fois que je terminais une série, j'avais l'impression d'avoir accompli quelque chose. Puis cent devenait trop optimiste, alors je descendais à cinquante, vingt-cinq, dix.

« Un deux trois quatre cinq six sept huit neuf dix. »

Je me suis arrêtée, les mains appuyées sur les genoux pour soulager un peu mon dos. La sueur, semblable à des larmes, gouttait de mon visage dans la poussière blanche.

Le plateau de Modoc était différent du désert des Mojaves, mais pas tant que ça. Tous deux étaient couverts de plantes désertiques, et impropres à toute vie humaine. De minuscules lézards brun et gris détalaient à mon approche ou me regardaient passer sans bouger. Où trouvaient-ils de l'eau ? J'essayais de ne pas penser à la chaleur, de ne pas penser à ma soif. Et moi, où en trouverais-je ? J'ai calculé que je devais encore être à cinq kilomètres du réservoir. Il me restait vingt centilitres.

Puis quinze.

Puis dix.

Je me suis interdit de boire la fin tant que je n'aurais pas le réservoir en vue. À seize heures trente, la tour de surveillance dressée sur ses pilotis est apparue au loin. Juste à côté, appuyé contre un poteau, il y avait le réservoir en métal. J'ai aussitôt vidé ma gourde, soulagée de savoir que je pourrais boire davantage dans quelques minutes. Au fur et à mesure que j'approchais, j'ai distingué quelque chose qui claquait au vent sur le poteau. J'ai d'abord cru qu'il s'agissait de rubans, puis d'un tissu déchiré. Ce n'est qu'en arrivant à proximité que j'ai compris :

c'était de petits morceaux de papier scotchés sur le bois. Je me suis précipitée pour lire ce qui était écrit dessus, tout en sachant déjà à quoi m'attendre. Les formulations étaient diverses, mais le message revenait toujours au même : « Pas d'eau. »

Je suis restée plantée là, paralysée par la peur. Un coup d'œil dans le réservoir m'a confirmé ce que je venais de lire. Il n'y avait pas d'eau. Je n'avais plus d'eau. Plus la moindre goutte.

« Pasdeaupasdeaupasdeaupasdeaupasdeaupas-deau. »

J'ai donné des coups de pied dans la poussière, arraché des touffes de sauge pour les jeter au vent, furieuse de m'être trompée encore une fois, furieuse d'être toujours la même incapable que le premier jour où j'avais posé le pied sur ce chemin. Celle qui avait acheté des chaussures trop petites, largement sous-estimé la somme d'argent dont elle aurait besoin pour l'été, et s'était bêtement crue capable de faire cette randonnée.

J'ai sorti de ma poche les pages arrachées à mon guide pour les relire une nouvelle fois. Ma peur était différente de celle que j'avais ressentie un peu plus tôt dans la journée, quand j'avais eu l'impression d'être épiée. J'étais terrifiée. Ce n'était plus une impression, mais un fait : je me trouvais à des kilomètres de la prochaine source d'eau, par près de quarante degrés. J'avais conscience que, depuis le début, je ne m'étais encore jamais trouvée dans une situation aussi grave – bien plus inquiétante que le taureau en maraude, bien plus affolante que la neige. J'avais besoin d'eau. Très vite. Tout de suite. Je ressentais ce besoin par chaque pore de ma peau. J'ai pensé à Albert qui m'avait demandé combien de fois j'urinais par jour. Je n'avais pas fait une goutte depuis mon départ d'Old Station ce matin-là. Je n'en avais pas eu envie. Le moindre centilitre bu avait été utilisé. J'avais tellement soif que je ne pouvais même plus cracher.

Les auteurs du *Pacific Crest Trail, Volume 1 : California* situaient la prochaine source « fiable », Rock Spring Creek, à vingt-cinq kilomètres de là. Néanmoins, ils signalaient la présence d'une retenue d'eau plus proche tout en déconseillant fortement d'y boire en raison d'une qualité « douteuse dans le meilleur des cas ». Cette retenue était à huit kilomètres.

À moins, bien sûr, qu'elle aussi ne soit vide.

C'était fort probable, ai-je songé en essayant de courir – ce qui, étant donné l'état de mes pieds et le poids de mon sac, revenait à marcher d'un pas vif. Depuis la limite est du Hat Creek Rim, j'avais l'impression que mon regard englobait le monde entier. Une immense vallée s'étalait en contrebas, bordée de volcans verts au nord comme au sud. Malgré mon angoisse, je n'ai pas pu m'empêcher de m'extasier devant tant de beauté. Certes, j'étais une incapable, certes, je risquais de mourir de déshydratation ou d'un coup de chaleur, mais au moins, j'étais dans un endroit magnifique – un endroit que j'avais appris à aimer, en dépit de son austérité –, un endroit où j'étais venue toute seule, par la seule force de mes jambes. Réconfortée par cette pensée, j'ai continué à marcher, assoiffée au point d'en avoir la nausée et un début de fièvre. « Ça va aller. C'est juste un peu plus loin », me répétais-je à chaque virage, après chaque côte, tandis que le soleil descendait lentement vers l'horizon. Enfin, mes yeux se sont posés sur la retenue.

Je me suis arrêtée pour la contempler. C'était une petite mare boueuse et misérable de la taille d'un court de tennis, mais elle contenait de l'eau. Folle de joie, j'ai dévalé la pente qui conduisait à la berge sale. Je venais de parcourir plus de trente kilomètres en une journée pour la première fois. J'ai détaché les sangles de Monster, posé le sac par terre et je me suis agenouillée pour plonger les mains dans l'eau. Elle était grise, aussi chaude que du sang. Quand je remuais les doigts, des filaments de vase remontaient à la surface et teintaient l'eau de noir.

À l'aide de mon purificateur, j'ai pompé le liquide douteux dans ma gourde. Il était toujours aussi difficile à utiliser que lors de ma première tentative à la source de Golden Oak, et c'était encore pire dans cette eau pleine de particules en suspension qui bouchaient à moitié le filtre. Le temps de remplir une gourde, mes bras tremblaient de fatigue. J'ai sorti les pastilles de purification à l'iode de ma trousse à pharmacie et j'en ai laissé tomber deux dans la gourde. C'était précisément pour cette raison que je les avais apportées, au cas où je devrais boire de l'eau susceptible d'être contaminée par des bactéries. Même Albert avait reconnu que c'était une bonne idée lorsque, à Kennedy Meadows, il avait fait le tri dans mes affaires. Albert qui devait tomber malade le lendemain à cause d'un parasite transmis par l'eau.

Je devais attendre trente minutes que les pastilles fassent effet. Je mourais de soif, mais je me suis occupée en remplissant la deuxième gourde. Ensuite, j'ai étalé ma bâche sur la plage boueuse et, debout au milieu, j'ai enlevé tous mes vêtements. Le vent était tombé en même temps que le soleil déclinait. Il soufflait doucement sur ma peau, apaisant mes hanches irritées. Il ne m'est pas venu à l'idée qu'on risquait de me voir depuis le chemin. Je n'avais croisé personne de la journée, et quand bien même quelqu'un arriverait, j'étais trop affaiblie par la déshydratation et l'épuisement pour m'en soucier.

J'ai regardé ma montre. Vingt-sept minutes s'étaient écoulées depuis que j'avais mis les pastilles dans l'eau. D'habitude, le soir, j'étais affamée. Cette fois, la nourriture m'importait peu. Je n'avais qu'un désir : de l'eau.

Assise sur ma bâche bleue, j'ai vidé une gourde, puis l'autre. L'eau tiède avait un goût de fer et de boue, et pourtant je n'avais jamais rien avalé d'aussi délicieux. Je la sentais bouger dans mon ventre. Malgré les deux litres que je venais de boire, je n'étais pas encore remise. Je n'avais toujours pas faim. Je me sentais comme à la fin de mes premières journées sur le chemin, quand j'étais tellement fourbue que mon corps ne souhaitait qu'une chose, dormir. Sauf que, cette fois, c'était de l'eau qu'il voulait. J'ai rempli mes gourdes, attendu que les pastilles agissent, puis vidé les deux à nouveau.

Le temps que je sois désaltérée, il faisait nuit et la pleine lune se levait. Je n'avais pas l'énergie de déplier ma tente – cette tâche qui prenait moins de deux minutes me paraissait soudain herculéenne. Je n'avais pas besoin de tente. Il n'avait pas plu une seule fois depuis que j'avais pris la route. J'ai remis mes vêtements, déroulé mon sac de couchage sur la bâche et, comme il faisait encore trop chaud, je me suis allongée dessus. J'étais trop fatiguée pour lire. Le simple fait de contempler la lune me demandait un effort. J'avais beau avoir absorbé quatre litres d'eau douteuse depuis mon arrivée deux heures plus tôt, je n'avais toujours pas envie d'uriner. J'avais été incroyablement stupide de me lancer à l'assaut du Hat Creek Rim avec si peu d'eau. « Plus jamais je ne me montrerai aussi insouciante », ai-je juré à la lune avant de m'endormir.

Je me suis réveillée deux heures plus tard avec la sensation plutôt agréable d'être caressée par de minuscules mains fraîches. J'en avais sur les jambes, les bras, le visage, les cheveux, les pieds, la gorge, les mains. Je sentais leur pression à travers mon T-shirt sur mon ventre et ma poitrine.

« Hum », ai-je soupiré en me tournant sur le côté.

Puis j'ai ouvert les yeux et pris conscience de plusieurs choses, au ralenti.

J'étais sous la lune.

Je dormais à la belle étoile sur ma bâche.

Je m'étais réveillée avec l'impression d'être caressée par de petites mains fraîches.

D'ailleurs, j'étais caressée par de petites mains fraîches.

Enfin, il y a eu le dernier constat, bien plus énorme que la lune : ces petites mains fraîches n'étaient pas des mains, mais des centaines de minuscules grenouilles noires.

Des grenouilles noires et gluantes qui se promenaient sur moi.

Chacune avait à peu près la taille d'une chips. Une armée amphibie, une milice humide et luisante, un exode aux pattes palmées qui m'avait trouvée en travers de son chemin et continuait à sauter, ramper, bondir et propulser des centaines de petits corps potelés aux jambes arquées hors de l'eau, envahissant la bande de boue qu'elles considéraient certainement comme leur plage privée.

En une seconde, je me suis mise à les imiter, sautant, rampant, bondissant et me propulsant avec mon sac, ma bâche et toutes mes affaires le plus loin possible de la plage, en même temps que je chassais les grenouilles de mes cheveux et des plis de mon T-shirt. Je n'ai pas pu éviter d'en écraser quelques-unes au passage. Enfin à l'abri hors de leur zone réservée, j'ai observé le grouillement de leurs minuscules corps sombres au clair de lune. J'ai vérifié qu'il n'en restait pas dans mes poches. Puis j'ai traîné mes affaires dans un espace dégagé assez grand pour ma tente, que je me suis empressée de déplier. Je n'avais pas besoin de lumière. En un tournemain, elle était montée.

J'en ai émergé à huit heures et demie le lendemain matin. C'était tard pour moi, l'équivalent de midi dans ma vie d'avant. D'ailleurs, j'avais l'impression qu'il était midi. Ou que j'avais passé la nuit à boire. Je me suis redressée pour jeter un coup d'œil endormi autour de moi. Je n'avais toujours pas envie d'uriner. Après avoir levé le camp et rempli une dernière fois mes gourdes d'eau sale, je suis partie vers le nord sous le soleil brûlant. Il faisait encore plus chaud que la veille. Moins d'une heure plus tard, j'ai failli marcher sur un nouveau serpent à sonnette, qui a eu la politesse de me prévenir juste à temps en agitant la queue.

Dans le courant de l'après-midi, j'ai fini par renoncer à l'espoir d'atteindre le Memorial State Park de McArthur-Burney Falls avant la nuit – mon départ tardif, mes pieds couverts d'ampoules et la chaleur étouffante s'étaient tous ligués contre moi. À la place, j'ai décidé de faire un petit détour par Cassel, où mon guide promettait que je trouverais un magasin d'alimentation. Il était près de quinze heures quand j'y suis arrivée. J'ai posé mon sac pour m'asseoir sur une chaise en bois sur le porche à l'ancienne. La chaleur m'avait rendue hagarde. Le gros thermomètre accroché à l'ombre indiquait trente-neuf degrés. J'ai compté ma monnaie, au bord des larmes car je n'aurais de toute façon pas de quoi m'offrir une limonade Snapple. Mon désir pour cette boisson s'était tellement décuplé que ce n'était même plus une envie. C'était un bras qui me sortait du ventre. Suivant les endroits, une bouteille coûtait entre quatre-vingt-dix-neuf *cents* et un dollar et quinze *cents*. Et je n'avais que soixante-seize *cents*. Je suis entrée dans la boutique pour jeter un œil.

« Vous randonnez sur le PCT ? m'a demandé la caissière.

— Oui. »

Je lui ai souri.

« Vous venez d'où ?

— Du Minnesota. »

J'ai longé une rangée d'armoires vitrées pleines de boissons fraîches bien alignées. Ignorant la bière, le soda, l'eau minérale et le jus de fruit, je me suis plantée devant les étagères de Snapple. J'ai posé la main sur la vitre – il y en avait de la rose et de la jaune. C'était comme des diamants ou des magazines porno : je pouvais regarder, mais pas toucher.

« Si vous avez fini votre journée, vous pouvez camper dans le champ derrière la boutique, m'a lancé la femme. On autorise les randonneurs du PCT à y passer la nuit.

— Merci, c'est sans doute ce que je vais faire », ai-je répondu, les yeux rivés sur les boissons.

« Peut-être que je pourrais juste en tenir une dans ma main », ai-je songé. La presser contre mon front un instant. J'ai ouvert la porte, attrapé une bouteille de limonade rose. Elle était si glacée qu'elle me brûlait la peau.

« Combien ça coûte ? n'ai-je pu m'empêcher de demander.

— Je vous ai vue compter vos sous dehors, a déclaré la caissière en riant. Vous avez combien ? »

Je lui ai tout donné en la remerciant avec effusion, avant de sortir boire ma limonade sur le porche. À chaque gorgée, j'étais parcourue d'un frisson de plaisir enivrant. Je serrais la bouteille entre mes mains pour en absorber la moindre molécule de fraîcheur. Des voitures se sont arrêtées, des gens sont descendus, sont entrés dans le magasin, puis sont repartis. Pendant une heure, je suis restée là à les regarder, dans un état de ravissement post-limonade qui valait n'importe quel shoot d'héroïne. Au bout d'un moment, un pick-up a ralenti devant le magasin ; un homme a sauté de la plate-forme en tirant un gros sac derrière lui avant de saluer le conducteur d'un geste de la main. Puis il s'est tourné vers moi et a aperçu mon sac.

« Salut ! a-t-il lancé, son visage rougeaud fendu d'un immense sourire. Y a pas pire journée pour marcher sur le PCT, pas vrai ? »

Il s'appelait Rex. C'était un grand rouquin affable, homosexuel, âgé de trente-huit ans. Du genre à serrer tout le monde dans ses bras pour un oui ou pour un non. Il est entré dans la boutique, a acheté trois cannettes de bière et les a bues à côté de moi. Nous avons discuté jusqu'au soir. Il vivait à Phoenix, occupait dans une grosse société un poste auquel je n'ai rien compris, et avait grandi dans un village du sud de l'Oregon. Il avait fait le début du PCT au printemps, du Mexique jusqu'au désert des Mojaves, quitté le chemin à l'endroit précis et à peu près au moment où j'avais démarré, regagné Phoenix pour six semaines le temps de régler des affaires urgentes, puis repris sa randonnée à Old Station, en ayant élégamment contourné toute la partie enneigée.

« Je crois qu'il te faut de nouvelles chaussures », a-t-il commenté en voyant l'état de mes pieds, d'accord sur ce point avec Greg et Brent.

« Mais je ne peux pas. Je n'ai pas d'argent », lui ai-je avoué, car je n'avais plus honte de le dire.

« Tu les as achetées où ?

— Chez REI.

— Appelle-les. Ils ont une garantie satisfait ou remboursé. Ils te les remplaceront gratuitement.

— Vraiment ?

— Appelle le service client. »

J'y ai réfléchi toute la soirée pendant que nous bivouaquions dans le champ derrière le magasin, et toute la journée du lendemain tandis que je parcourais plus vite que jamais une vingtaine de kilomètres, heureusement très faciles, jusqu'au Memorial State Park de McArthur-Burney Falls. Dès mon arrivée, je me suis empressée d'aller récupérer mon colis chez le concessionnaire qui les stockait. Ensuite, je me suis dirigée vers la cabine la plus proche pour appeler REI. Cinq minutes plus tard, mon interlocutrice acceptait de m'envoyer en express et sans frais une nouvelle paire de chaussures, une taille plus grande.

« Vous êtes *sûre* ? ai-je vérifié plusieurs fois tout en insistant sur les problèmes causés par mes chaussures trop petites.

— Oui », m'a-t-elle confirmé d'un ton placide.

Désormais, c'était officiel : j'aimais REI encore plus que le fabricant de la limonade Snapple. Je lui ai donné l'adresse de la boutique du parc, celle qui était inscrite sur mon colis pas encore ouvert. Quand j'ai raccroché, j'aurais sauté de joie si mes pieds me l'avaient permis. Après avoir ouvert mon carton et récupéré mes vingt dollars, je me suis placée dans la file d'attente derrière un groupe de touristes, en espérant qu'ils ne remarqueraient pas ma puanteur. J'ai acheté un cône glacé que j'ai savouré avec délices, assise à une table de pique-nique. Rex m'a rejointe et, quelques minutes plus tard, Trina est arrivée avec son grand chien blanc. Je l'ai serrée dans mes bras et présentée à Rex. Stacy et elle étaient là depuis la veille. Elle avait décidé d'arrêter le PCT et de rentrer dans le Colorado, où elle passerait l'été à faire des randonnées plus courtes près de chez elle. Stacy, quant à elle, devait continuer comme prévu.

« Elle serait sûrement ravie que tu te joignes à elle, a ajouté Trina. Elle repart demain matin.

— Je ne peux pas. »

Toute contente, je lui ai expliqué que je devais attendre mes nouvelles chaussures.

« On s'est inquiétées pour toi sur le Hat Creek Rim. Il n'y avait pas d'eau à…

— Je sais. »

Nous avons secoué la tête.

« Venez, nous a-t-elle lancé ensuite. Je vais vous montrer l'endroit où on s'est installées. C'est à vingt minutes de marche, mais au moins on est à l'écart de tout ça, a-t-elle précisé avec un geste dédaigneux vers les touristes, le bar et la boutique. En plus, c'est gratuit. »

Mes pieds en étaient arrivés au stade où, chaque fois que je me reposais, c'était encore plus douloureux de repartir, car toutes les blessures se rouvraient sous l'effort. J'ai suivi Trina et Rex en boitillant sous les arbres pour rejoindre une petite clairière près du PCT.

« Cheryl ! » s'est exclamée Stacy avant de me serrer dans ses bras.

Nous avons parlé du Hat Creek Rim, de la chaleur, du chemin, du manque d'eau et de ce que le snack-bar servait à manger. Pendant ce temps, j'ai retiré mes chaussures et mes chaussettes, enfilé mes sandales, monté ma tente et entamé le rituel agréable de l'ouverture du colis. Stacy et Rex ont très vite sympathisé et décidé de continuer ensemble jusqu'à la prochaine étape. Quand j'ai été prête à retourner au bar pour dîner, mes orteils avaient tellement enflé et rougi qu'on aurait dit des betteraves. Comme je ne supportais même plus mes chaussettes, j'y suis allée en sandales. Nous nous sommes assis autour d'une table avec des barquettes en carton pleines de hot dogs, de beignets de *jalapeños* et de *nachos* dégoulinant de fromage orange fluo. Un vrai repas de fête. Nous avons trinqué avec nos gobelets de soda :

« À Trina et Odin qui vont rentrer chez eux !

— À Stacy et Rex qui vont repartir ensemble !

— Aux nouvelles chaussures de Cheryl ! »

Solennellement, j'ai vidé mon verre.

Quand je me suis réveillée le lendemain, il n'y avait plus que ma tente dans la petite clairière. Après avoir utilisé la douche théoriquement réservée aux campeurs du terrain officiel, j'ai passé plusieurs heures assise sur ma chaise pliante. J'ai pris mon petit déjeuner et lu la moitié d'*Une volière en été*. Dans l'après-midi, je suis passée à la boutique pour voir s'ils avaient reçu mes chaussures, mais la caissière m'a répondu que le courrier n'était pas encore arrivé.

Déçue, j'ai donc enfilé des sandales pour suivre le petit chemin pavé qui conduisait au point de vue sur les chutes grandioses d'où le parc tirait son nom. Un panneau expliquait que les chutes de Burney Falls ont le débit le plus important de Californie pendant la majeure partie de l'année. J'ai contemplé les eaux rugissantes, invisible au milieu de la foule équipée d'appareils photo, de sacs banane et de bermudas. Assise sur un banc, j'ai regardé un couple distribuer tout un paquet de bonbons à la menthe Breathsaver à une bande d'écureuils pas du tout farouches, juste devant la pancarte qui précisait : « Ne pas nourrir les animaux sauvages. » Ça m'a mise en colère, et je me suis rendu compte que ce n'était pas seulement parce qu'ils entretenaient la familiarité des écureuils, mais aussi parce qu'ils étaient en couple. Les voir se pencher l'un vers l'autre, main dans la main, et se tirer tendrement par le bras était presque insupportable. J'étais à la fois écœurée et jalouse, comme si leur existence prouvait que je serais toujours malheureuse en amour. Toute la confiance et la force ressenties quelques jours plus tôt lorsque j'avais parlé avec Paul à Old Station s'étaient envolées. Mon calme avait de nouveau cédé la place au tourment.

Je suis retournée en boitant à ma tente pour examiner mes gros orteils martyrisés. Le moindre contact me faisait atrocement souffrir. Ils enflaient à vue d'œil – le sang battait sous ma peau à un rythme régulier qui teintait mes ongles de blanc, puis de rose, puis de blanc, puis de rose. Ils étaient tellement gonflés que mes ongles semblaient prêts à se décoller. Tout à coup, j'ai pensé que ce serait peut-être une bonne idée. J'en ai attrapé un, j'ai tiré d'un coup sec, et, après une seconde de douleur atroce, il m'est resté dans la main. Aussitôt, j'ai ressenti un soulagement intense et presque total. Alors j'ai fait la même chose sur le deuxième gros orteil.

J'ai compris que je menais une bataille contre le PCT.

Pour l'instant, le score en était à 6-4, et je risquais de ne pas garder l'avantage très longtemps.

À la tombée de la nuit, quatre randonneurs du PCT ont envahi mon campement. Ils sont arrivés au moment où je brûlais les dernières pages d'*Une volière en été* dans ma petite casserole en alu ; deux couples d'à peu près mon âge qui avaient parcouru tout le chemin depuis le Mexique, à l'exception de la partie enneigée de la Sierra Nevada. Ils avaient joint leurs forces dans le sud de la Californie, comme pour un double rencard en pleine nature qui durait depuis des semaines. John et Sarah, originaires d'Alberta au Canada, se connaissaient depuis moins d'un an quand ils s'étaient lancés dans cette aventure. Quant à Sam et Helen, ils étaient mariés et vivaient dans le Maine. Ils comptaient prendre une journée de repos dans le parc. Je leur ai annoncé que, pour ma part, je filerais dès que j'aurais récupéré mes nouvelles chaussures.

Le lendemain matin, j'ai préparé Monster et me suis dirigée vers la boutique, mes sandales aux pieds et mes chaussures sanglées sur mon sac. Je me suis installée à l'une des tables de pique-nique pour patienter jusqu'à l'arrivée du courrier. J'avais hâte de recommencer à marcher, pas tant parce que j'aimais ça, mais parce que je n'avais pas le choix. Pour atteindre mon prochain point de réapprovisionnement à peu près à la date prévue, je devais respecter mon planning. Car, en dépit de tous les imprévus et changements d'itinéraire, je devais, pour des raisons aussi bien liées à mes finances qu'à la météo, terminer mon voyage dans le courant du mois de septembre. J'ai passé des heures à lire le livre que je venais de récupérer – *Lolita* de Vladimir Nabokov – en attendant mes chaussures. Les gens allaient et venaient par vagues, m'entourant parfois pour me poser des questions sur le PCT lorsqu'ils voyaient mon sac. Je leur répondais, et tous les doutes sur la légitimité de ma présence disparaissaient. Ravie de leur attention, j'oubliais que je n'étais qu'une grosse nulle. J'avais l'impression d'être une experte en randonnée. Mieux que ça : j'étais une putain de guerrière amazone.

« Vous devriez le mentionner sur votre CV, m'a conseillé une vieille femme de Floride qui arborait une visière rose vif et un tas de colliers en or. Je travaillais dans les ressources humaines. Les employeurs guettent ce genre de détails. Ça montre que vous avez du caractère, que vous sortez du lot. »

Le facteur est arrivé vers quinze heures. Le livreur d'UPS, une heure plus tard. Aucun d'eux n'apportait mes chaussures. Le ventre noué, j'ai rappelé REI depuis la cabine.

Mon interlocuteur m'a poliment informée qu'elles n'étaient pas encore parties. En effet, ils avaient appris qu'ils ne pouvaient pas me les faire parvenir en express dans le parc, et comptaient donc me les expédier en ordinaire. Mais comme ils n'avaient aucun moyen de me contacter pour me prévenir, ils avaient laissé le dossier en attente.

« Je crois que vous ne comprenez pas, ai-je protesté. Je suis en train de randonner sur le PCT. Je dors dans la forêt. Évidemment que je suis injoignable ! Mais je ne vais pas rester ici pendant – combien de temps faudra-t-il pour que le colis arrive ?

— Environ cinq jours, m'a-t-il répondu, imperturbable.

— Cinq jours ! »

Je ne pouvais pas vraiment m'en prendre à lui. Après tout, ils étaient déjà bien aimables de m'offrir une paire neuve ; mais j'étais contrariée et un peu paniquée. Non seulement je devais respecter mon planning, mais j'avais juste assez de nourriture pour couvrir la section suivante du chemin, soit cent trente kilomètres jusqu'à Castle Crags. Si je restais attendre mes chaussures à Burney Falls, je serais forcée de manger ces provisions car les cinq dollars qu'il me restait ne me permettraient jamais de me nourrir pendant cinq jours au snack-bar. J'ai sorti mon guide pour chercher l'adresse de Castle Crags. Bien que je ne puisse pas imaginer parcourir encore plus de cent trente kilomètres avec mes chaussures trop petites, je n'avais pas le choix : REI devrait m'envoyer la nouvelle paire là-bas.

Quand j'ai raccroché, je n'avais plus du tout l'impression d'être une guerrière amazone.

J'ai jeté à mes chaussures un regard suppliant, comme si nous pouvions envisager un accord. Accrochées par les lacets à mon sac, elles étaient d'une indifférence diabolique. J'avais eu l'intention de les laisser dans la boîte d'échange du PCT dès que les autres seraient arrivées. Je ne pouvais me résoudre à les enfiler. Peut-être que je pourrais porter mes sandales en plastique sur de petites distances ? J'avais rencontré quelques randonneurs qui alternaient entre chaussures et sandales, mais ces dernières étaient bien plus solides que les miennes. Je n'avais pas prévu de marcher avec. Elles devaient simplement me servir le soir à soulager un peu mes pieds. Je les avais achetées en solde dans une braderie pour quelque chose comme dix-neuf dollars et quatre-vingt-dix-neuf *cents*. Je les ai retirées et examinées, dans l'espoir vain qu'elles deviennent soudain plus robustes. Les bandes Velcro couvertes de saletés se décollaient aux extrémités des lanières noires. Les semelles bleues étaient aussi malléables que de la pâte à pain et si minces que je sentais les cailloux et les brindilles à travers. Cela revenait presque à marcher pieds nus. Et je comptais les porter jusqu'à Castle Crags ?

Je ne devrais peut-être pas. Je ferais peut-être mieux de renoncer. C'était déjà bien d'être allée jusque-là. Je pourrais toujours le mentionner sur mon CV.

« Et merde. »

J'ai balancé de toutes mes forces un caillou contre un arbre, puis un autre, et encore un autre.

Dans ce genre de situations, je pensais toujours à l'astrologue qui m'avait lu mon thème quand j'avais vingt-trois ans. C'était un cadeau de départ d'une amie, juste avant que je quitte le Minnesota pour New York. L'astrologue, une femme d'âge mûr prénommée Pat, m'avait fait asseoir dans sa cuisine. Elle avait posé entre nous une feuille de papier couverte d'inscriptions mystérieuses et un petit enregistreur.

Je ne m'attendais pas à grand-chose. Je me disais que ce serait marrant, que ça me ferait du bien à l'ego de m'entendre dire des banalités du genre « Vous avez bon cœur ».

Mais ce n'était pas ce qu'elle avait dit. Enfin, pas seulement. Elle avait aussi évoqué des points étonnamment précis, tellement justes, réconfortants et perturbants à la fois que j'avais eu du mal à ne pas fondre en larmes.

« Comment vous savez ça ? » m'étonnai-je.

Elle m'avait parlé des alignements des planètes, du soleil et de la lune, des « aspects » et de ma date de naissance ; de ce que signifiait être Vierge ascendant Gémeaux avec la lune en Lion. Je hochais la tête en songeant : « Qu'est-ce que c'est que ces conneries New Age anti-intellectuelles ? » Mais dès qu'elle abordait un nouveau sujet, mon cerveau explosait en mille morceaux parce qu'elle avait encore vu juste.

Jusqu'à ce qu'elle se mette à parler de mon père.

« Était-il vétéran du Vietnam ? »

Non. Il avait fait un bref passage dans l'armée au milieu des années soixante – il avait d'ailleurs été affecté à la base de Colorado Springs sur laquelle travaillait mon grand-père, et c'est ainsi qu'il avait rencontré ma mère – mais il n'était jamais allé au Vietnam.

« Pourtant, on dirait que si, avait-elle insisté. Ce n'est peut-être pas à prendre littéralement. Mais il avait un rapport avec ces hommes. Il était profondément blessé. Abîmé. Ça a infecté sa vie et ça vous a contaminée. »

Il était hors de question que j'acquiesce. Tout ce qui m'était arrivé dans ma vie s'était agglutiné en cet instant pour m'aider à rester parfaitement impassible.

« Blessé ? avais-je réussi à articuler.

— Oui. Et vous êtes blessée au même endroit. C'est ce qui se passe quand les pères ne soignent pas leurs blessures. Ils les transmettent à leurs enfants.

— Hum, avais-je marmonné.

— Je me trompe peut-être. »

Elle avait baissé les yeux vers la feuille entre nous.

« Ce n'est pas toujours littéral.

— En fait, je n'ai revu mon père que trois fois depuis mes six ans.

— Le travail d'un père consiste à élever ses enfants en guerriers, à leur donner suffisamment confiance en eux pour qu'ils enfourchent leur cheval et se jettent dans la bataille le moment venu. Si votre père ne vous l'a pas enseigné, vous devrez l'apprendre par vous-même.

— Mais… c'est déjà fait. Je suis forte – j'affronte les choses. Je…

— Ce n'est pas une question de force. Et vous ne vous en rendez peut-être pas encore compte, mais il viendra sans doute un moment – dans des années, qui sait – où vous aurez besoin d'enfourcher votre cheval pour vous lancer dans la bataille, et où vous hésiterez. Vous fléchirez. Alors, pour soigner la blessure causée par votre père, vous devrez sauter sur ce cheval et devenir une guerrière. »

À l'époque, ça m'avait fait ricaner. J'avais poussé un petit croassement gêné, plus triste que joyeux. Je le sais, parce que j'ai gardé la cassette de l'enregistrement et que je l'ai souvent réécoutée. « Pour soigner la blessure causée par votre père, vous devrez sauter sur ce cheval et devenir une guerrière. » Croassement.

Retour arrière. Lecture.

« Tu veux un sandwich aux phalanges ? me demandait mon père quand il était en colère, en brandissant son poing sous mon nez de petite fille de trois, quatre, cinq ou six ans. Tu veux ? Hein ? Hein ? HEIN ? RÉPONDS ! »

J'ai enfilé mes sandales ridicules et entamé la longue marche vers Castle Crags.

13

L'accumulation des arbres

C'est une femme qui, la première, eut l'idée du PCT. Une institutrice à la retraite appelée Catherine Montgomery qui vivait à Bellingham, dans l'État de Washington. Lors d'une conversation avec le montagnard et auteur Joseph T. Hazard, elle suggéra la création d'un « chemin d'altitude parcourant les sommets de nos montagnes de l'Ouest », d'une frontière à l'autre. C'était en 1926. Bien qu'un petit groupe de randonneurs ait aussitôt adhéré à cette idée, il fallut attendre que Clinton Churchill Clarke se saisisse de la cause six ans plus tard pour qu'une vision claire du PCT commence à prendre forme. Clarke, un pétrolier qui vivait de ses rentes à Pasadena, était aussi un fanatique des sports de plein air. Horrifié par la tendance de son époque à passer « bien trop de temps dans les sièges rembourrés des véhicules motorisés ou des cinémas », il fit pression sur le gouvernement fédéral pour qu'il consacre une bande de territoire préservé à ce chemin. Son projet allait bien au-delà du PCT qui ne constituerait, espérait-il, qu'une fraction d'un « Chemin des Amériques » beaucoup plus long reliant l'Alaska au Chili. Convaincu que la nature avait des « vertus curatives et civilisatrices durables », il consacra vingt-cinq ans à faire la promotion du PCT. À sa mort, en 1957, le chemin n'était encore qu'un rêve.

Sa contribution la plus importante fut sans doute sa rencontre en 1932 avec Warren Rogers, alors âgé de vingt-quatre ans. Rogers travaillait pour la YMCA à Alhambra en Californie. Clarke le convainquit de l'aider en assignant des équipes de volontaires au relevé, et dans certains cas au tracé, des chemins qui, mis bout à bout, formeraient le PCT. D'abord réticent, Rogers s'enthousiasma très vite pour ce projet et passa le reste de sa vie à le défendre, luttant pour surmonter les obstacles légaux, financiers et logistiques. Rogers vécut assez longtemps pour assister à la naissance officielle du Pacific Crest National Scenic Trail par le biais d'un acte du Congrès en 1968 ; malheureusement, il mourut en 1992, un an avant l'ouverture du chemin.

J'avais lu tout cela l'hiver précédent dans la partie de mon guide consacrée à l'histoire du PCT. Pourtant, ce n'est que ce jour-là, à quelques kilomètres de Burney Falls, tandis que je marchais en sandales dans la chaleur étouffante de la fin de journée, que ces événements ont pris tout leur sens et m'ont frappée en pleine poitrine. Car, si prétentieux que ça puisse paraître, lorsque Catherine Montgomery, Clinton Clarke, Warren Rogers et les centaines d'autres à l'origine du PCT avaient imaginé les randonneurs qui fouleraient ce « chemin d'altitude parcourant nos montagnes de l'Ouest », c'était à moi qu'ils pensaient. Peu importait que toutes mes affaires, de mes sandales au rabais à mes chaussures dernier cri (selon les critères de l'année 1995) en passant par mon sac à dos, aient été inconcevables pour eux ; ce qui comptait vraiment était intemporel. C'était cette force qui les avait poussés à lutter envers et contre tout pour que ce chemin existe, cette même force qui nous propulsait vers l'avant, les autres randonneurs et moi, lors des journées les plus difficiles. Ça n'avait rien à voir avec l'équipement, les chaussures, les modes, les philosophies d'une époque ou d'une autre, ni même avec la nécessité de se rendre d'un point A à un point B.

C'était lié à la sensation qu'on éprouve quand on est en pleine nature. Quand on marche pendant des kilomètres sans autre raison que de contempler l'accumulation d'arbres, de prairies, de montagnes, de déserts, de ruisseaux, de rochers, de fleuves, d'herbes, de levers et de couchers de soleil. C'était une expérience puissante et fondamentale. J'avais la conviction qu'il en avait toujours été ainsi depuis les débuts de l'humanité, et que tant que la nature existerait à l'état sauvage, cela ne changerait pas. J'imagine que Montgomery le savait. Tout comme Clarke, Rogers et les milliers d'autres qui les avaient précédés ou suivis. Moi-même, je le savais avant de le savoir, avant d'avoir conscience de la réelle difficulté et de la splendeur du PCT, ou de la façon dont ce chemin m'ébranlerait et me recueillerait.

Je réfléchissais à tout cela tandis que j'entamais ma sixième semaine, à l'ombre humide des pins ponderosa et des sapins de Douglas. Je sentais la surface caillouteuse du chemin sous mes pieds, à travers les minces semelles de mes sandales. Privés du soutien de la chaussure, les muscles de mes chevilles se fatiguaient ; mais, au moins, mes orteils douloureux ne cognaient plus contre le cuir à chaque pas. J'ai marché jusqu'à atteindre un pont de bois jeté au-dessus d'un ruisseau. À défaut de trouver un espace plat à côté, j'ai monté ma tente sur le pont et dormi en plein milieu du chemin, bercée par le tumulte délicat d'une petite cascade en contrebas.

Réveillée à l'aube, j'ai continué ma randonnée en sandales pendant quelques heures, grimpant plus de cinq cents mètres de dénivelé. De temps à autre, quand j'émergeais de l'ombre des pins et des sapins, j'apercevais le mont Burney au sud. À midi, j'ai détaché à contrecœur mes chaussures de mon sac ; je sentais qu'il était temps de les remettre. Je commençais à comprendre ce que les auteurs du *Pacific Crest Trail, Volume 1 : California* évoquaient en introduction à la partie qui reliait Burney Falls à Castle Crags. D'après eux, le chemin était si mal entretenu que, par endroits, c'était « à peine mieux que de la randonnée sauvage ». Je n'en étais pas encore là, mais cet avertissement ne présageait rien de bon pour mes sandales. Elles commençaient déjà à céder – la semelle fendue en deux claquait à chacun de mes pas, ramassant au passage des brindilles et des petits cailloux.

J'ai fait entrer mes pieds de force dans mes chaussures et continué sans prêter attention à la douleur, contournant une paire d'antennes électriques qui émettaient des craquements surréalistes. À plusieurs reprises au cours de cette journée, j'ai aperçu la Bald Mountain et le Grizzly Peak au nord-ouest – deux montagnes vert sombre et brun parsemées de poignées d'arbres et de buissons tordus par le vent. La plupart du temps, je marchais au cœur d'une forêt dense, sillonnée par un nombre croissant de pistes rudimentaires marquées par les pneus des tracteurs. J'ai traversé d'anciennes zones déboisées qui revenaient lentement à la vie, de vastes champs de souches, de racines et de petites pousses vertes pas plus hautes que moi. Le chemin devenait parfois difficile à suivre, disparaissant sous les troncs et les branches. Les arbres étaient de la même espèce que ceux que je voyais régulièrement depuis le début, mais cette forêt était différente : décousue et paradoxalement plus sombre, malgré les espaces dégagés.

En fin d'après-midi, j'ai fait une pause au bord du chemin pour profiter de la vue sur les montagnes vertes. J'étais au milieu d'une côte, tout près d'un précipice. Comme il n'y avait pas vraiment de place, je me suis assise sur le chemin, ce qui m'arrivait souvent. J'ai retiré chaussures et chaussettes pour me masser les pieds, le regard perdu vers l'océan d'arbres qui s'étendait en contrebas. J'adorais me sentir plus grande qu'eux, contempler ainsi la canopée tel un oiseau. Ce spectacle atténuait un peu mon inquiétude au sujet de mes pieds et de la route difficile qui m'attendait.

Plongée dans ma rêverie, j'ai tendu la main vers une poche sur le côté de mon sac. Quand j'ai tiré sur la fermeture, Monster s'est renversé sur mes chaussures ; la gauche s'est envolée dans les airs, aussi haut que si je l'avais lancée. Je l'ai regardée rebondir – aussi rapide que l'éclair, bien que la scène ait défilé au ralenti –, franchir le bord de la falaise et disparaître sans un bruit entre les arbres. J'ai laissé échapper un hoquet de surprise avant de me jeter sur l'autre et de la serrer contre ma poitrine, attendant que le cours du temps s'inverse, que quelqu'un sorte des bois en riant, secoue la tête et m'annonce que c'était une blague.

Mais personne n'a ri. L'univers, je l'avais appris, ne plaisantait jamais. Il prenait ce qu'il voulait et ne le rendait plus. Il ne me restait qu'une chaussure.

Alors je me suis levée et je l'ai lancée dans le vide elle aussi. J'ai baissé les yeux vers mes pieds, je les ai fixés un long moment, puis j'ai réparé mes sandales de mon mieux avec du ruban adhésif. J'ai recollé les semelles, renforcé les lanières qui menaçaient de se détacher. Ensuite, en gardant mes chaussettes pour protéger mes pieds, je suis repartie. Cette mésaventure me rendait malade, mais je me consolais en me disant que, heureusement, une nouvelle paire m'attendrait à Castle Crags.

Le soir, la forêt s'est ouverte sur une vaste étendue de gravats, car il n'y avait pas d'autre mot pour décrire ce carré de paysage aux coutures arrachées, nettoyé à la hache. Le PCT le contournait, à moitié effacé. Plusieurs fois, j'ai dû m'arrêter pour le chercher sous les branches et les mottes de terre retournées. Les arbres encore debout sur les contours de cette zone semblaient en deuil, leur peau rugueuse soudain exposée aux regards, leurs membres acérés formant des angles absurdes. Je n'avais jamais rien vu de tel. On aurait dit que quelqu'un était venu avec une énorme boule de démolition et avait tout saccagé. Était-ce cela, le corridor de nature préservée que le Congrès avait en tête à l'époque de sa création ? Il me semblait que non. Mais je me trouvais dans une forêt nationale, un joli nom qui signifiait que les pouvoirs en place pouvaient l'exploiter selon leur bon vouloir. Parfois, ils décidaient de ne pas y toucher, ce qui valait pour la majeure partie du PCT. Et, parfois, ils autorisaient l'abattage d'arbres centenaires pour fabriquer des chaises ou du papier toilette.

La vue de la terre nue et retournée me bouleversait. J'étais à la fois triste et en colère, un mélange de sentiments auquel s'ajoutait la conscience de ma propre complicité. Après tout, moi aussi j'utilisais des tables, des chaises, du papier toilette. Au milieu de ces débris, j'ai compris que j'allais devoir arrêter là pour la journée. J'ai escaladé le talus abrupt qui entourait la zone déboisée, où j'ai planté ma tente entre les souches et les tas de terre, plus seule que je ne l'avais jamais été sur ce chemin. J'aurais voulu parler à quelqu'un, mais pas à n'importe qui.

J'aurais voulu parler à Karen, Leif ou Eddie. J'aurais voulu avoir à nouveau une famille, faire partie d'un tout indestructible. Pourtant, ils avaient beau me manquer terriblement, j'éprouvais aussi pour chacun d'eux un sentiment brûlant proche de la haine. J'imaginais qu'un gros engin, du genre de celui qui avait ravagé la forêt, retournait nos seize hectares dans le Minnesota. Je souhaitais de tout mon cœur que cela arrive. Alors, je serais enfin libre. Puisque la mort de ma mère avait prouvé que nous n'étions plus indestructibles, la destruction totale serait un soulagement. La perte de ma famille, de mon foyer, c'était ma zone déboisée personnelle. Il ne restait que les ruines affreuses d'une chose qui n'existait plus.

La semaine qui avait précédé mon départ, j'étais retournée une dernière fois chez moi. J'étais « montée au Nord » pour dire au revoir à Eddie et me recueillir sur la tombe de ma mère, sachant que je ne mettrais plus les pieds dans le Minnesota après ma randonnée. Partie de Minneapolis à la fin de mon service au restaurant, j'avais roulé pendant trois heures pour arriver vers une heure du matin. J'avais l'intention de me garer dans l'allée et de dormir à l'arrière de mon pick-up pour ne pas déranger, mais il y avait une fête. La maison était illuminée, on avait allumé un feu de joie dans le jardin, des tentes étaient éparpillées un peu partout et la musique hurlait dans les haut-parleurs posés sur l'herbe. C'était le samedi du week-end du Memorial Day. J'avais traversé la foule d'invités qui m'étaient pour la plupart inconnus. J'étais prise de court, mais pas étonnée – ni par cette fête débridée, ni par le fait qu'on ne m'y ait pas conviée. C'était une preuve de plus que tout avait changé.

« Cheryl ! » s'était écrié Leif en me voyant entrer dans le garage bondé.

Je m'étais frayé un chemin vers lui pour l'embrasser.

« Je plane, j'ai pris des champis, m'avait-il informée en me serrant trop fort le bras.

— Où est Eddie ?

— Je ne sais pas, mais j'ai un truc à te montrer. Je parie que ça va te foutre en rogne. »

Je l'avais suivi à travers le jardin et jusque dans la maison, où nous nous étions plantés devant la table de cuisine. Celle que nous avions déjà dans l'appartement de Tree Loft quand nous étions enfants, celle que ma mère avait payée dix dollars, celle sur laquelle nous avions mangé la première fois qu'Eddie était venu, quand nous jouions aux Chinois qui s'asseyaient par terre. Elle avait retrouvé une taille normale. Lorsque nous nous étions installés ensemble, Eddie avait scié les pieds et fixé un tonneau sous le plateau. Pendant des années, nous avions pris nos repas autour de cette table. Elle n'avait jamais été spécialement belle et cela ne s'était pas arrangé avec le temps ; elle était pleine de fissures qu'Eddie réparait avec de la pâte à bois, mais c'était notre table.

Du moins, jusqu'à cette soirée, une semaine avant le début de ma randonnée sur le PCT.

Désormais, la surface était recouverte de mots gravés par les invités – des phrases, des noms, des initiales reliées par un signe plus ou entourées d'un cœur. Un adolescent que je ne connaissais pas était en train d'écrire quelque chose avec la lame de son couteau suisse.

« Arrête ! » avais-je ordonné.

Il m'avait jeté un regard inquiet.

« Cette table est… »

Je n'avais pas pu finir. J'avais tourné les talons et j'étais partie en courant. Leif m'avait suivie entre les tentes et le feu de joie, derrière le poulailler désormais inoccupé, le long du pré où les chevaux ne broutaient plus, jusqu'au petit chemin qui conduisait au kiosque dans la forêt. Je m'étais assise là et j'avais pleuré, tandis que mon frère restait planté à côté de moi. J'étais dégoûtée par le comportement d'Eddie, mais, surtout, je m'en voulais. J'avais allumé des cierges, rédigé de grandes déclarations dans mon journal, élaboré de belles théories sur l'acceptation et la gratitude, sur le destin, le pardon, la chance. J'avais desserré le nœud brûlant enfoui en moi, j'avais laissé partir ma mère, mon père, et même Eddie. Mais cette table, c'était autre chose. Il ne m'était jamais venu à l'esprit que je devrais la laisser partir elle aussi.

« Je suis tellement contente de quitter le Minnesota, avais-je craché, amère. Tellement contente.

— Pas moi. »

Leif avait posé sa main sur mes cheveux un court instant.

« Je ne veux pas dire que je suis contente de te quitter, toi, avais-je précisé en m'essuyant le visage et le nez. Mais, de toute façon, je ne te vois presque jamais. »

C'était vrai. Il avait beau jurer que j'étais la personne la plus importante de sa vie, sa « deuxième mère », comme il m'appelait parfois, nous n'avions pas beaucoup de contacts. Il était fuyant, vague, irresponsable, presque impossible à suivre. Son téléphone n'était jamais allumé. Ses adresses toujours temporaires.

« Tu pourras me rendre visite, avais-je ajouté.

— Où ça ?

— Là où je déciderai de m'installer à l'automne. Quand j'en aurai fini avec le PCT. »

J'avais réfléchi à l'endroit où je vivrais. Je n'en avais pas la moindre idée. Ça pouvait être n'importe où. Tout ce que je savais, c'est que ce serait loin de cette maison. « Pas dans cet état ! Pas dans cet état ! » avait bizarrement supplié ma mère avant sa mort, chaque fois que je lui demandais où elle souhaitait voir disperser ses cendres. Je n'avais jamais compris ce qu'elle entendait par là, si elle parlait du Minnesota ou de l'état dans lequel elle se trouvait – un état d'affaiblissement, de confusion.

« Peut-être dans l'Oregon », avais-je déclaré à Leif.

Nous étions restés silencieux un moment.

« Le kiosque rend bien dans le noir », avait-il murmuré au bout de quelques minutes.

Nous nous étions retournés pour le contempler au clair de lune. C'était là que Paul et moi nous étions mariés. Nous l'avions construit ensemble pour l'occasion, près de sept ans plus tôt, aidés par Eddie et ma mère. C'était l'humble château de notre amour naïf et déjà condamné. Le toit était en tôle ; les parois en bois brut qui vous plantait des échardes dans les mains au moindre contact. Nous avions recouvert le sol de pierres plates, transportées jusque-là à l'aide de la brouette bleue que nous possédions depuis une éternité. Plus tard, après le mariage, c'était devenu la destination de nos balades, un point de rassemblement. Eddie y avait suspendu un hamac en grosse corde offert à ma mère quelques années plus tôt.

« On se met là ? » m'avait proposé Leif en le désignant.

Nous y étions montés tous les deux et j'avais bercé mon frère en prenant appui sur une dalle, à l'endroit précis où je me tenais quand j'avais épousé Paul.

« Je suis divorcée, avais-je déclaré sans la moindre émotion.

— Je croyais que c'était fait depuis longtemps.

— Maintenant, c'est officiel. Il fallait qu'on envoie le dossier au tribunal. Je viens de recevoir l'acte définitif tamponné par le juge la semaine dernière. »

Il avait hoché la tête. Il ne semblait pas éprouver beaucoup de pitié pour moi et pour ce que j'avais provoqué. Comme Eddie et Karen, il aimait beaucoup Paul. Je n'avais pas réussi à leur expliquer pourquoi je m'étais sentie obligée de tout casser. « Mais tu avais l'air tellement heureuse ! » répondaient-ils chaque fois. C'était vrai. Tout comme j'avais eu l'air de tenir le coup après la mort de ma mère. Le chagrin n'a pas de visage.

Depuis le hamac, nous apercevions les lumières de la maison et du feu entre les arbres. Nous entendions les voix étouffées des fêtards, la musique qui baissait et avait fini par s'arrêter. La tombe de notre mère n'était pas loin, à une trentaine de pas derrière le kiosque. Là, le chemin donnait sur la petite clairière où nous avions planté un massif de fleurs, dispersé ses cendres et posé une pierre tombale. Je sentais sa présence, et je savais que Leif la sentait aussi, bien que nous n'ayons rien dit de peur que les mots ne la fassent disparaître. Je m'étais assoupie sans m'en apercevoir, jusqu'à ce que le soleil levant me réveille. J'avais sursauté et je m'étais tournée vers Leif, oubliant un instant où j'étais.

« Je me suis endormie.

— J'ai vu. Moi, je n'ai pas fermé l'œil. À cause des champis. »

Je m'étais assise dans le hamac.

« Je m'inquiète pour toi. À cause de la drogue.

— Ça te va bien de dire ça.

— C'était différent. Dans mon cas, c'était juste une phase, et tu le sais très bien », avais-je répliqué en essayant de ne pas sembler sur la défensive.

De toutes les raisons qui me faisaient regretter d'avoir goûté à l'héroïne, la perte de crédibilité vis-à-vis de mon frère était la pire.

« Allons faire un tour, avait-il lancé.

— Quelle heure est-il ?

— On s'en fiche. »

Nous avions repris le sentier, dépassé les tentes silencieuses et les voitures, longé l'allée de graviers qui partait de la maison. La lumière était douce, teintée d'une pointe de rose, si belle que j'en oubliais ma fatigue. Sans avoir besoin de nous concerter, nous étions allés à la maison abandonnée où nous traînions autrefois, lors des longues journées d'été où nous n'avions pas encore l'âge de conduire. À l'époque, elle était vide et tombait en ruines. Ça ne s'était pas arrangé avec le temps.

« Je crois qu'elle s'appelait Violet, la femme qui vivait ici », avais-je soufflé à mon frère tandis que nous montions les marches du porche.

Je me rappelais avoir entendu des histoires à son sujet de la bouche de vieux Finnois installés dans le coin. La porte d'entrée n'était toujours pas verrouillée. Nous l'avions poussée et nous avions enjambé les trous dans le parquet. Si incroyable que ça puisse paraître, tous les objets qui gisaient à l'intérieur douze ans plus tôt étaient encore là, juste un peu plus décrépits. J'avais ramassé un magazine jauni publié par le Parti communiste du Minnesota, qui datait d'octobre 1920. Une tasse ébréchée ornée de roses était renversée. Je l'avais retournée. La maison était si minuscule qu'on en faisait le tour en quelques pas. Je m'étais approchée d'une porte en bois ne tenant plus que par un seul gond. La vitre supérieure était intacte.

« N'y touche pas, avait murmuré Leif. Ça porte malheur si tu la casses. »

Nous avions franchi la porte avec précaution pour entrer dans la cuisine. Il restait des rainures, des trous et une gigantesque tache noire à l'emplacement du poêle. Dans un coin se tenait une petite table en bois à laquelle il manquait un pied.

« Tu oserais graver ton nom dessus ? avais-je demandé, la voix chargée d'émotion.

— Arrête. »

Leif m'avait secouée par les épaules.

« Laisse tomber, Cheryl. C'est comme ça. Alors il faut l'accepter, que ça nous plaise ou non. »

J'avais hoché la tête et il m'avait lâchée. Nous étions restés là, côte à côte, à contempler le jardin par la fenêtre. Il y avait une cabane délabrée qui abritait autrefois un sauna, et une mangeoire envahie par les herbes et la mousse. Derrière, un grand champ boueux délimité par quelques bouleaux ; et, au-delà, le marécage, invisible de là où nous étions.

« Bien sûr que non, je ne graverais jamais mon nom sur cette table, et toi non plus, avait finalement déclaré Leif en se tournant vers moi. Tu sais pourquoi ? »

J'avais secoué la tête, même si je connaissais la réponse.

« Parce que ce n'est pas comme ça que maman nous a élevés. »

Après avoir quitté mon campement sur la zone déboisée aux premières lueurs de l'aube, je n'ai croisé personne de la matinée. À midi, je ne voyais même plus le PCT. Je l'avais perdu sous les troncs renversés et le dédale de pistes temporaires qui finissaient par l'oblitérer. Au début, je ne me suis pas vraiment inquiétée, supposant que la route que je suivais m'y ramènerait un peu plus loin – mais ce n'était pas le cas. J'ai sorti carte et boussole pour me repérer. Ou, du moins, tenter de me repérer, mes talents pour l'orientation étant encore plutôt limités. J'ai pris une autre route, qui m'a conduite à une autre, puis encore une autre, jusqu'à ce que je ne me rappelle même plus par où j'étais arrivée.

Je me suis arrêtée pour déjeuner dans la chaleur de l'après-midi. Ma faim monumentale était reléguée au second plan par la certitude croissante que j'étais perdue. Je me suis morigénée d'avoir été si insouciante et d'avoir continué plutôt que de chercher un autre itinéraire. Mais je ne pouvais plus rien y faire. J'ai retiré mon T-shirt Bob Marley et je l'ai mis à sécher sur une branche. Depuis que Paco me l'avait offert, j'en avais un de rechange, ce qui me permettait d'alterner pendant la journée comme avec les chaussettes – tout en ayant conscience que ce luxe augmentait un peu plus le poids de mon sac.

Après avoir étudié ma carte, j'ai suivi une piste, puis une autre, avec chaque fois l'espoir d'avoir retrouvé le chemin. Mais, le soir, j'ai débouché sur un cul-de-sac – une pile de terre, de racines et de branchages aussi haute qu'une maison. Je l'ai escaladée pour avoir une meilleure vue et, de l'autre côté, j'ai aperçu une clairière et une route. Alors que je tentais de la rejoindre, j'ai perdu une de mes sandales. Malgré le ruban adhésif qui la maintenait sur mon pied, la lanière s'était arrachée.

« HAAAA ! » ai-je hurlé.

J'ai jeté un regard autour de moi, vers les arbres étrangement silencieux. Ils avaient une présence quasi humaine, tels des protecteurs qui m'aideraient à sortir de ce bourbier. Pourtant, ils se contentaient de m'observer sans bruit.

Assise dans la poussière au milieu des mauvaises herbes et des jeunes pousses, j'ai entrepris une réparation extensive de mes sandales. Je me suis fabriqué des espèces de bottines en entourant mes chaussettes et mes semelles de plusieurs couches de Scotch, un peu comme on plâtre une jambe cassée. J'ai pris soin de serrer juste assez pour que les chaussures restent en place mais puissent être enlevées sans s'abîmer. Elles devraient tenir jusqu'à Castle Crags.

Sauf que je n'avais pas la moindre idée de la distance qui me restait à parcourir, ni de la direction à prendre.

Mes bottines en Scotch aux pieds, je suis repartie vers la route aperçue depuis la pile de gravats. Une fois dessus, j'ai regardé à gauche, puis à droite. Les seuls endroits qui offraient un peu de visibilité, c'était les zones déboisées et les pistes. Partout ailleurs, la forêt était une masse dense de sapins et de branches cassées. Mon expérience de la journée m'avait appris que tous ces chemins formaient un labyrinthe inextricable. Ils partaient vers l'ouest, bifurquaient vers le nord-ouest, et soudain redescendaient vers le sud. Histoire de compliquer encore les choses, la section du PCT qui reliait Burney Falls à Castle Crags ne suivait pas une ligne droite mais dessinait un grand arc de cercle vers l'ouest. De toute façon, même avec beaucoup de bonne volonté, j'aurais eu du mal à me convaincre que j'étais encore dessus. Mon seul but était désormais de sortir de là, où que je sois. Si je montais vers le nord, je tomberais forcément à un moment où un autre sur la route 89. J'ai donc longé la piste dans cette direction jusqu'à la tombée de la nuit. Après quoi, j'ai cherché un emplacement à peu près plat et dressé ma tente.

J'étais perdue, mais pas effrayée, me suis-je répété tout en préparant mon dîner. J'avais largement de quoi boire et manger. Mon sac contenait tout ce qu'il me fallait pour survivre pendant plus d'une semaine. À force, je finirais bien par retrouver la civilisation. Pourtant, quand je suis entrée sous ma tente, je tremblais de gratitude, heureuse de me réfugier dans ce couloir de Nylon vert qui était devenu mon chez-moi. J'ai retiré avec précaution mes bottines en ruban adhésif et je les ai posées dans un coin. Pour la centième fois depuis le début de la journée, j'ai scruté les cartes de mon guide, envahie par la frustration et le doute. Finalement, j'ai abandonné et dévoré une centaine de pages de *Lolita*, dont la réalité terriblement cynique m'a fait oublier la mienne.

Le lendemain matin, je me suis rendu compte que je n'avais plus mon T-shirt Bob Marley. Il était resté sur la branche où je l'avais suspendu la veille. Perdre mes chaussures, c'était déjà un coup dur. Mais perdre mon T-shirt Bob Marley était encore pire. Ce n'était pas un vêtement comme un autre. D'après Paco, il était sacré et signifiait que je marchais avec les esprits des animaux, de la terre et du ciel. Même si je n'étais pas sûre d'y croire, ce T-shirt était devenu l'emblème de quelque chose qui me dépassait.

Après avoir renforcé mes bottines d'une nouvelle couche de Scotch, je me suis remise en route dans le matin humide. La veille au soir, j'avais décidé que je suivrais cette route jusqu'au bout, où qu'elle me mène. J'ignorerais toutes celles que je croiserais, si intrigantes ou prometteuses soient-elles. J'avais pris conscience que, sinon, je risquais de tourner éternellement dans ce labyrinthe. En fin d'après-midi, j'ai senti que j'approchais de quelque chose. La piste est devenue plus large, plus lisse, la forêt s'est ouverte. Enfin, au détour d'un virage, j'ai aperçu un tracteur. Derrière, il y avait une route goudronnée à deux voies. Je l'ai traversée, j'ai pris à gauche et j'ai longé le bas-côté. Je ne pouvais que supposer qu'il s'agissait de la route 89. J'ai ressorti ma carte pour tracer un itinéraire qui me ramènerait au PCT, puis j'ai essayé de faire du stop, un peu gênée à cause de mes bottines en Scotch gris métallisé. Les voitures passaient par vagues de deux ou trois, séparées par de longs intervalles. Je suis restée plantée là une demi-heure, le pouce tendu, de plus en plus inquiète. Pour finir, un homme au volant d'un pick-up s'est arrêté. Je me suis approchée de la portière côté passager.

« Vous pouvez jeter votre sac à l'arrière », m'a-t-il proposé.

C'était un gros costaud d'une quarantaine d'années.

« On est bien sur la route 89 ? » ai-je demandé.

Il m'a regardée d'un air ahuri.

« Vous ne savez même pas sur quelle route vous êtes ? »

J'ai secoué la tête.

« Bon Dieu, mais qu'est-ce que c'est que ces trucs à vos pieds ? »

Près d'une heure plus tard, il me déposait à l'intersection du PCT avec une piste de graviers, assez semblable à celles sur lesquelles je m'étais perdue la veille. Le lendemain, j'ai battu mon record de vitesse, aiguillonnée par mon désir d'atteindre Castle Crags avant la fin de la journée. Mon guide expliquait que, cette fois encore, je ne devrais pas m'attendre à une vraie ville. Le chemin débouchait en effet sur un parc d'État où il n'y avait qu'une épicerie et un bureau de poste. Ça me suffisait amplement. À la poste, je trouverais mes nouvelles chaussures et un colis de réapprovisionnement. Et l'épicerie était dotée d'un petit restaurant où je pourrais combler certains de mes fantasmes culinaires dès que j'aurais récupéré mon billet de vingt dollars. Quant au parc, il offrait un terrain de camping gratuit pour les randonneurs du PCT, où je pourrais même profiter d'une douche chaude.

À mon arrivée à Castle Crags à quinze heures, j'étais presque pieds nus. Je suis entrée dans le bureau de poste avec mes bottines désintégrées, traînant derrière moi des bandes de Scotch croûtées de terre.

« Il devrait y avoir deux paquets à mon nom »,

ai-je déclaré à l'employée, impatiente de récupérer le colis de REI.

Tandis qu'elle disparaissait dans la pièce du fond, j'ai songé qu'elle aurait peut-être autre chose pour moi : des lettres. J'avais envoyé des consignes à tous les bureaux que j'avais ratés à cause de mes détours, pour qu'on me fasse suivre mon courrier à cette adresse.

« Tenez, m'a dit l'employée en posant mon colis de réapprovisionnement sur le comptoir.

— Mais, il manque… Vous n'avez rien qui vient de REI ? Ce serait…

— Une chose à la fois », m'a-t-elle lancé en repartant vers le fond.

Quand je suis sortie du bureau de poste, j'ai failli pousser un cri de joie et de soulagement. En plus de la boîte en carton lisse qui contenait mes nouvelles chaussures – mes nouvelles chaussures ! –, j'avais neuf lettres transférées depuis d'autres adresses, sur lesquelles je reconnaissais des écritures familières. Assise sur le béton près du petit bâtiment, j'ai passé rapidement les enveloppes en revue, trop bouleversée pour en ouvrir une seule. Il y en avait une de Paul. Une de Joe. Et une de Karen. Les autres venaient d'amis éparpillés dans tout le pays. Je les ai mises de côté le temps d'ouvrir le colis de REI avec mon couteau. À l'intérieur, soigneusement emballée dans du papier, figurait une paire de chaussures en cuir brun.

Les mêmes que celles qui avaient disparu dans le précipice, mais toutes neuves et une taille plus grandes.

« Cheryl ! » a crié une voix féminine.

J'ai levé les yeux. C'était Sarah, la femme d'un des deux couples que j'avais rencontrés à Burney Falls. Elle n'avait pas son sac avec elle.

« Qu'est-ce que tu fais là ? m'a-t-elle demandé.

— Et toi ? »

En toute logique, ils auraient dû être derrière moi.

« On s'est perdus. On a fini par rejoindre la nationale et faire du stop.

— Moi aussi ! » me suis-je exclamée, surprise et ravie.

J'étais soulagée de ne pas être la seule.

« Tout le monde s'est perdu, m'a-t-elle informée. Viens, a-t-elle repris avec un geste en direction du restaurant. On est tous à l'intérieur.

— J'arrive dans une minute. »

Après son départ, j'ai sorti mes nouvelles chaussures de leur boîte, retiré mes bottines adhésives pour la dernière fois, et jeté ce qu'il en restait dans la poubelle la plus proche. Ensuite, j'ai pris une paire de chaussettes propres dans mon colis, je les ai enfilées sur mes pieds sales et j'ai mis mes chaussures. Elles étaient immaculées, si parfaites qu'on aurait dit une œuvre d'art. J'ai fait les cent pas sur le parking, émerveillée par ces lacets intacts ; fascinée par ce cuir encore lisse au niveau des orteils. Elles étaient raides, mais spacieuses. Il y avait une chance pour que ça fonctionne, même si j'étais un peu inquiète à l'idée de devoir les faire sur le chemin. Mais je ne pouvais qu'espérer que tout se passe bien.

« Cheryl ! » a tonné Rex quand je suis entrée dans le restaurant.

Stacy était assise à côté de lui, ainsi que de Sam, Helen, John et Sarah. À eux six, ils occupaient presque toute la salle.

« Bienvenue au paradis », m'a saluée John, une bouteille de bière à la main.

Nous avons mangé des cheeseburgers et des frites.

Puis, en pleine extase postprandiale, nous avons fait un saut à l'épicerie pour nous remplir les bras de chips, de cookies, de bières et de magnums de vin rouge bon marché, en partageant l'addition. Tout joyeux, nous avons alors gravi la colline jusqu'au camping du parc où nous avons installé nos tentes en cercle et passé le reste de la soirée autour d'une table de pique-nique, à rire et à nous raconter des histoires pendant que le soleil déclinait. À un moment donné, deux ours noirs – vraiment noirs cette fois – ont émergé des arbres qui bordaient notre campement, à peine effrayés quand nous avons hurlé pour les faire partir.

Pendant toute la soirée, je n'ai pas arrêté de remplir de vin le petit gobelet en carton récupéré à l'épicerie. Je l'avalais aussi vite que de l'eau, sans même en sentir le goût. Je n'avais vraiment pas l'impression que je venais de parcourir vingt-sept kilomètres par près de trente-cinq degrés, avec un gros sac sur le dos et des bottines en ruban adhésif aux pieds. C'était plutôt comme si j'avais flotté jusque-là. Cette table de pique-nique était le plus bel endroit que j'avais connu ou connaîtrais de ma vie. Je ne me suis pas rendu compte que j'étais saoule, jusqu'au moment où nous avons décidé d'aller dormir. En me levant, j'ai constaté que les lois de la gravité avaient changé. Je me suis retrouvée à quatre pattes, en train de vomir misérablement au milieu des tentes. Malgré toutes les situations ridicules dans lesquelles je m'étais fourrée les années précédentes, je n'avais encore jamais bu au point d'en être malade. Quand les vomissements se sont calmés, Stacy m'a apporté une bouteille d'eau en murmurant qu'il fallait que je me réhydrate. Malgré le brouillard qui m'enveloppait, je savais qu'elle avait raison : je n'étais pas seulement ivre, mais complètement déshydratée. Je n'avais pas avalé une seule gorgée d'eau depuis l'après-midi. Je me suis forcée à m'asseoir et à boire.

Aussitôt, j'ai recommencé à vomir.

Le lendemain matin, je me suis levée avant les autres et j'ai nettoyé tant bien que mal les dégâts avec une branche de sapin. Puis je suis allée à la douche, j'ai retiré tous mes vêtements sales et je suis restée plantée sous le jet d'eau brûlante dans la cabine en béton, aussi fourbue que si on m'avait tabassée. Je n'avais pas le temps d'avoir la gueule de bois. Je devais reprendre la route avant midi. Je me suis habillée, je suis retournée au camp et, assise à la table de pique-nique, j'ai bu autant d'eau que je pouvais en avaler tout en lisant mes neuf lettres l'une après l'autre. Les autres dormaient encore. Paul évoquait notre divorce avec philosophie et amour. Joe se montrait romantique et impétueux, sans préciser s'il était ou non en désintox. Karen me parlait de sa vie à sa manière concise et terre à terre. Quant aux lettres de mes amis, c'était un flot d'amour, de potins, de nouvelles et d'anecdotes amusantes. Alors que j'arrivais à la fin, les autres ont commencé à sortir de leurs tentes, aussi raides que je l'étais chaque matin jusqu'à ce que mes articulations se dérouillent. J'ai été soulagée de constater qu'ils avaient tous l'air aussi entamés que moi par notre soirée alcoolisée. Nous avons échangé des sourires piteux. Helen, Sam et Sarah sont allés se doucher pendant que Rex et Stacy s'accordaient une dernière visite à l'épicerie.

« Ils ont des petits pains à la cannelle », m'a informée Rex pour me convaincre de me joindre à eux.

J'ai décliné l'offre d'un geste de la main. Non seulement mon estomac se retournait à la simple mention de nourriture, mais entre le hamburger, le vin et les snacks achetés la veille, j'étais de nouveau fauchée – il me restait à peine cinq dollars en poche.

Après leur départ, je me suis attaquée à mon colis de réapprovisionnement, empilant les sachets de nourriture que je devrais ranger dans Monster. Toutes ces provisions me seraient nécessaires pour la prochaine section du chemin, l'une des plus longues du PCT : deux cent cinquante kilomètres jusqu'à Seiad Valley.

« Sarah et toi, vous voulez des trucs à manger ? ai-je demandé à John, le seul à être resté avec moi. J'en ai un peu trop. »

Je lui ai montré un paquet de nouilles déshydratées Fiesta, que j'en étais venue à détester alors que je les trouvais plutôt bonnes au début de ma randonnée.

« Non, merci. »

J'ai porté à mon nez les *Gens de Dublin* de James Joyce, un exemplaire à la couverture verte et abîmée. Il sentait bon le vieux livre, exactement comme la librairie d'occasion de Minneapolis où je l'avais acheté quelques mois plus tôt. En l'ouvrant, j'ai constaté qu'il avait été imprimé plusieurs dizaines d'années avant ma naissance.

« C'est quoi ? » a voulu savoir John en attrapant la carte postale que j'avais prise à l'épicerie la veille.

C'était une photo d'une sculpture à la tronçonneuse de Sasquatch, surmontée de l'inscription « Bigfoot Country [1] ».

« Tu penses qu'ils existent ? s'est étonné John.

— Non. Mais ceux qui y croient prétendent qu'ici on est en plein dans leur territoire.

1. Pays de Bigfoot.

— Les gens disent beaucoup de bêtises.

— Bah, s'ils existaient, je suppose qu'ils vivraient effectivement ici. »

Nous avons regardé autour de nous. Derrière les arbres qui nous entouraient se dressaient les falaises grises appelées Castle Crags, dont les sommets crénelés ressemblaient à des clochers de cathédrales. Nous les dépasserions un peu plus loin, en longeant une bande de granite et de roche ultramafique que mon guide décrivait comme « d'origine ignée et de nature intrusive », quoi que cela puisse bien vouloir dire. Je ne m'étais jamais beaucoup intéressée à la géologie, mais je n'avais pas besoin de connaître le sens du mot « ultramafique » pour comprendre que j'avais changé de région. Comme pour la Sierra Nevada, mon entrée dans la chaîne des Cascades avait été progressive : il avait fallu plusieurs jours pour que le paysage coïncide avec ce que j'avais imaginé.

« Il ne reste plus qu'une étape, a déclaré John qui devait lire dans mes pensées. Après Seiad Valley, ce sera l'Oregon. Il y a à peine trois cent vingt kilomètres jusqu'à la frontière. »

J'ai hoché la tête en souriant. Je n'aurais pas employé les mots « à peine » et « trois cent vingt kilomètres » dans la même phrase. En général, je ne m'autorisais pas à voir plus loin que la prochaine étape.

« L'Oregon ! » a-t-il répété d'une voix si joyeuse que j'ai failli me laisser convaincre que ces trois cents kilomètres se feraient en un clin d'œil.

Je savais bien que non. Chaque semaine sur le PCT avait été un vrai calvaire.

« Oui, l'Oregon, ai-je admis, le visage sérieux. Mais, d'abord, finissons la Californie. »

14

En pleine nature

Parfois, j'avais l'impression que le Pacific Crest Trail n'était qu'une longue montagne que je ne finissais pas de gravir. Qu'au terme de mon voyage, au fleuve Columbia, j'atteindrais son sommet et non son point le plus bas. Cette ascension n'était pas que métaphorique. J'avais littéralement l'impression de monter, encore et toujours, une pente impossible. Par moments, je pleurais presque de découragement, les muscles et les poumons brûlés par l'effort. C'est seulement lorsqu'il me semblait que je ne pourrais plus continuer que le chemin se nivelait et descendait enfin.

Comme ces premières minutes étaient fabuleuses ! Je descendais, descendais, descendais, jusqu'à ce que la descente devienne à son tour impossible, douloureuse et si interminable que je priais pour que le chemin remonte. Je m'étais rendu compte que descendre, c'était comme tirer sur un fil et détricoter un pull qu'on venait de passer des heures à réaliser, ne laissant qu'une pile de laine sur le sol. La randonnée sur le PCT revenait à cette tâche monumentale : tricoter sans cesse le même pull pour le détricoter, encore et encore. Comme si tout gain devait irrémédiablement être perdu.

Lorsque j'ai quitté Castle Crags à quatorze heures – une heure après Stacy et Rex, et quelques heures avant les couples –, je portais mes nouvelles chaussures, tellement larges que c'en était un bonheur.

« C'est moi, le Bigfoot[1] ! » avais-je plaisanté en disant au revoir aux deux couples.

Malgré la chaleur de plus en plus intense, je suis montée, tout excitée de me retrouver à nouveau sur le chemin. La transpiration m'a vite débarrassée des dernières traces d'alcool. Tout l'après-midi et toute la journée qui a suivi, je suis montée. Pourtant, mon enthousiasme n'a pas tardé à retomber lorsque j'ai constaté avec découragement que, pour mes pieds, rien n'avait changé. Mes chaussures neuves ne faisaient que me provoquer de nouvelles blessures. Je traversais un paysage magnifique auquel j'avais fini par m'habituer, mon corps était enfin à la hauteur et capable d'avaler de longues distances, mais l'état de mes pieds me plongeait dans un profond désespoir. J'ai repensé au vœu que j'avais fait avec Brent à Belden Town, le soir de l'étoile filante. Il avait raison : je m'étais porté la poisse en le prononçant à voix haute. Si ça se trouve, mes pieds n'iraient jamais mieux.

Le lendemain, perdue dans cette spirale de réflexions amères, j'ai failli marcher sur deux serpents enroulés au milieu du chemin à quelques kilomètres l'un de l'autre. Chaque fois, ils m'ont ramenée brutalement à terre en agitant leur sonnette. Échaudée,

1. Littéralement, « Grand pied ».

j'ai essayé de sortir de ma rêverie. J'ai continué à marcher en imaginant des choses inimaginables – que mes pieds n'étaient pas attachés à mon corps, par exemple, ou que ce que je ressentais n'était pas de la douleur mais une simple *sensation*.

Morte de chaud et furieuse contre moi-même, je me suis arrêtée pour déjeuner à l'ombre d'un arbre, allongée sur ma bâche. J'avais campé avec Rex et Stacy la veille, et je comptais les rejoindre de nouveau le soir – quant aux couples, ils étaient encore derrière nous. Je n'avais croisé personne de la journée. À force de contempler les oiseaux de proie qui planaient au-dessus des pics rocheux et les minces nuages blancs qui traversaient occasionnellement le ciel, je me suis endormie sans m'en rendre compte. Je me suis réveillée une demi-heure plus tard en réprimant un cri, secouée par un rêve – le même que la nuit précédente. Le Bigfoot me kidnappait. Il se montrait plutôt bien élevé, me prenant la main pour m'emmener dans la forêt où vivait tout un village de ses congénères. Dans mon rêve, j'étais à la fois ébahie et effrayée de les voir.

« Comment avez-vous pu rester cachés des humains si longtemps ? » demandais-je à mon ravisseur, qui se contentait de grogner.

Je m'apercevais alors que ce n'était pas du tout le Bigfoot, mais un homme qui portait un déguisement poilu et un masque sous lequel on apercevait sa peau pâle. Ça me terrifiait.

Au matin, je n'avais pas prêté attention à ce rêve, supposant qu'il était lié à la carte postale achetée à Castle Crags. Mais le fait qu'il se répète lui conférait davantage d'importance, comme s'il ne s'agissait pas d'un simple songe mais d'un présage – de quoi, je l'ignorais. Je me suis levée, j'ai hissé Monster sur mon dos, puis j'ai scruté les failles, les pics rocheux et les hautes falaises gris et brun rouille qui m'entouraient à perte de vue, avec quelques taches vertes ici ou là. J'éprouvais une espèce de malaise. Ce soir-là, quand j'ai retrouvé Stacy et Rex, je me suis sentie nettement soulagée. J'étais restée sur mes gardes pendant des heures, prêtant l'oreille au moindre bruit provenant des buissons, nerveuse dès que le silence se prolongeait un peu trop.

« Comment vont tes pieds ? » m'a demandé Stacy tandis que je plantais ma tente près de la sienne.

En guise de réponse, je me suis assise par terre, j'ai retiré chaussures et chaussettes, et je lui ai montré.

« Aïe, a-t-elle murmuré. Ça doit faire mal.

— Hé, vous savez ce que j'ai entendu hier matin à la boutique ? » nous a lancé Rex.

Il remuait quelque chose dans une casserole sur son réchaud, le visage encore un peu rouge des efforts de la journée.

« Apparemment, il y aurait un événement appelé Rainbow Gathering un peu plus haut, à Toad Lake.

— Toad Lake ? »

Je me suis souvenue de la femme croisée dans les toilettes de la gare routière, à Reno. Elle aussi m'en avait parlé.

« Oui. C'est à moins d'un kilomètre du chemin, à une quinzaine de kilomètres d'ici. On devrait y aller. »

J'ai applaudi, ravie.

« C'est quoi, le Rainbow Gathering ? » a voulu savoir Stacy.

Je le leur ai expliqué pendant le dîner, car j'y avais participé deux ans plus tôt. Il s'agissait d'un rassemblement à l'initiative de la Rainbow Family of Living Light, un genre de tribu de libres penseurs qui partageait un idéal commun de paix et d'amour. Chaque été, ils organisaient dans une forêt nationale un festival qui attirait des milliers de personnes et culminait le 4 juillet, avant de se prolonger jusqu'à la fin de la saison.

« Il y a des percus, des feux de camp et des fêtes, ai-je raconté à Rex et Stacy. Mais, le mieux, ce sont ces incroyables cuisines de plein air où les gens préparent toutes sortes de pains, de plats de légumes, de ragoûts et de riz. Et n'importe qui peut venir y manger.

— N'importe qui ? a répété Rex d'une petite voix.

— Oui. Il suffit d'apporter sa tasse et sa cuillère. »

Au cours de la conversation, j'ai décidé de passer quelques jours au Rainbow Gathering, quitte à bouleverser mon planning. Mes pieds avaient besoin de répit et je devais remettre de l'ordre dans mes idées pour me débarrasser de l'angoisse qui grandissait en moi – celle d'être enlevée par une bête humanoïde.

Et puis, qui sait, peut-être qu'éventuellement je pourrais coucher avec un hippy sexy.

Plus tard, dans ma tente, j'ai fouillé dans mon sac pour retrouver le préservatif que j'avais gardé – celui que j'avais récupéré à Kennedy Meadows quand Albert avait purgé mon sac. Il était toujours intact dans son petit emballage blanc. Il était grand temps qu'il serve à quelque chose. Depuis six semaines que j'étais sur le chemin, je ne m'étais même pas masturbée une seule fois, trop épuisée chaque soir pour faire autre chose que lire et trop écœurée par ma propre puanteur pour penser à autre chose qu'à dormir.

Le lendemain, j'ai marché plus vite que jamais, grimaçant à chaque pas le long du chemin qui oscillait entre mille neuf cent quatre-vingts et deux mille deux cents mètres d'altitude, avec une vue superbe sur des lacs cristallins et des montagnes interminables. Il était près de midi quand nous avons pris le petit sentier qui reliait le PCT à Toad Lake.

« Pour l'instant, il n'y a pas grand-chose, a commenté Rex quand nous sommes arrivés à une centaine de mètres au-dessus du site.

— Il n'y a rien du tout, tu veux dire. »

Nous ne voyions que le lac et sa bordure de pins clairsemés, dominés par le mont Shasta à l'est. Après l'avoir vu se dresser au nord depuis le Hat Creek Rim, j'allais enfin dépasser ce sommet exubérant de plus de quatre mille mètres.

« Peut-être que le rassemblement se tient un peu à l'écart », a suggéré Stacy.

Mais, une fois au bord du lac, nous avons bien vu qu'il n'y avait ni joyeux camping, ni foule occupée à jouer de la musique, planer ou préparer du ragoût. Ni pain de seigle ni hippy sexy.

Le Rainbow Gathering était tombé à l'eau.

Déprimés, nous avons déjeuné près du lac, mangeant les mêmes plats tristes que les autres jours. Ensuite, Rex est allé se baigner pendant que Stacy et moi nous dirigions, sans nos sacs, vers une piste de 4 × 4 mentionnée par notre guide. Malgré l'évidence, nous n'avions pas encore abandonné tout espoir de trouver le festival. Lorsque nous avons débouché sur la route dix minutes plus tard, il n'y avait rien. Personne. Juste des arbres, de la terre, des cailloux et des mauvaises herbes, encore et toujours.

« On a dû mal nous renseigner », a conclu Stacy en regardant autour d'elle, la voix tendue par la même rage et les mêmes regrets que ceux que j'éprouvais.

Ma déception était aussi immense que puérile, digne des caprices que je faisais à l'âge de trois ans. Je suis allée m'allonger sur un grand rocher plat au bord de la piste et j'ai fermé les yeux pour ne plus voir ce monde idiot et éviter de fondre en larmes pour la première fois de ma randonnée. La pierre était tiède et lisse, aussi large qu'une table. C'était un vrai bonheur de la sentir sous mon dos.

« Attends, a dit Stacy au bout d'un moment. Je crois que j'ai entendu un bruit. »

J'ai ouvert les yeux, écouté.

« Ça devait être le vent.

— Sans doute. »

Elle m'a regardée et nous avons souri faiblement. Elle portait un chapeau attaché sous le menton, un short et des guêtres qui lui montaient jusqu'aux genoux, ce qui lui donnait une allure de girl-scout. Quand je l'avais rencontrée, j'avais été déçue qu'elle ne ressemble pas davantage à mes amies et moi. Elle était plus réservée, plus calme, moins féministe, artiste et engagée, plus dans la norme. Si nous nous étions croisées ailleurs, je ne suis pas sûre que nous aurions sympathisé ; et pourtant j'avais maintenant énormément d'affection pour elle.

« Je l'entends encore », a-t-elle soudain affirmé en regardant vers la route.

Je me suis levée au moment où un petit pick-up défoncé et plein à craquer apparaissait dans un virage. Il était immatriculé dans l'Oregon. Il a foncé vers nous, puis s'est arrêté à quelques pas dans un crissement de pneus. Avant même que le chauffeur ait coupé le moteur, les sept passagers et les deux chiens qui étaient à bord ont commencé à descendre. Dépenaillés, sales, vêtus de tout l'attirail du hippy, ils appartenaient sans le moindre doute à la Rainbow Tribe. Même les chiens étaient discrètement affublés de bandanas et de perles. Ils ont détalé vers les hautes herbes et j'ai tendu la main pour les caresser au passage.

« Salut ! » avons-nous lancé à l'unisson, Stacy et moi, aux quatre hommes et trois femmes qui se tenaient devant nous.

Ils nous ont regardées sans répondre, les yeux plissés, l'air dépité, comme s'ils sortaient d'une grotte et non de l'arrière d'un pick-up. On aurait dit qu'ils n'avaient pas dormi de la nuit ou avaient pris des drogues hallucinogènes, voire les deux.

« C'est ici, le Rainbow Gathering ? » a demandé le chauffeur de la voiture.

Il était bronzé, avec une ossature très fine. Un drôle de turban d'un blanc douteux lui couvrait la moitié de la tête, retenant ses longs cheveux ondulés en arrière.

« On le cherchait nous aussi, mais il n'y a personne, ai-je répondu.

— Oh ! bon Dieu de MERDE ! a gémi une fille pâle et squelettique au ventre dénudé, qui arborait des tatouages celtiques. Toute cette foutue route depuis Ashland pour *rien* ? »

Elle est allée s'allonger sur le rocher que je venais de quitter.

« J'ai tellement faim que je vais mourir, sérieux.

— Moi aussi, j'ai faim », a pleurniché une autre – une toute petite brune qui portait une ceinture de corde ornée de clochettes en argent.

Elle s'est approchée de la première et lui a caressé la tête.

« Putains de *fêtards* ! a tonné l'homme au turban.

— C'est clair », a renchéri un autre, iroquoise verte sur la tête et gros anneau en métal dans le nez, comme un taureau.

« Vous savez quoi ? a repris le premier. Je vais organiser mon propre festival à Crater Lake. J'ai pas besoin que ces connards de fêtards me disent où aller. Moi j'ai une sacrée *influence* par ici.

— C'est loin, Crater Lake ? » a demandé la troisième femme avec un accent australien.

Elle était grande, blonde et très belle ; tout en elle était spectaculaire : ses cheveux qui formaient une pile de dreadlocks au sommet de son crâne, ses oreilles percées de ce qui ressemblait à des ossements d'oiseau, tous ses doigts couverts de bagues extravagantes.

« Non, pas trop, ma puce, a répondu l'homme au turban.

— M'appelle pas “ma puce”.

— C'est une insulte, en Australie ? »

Elle a soupiré, puis poussé un grognement.

« D'accord, bébé, je t'appellerai plus “ma puce”. »

Puis il a piaillé vers le ciel :

« Mais je continuerai à t'appeler “bébé” si j'en ai envie. Comme disait Jimi Hendrix : “J'appelle tout le monde bébé.” »

J'ai croisé le regard de Stacy.

« Nous aussi, on cherchait le rassemblement, suis-je intervenue. On a entendu dire que c'était ici.

— On est en randonnée sur le Pacific Crest Trail, a ajouté Stacy.

— Je. Veux. Manger ! a hurlé la fille maigre depuis son rocher.

— J'ai de la nourriture, si tu veux, lui ai-je proposé. Mais elle est là-haut, près du lac. »

Elle m'a regardée sans réagir, le regard vitreux. Je me suis demandé quel âge elle avait. Plus ou moins le même que moi, sans doute, et pourtant on lui aurait donné douze ans sans problème.

« Vous avez de la place dans votre voiture ? m'a demandé l'Australienne en aparté. Si vous retournez à Ashland, je pars avec vous.

— On est à pied, lui ai-je expliqué pendant qu'elle fixait sur moi un regard inexpressif. Avec des sacs à dos. On les a laissés près du lac.

— On va bien à Ashland, a renchéri Stacy. Sauf que ça va nous prendre une bonne dizaine de jours. »

Nous avons été les deux seules à rire.

Quelques minutes plus tard, ils se sont entassés dans leur pick-up et sont repartis. Stacy et moi avons remonté le sentier vers Toad Lake. Les deux couples étaient assis à côté de Rex et nous avons tous regagné le PCT ensemble. Je n'ai pas tardé à fermer la marche, et il faisait presque nuit quand je suis arrivée au camp en boitillant à cause de l'état catastrophique de mes pieds.

« On ne s'attendait plus à te voir, m'a confié Sarah. On pensait que tu t'étais déjà arrêtée pour la nuit.

— Pourtant, me voilà », ai-je répliqué, un peu vexée, bien que sa seule intention eût été de me réconforter.

Au cours de notre soirée bien arrosée à Castle Crags, Sam avait suggéré en plaisantant qu'on me surnomme la Randonneuse malchanceuse après avoir entendu le récit de mes mésaventures. Sur le moment, j'avais ri – c'était plutôt bien trouvé – mais je ne voulais pas être réduite à ça. Je voulais être une putain de guerrière amazone.

Au matin, debout avant les autres, j'ai dilué ma poudre *Better Than Milk* dans de l'eau froide avant d'y verser du muesli un peu rassis et des raisins secs. J'avais encore rêvé du Bigfoot, presque le même rêve que les autres fois. Tout en mangeant mon petit déjeuner, je me suis surprise à guetter les bruits qui provenaient des arbres encore plongés dans l'obscurité. J'ai repris mon chemin avant que les autres émergent de leurs tentes, heureuse d'avoir un peu d'avance. Si épuisée, lente, handicapée et malchanceuse que je sois, je ne me laisserais pas distancer – même par ceux que je considérais comme de vrais randonneurs. Entre vingt-sept et trente kilomètres par jour, jour après jour : c'était désormais un minimum. Au bout d'une heure de marche, j'ai entendu un énorme fracas dans les buissons et les arbres juste à côté de moi. Je me suis figée, sans savoir si je devais hurler ou rester parfaitement silencieuse. C'était ridicule, mais je n'ai pas pu m'empêcher de revoir, dans un éclair, le visage de l'homme déguisé en Bigfoot de mon rêve.

« Aaaaah ! » ai-je crié quand une bête poilue est apparue devant moi sur le chemin, si proche que je sentais son odeur.

Au même moment, j'ai compris qu'il s'agissait d'un ours. Ses yeux sont passés sur moi sans réagir, il a reniflé, fait volte-face et détalé vers le nord.

Pourquoi fallait-il toujours qu'ils choisissent la même direction que moi ?

J'ai attendu quelques minutes avant de repartir, le cœur battant, en chantant à tue-tête.

J'ai enchaîné les chansons d'une voix suave – *« Oh I could drink a case of* youuuu, *darling, and I would still be on my feet »* –, rauque – *« She was a fast machine, she kept her motor clean... »* – ou légère – *« Time out for tiny little tea leaves in Tetley Tea ».*

Ça a fonctionné. Je n'ai pas revu l'ours. Ni le Bigfoot.

À la place, je suis tombée sur une chose bien plus redoutable : une grande plaque de neige verglacée sur une pente à quarante degrés. Malgré la chaleur, il restait encore de la neige sur les versants nord des montagnes. Je voyais le bout de la plaque. J'aurais quasiment pu jeter une pierre de l'autre côté. Mais je ne pouvais pas sauter par-dessus. J'allais devoir la traverser. J'ai suivi la coulée de neige du regard pour voir où j'atterrirais si je glissais. Elle se terminait loin en contrebas, entre des blocs de roche acérée. Ensuite, il n'y avait plus que du vide.

J'ai commencé à me frayer un passage en taillant des encoches dans la neige à coups de talon, cramponnée à mon bâton de ski. Au lieu de me donner confiance en moi, mon expérience dans la Sierra Nevada me rendait d'autant plus tremblante, d'autant plus consciente de ce que je risquais. Mon pied a dérapé et j'ai atterri sur les mains ; lentement, je me suis redressée, les genoux fléchis. « Je vais tomber » était la seule pensée qui me venait à l'esprit. Pétrifiée, j'ai contemplé les rochers en bas, m'imaginant déjà en train de dévaler la pente dans leur direction. J'ai regardé l'endroit d'où j'étais partie et celui que je visais ; je me trouvais pile entre les deux. Alors j'ai continué à avancer. Je me suis mise à quatre pattes et j'ai rampé, les jambes agitées de violents tremblements, traînant mon bâton toujours attaché à mon poignet par la dragonne rose.

Une fois de l'autre côté, je me suis sentie stupide, faible, misérable, plus vulnérable que je ne l'avais jamais été, jalouse des couples parce qu'ils étaient deux, et de Rex et Stacy qui s'étaient si bien trouvés – quand Rex quitterait le chemin à Seiad Valley, Stacy retrouverait son amie Dee avec qui elle continuerait dans l'Oregon. Alors que, moi, je restais toujours seule. Pourquoi ? À quoi ça me servait ? « Je n'ai pas peur », ai-je affirmé à voix haute, recourant à ce vieux mantra pour apaiser mon esprit. Mais ça n'a pas eu l'effet habituel. Peut-être parce que ce n'était plus tout à fait vrai.

Peut-être que, désormais, j'avais parcouru assez de chemin pour avoir le cran d'avoir peur.

Quand je me suis arrêtée pour manger, j'ai attendu que les autres me rattrapent. Ils avaient croisé un ranger qui les avait avertis de la présence d'un feu de forêt à l'ouest et au nord, près de Happy Valley. Pour le moment, le PCT n'était pas menacé, mais il leur avait conseillé de rester sur leurs gardes. Je les ai laissés passer en promettant de les rejoindre le soir, puis j'ai repris ma route, seule, dans la chaleur de l'après-midi. Deux heures plus tard, je suis arrivée à une source dans une prairie idyllique, où j'ai fait une pause pour prendre de l'eau. L'endroit était si beau que je m'y suis attardée, trempant les pieds dans la source jusqu'à ce que j'entende un tintement de clochettes qui approchait. J'ai à peine eu le temps de me remettre debout qu'un lama apparaissait au détour d'un virage et fonçait sur moi avec un sourire tout en dents.

« Aaaah ! » ai-je hurlé, comme plus tôt face à l'ours.

Grâce à mon enfance passée en compagnie des chevaux, j'ai tout de même eu le réflexe d'attraper la longe qui pendait de son licou. Il portait un chargement orné de clochettes, du même style que celles de la femme rencontrée à Toad Lake.

« Doucement », répétais-je, pieds nus et ahurie, en me demandant quoi faire.

Lui aussi avait l'air un peu ahuri, une expression à la fois comique et sévère. Je me suis demandé s'il risquait de me mordre – comme je ne connaissais rien aux lamas, je n'en étais pas sûre. Je n'en avais jamais approché un d'aussi près. Je n'en avais même jamais vu de loin. J'avais tellement peu d'expérience en la matière que je n'étais même pas certaine à cent pour cent d'avoir affaire à un lama. Son odeur rappelait la toile de jute et l'haleine matinale. Je l'ai tiré doucement dans la direction de mes chaussures tout en caressant son long cou rêche, d'un geste vigoureux que j'espérais autoritaire. Quelques minutes plus tard, une vieille femme avec de longues tresses grises est arrivée.

« Vous l'avez attrapé ! Merci », m'a-t-elle lancé avec un grand sourire, les yeux brillants.

Si l'on exceptait son sac à dos, elle semblait tout droit sortie d'un conte de fées avec ses traits délicats, ses rondeurs et ses joues rouges. Un petit garçon et un grand chien brun la suivaient.

« Je l'ai lâché une seconde et hop, il a filé, a-t-elle ajouté en riant avant de me prendre la longe des mains. Je me suis doutée que vous l'attraperiez – on a croisé vos amis un peu plus haut et ils nous ont dit que vous les suiviez. Je m'appelle Vera et lui, c'est mon ami Kyle, a-t-elle déclaré en se tournant vers le petit garçon. Il a cinq ans.

— Salut, l'ai-je salué. Moi, c'est Cheryl. »

Il portait en bandoulière un flacon de sirop d'érable rempli d'eau et attaché à une grosse corde, ce qui était un peu surprenant – on évitait généralement le verre sur le chemin. Sa présence était un peu surprenante, elle aussi. Il y avait une éternité que je n'avais pas côtoyé d'enfant.

« Salut, a-t-il répondu en fixant sur moi un regard gris vert.

— Et vous avez déjà fait connaissance avec Shooting Star, a ajouté Vera en caressant le lama.

— Tu oublies Miriam », lui a rappelé Kyle.

Il a posé sa petite main sur la tête du chien.

« Voici Miriam.

— Bonjour, Miriam. Alors, tu aimes la randonnée ? ai-je ensuite demandé à Kyle.

— Nous nous amusons beaucoup », m'a-t-il répondu d'un ton étonnamment formel avant d'aller tremper ses mains dans la source.

J'ai discuté un peu avec Vera pendant que Kyle jetait des brins d'herbe dans l'eau et regardait le courant les emporter. Elle m'a expliqué qu'elle venait d'une petite ville du centre de l'Oregon et passait autant de temps que possible dans les montagnes. À voix basse, elle a évoqué la situation terrible de Kyle et de sa mère, qui vivaient dans la rue à Portland. Elle les avait rencontrés quelques mois plus tôt, par le biais d'une association appelée Basic Life Principles. La mère de Kyle lui avait demandé d'emmener son petit garçon en vacances le temps de mettre de l'ordre dans sa vie.

« Tu avais promis de ne pas parler de mes problèmes aux gens ! a protesté Kyle avec véhémence en se ruant vers nous.

— Je ne parlais pas de tes problèmes, a menti Vera.

— Parce que j'ai de gros problèmes et je n'ai pas envie d'en parler aux gens que je ne connais pas, m'a expliqué Kyle en me regardant droit dans les yeux.

— Tu n'es pas le seul à avoir de gros problèmes. Moi aussi, tu sais.

— Quel genre de problèmes ?

— Des problèmes avec mon père, par exemple », ai-je répondu en le regrettant aussitôt.

Je ne fréquentais pas assez d'enfants pour savoir à quel point il fallait se montrer honnête avec un gamin de cinq ans.

« Je n'ai pas vraiment eu de père, ai-je précisé d'un ton assez joyeux.

— Moi non plus. Enfin, tout le monde a un père, mais je ne connais plus le mien. Je le connaissais quand j'étais bébé, mais je ne m'en souviens pas. »

Il a ouvert les mains et contemplé ses paumes remplies de brins d'herbe. Nous les avons regardés s'envoler.

« Et ta maman ? m'a-t-il interrogée.

— Elle est morte. »

Il a levé son petit visage vers moi, l'air d'abord surpris puis serein.

« Ma maman aime bien chanter. Tu veux entendre une chanson qu'elle m'a apprise ?

— Oui. »

Sans une seconde d'hésitation, il a entonné *Red River Valley* d'une voix si pure que j'en ai eu le ventre retourné.

« Merci, ai-je dit, à moitié décomposée, quand il a eu terminé. Je crois bien que je n'ai rien entendu d'aussi beau de toute ma vie.

— Ma mère m'a appris beaucoup de chansons, a-t-il déclaré d'une voix solennelle. Elle est chanteuse. »

Vera m'a prise en photo, puis j'ai remis Monster sur mon dos.

« Au revoir, Kyle. Au revoir, Vera. Au revoir, Shooting Star », ai-je lancé en m'éloignant.

« Cheryl ! » a hurlé Kyle juste avant que je disparaisse de leur vue.

Je me suis retournée.

« La chienne s'appelle Miriam.

— Adios, Miriam. »

En fin d'après-midi, j'ai atteint un espace ombragé équipé d'une table de pique-nique – un luxe rare sur le chemin. En approchant, j'ai aperçu une pêche posée sur un petit mot.

Cheryl !

On a piqué ça pour toi à des randonneurs à la journée. Bon appétit !

Sam et Helen

J'étais enchantée de ce cadeau, bien sûr – les fruits et légumes frais disputaient à la limonade Snapple la première place de mes fantasmes alimentaires – mais j'étais encore plus touchée que Sam et Helen me l'aient laissé. Ils avaient certainement des envies tout aussi fortes que les miennes. Assise sur la table, j'ai mordu avec délice dans la pêche, dont le jus exquis semblait se répandre dans chacune de mes cellules. D'un seul coup, ce n'était plus si grave que mes pieds soient réduits en chair à pâté lancinante. La gentillesse de ce geste atténuait la chaleur et la monotonie de la journée. Tout à coup, je me suis rendu compte que je ne pourrais pas remercier Sam et Helen. J'étais de nouveau prête à rester seule : ce soir-là, j'avais prévu de bivouaquer de mon côté.

Lorsque j'ai voulu jeter le noyau, j'ai constaté que j'étais entourée de centaines d'azalées formant un camaïeu de rose et d'orange, dont quelques pétales volaient au vent. Au même titre que la pêche et l'interprétation de *Red River Valley* par Kyle, leur présence était un cadeau. Cette randonnée avait beau être difficile et exaspérante, il s'écoulait rarement un jour sans que j'assiste à ce que, dans le jargon du PCT, on appelait la magie du chemin – des moments de douceur inattendus qui offraient un contraste saisissant avec les épreuves du quotidien. Alors que je m'apprêtais à hisser Monster sur mon dos, j'ai entendu un bruit de pas. Une biche était en train d'approcher sans s'apercevoir de ma présence. J'ai émis un petit bruit pour la prévenir, mais, au lieu de détaler, elle s'est arrêtée, m'a regardée, a reniflé un peu dans ma direction, puis s'est lentement avancée vers moi. À chaque pas, elle attendait de voir si elle pouvait continuer ; chaque fois, elle décidait que oui, jusqu'à ce que nous ne soyons plus qu'à trois mètres l'une de l'autre. Elle pointait son museau vers moi avec une expression calme et curieuse. Je suis restée assise à la regarder, pas effrayée le moins du monde – contrairement à ce que j'avais ressenti quelques semaines plus tôt lors de ma rencontre avec le renard dans la neige.

« Tout va bien, ai-je soufflé sans savoir ce que j'allais dire avant que les mots sortent de ma bouche. Tu es en sécurité dans ce monde. »

Aussitôt, le charme s'est rompu. La biche a perdu tout intérêt pour ma personne. Mais elle ne s'est pas enfuie en courant ; elle s'est contentée de lever la tête et de s'éloigner tranquillement entre les azalées sur ses sabots délicats, grignotant quelques herbes au passage.

Les jours qui ont suivi, j'ai marché seule, enchaînant montées et descentes, franchissant le sommet du mont Etna, pénétrant dans le massif de Marble par la longue côte brûlante qui conduisait à Seiad Valley ; je contournais des lacs infestés de moustiques qui m'obligeaient à me tartiner de répulsif pour la première fois depuis le début de mon voyage, et croisais des randonneurs à la journée qui me donnaient des nouvelles des feux de forêt de l'Ouest, dont la progression ne menaçait pas encore le PCT.

Un soir, alors que je m'installais pour bivouaquer sur un carré d'herbe, j'ai aperçu la preuve de ces fameux incendies : un nuage de fumée obscurcissait l'horizon vers l'ouest. Je suis restée assise sur ma chaise pendant une heure, à regarder le soleil décliner derrière cet écran brumeux. De tous les crépuscules magnifiques que j'avais contemplés sur le PCT, c'était un des plus spectaculaires : la lumière se fondait en un millier de nuances de jaune, de rose, d'orange et de violet au-dessus des collines verdoyantes. J'aurais pu lire *Les Gens de Dublin* ou me réfugier dans le cocon de mon sac de couchage, mais j'étais trop captivée par le ciel. À un moment donné, je me suis rendu compte que j'avais dépassé le point médian de ma randonnée. J'étais partie depuis cinquante et quelques jours. Si tout se passait bien, dans une cinquantaine de jours, j'en aurais fini avec le PCT. D'ici là, tout ce qui devait m'arriver sur ce chemin serait derrière moi.

« *Oh remember the Red River Valley and the cowboy who loved you so true...* » ai-je chantonné. Je ne connaissais pas la suite des paroles. J'ai repensé au visage et aux petites mains de Kyle, aux échos de sa voix parfaite qui résonnaient encore en moi. Je me suis demandé si je serais mère un jour, dans quelle « situation terrible » se trouvait exactement la sienne, ce qu'étaient devenus son père et le mien. « Qu'est-ce qu'il peut bien faire en ce moment ? » Cette question me venait parfois à l'esprit, bien que je sois incapable d'y répondre. Je ne savais rien de la vie de mon père. Il était là, invisible, comme une bête dans les bois ou un feu si lointain qu'on n'en aperçoit que la fumée.

Mon père, l'homme qui ne m'avait pas élevée. Quand j'y songeais, ça me fascinait. Chaque fois. De toutes les choses pénibles qui m'étaient arrivées, le fait qu'il n'ait pas su m'aimer comme il l'aurait dû était la plus inconcevable. Mais, ce soir-là, alors que je regardais tomber la nuit pour la cinquantième fois sur le PCT, j'ai pris conscience qu'il ne méritait pas autant d'attention.

Il y avait tellement de choses plus fascinantes dans le monde.

Une digue s'est rompue en moi. Comme si j'ignorais que je pouvais respirer et que je venais de prendre ma première bouffée d'air. Je me suis mise à rire et, une seconde plus tard, j'ai fondu en larmes pour la première fois depuis le début de ma randonnée. J'ai pleuré, pleuré, pleuré. Pas de joie, ni de tristesse à cause de ma mère, de mon père ou de Paul. Je pleurais parce que je me sentais riche. Riche de ces cinquante et quelques terribles journées sur le PCT et des neuf mille sept cent soixante autres qui les avaient précédées.

Je m'apprêtais à franchir une frontière. La Californie s'étendait derrière moi tel un long foulard de soie. Je ne me trouvais plus complètement nulle. Et je n'étais pas non plus une putain de guerrière amazone. Je me sentais simplement féroce, humble et concentrée sur moi-même, en sécurité dans ce monde.

Cinquième partie

ON T'AIME, JERRY

I'm a slow walker, but I never walk back.
Je marche lentement, mais je ne fais jamais demi-tour.

Abraham Lincoln

Tell me, what is it you plan to do
With your one wild and precious life ?
Dis-moi, que comptes-tu faire
De ta vie si sauvage et précieuse ?

Mary Oliver
« The Summer Day »

15

On t'aime, Jerry

Au milieu de mon avant-dernière nuit en Californie, j'ai été réveillée par le bruit du vent dans les branches et le clapotis de la pluie sur ma tente. Le temps était si sec que j'avais arrêté de mettre la toile extérieure, dormant à la belle étoile sous ma moustiquaire. Pieds nus et à tâtons, j'ai déplié la bâche pardessus. On n'était que début août, mais je frissonnais. Les températures tournaient autour des trente-cinq degrés depuis des semaines, avec des pointes à trente-sept. Le vent et la pluie avaient tout changé. De retour sous ma tente, j'ai enfilé mon caleçon et mon gilet en polaire avant de me glisser dans mon sac de couchage, fermeture remontée jusqu'au cou et capuche sur la tête. Quand j'ai ouvert les yeux à six heures, le petit thermomètre accroché à mon sac indiquait deux degrés.

J'ai longé une arête sous la pluie, emmitouflée dans la quasi-totalité des vêtements que je possédais. Dès que je m'arrêtais plus de quelques minutes, j'avais si froid que je claquais des dents d'une façon comique – jusqu'à ce que je reprenne ma route et recommence à transpirer. Par temps clair, disait mon guide, on pouvait apercevoir l'Oregon au nord ; mais, dans ce brouillard épais, je n'y voyais pas à plus de trois mètres. De toute façon, je n'avais pas besoin de voir l'Oregon. Je sentais sa présence imposante devant moi. Pour parvenir jusqu'au pont des Dieux, je devrais le traverser entièrement. Qui serais-je si j'y arrivais ? Et si je n'y arrivais pas ?

En milieu de matinée, Stacy a émergé du brouillard, marchant dans ma direction. Nous étions parties ensemble de Seiad Valley la veille, après avoir passé la nuit avec Rex et les deux couples. Au matin, Rex avait pris un bus pour retourner à la vie réelle, tandis que nous continuions vers le nord. Nous nous étions dispersés quelques heures plus tard. J'étais à peu près sûre que je ne reverrais jamais les couples, mais Stacy et moi avions prévu de nous retrouver à Ashland. Elle comptait y passer quelques jours en attendant son amie Dee, qui l'accompagnerait pour la suite de sa randonnée dans l'Oregon. J'ai donc été surprise de la voir apparaître – mi-femme, mi-fantôme.

« Je rentre à Seiad Valley », a-t-elle déclaré.

Elle m'a expliqué qu'elle avait froid, des ampoules aux pieds, que son sac de couchage avait été trempé et qu'elle ne pourrait jamais le faire sécher avant la nuit.

« Je vais prendre le bus jusqu'à Ashland. On se verra à l'auberge de jeunesse. »

Je l'ai serrée dans mes bras et elle est partie, engloutie par le brouillard en quelques secondes.

Le lendemain matin, je me suis réveillée plus tôt que d'habitude. Le ciel était d'un gris très pâle. Il ne pleuvait plus et l'air s'était réchauffé. Tout excitée, j'ai sanglé Monster sur mon dos et j'ai quitté mon camp : je m'apprêtais à parcourir mes derniers kilomètres en Californie.

Je n'étais plus qu'à un kilomètre et demi de la frontière quand une branche qui dépassait s'est prise dans mon bracelet William J. Crockett et l'a envoyé voler vers les buissons. J'ai inspecté les cailloux, les arbres et les broussailles, paniquée, tout en sachant que c'était perdu d'avance. Je n'avais pas vu où il avait atterri. Il n'avait émis qu'un minuscule tintement en tombant. Ça me semblait tellement absurde de le perdre à ce moment précis que j'y ai vu un mauvais présage. J'ai essayé de voir le bon côté des choses, d'interpréter ça comme un signe positif – un symbole de détachement, par exemple, ou d'allégement de mon fardeau – mais ça n'a pas fonctionné. Je ne pensais qu'à William J. Crockett, cet homme originaire du Minnesota qui avait à peu près mon âge lorsqu'il était mort au Vietnam. Son corps n'avait jamais été retrouvé, et sa famille le pleurait encore. Si mon bracelet représentait une chose, c'était sa mort précoce. L'univers l'avait broyé entre ses mâchoires insatiables.

Je n'avais pas d'autre choix que de continuer.

Lorsque j'ai atteint la frontière quelques dizaines de minutes plus tard, je me suis arrêtée pour contempler la vue : Californie d'un côté et Oregon de l'autre, une fin et un commencement accolés l'un à l'autre. Je m'étais attendue à un lieu plus solennel. Il n'y avait qu'une boîte en métal brun contenant un registre et un panneau indiquant « Washington : 800 kilomètres ». Aucune mention de l'Oregon.

Je savais ce que signifiaient ces huit cents kilomètres. J'avais l'impression d'avoir vieilli de plusieurs années depuis le jour où, seule sur le col de Tehachapi deux mois plus tôt, j'avais imaginé cet instant. Je me suis approchée de la boîte métallique pour feuilleter le registre en remontant sur plusieurs semaines. Il y avait des messages de quelques personnes que je ne connaissais pas, et d'autres que je n'avais jamais rencontrées mais auxquelles je m'étais attachée à force de les suivre depuis le début de l'été. Les derniers à être passés par-là étaient les deux couples – John, Sarah, Helen et Sam. Sous leurs commentaires triomphants, j'ai ajouté le mien, trop submergée par l'émotion pour m'étendre longuement : « J'ai réussi ! »

L'Oregon. L'Oregon. *L'Oregon.*

J'y étais. J'ai posé le pied sur ce nouveau territoire d'où j'apercevais le mont Shasta au sud et le McLoughlin au nord, moins haut mais plus sévère. J'ai gravi une arête, traversant plusieurs petites plaques de neige à l'aide de mon bâton. Des vaches broutaient sur les hauts plateaux, pas très loin en contrebas, et leurs grosses cloches carrées tintaient à chacun de leurs mouvements.

« Bonjour, les vaches de l'Oregon ! » les ai-je saluées.

Ce soir-là, j'ai bivouaqué sous une lune presque pleine. L'air était frais, le ciel lumineux. J'ai ouvert *En attendant les barbares* de J. M. Coetzee, mais je n'ai lu que quelques pages. Je n'arrivais pas à me concentrer ; toutes mes pensées étaient tournées vers Ashland, suffisamment proche désormais pour que je m'autorise à y rêver. Là-bas, il y aurait de la nourriture, de la musique, du vin, des gens qui ignoraient tout du PCT. Et, surtout, il y aurait de l'argent qui m'attendrait, et pas seulement les vingt dollars habituels. Ashland étant au départ censé marquer le terme de mon voyage, j'avais glissé deux cent cinquante dollars en traveller's cheques dans ce colis.

Il ne contenait ni provisions, ni équipement. Juste les chèques et une tenue adaptée au « monde réel » : mon jean Levi's préféré, un T-shirt noir moulant et un ensemble de lingerie en dentelle noire tout neuf. Des mois plus tôt, c'est ainsi que je m'étais imaginée célébrer la fin de mon aventure avant de trouver une voiture pour rentrer à Portland. Lorsque j'avais modifié mon itinéraire, j'avais demandé à Lisa de mettre cette petite boîte dans un colis plus grand initialement prévu pour la Sierra Nevada, et d'envoyer le tout à Ashland. Je mourais d'envie de récupérer ce « carton dans le carton » et de passer le week-end dans de vrais vêtements.

Je suis arrivée en ville le lendemain vers midi, après avoir été prise en stop par un groupe de volontaires des AmeriCorps.

« Tu as appris la nouvelle ? » m'avait demandé l'un deux quand j'étais montée dans leur van.

J'avais secoué la tête sans prendre la peine de lui expliquer qu, depuis deux mois, je ne suivais plus vraiment l'actualité.

« Tu connais le Grateful Dead ? »

J'avais acquiescé.

« Jerry Garcia est mort. »

Plantée sur un trottoir dans le centre-ville, je me suis penchée pour regarder le portrait de Garcia aux couleurs psychédéliques qui trônait en première page du journal local. J'ai déchiffré ce que je pouvais de l'article à travers la vitre en plastique du distributeur, trop fauchée pour m'en acheter un exemplaire. J'aimais assez les chansons du Grateful Dead, mais je n'avais jamais collectionné les enregistrements de leurs concerts ni suivi leurs traces dans tout le pays, comme certains de mes amis. La mort de Kurt Cobain, quelques années plus tôt, m'avait davantage affectée – sa fin triste et violente sonnait comme une mise en garde face aux excès d'une génération dans laquelle je me reconnaissais. Pourtant, le décès de Garcia avait quelque chose de marquant ; il ne s'agissait pas seulement de la fin d'une époque, mais de toute une ère.

J'ai longé plusieurs rues, Monster sur le dos, pour rejoindre le bureau de poste. Dans les vitrines, des affiches rédigées à la main proclamaient : « On t'aime, Jerry, repose en paix. » Les rues fourmillaient d'un mélange de touristes bien habillés venus pour le week-end et de marginaux du Nord-Ouest Pacifique. Rassemblés en petits groupes sur les trottoirs, ils étaient plus agités qu'à l'ordinaire à cause de la nouvelle. « Salut », ont lancé plusieurs d'entre eux sur mon passage, certains ajoutant même un « ma sœur ». Il y en avait de tous les âges, de l'adolescent au grand-père ; tous arboraient des tenues dans la veine hippy/anarchiste/punk-rock/funk caractéristique du milieu artistique. Je leur ressemblais : échevelée, bronzée, tatouée, portant tous mes biens sur mon dos. Et je sentais comme eux, voire pire, étant donné que je ne m'étais pas lavée correctement depuis ma douche à Castle Crags le jour de la gueule de bois, ce qui remontait à deux semaines. Pourtant, je ne me reconnaissais pas plus en eux que dans les autres passants. J'avais l'impression de débarquer d'un autre lieu, d'un autre temps.

« Hé, salut ! » me suis-je exclamée, surprise, en apercevant l'un des garçons silencieux qui se trouvaient dans le pick-up à Toad Lake, le jour où Stacy et moi cherchions le Rainbow Gathering. Il m'a répondu d'un signe de tête, l'air défoncé, sans me reconnaître.

Arrivée au bureau de poste, je suis entrée avec un grand sourire. Mais quand j'ai donné mon nom à l'employée, elle ne m'a apporté qu'une petite enveloppe matelassée. Pas de colis. Pas de carton dans le carton. Pas de jean, ni de lingerie en dentelle, ni de traveller's cheques, ni de provisions pour tenir jusqu'à ma prochaine étape, le parc national de Crater Lake.

« Il devrait y avoir un colis pour moi, ai-je insisté, mon enveloppe à la main.

— Revenez demain.

— Vous êtes sûre ? ai-je bredouillé. Parce que… il devrait déjà être là. »

Elle s'est contentée de secouer la tête, l'air impassible. Je n'étais rien pour elle. Juste une jeune marginale sale et puante du Nord-Ouest Pacifique.

« Suivant », a-t-elle appelé en se tournant vers la file d'attente.

Je suis sortie d'un pas chancelant, aveuglée par la panique et la colère. J'étais à Ashland, dans l'Oregon, et je n'avais que deux dollars et vingt-neuf *cents* en poche. J'avais besoin d'argent pour l'auberge de jeunesse. J'avais besoin de provisions pour la suite de ma randonnée. Et surtout, après soixante jours de marche avec un énorme sac sur le dos, à manger de la nourriture déshydratée qui avait goût de carton réchauffé, à ne pas croiser un seul être humain pendant des jours d'affilée, et à traverser des montagnes russes par tout temps et sur tout type de terrains, j'avais besoin que les choses soient faciles. Juste un peu. Par pitié.

Je me suis dirigée vers un téléphone public, j'ai posé Monster par terre et je me suis enfermée dans la cabine. Aussitôt, je m'y suis sentie incroyablement bien. J'aurais voulu rester pour toujours dans cette minuscule pièce transparente. J'ai baissé les yeux vers l'enveloppe matelassée. Elle venait de mon amie Laura à Minneapolis. À l'intérieur, j'ai trouvé une lettre pliée autour d'un collier qu'elle avait fait fabriquer en l'honneur de mon nouveau nom : « STRAYED » en grosses lettres d'argent sur une chaîne à billes. Au premier regard, j'ai cru qu'il disait « STARVED [1] » parce que le Y était un peu différent des autres lettres – plus épais, plus carré, fondu à partir d'un autre moule. Automatiquement, mon esprit avait assemblé les caractères pour former un mot familier. J'ai passé le collier autour de mon cou et j'ai contemplé mon reflet déformé sur la surface métallique du téléphone. Juste au-dessus du nouveau bijou, il y avait celui que je portais depuis Kennedy Meadows : la boucle d'oreilles en turquoise et argent qui avait appartenu à ma mère.

J'ai décroché le combiné et tenté d'appeler Lisa en PCV pour lui demander des nouvelles de mon colis. Elle n'a pas décroché.

J'ai erré dans les rues comme une âme en peine en essayant de résister à toutes les tentations. Aux muffins et aux cookies disposés dans les vitrines, aux gobelets de café que les touristes serraient dans leurs mains immaculées. Je suis allée à l'auberge dans l'espoir d'y trouver Stacy. Elle n'était pas là, m'a informé l'homme qui travaillait à l'accueil, mais elle avait déjà réservé un lit pour la nuit.

« Vous en voulez un aussi ? » m'a-t-il demandé.

1. « Affamée ».

J'ai secoué la tête.

J'ai marché jusqu'à la coopérative bio devant laquelle les jeunes marginaux du Nord-Ouest Pacifique avaient établi une espèce de campement pour la journée, avachis dans l'herbe et sur les trottoirs. Presque immédiatement, j'ai reconnu un autre des types de Toad Lake : l'homme au turban, le chef du groupe qui, comme Jimi Hendrix, appelait tout le monde « bébé ». Il faisait la manche près de l'entrée du magasin, une petite pancarte en carton à la main. Devant lui, il y avait quelques pièces dans une boîte de café vide.

« Salut », ai-je lancé, contente de croiser un visage familier à défaut d'un ami.

Il portait toujours son drôle de foulard crasseux.

« Ça va ? » a-t-il répondu sans se souvenir de moi.

Il ne m'a pas demandé d'argent. Apparemment, il était clair que je n'en avais pas.

« Tu voyages dans le coin ? a-t-il continué.

— Je randonne sur le Pacific Crest Trail. »

Il a hoché la tête. La mémoire ne lui revenait toujours pas.

« Il y a pas mal de gens qui arrivent en ville pour les festivités en l'honneur du Grateful Dead.

— Il va y avoir des festivités ?

— Ce soir, ils ont prévu un truc. »

Je me demandais s'il avait organisé un mini Rainbow Gathering à Crater Lake comme il l'avait évoqué, mais pas au point de lui poser la question.

« Fais gaffe à toi », ai-je conclu en m'éloignant.

Je suis entrée dans le magasin, surprise par la fraîcheur de l'air climatisé sur mes jambes nues. J'étais passée dans quelques épiceries et boutiques à touristes le long du PCT, mais je n'avais pas mis les pieds dans ce genre d'endroits depuis le début de ma randonnée. J'ai parcouru les rayons en contemplant toutes ces choses que je ne pouvais pas m'offrir, stupéfaite par leur abondance et leur disponibilité. Comment avais-je pu considérer cela comme acquis ? Des bocaux de cornichons, des baguettes si fraîches qu'elles étaient enveloppées dans des sachets en papier, des bouteilles de jus d'orange, des boîtes de sorbet et, surtout, des fruits et légumes si brillants dans leurs paniers que j'en étais presque aveuglée. Je me suis attardée à côté, humant les tomates, les laitues, les nectarines et les citrons verts. J'avais du mal à me retenir de glisser quelque chose dans ma poche.

Au rayon hygiène et produits de beauté, je me suis jetée sur les échantillons de lait corporel dont les parfums subtils me faisaient tourner la tête – pêche, noix de coco, lavande, mandarine. J'ai comparé les différents testeurs de rouge à lèvres avant d'en choisir un appelé *Voile de Prune*, que j'ai appliqué grâce aux Coton-Tige en coton bio recyclé présentés dans un bocal à couvercle argenté. J'ai tamponné le surplus avec un mouchoir en coton bio recyclé, puis je me suis regardée dans le miroir rond posé à côté du présentoir. J'avais choisi cette teinte parce qu'elle était proche de celle que je portais autrefois, dans ma vie d'avant le PCT. Sauf que, là, je ressemblais à un clown. Ma bouche ressortait avec extravagance au milieu de mon visage tanné.

« Je peux vous aider ? » m'a proposé une femme qui portait des lunettes de grand-mère et qui, d'après son badge, s'appelait « Jen G. »

« Non, merci. Je ne fais que regarder.

— Cette couleur vous va bien. Elle met en valeur le bleu de vos yeux.

— Vous trouvez ? »

J'étais soudain tout intimidée. Je me suis regardée une nouvelle fois dans le miroir, comme si j'envisageais vraiment d'acheter du rouge à lèvres Voile de Prune.

« J'aime beaucoup votre collier. "Starved". C'est drôle. »

J'ai posé la main dessus.

« En fait, c'est "Strayed". C'est mon nom de famille.

— Ah oui ! s'est exclamée Jen G. en approchant d'un pas. J'avais mal vu. De toute façon, "affamée" ou "perdue", c'est aussi drôle.

— C'est une illusion d'optique. »

Je me suis dirigée vers la section alimentation où j'ai attrapé une serviette en papier rêche dans un distributeur pour m'essuyer les lèvres. J'ai inspecté le rayon des limonades. À ma grande déception, ils n'avaient pas de Snapple. J'ai dépensé mes dernières pièces pour acheter une boisson naturelle sans conservateurs à base de citrons fraîchement pressés, puis je suis allée m'asseoir devant le magasin. Tout excitée d'arriver en ville, je n'avais pas déjeuné. J'ai sorti une barre protéinée et des noix rances de mon sac en m'interdisant de penser au repas que j'avais prévu de faire initialement : une salade César au poulet grillé et une corbeille de pain français à tremper dans de l'huile d'olive, le tout arrosé d'un Coca Light, avec un banana split en dessert. J'ai bu ma limonade en discutant avec les gens qui passaient : un garçon du Michigan venu faire ses études à Ashland, un autre qui jouait de la batterie dans un groupe, une potière spécialisée dans les représentations de déesses, et une femme à l'accent européen qui m'a demandé si je comptais assister à la soirée d'hommage à Jerry Garcia.

Elle m'a tendu un flyer sur lequel était écrit « En souvenir de Jerry ».

« Ça se passe dans une boîte près de l'auberge de jeunesse, si tu loges là-bas. »

Elle était ronde et jolie, avec des cheveux blonds ramassés en un chignon souple.

« Nous aussi, on est sur la route », a-t-elle ajouté en désignant mon sac.

Je n'ai pas compris de qui elle parlait jusqu'à ce qu'un jeune homme la rejoigne. C'était son exact opposé : grand, si maigre que ça faisait peine à voir, il portait un paréo marron qui s'arrêtait juste sous ses genoux osseux et des petites couettes tout autour de la tête.

« Tu es venue en stop ? » m'a-t-il demandé.

Il était américain.

Je leur ai expliqué que je randonnais sur le PCT et comptais passer le week-end à Ashland. Le type est resté indifférent, mais la fille était abasourdie.

« Je m'appelle Susanna, je suis suisse. »

Elle m'a pris la main.

« Chez nous, on appelle ça la "vie de pèlerin". Si tu veux, je peux te masser les pieds.

— Oh, c'est gentil, mais tu n'es pas obligée.

— Ça me ferait plaisir. J'en serais honorée. C'est comme ça en Suisse. Attends-moi, je reviens. »

Elle est partie vers le magasin bio malgré mes protestations. J'ai regardé son copain. Il me faisait penser à une poupée Kewpie avec ses cheveux ébouriffés.

« Elle adore ça, t'inquiète pas », m'a-t-il rassurée en s'asseyant près de moi.

Susanna est ressortie une minute plus tard, tenant au creux de ses mains un peu d'huile parfumée.

« Menthe poivrée, m'a-t-elle annoncé avec un sourire. Enlève tes chaussures et tes chaussettes !

— Mais mes pieds… »

J'ai hésité.

« Ils sont en mauvais état et très sales…

— C'est mon devoir ! » a-t-elle insisté.

Alors j'ai obéi. Quelques secondes plus tard, elle frottait l'huile sur ma peau.

« Tes pieds sont très forts, a-t-elle commenté. Comme ceux d'un animal. Je sens leur force sous mes paumes. Je sens aussi qu'ils sont abîmés. Tu as perdu des ongles.

— Oui, ai-je murmuré, appuyée sur mes coudes, les yeux fermés.

— Ce sont les esprits qui m'ont dit de faire ça, a-t-elle continué en enfonçant ses pouces sous ma voûte plantaire.

— Les esprits ?

— Oui. Quand je t'ai vue, les esprits m'ont soufflé que j'avais quelque chose à t'offrir. C'est pour ça que je t'ai abordée avec le flyer, et ensuite j'ai compris qu'il y avait autre chose. En Suisse, on a beaucoup de respect pour ceux qui mènent la vie de pèlerin. »

Tout en massant mes orteils un à un, elle a levé les yeux vers moi et m'a demandé :

« Ça veut dire quoi, ton collier ? Que tu es affamée ? »

Pendant les deux heures qui ont suivi, je suis restée devant la coopérative bio. C'est vrai que j'étais affamée. Je ne me sentais plus moi-même. J'étais dévorée par l'envie, desséchée par la faim. Quelqu'un m'a donné un muffin végétarien, quelqu'un d'autre une salade de quinoa aux raisins. Plusieurs personnes se sont approchées pour admirer mon tatouage de cheval ou m'interroger à propos de mon sac. Vers seize heures, Stacy est arrivée et je lui ai exposé mon problème ; elle m'a proposé de me prêter de l'argent en attendant que je récupère mon colis.

« Allons vérifier encore une fois à la poste », ai-je décidé.

Aussi touchée que je sois par son offre, je ne pouvais pas me résoudre à l'accepter. Je me suis placée dans la file d'attente, déçue de voir la même employée derrière le guichet. Quand mon tour est venu, j'ai réclamé mon colis comme si je n'étais pas passée un peu plus tôt. Elle est allée dans la réserve et en est ressortie avec ma boîte, qu'elle a posée devant moi sans un mot d'excuse.

« Donc elle était là depuis le début », ai-je souligné.

Sans se démonter, elle m'a répondu qu'elle avait dû la rater la première fois.

Trop excitée pour lui en vouloir, je suis partie pour l'auberge avec Stacy. Après avoir payé à l'accueil, je suis montée avec elle et nous avons traversé le dortoir des filles jusqu'à une petite alcôve privée nichée sous les combles. Elle contenait trois lits simples. Stacy en avait pris un, son amie Dee un autre, et elles m'avaient réservé le troisième. Stacy m'a présentée à Dee, et nous avons discuté toutes les trois pendant que j'ouvrais mon colis pour récupérer mon jean fétiche, mon nouvel ensemble de lingerie et plus d'argent que je n'en avais eu depuis le début de mon voyage.

Je me suis ensuite dirigée vers les douches où, plantée sous le jet d'eau brûlant, j'ai savonné tout mon corps. Je ne m'étais pas lavée depuis des semaines, alors que les températures étaient passées de zéro à plus de trente-cinq degrés. Je sentais les couches de sueur peler une à une comme de la peau morte. Quand j'ai eu terminé, je me suis regardée, nue, dans le miroir. Mon corps était plus mince que la dernière fois, mes cheveux aussi blonds que dans mon enfance. J'ai enfilé mes nouveaux sous-vêtements, mon T-shirt et mon Levi's délavé. Il était un peu trop large, alors que trois mois plus tôt, j'avais du mal à le fermer. De retour dans l'alcôve, j'ai remis mes chaussures. Elles n'avaient plus du tout l'air neuves – elles étaient sales, moites, lourdes et douloureuses – mais je n'en avais pas d'autres.

Au dîner, avec Stacy et Dee, j'ai commandé tout ce dont je rêvais. Ensuite, je suis allée dans une boutique de chaussures et j'ai acheté une paire de sandales de sport Merrell noir et bleu, un investissement que j'aurais dû faire dès le départ. Nous sommes repassées par l'auberge pour déposer Dee, qui voulait se coucher, puis Stacy et moi nous sommes dirigées vers la boîte où se tenait la soirée en l'honneur de Jerry Garcia. Nous nous sommes installées à une table derrière le cordon qui entourait la piste, et nous avons bu du vin blanc en regardant les danseurs qui se balançaient au rythme des chansons du Grateful Dead – surtout des femmes, de tous les âges et de toutes les morphologies. Derrière, un projecteur diffusait sur grand écran des images abstraites, des tourbillons psychédéliques et des dessins représentant Jerry Garcia et son groupe.

« On t'aime, Jerry ! » s'est écriée une femme à la table voisine.

« Tu vas danser ? » ai-je demandé à Stacy.

Elle a secoué la tête.

« Il faut que je rentre à l'auberge. On part de bonne heure demain matin.

— Moi, je crois que je vais rester un peu. Réveillez-moi pour me dire au revoir si je dors encore. »

Après son départ, j'ai commandé un autre verre de vin et je suis restée à écouter la musique et à regarder les gens, profondément heureuse d'être là en cette soirée d'été. Une heure plus tard, alors que je me levais pour partir, la chanson *Box of Rain* a débuté. Comme c'était une de mes préférées et que j'étais un peu éméchée, je me suis instinctivement précipitée sur la piste de danse. Je l'ai aussitôt regretté : à force de marcher, j'avais les genoux raides et les hanches étonnamment rouillées. Je m'apprêtais à renoncer quand le jeune étudiant du Michigan rencontré un peu plus tôt m'a abordée. Il essayait visiblement de danser avec moi, tourbillonnant en périphérie de mon champ de vision tel un gyroscope hippie, dessinant un carré en l'air et hochant la tête comme si j'avais la moindre idée de ce que ça pouvait signifier. Par politesse, je n'ai pas osé partir.

« Je pense toujours à l'Oregon quand j'entends cette chanson, a-t-il crié par-dessus la musique tandis que je me déhanchais dans un simulacre de boogie-woogie. Tu piges ? *Box of rain*[1] ! Parce que, dans l'Oregon, il pleut tout le temps ! »

1. Littéralement, « boîte de pluie ».

J'ai acquiescé en riant, comme si je m'amusais et, à l'instant où la chanson s'est terminée, je suis allée me planter près du muret qui fermait le bar.

« Salut », m'a dit un homme au bout d'un moment.

Je me suis retournée. Il se tenait de l'autre côté du mur, un marqueur et une lampe torche à la main – sans doute un employé de la boîte chargé de délimiter le périmètre où les consommations étaient autorisées. Je ne l'avais pas remarqué.

« Salut », ai-je répondu.

Il était séduisant, un peu plus vieux que moi, avec des cheveux sombres et ondulés qui lui arrivaient aux épaules. Il portait un T-shirt « Wilco ».

« J'adore ce groupe, ai-je déclaré en pointant le doigt vers sa poitrine.

— Tu les connais ?

— Bien sûr ! »

Ses yeux bruns se sont mis à pétiller.

« Top. Je m'appelle Jonathan. »

Il m'a serré la main. Le volume de la musique est monté d'un cran avant que je puisse me présenter, alors il s'est penché vers mon oreille et m'a demandé d'où je venais en haussant un peu la voix. Il avait compris que je n'étais pas d'Ashland. Je lui ai expliqué de la façon la plus succincte possible ce qu'était le PCT. Il s'est penché à nouveau vers moi et m'a crié une longue phrase que je n'ai pas saisie. Je m'en moquais, ravie de sentir ses lèvres frôler mes cheveux et son haleine me chatouiller le cou. Tout mon corps frissonnait de plaisir.

« Quoi ? » ai-je lancé quand il a eu terminé.

Il a recommencé, plus lentement et plus fort ; il m'expliquait qu'il travaillait tard mais que, le lendemain, il finirait à vingt-trois heures. Il me proposait de venir écouter le groupe qui jouerait en *live* puis de boire un verre avec lui.

« Bien sûr ! » ai-je crié, même si une partie de moi aurait aimé le faire répéter encore une fois pour sentir sa bouche sur mes cheveux.

Il m'a tendu le marqueur en me faisant signe d'écrire mon nom sur sa main, pour qu'il puisse l'ajouter à la liste des invités. « Cheryl Strayed », ai-je noté aussi lisiblement que possible malgré mes doigts qui tremblaient. Ensuite, il a lu les deux mots, levé le pouce en signe d'approbation, et je suis partie en agitant la main. J'étais en extase.

J'avais un rendez-vous.

Ou peut-être pas ? Je me suis promenée dans le soir tiède, prise d'un doute. Peut-être que mon nom ne serait pas sur la liste. Peut-être que j'avais mal compris. Peut-être que c'était ridicule de sortir avec un garçon avec qui je n'avais échangé que trois mots, juste parce qu'il était beau et aimait Wilco. Certes, j'avais déjà fréquenté des hommes pour moins que ça, mais c'était différent. J'avais changé. Non ?

Je suis rentrée à l'auberge, j'ai dépassé sans bruit les lits de filles inconnues et je me suis réfugiée dans la petite alcôve où Stacy et Dee dormaient elles aussi. Je me suis déshabillée et couchée sur cet incroyable matelas qui m'appartenait pour la nuit. Il m'a fallu une heure pour trouver le sommeil. J'ai parcouru mon corps du bout des doigts en me demandant ce que penserait Jonathan s'il venait à le caresser le lendemain. La courbe de mes seins, la surface de mon ventre, les muscles de mes jambes et les poils rêches de mon pubis – jusque-là, ça allait à peu près. Quand je suis arrivée à mes hanches, avec leurs plaques grandes comme la main à mi-chemin entre l'écorce et la peau de poulet, j'ai compris que, quoi qu'il arrive pendant ce rendez-vous, je ne pourrais jamais enlever mon pantalon. Finalement, ce n'était pas plus mal. Dieu sait que je l'avais enlevé bien trop souvent quand j'aurais mieux fait de m'abstenir.

Toute la journée du lendemain, j'ai essayé de renoncer à voir Jonathan. Pendant que je lavais mon linge, que je me régalais au restaurant, que je déambulais dans les rues, je me demandais : « De toute façon, c'est qui, pour moi, ce fan de Wilco ? » Pourtant, dans un coin de ma tête, je ne pouvais pas m'empêcher d'imaginer ce que je ferais avec lui.

En gardant mon pantalon, bien sûr.

Le soir venu, je me suis lavée, habillée, je suis passée à la coopérative bio me mettre du rouge à lèvres Voile de Prune et de l'huile essentielle d'ylang-ylang, puis je me suis dirigée vers la boîte où Jonathan travaillait.

« Je dois être sur la liste », ai-je indiqué à la femme qui contrôlait les entrées.

Je m'attendais à être refoulée, mais elle m'a apposé un tampon rouge sur la main sans dire un mot.

J'ai aperçu Jonathan dès l'instant où je suis entrée ; il m'a saluée de la main depuis son perchoir à côté des projecteurs. J'ai commandé un verre de vin rouge et l'ai siroté d'une façon que j'espérais élégante, près du petit mur où nous nous étions rencontrés la veille. Les musiciens étaient un groupe de bluegrass assez connu originaire de la région de San Francisco. Ils ont dédié une chanson à Jerry Garcia. Ils jouaient bien, mais je n'arrivais pas à me concentrer sur la musique, trop occupée à sourire d'un air décontracté – comme si j'étais là pour écouter le groupe et pas juste parce que Jonathan m'avait invitée – et à regarder Jonathan sans trop le regarder étant donné que, chaque fois que je levais les yeux vers lui, je croisais les siens. J'avais peur qu'il pense que je passais mon temps à le regarder, au cas où ce serait une coïncidence, parce que, si ça se trouvait, il ne me regardait pas tout le temps, juste quand moi je le regardais, et du coup il devait se dire : « Pourquoi est-ce qu'elle me fixe comme ça ? » Alors je me suis forcée à ne pas le regarder pendant trois longs morceaux de bluegrass, dont l'un incluait un interminable solo de violon, jusqu'à ce que le public applaudisse et que, n'y tenant plus, je lève à nouveau les yeux. Non seulement il était encore en train de me dévisager, mais il m'a fait signe.

Je lui ai répondu.

Puis je me suis détournée et je suis restée parfaitement droite et immobile, avec la conscience aiguë d'être belle à couper le souffle. Je sentais le regard de Jonathan sur mes cuisses et mes fesses cent pour cent muscle, mes seins dressés fièrement dans le joli soutien-gorge sous mon T-shirt moulant, mes cheveux blonds comme les blés, ma peau bronzée et mes yeux bleus mis en valeur par le rouge à lèvres Voile de Prune. Cette sensation a duré environ le temps d'une chanson, avant de s'inverser complètement. Je me suis rappelé qu'en réalité j'étais hideuse avec mes plaques de peau de poulet mutant sur les hanches, mon visage brûlé par le soleil et le grand air, et mon ventre qui, malgré l'exercice, les privations et la sangle qui le comprimait depuis deux mois, restait indiscutablement rebondi – à moins que je sois allongée ou que je le rentre. De profil, mon nez était si proéminent qu'un ami m'avait confié, un jour, que je ressemblais à un requin. Quant à mes lèvres affreusement ostentatoires… Discrètement, je les ai frottées du dos de la main pour effacer le Voile de Prune pendant que la musique continuait.

Enfin, il y a eu un entracte. Jonathan s'est matérialisé à côté de moi, il m'a serré la main avec insistance, m'a avoué qu'il était content de me voir, m'a proposé un autre verre de vin.

Je n'en voulais pas. Tout ce que je voulais, c'était qu'il soit vingt-trois heures pour qu'il m'emmène et que j'arrête de me demander si j'étais une bombe ou une gargouille, s'il me regardait ou s'il pensait que je le regardais.

Il restait une heure et demie à attendre.

« Alors, qu'est-ce que tu veux faire après ? m'a-t-il interrogée. Tu as dîné ? »

Je lui ai répondu que oui, mais que j'étais partante pour tout – sans mentionner que, depuis quelque temps, j'étais capable d'avaler quatre repas d'affilée.

« Je vis dans une ferme bio à vingt-cinq kilomètres d'ici, m'a-t-il informée. C'est plutôt sympa de se balader dans le coin la nuit. On pourrait y aller, et je te ramènerai en voiture quand tu voudras rentrer.

— OK », ai-je accepté en jouant avec mon pendentif en turquoise et argent.

J'avais préféré ne pas porter le collier « Strayed / Starved », pour éviter que Jonathan ne me prenne lui aussi pour une affamée.

« Je crois que je vais aller faire un tour, ai-je ajouté. Je serai de retour pour vingt-trois heures.

— Top. »

Il m'a serré une dernière fois la main avant de regagner son perchoir, car le groupe allait recommencer à jouer.

Toute joyeuse, je suis sortie dans la nuit, le sac en Nylon rouge qui contenait d'habitude mon réchaud accroché à mon poignet. J'avais jeté la plupart des housses de ce genre à Kennedy Meadows pour alléger mon fardeau, mais j'avais gardé celle-là parce qu'elle me semblait utile. Depuis mon arrivée à Ashland, je m'en servais de sac à main malgré sa légère odeur d'essence. À l'intérieur, un sachet congélation formait une doublure peu élégante qui renfermait mon argent, mon permis de conduire, mon baume à lèvres et mon peigne, ainsi que la carte que les employés de l'auberge m'avaient donnée pour que je puisse récupérer Monster, mon bâton de ski et mes provisions rangés dans leur réserve.

« Salut ! m'a lancé un homme qui se tenait sur le trottoir devant le bar. Le groupe vous a plu ?

— Oui. »

Je lui ai souri poliment. Âgé d'une bonne quarantaine d'années, il portait un jean et des bretelles sur un vieux T-shirt. Il était chauve, avec une longue barbe grise et frisée et une bande de cheveux grisonnants qui lui arrivaient aux épaules.

« Je suis descendu des montagnes. J'aime bien venir écouter de la musique de temps en temps.

— Moi aussi. Je suis descendue des montagnes.

— Vous habitez où ?

— Je randonne sur le Pacific Crest Trail.

— Ah, oui. »

Il a hoché la tête.

« Le PCT. J'y suis déjà monté. Moi, je vis de l'autre côté. J'ai un tipi là-haut, où je passe quatre à cinq mois de l'année.

— Vous vivez dans un tipi ?

— Ouaip. Tout seul. Ça me plaît, même si parfois je me sens seul. Au fait, je m'appelle Clyde. »

Il m'a tendu la main.

« Moi, c'est Cheryl.

— Vous voulez venir boire une tasse de thé avec moi ?

— Eh bien, c'est gentil, mais j'attends que mon ami ait fini de travailler. »

J'ai jeté un coup d'œil vers la porte de la boîte, comme si Jonathan pouvait en émerger d'une minute à l'autre.

« Mon camion est juste là, donc vous ne serez pas loin. »

Il a désigné une vieille camionnette de laitier garée sur le parking.

« C'est là que je dors quand je ne suis pas dans mon tipi. Je mène une vie d'ermite depuis des années, mais, de temps en temps, ça fait du bien de venir en ville écouter un groupe.

— Je vois ce que vous voulez dire. »

J'aimais bien ses manières douces. Il me rappelait certains hommes que j'avais côtoyés dans le Minnesota – des amis de ma mère et d'Eddie, des êtres au grand cœur en quête de quelque chose, qui vivaient à contre-courant. Depuis la mort de ma mère, je ne les voyais presque plus. J'avais l'impression que je ne les avais jamais vraiment connus, et qu'il était désormais trop tard. Tout ce qui était lié à l'endroit où j'avais grandi me paraissait si loin, si inaccessible.

« Eh bien, heureux de te rencontrer, Cheryl. Je vais mettre ma bouilloire en route. Encore une fois, tu es la bienvenue.

— Bien sûr. Je serai ravie de prendre une tasse de thé. »

Chaque fois que je visitais un fourgon aménagé, je me disais que c'était la chose la plus cool au monde – et celui de Clyde ne dérogeait pas à la règle. Propre, bien conçu, élégant, artistique, original et très fonctionnel. Il y avait un poêle à bois, une minuscule cuisine, une rangée de bougies et une guirlande lumineuse qui projetait des ombres enchanteresses dans la pièce. Une étagère de livres couvrait les trois parois arrière, au-dessus d'un grand lit. Pendant que la bouilloire chauffait, je me suis débarrassée de mes sandales neuves pour m'allonger sur le matelas et examiner les livres de Clyde. Certains parlaient de la vie monastique, d'autres de gens qui vivaient dans des grottes, en Antarctique, dans la forêt amazonienne ou sur une île au large de l'État de Washington.

« C'est de la camomille que je fais pousser moi-même », a précisé Clyde en versant l'eau bouillante dans une théière.

Le temps qu'elle infuse, il a allumé quelques bougies puis est venu s'asseoir à côté de moi sur le lit. J'étais à plat ventre, appuyée sur mes coudes, en train de feuilleter un album illustré sur les dieux et déesses hindous.

« Tu crois en la réincarnation ? » lui ai-je demandé tout en contemplant avec lui les dessins finement ouvragés et en jetant un coup d'œil aux textes explicatifs qui les accompagnaient.

« Non. Je crois qu'on n'est ici qu'une seule fois, et que chaque chose que nous faisons a de l'importance. Et toi ?

— Je ne suis pas encore sûre de ce que je crois, ai-je répondu en prenant la tasse qu'il me tendait.

— J'ai quelque chose d'autre pour nous, si ça te dit, que j'ai récolté dans la forêt là-haut. »

Il a sorti de sa poche une racine tordue qui ressemblait à du gingembre.

« C'est de l'opium à mâcher.

— De l'opium ?

— En moins concentré. Ça va juste te détendre. Tu en veux ?

— Bien sûr. »

Songeuse, je l'ai regardé couper un morceau pour moi, puis en mettre un dans sa bouche.

« Il faut mâcher, alors ? »

Il a acquiescé. J'ai essayé ; j'avais l'impression de manger du bois. J'ai mis un moment à me rendre compte que je ferais peut-être mieux de me tenir à l'écart de l'opium, ou de toute racine offerte par un homme étrange, d'ailleurs. J'ai recraché le morceau dans ma main.

« Tu n'aimes pas ? »

En riant, il m'a passé une petite poubelle.

Je suis restée à discuter avec Clyde jusqu'à vingt-trois heures, puis il m'a raccompagnée à la porte de la boîte.

« Bonne chance là-haut, dans la forêt », m'a-t-il souhaité avant de me serrer dans ses bras.

Quelques instants plus tard, Jonathan est arrivé et m'a entraînée vers sa voiture, une vieille Buick Skylark qu'il appelait Béatrice.

« Alors, comment s'est passé le boulot ? » ai-je voulu savoir.

Maintenant que j'étais enfin assise à côté de lui, je ne me sentais plus aussi nerveuse que lorsqu'il me regardait dans le bar.

« Pas mal. »

Tandis que nous roulions dans le noir en direction de la campagne, il m'a parlé de sa vie dans la ferme bio, qui appartenait à des amis à lui. Il y habitait gratuitement en échange de quelques petits travaux, m'a-t-il expliqué, le visage éclairé par la lumière douce du tableau de bord. Il a pris une route, puis une autre, jusqu'à ce que je n'aie plus la moindre idée de l'endroit où je me trouvais par rapport à Ashland, et donc par rapport à Monster. J'ai regretté de ne pas l'avoir emporté. Je ne m'en étais jamais beaucoup éloignée depuis que j'étais sur le PCT, et ça me faisait bizarre. Jonathan a pris un petit chemin, dépassé une maison plongée dans le noir où un chien s'est mis à aboyer, et suivi une piste de terre entre des rangées de maïs et de fleurs. Tout à coup, les phares ont éclairé une grande tente carrée installée sur une plate-forme en bois. Il s'est garé.

« Voilà mon chez-moi. »

Nous sommes sortis de la voiture. L'air était plus frais qu'à Ashland. J'ai frissonné ; Jonathan a passé son bras autour de mes épaules aussi naturellement que s'il l'avait déjà fait cent fois. Nous nous sommes promenés dans le champ de maïs sous la pleine lune en discutant des musiciens que nous aimions et des concerts auxquels nous avions assisté.

« J'ai vu Michelle Shocked en *live* trois fois, a-t-il déclaré.

— Trois fois ?

— Un coup, j'ai même traversé une tempête de neige pour y aller. Il n'y avait que dix personnes dans le public.

— Ouah ! »

Si affreuses que soient les plaques sur mes hanches, j'allais avoir du mal à garder mon pantalon face à un homme qui avait vu Michelle Shocked trois fois.

« Ouah, a-t-il répété en me regardant dans les yeux.

— Ouah.

— Ouah. »

Nous n'avions prononcé qu'un mot, mais je commençais à être un peu perdue. Je n'étais plus certaine que nous soyons en train de parler de musique.

« C'est quoi, ces fleurs ? » ai-je demandé pour changer de sujet, soudain terrifiée à l'idée qu'il puisse m'embrasser.

Non pas que je n'en aie pas envie. Mais je n'avais embrassé personne depuis Joe, deux mois plus tôt, et comme chaque fois que je restais longtemps sans embrasser quelqu'un, j'étais persuadée que je ne saurais plus m'y prendre. Pour retarder le baiser, je l'ai interrogé sur son travail, sur la ferme, sur sa ville d'origine, sa famille, sa dernière copine, combien de temps ils étaient restés ensemble, pourquoi ils s'étaient séparés. Chaque fois, il me répondait à peine et ne me demandait rien en retour.

Je m'en moquais. C'était agréable de sentir sa main sur mon épaule, et ça l'est devenu encore plus quand il l'a posée sur ma taille. Le temps que nous retournions à la tente, qu'il se tourne pour m'embrasser et que je m'aperçoive qu'en fait je n'avais rien oublié, je me fichais éperdument de la longueur de ses réponses ou des questions qu'il ne me posait pas.

« C'était vraiment super », a-t-il murmuré.

Nous nous sommes souri avec l'air bête de deux personnes qui viennent de s'embrasser pour la première fois.

« Je suis content que tu sois venue.

— Moi aussi. »

J'avais une conscience aiguë de ses mains sur ma taille, si chaudes à travers le tissu de mon T-shirt, juste au-dessus de ma ceinture. Nous étions debout entre sa voiture et la tente. J'avais le choix entre deux directions : mon lit sous les combles à l'auberge de jeunesse d'Ashland, ou son lit avec lui.

« Regarde le ciel, a-t-il dit. Toutes ces étoiles.

— C'est magnifique. »

Mais je ne regardais pas le ciel. Je scrutais le paysage plongé dans l'obscurité et ponctué ici ou là de petites taches lumineuses – des maisons et des fermes éparpillées dans la vallée. J'ai pensé à Clyde, tout seul sous le même ciel, en train de lire dans son fourgon. Je me suis demandé où se trouvait le PCT. Il me semblait très loin. Je me suis rendu compte que je n'en avais pas parlé à Jonathan, à part quand je l'avais mentionné la veille en criant dans son oreille. Il ne m'avait posé aucune question.

« Je ne sais pas pourquoi, a-t-il repris, mais à la minute où je t'ai vue, j'ai su qu'il fallait que je vienne te parler. Je sentais que tu serais vraiment top.

— Toi aussi, tu es top », ai-je avoué, alors que je n'utilisais jamais cet adjectif.

Il s'est penché et m'a encore embrassée, alors je l'ai embrassé à mon tour avec plus de ferveur que la première fois. Nous sommes restés là, entre sa tente et sa voiture, entourés par le maïs, les fleurs, les étoiles et la lune, et c'était la plus belle chose au monde. J'ai passé la main dans ses cheveux bouclés, caressé ses larges épaules, ses bras musclés, son dos puissant, serré son magnifique corps d'homme contre le mien. Il n'y a pas une seule fois dans ma vie où, en faisant ce geste, je ne me suis rappelé à quel point j'aime les hommes.

« Tu veux entrer ? » m'a proposé Jonathan.

J'ai hoché la tête, et il m'a demandé d'attendre le temps qu'il allume la lumière et le chauffage. Puis il est revenu soulever un pan de la porte pour me laisser passer.

Sa tente n'avait rien à voir avec celles que je connaissais. C'était une résidence de luxe, chauffée par un petit radiateur et assez grande pour qu'on s'y tienne debout. On pouvait même marcher autour du grand lit qui trônait au milieu. De chaque côté, sur des commodes en carton, il avait allumé de petites lampes qui ressemblaient à des bougies.

« Sympa », ai-je commenté, debout près de lui dans l'espace qui séparait la porte du bout de son lit.

Il m'a attirée contre lui et nous avons recommencé à nous embrasser.

« Je ne sais pas comment te demander ça… a-t-il repris au bout d'un moment. Je ne voudrais pas paraître impatient, parce que ça ne me pose pas de problème si on reste juste là à discuter – ça serait déjà top – ou si tu veux, je peux te ramener à l'auberge – tout de suite, d'ailleurs, si tu préfères, même si bien sûr j'espère que non. Mais… avant que – je veux dire, on n'est pas obligés de faire quoi que ce soit – mais au cas où… enfin, je n'ai rien, aucune maladie ni rien, mais si… est-ce que par hasard tu aurais un préservatif ?

— Tu n'en as pas ? »

Il a secoué la tête.

« Moi non plus ! »

C'était la chose la plus absurde qui soit. Dire que j'avais trimballé un préservatif à travers des déserts brûlants et des pentes enneigées, des forêts, des montagnes et des rivières, pendant des jours et des jours d'effort exténuant, d'ennui et de bonheur intense, pour arriver là, sous cette tente de luxe chauffée avec un lit double et des bougies électriques, face à un homme aux yeux bruns, sexy, adorable, réservé et fan de Michelle Shocked – et que je me retrouvais les mains vides à cause de deux plaques de peau horrible sur mes hanches. Je m'étais tellement juré de ne pas retirer mon pantalon que j'avais volontairement laissé la capote dans ma trousse à pharmacie, au fond de mon sac, dans une ville qui se trouvait je ne sais où, au lieu d'agir en adulte responsable, raisonnable et réaliste et de la glisser dans mon faux sac à main rouge parfumé à l'essence.

« Ce n'est pas grave, a-t-il soufflé en me prenant les mains. On peut quand même rester ensemble. Il y a des tas de choses qu'on peut faire, d'ailleurs. »

Alors nous avons recommencé à nous embrasser. Encore et encore, tandis qu'il me caressait par-dessus mes vêtements et que je le caressais par-dessus les siens.

« Tu veux retirer ton T-shirt ? » m'a-t-il demandé au bout d'un moment en s'écartant un peu.

Je me suis mise à rire parce que j'en mourais d'envie. Il a regardé le soutien-gorge en dentelle noire que j'avais glissé dans mon colis des mois plus tôt en pensant qu'une fois arrivée à Ashland je serais contente de pouvoir le porter. J'ai recommencé à rire.

« Qu'est-ce qu'il y a de drôle ? m'a-t-il demandé.

— C'est juste que… tu aimes mon soutien-gorge ? »

J'ai placé mes mains de chaque côté, comme un mannequin.

« Parce qu'il vient de très loin.

— Je suis heureux qu'il soit arrivé jusqu'ici. »

Du bout du doigt, il a effleuré très délicatement l'une de mes bretelles, près de ma clavicule. Au lieu de la faire tomber sur mon épaule comme je m'y attendais, il a suivi le contour du tissu et contourné le bonnet. Je l'ai dévisagé. C'était presque plus intime qu'un baiser. Quand il a fini de faire le tour, j'étais si excitée que je tenais à peine debout, alors qu'il m'avait à peine touchée.

« Viens là », ai-je soufflé en l'attirant à moi sur le lit et en me débarrassant de mes sandales.

Nous avons gardé nos jeans, mais il a enlevé sa chemise pendant que je détachais mon soutien-gorge et le jetais dans un coin. Nous avons roulé l'un sur l'autre, fiévreux, jusqu'à être pris de langueur. Allongés côte à côte, nous avons continué à nous embrasser. Sa main est descendue de mes cheveux à mes seins puis à ma taille pour finalement se poser sur les boutons de mon jean. C'est alors que je me suis rappelé les horribles plaques. Je me suis écartée.

« Désolé, a-t-il dit. Je croyais que tu…

— Non, ce n'est pas ça. Je… j'ai un truc à te dire.

— Tu es mariée ?

— Non. »

Il m'a fallu un moment pour admettre que c'était la vérité. L'image de Paul est apparue dans mon esprit. Paul. Je me suis redressée.

« Et toi, tu es marié ?

— Pas de femme, pas d'enfants.

— Tu as quel âge ?

— Trente-quatre ans.

— Moi, vingt-six. »

Nous sommes restés silencieux un instant. Son âge avait quelque chose d'exotique et de parfait. Tant pis s'il n'avait rien voulu savoir de ma vie : j'étais au lit avec un homme, pas un gamin.

« Qu'est-ce que tu voulais me dire ? » a-t-il insisté, la main posée sur mon dos nu.

J'ai pris conscience que je tremblais. Je me suis demandé s'il le sentait lui aussi.

« C'est un truc qui me gêne. En fait, la peau de mes hanches est un peu… tu te souviens, hier soir, je t'ai parlé de ma randonnée sur un chemin qui s'appelle le PCT… Je porte un énorme sac, et à cause des frottements de la ceinture, ma peau s'est… – Je cherchais comment lui expliquer en évitant d'employer les mots "écorce" et "peau de poulet plumé" – … épaissie. Ça fait comme de la corne, à force. J'ai peur que tu sois choqué si… »

Je me suis interrompue, le souffle coupé, mes derniers mots absorbés par le plaisir immaculé que provoquait la sensation de ses lèvres dans mon dos, tandis que ses mains finissaient de déboutonner mon jean. Il s'est assis, serrant son torse nu contre moi, et a écarté mes cheveux pour m'embrasser le cou et les épaules. Je me suis retournée et débarrassée de mon pantalon pendant que sa bouche parcourait mon corps en commençant par les oreilles et en descendant vers la gorge, la clavicule, les seins, le nombril. Pour finir, il a baissé ma culotte en dentelle et embrassé les plaques rugueuses de mes hanches, celles que je ne voulais surtout pas qu'il touche.

« Oh, si tu savais, a-t-il soufflé, ses lèvres si douces effleurant ma peau rêche. Tu n'as vraiment pas à t'en faire. »

C'était bien. Plus que bien. Un vrai festival sous la tente. Nous nous sommes endormis à six heures et réveillés deux heures plus tard, épuisés mais alertes, le corps trop las pour pouvoir nous rendormir.

« Je ne travaille pas aujourd'hui, m'a annoncé Jonathan en s'asseyant dans le lit. Tu veux aller à la plage ? »

J'ai accepté sans savoir où elle se trouvait exactement. C'était mon dernier jour de repos. Le lendemain, je reprendrais le PCT en direction de Crater Lake. Nous nous sommes habillés et avons roulé pendant deux heures à travers la forêt, en direction des montagnes de la côte. Nous buvions du café et mangions des scones en écoutant de la musique. Comme la veille, c'était notre principal sujet de conversation : nous n'avions pas vraiment d'autres points communs. Le temps que nous arrivions dans la ville de Brookings, je regrettais déjà à moitié d'être venue. Non seulement mon intérêt pour Jonathan commençait à diminuer, mais nous étions à trois heures de route du PCT. J'avais un peu l'impression de le trahir.

Cette impression a vite disparu face à la beauté de la plage. Tandis que je longeais l'océan en compagnie de Jonathan, je me suis souvenue que j'étais déjà venue là une fois, avec Paul. Nous avions dormi dans le camping voisin lors de notre grand road-trip, après notre séjour à New York – lorsque nous étions passés par le Grand Canyon, Las Vegas, la côte de Big Sur et San Francisco avant de regagner Portland. Sur le chemin du retour, nous nous étions arrêtés près de cette plage ; nous avions allumé un feu, préparé à manger, joué aux cartes sur une table de pique-nique et fait l'amour sur le futon à l'arrière de notre van. Ce souvenir me collait à la peau comme un vêtement. J'ai songé à la personne que j'étais à l'époque, à la façon dont j'envisageais l'avenir, à ce qui s'était passé ensuite, à celle que j'étais désormais et à tout ce qui avait changé.

Jonathan ne m'a pas demandé à quoi je pensais, malgré mon silence soudain. Nous avons continué à marcher sans un mot. Il y avait très peu de promeneurs pour un dimanche après-midi, et nous avons fini par nous retrouver seuls.

« Ici, ça te va ? » m'a-t-il proposé lorsque nous sommes arrivés à une petite crique protégée par de gros rochers noirs.

Je l'ai regardé étendre une couverture, poser le sac de courses contenant notre déjeuner, puis s'asseoir.

« J'aimerais bien me balader encore un peu, si ça ne t'embête pas », ai-je répondu en laissant mes sandales à côté de la couverture.

J'avais envie d'être seule, de sentir le vent dans mes cheveux et le sable sous mes pieds. J'ai ramassé de jolis cailloux que je ne pourrais pas emporter. Une fois que Jonathan a été hors de vue, j'ai écrit le nom de Paul sur le sable.

Je l'avais fait si souvent depuis que j'étais tombée amoureuse de lui à dix-neuf ans – pendant des années, chaque fois que je me trouvais sur une plage, seule ou avec lui. Ce jour-là, j'ai su que c'était la dernière fois. Je ne voulais plus souffrir en pensant à lui, me demander si j'avais eu tort de le quitter, me tourmenter à cause de tout ce que je lui avais infligé. Et si je me pardonnais mes erreurs ? Si je reconnaissais être une menteuse adultère, sans autre excuse que le fait d'en avoir eu envie ou besoin ? Si, malgré mes remords, je savais que j'agirais de la même façon dans l'hypothèse où je pourrais remonter le temps ? Si j'avais réellement voulu coucher avec tous ces hommes ? Et si l'héroïne m'avait appris quelque chose ? Si la bonne réponse était *oui* au lieu de *non* ? Si ce qui m'avait poussée à commettre toutes ces erreurs m'avait également conduite jusqu'ici ? Et si je n'atteignais jamais la rédemption ? Et si c'était déjà fait ?

« Tu les veux ? » ai-je proposé à Jonathan lorsque je l'ai rejoint, mes pierres à la main.

Il a souri, secoué la tête, et je les ai laissées tomber dans le sable.

Je me suis assise à côté de lui sur la couverture pendant qu'il déballait tout ce que nous avions acheté chez *Safeway* : des bagels, du fromage, un petit flacon de miel en forme d'ourson, des bananes et des oranges qu'il a épluchées pour moi. Je me suis mise à manger jusqu'à ce que, du bout du doigt, il m'étale du miel sur les lèvres et m'embrasse en me mordillant très doucement la bouche.

C'est ainsi qu'a débuté notre après-midi de rêve en bord de mer : lui, moi, et le miel auquel se mêlait d'inévitables grains de sable. Sur ma bouche, la sienne, la peau tendre de mon avant-bras, mes seins. Sur toute l'étendue de ses larges épaules, en descendant vers ses tétons, son nombril et la ceinture de son short, jusqu'à ce que je n'en puisse plus.

« Ouah… » ai-je soufflé, puisque c'était visiblement notre mot de code.

Celui qui remplaçait tout ce que je ne disais pas, à savoir que pour un type aussi peu bavard, il était incroyablement doué au lit – alors que nous n'avions pas encore couché ensemble.

Sans un mot, il a sorti une boîte de préservatifs du sac en plastique. Puis il s'est redressé, m'a pris la main et m'a aidée à me lever. Il m'a entraînée jusqu'à la rangée de rochers qui fermait la crique. Derrière, nous nous sommes retrouvés dans le seul endroit à peu près privé de cette plage publique : un recoin sableux entre les blocs de pierre, éclairé par la lumière du soleil. Ce n'était pourtant pas mon truc, le sexe en plein air. Il existe sûrement des femmes pour qui c'est bien plus intéressant que n'importe quel abri de fortune, mais je n'en ai encore rencontré aucune. Néanmoins, j'ai décidé que, pour une fois, la protection des rochers suffirait. Après tout, depuis deux mois, je faisais tout dehors. Nous nous sommes déshabillés et, adossée à une pierre inclinée, j'ai enroulé mes jambes autour des hanches de Jonathan. Puis il m'a retournée et je me suis agrippée à la roche. L'odeur du miel se mêlait aux effluves minéraux du sel et du sable, au parfum insistant de la mousse et du plancton. Je n'ai pas tardé à oublier que j'étais dehors et à me moquer éperdument du fait qu'il ne m'ait posé aucune question.

Sur le long trajet du retour, nous n'avions plus grand-chose à nous dire. Épuisée par le sexe, le manque de sommeil, le sable, le soleil et le miel, j'étais de toute façon incapable de parler. Nous sommes restés assis l'un à côté de l'autre, paisiblement, à écouter Neil Young à plein volume. Une fois arrivés à l'auberge de jeunesse d'Ashland, nous avons mis fin sans cérémonie à ce rendez-vous long de vingt-deux heures.

« Merci pour tout », ai-je déclaré en l'embrassant.

Il était vingt et une heures passées, et il faisait déjà nuit. En ce dimanche soir, la ville était bien plus calme que la veille – tapie, refermée sur elle-même maintenant que la moitié des touristes étaient partis.

« Donne-moi ton adresse », a-t-il répondu en me tendant un bout de papier et un crayon.

J'ai noté celle de Lisa tandis que montait en moi un sentiment qui n'était ni de la tristesse, ni vraiment du regret, ni de la nostalgie, mais un mélange des trois. Même si j'avais passé de très bons moments avec lui, je me sentais vide. Comme s'il me manquait une chose dont j'ignorais l'existence jusqu'à cet instant.

Je lui ai rendu le papier.

« N'oublie pas ton sac. »

Il m'a passé ma petite sacoche en Nylon rouge.

« Salut, ai-je lancé.

— Pas si vite. »

Il m'a attirée à lui et m'a embrassée très fort. Je l'ai embrassé plus fort encore, comme pour marquer la fin d'une ère qui avait duré toute ma vie.

Le lendemain matin, j'ai enfilé mes vêtements de randonnée : la vieille brassière de sport tachée et le short bleu marine usé à la corde que je portais depuis le premier jour, ainsi qu'une paire de chaussettes neuves et le T-shirt que je garderais maintenant jusqu'à la fin. Il était gris chiné avec une inscription jaune sur la poitrine : « UNIVERSITY OF CALIFORNIA BERKELEY ». Puis je me suis dirigée vers le magasin bio, Monster sur le dos, mon bâton de ski accroché au poignet et un carton dans les bras. Je me suis installée à une table dans la partie épicerie pour organiser mes affaires.

Quand j'ai eu terminé, j'ai contemplé Monster, bien rangé, qui attendait à côté d'un petit colis contenant mon jean et ma lingerie fine – prêts à repartir chez Lisa – et d'un sac de provisions que je ne supportais plus de manger. J'avais l'intention de les déposer dans la boîte des randonneurs du PCT, à la poste, en quittant la ville. Ma prochaine étape était le parc national de Crater Lake, à environ cent soixante-dix-sept kilomètres. Malgré mon envie de rester encore un peu à Ashland, je devais regagner le PCT. J'ai fouillé dans mon sac pour récupérer mon collier « Strayed ». Puis j'ai effleuré la plume de corbeau offerte par Doug. Toujours coincée dans l'armature, elle était usée et effilée. J'ai ouvert la poche latérale dans laquelle je rangeais ma trousse à pharmacie. Le préservatif que j'avais gardé depuis Mojave était toujours là, flambant neuf. Je l'ai sorti et glissé parmi les provisions, avant de hisser Monster sur mon dos et de quitter la coopérative bio en emportant mon colis et mon sac en plastique.

Quelques pas plus loin, j'ai aperçu l'homme au turban rencontré à Toad Lake. Il était assis sur le trottoir au même endroit que la dernière fois, avec sa boîte de café et sa pancarte.

« Je reprends la route », ai-je déclaré en m'arrêtant devant lui.

Il a levé les yeux vers moi, hoché la tête. Il ne me reconnaissait toujours pas et avait sans doute oublié que nous nous étions parlé deux jours plus tôt.

« Je t'ai croisé quand tu cherchais le Rainbow Gathering, lui ai-je rappelé. J'étais avec une fille qui s'appelait Stacy. On a discuté. »

Il a hoché une nouvelle fois la tête et secoué la boîte de café.

« J'ai à manger, si ça te dit. »

J'ai posé le sac en plastique devant lui.

« Merci, bébé », a-t-il lancé dans mon dos.

J'ai stoppé net.

« Hé ! Hé ! ai-je crié jusqu'à ce qu'il tourne les yeux vers moi. M'appelle pas bébé ! »

Il a serré les mains comme pour une prière et courbé la tête.

16

Mazama

Autrefois, Crater Lake était une montagne appelée Mazama. Elle ressemblait beaucoup à la chaîne de volcans éteints que je traversais dans l'Oregon – celle qui incluait le mont McLoughlin, les Three Sisters, le mont Washington, le Three Fingered Jack, le mont Jefferson et le mont Hood – mais en beaucoup plus grand puisqu'elle atteignait une altitude estimée à plus de trois mille six cent cinquante mètres. Le mont Mazama explosa il y a de cela sept mille sept cents ans, lors d'une éruption cataclysmique d'une puissance quarante-deux fois supérieure à celle qui décapita le mont Saint-Helens en 1980. C'était la plus violente subie par la chaîne des Cascades en un million d'années. À la suite de la destruction du Mazama, un nuage de cendres et de pierre ponce recouvrit plus d'un million de kilomètres carrés – une zone qui recouvrait la quasi-totalité de l'Oregon et débordait jusqu'à Alberta au Canada. La tribu amérindienne des Klamath, qui assista à la catastrophe, l'interpréta comme une guerre féroce entre Llao, le dieu des Enfers, et son rival Skell, le dieu du Ciel. À l'issue de la bataille, Llao fut renvoyé sous terre et le mont Mazama devint un cratère vide. On appelle cela une caldeira – une sorte de montagne à l'envers. Une montagne évidée de son cœur. Peu à peu, au fil des siècles, la caldeira se remplit d'eau pluviale et de neige fondue jusqu'à former le lac qui existe actuellement. Avec une profondeur maximale de cinq cent quatre-vingts mètres, Crater Lake est le plan d'eau le plus profond des États-Unis, et l'un des plus profonds au monde.

Étant originaire du Minnesota, je m'y connaissais un peu en lacs ; mais, alors que je m'éloignais d'Ashland, je me demandais à quoi ressemblerait Crater Lake. Je l'imaginais semblable au lac Supérieur près duquel ma mère était morte, une étendue bleue qui se perdait à l'horizon. Mon guide se contentait d'indiquer que la première vision, depuis la crête qui s'élevait à deux cent soixante-quatorze mètres de la surface, provoquait généralement un « sentiment d'incrédulité ».

J'avais désormais un nouveau guide. Une nouvelle bible. *The Pacific Crest Trail, Volume 2 : Oregon and Washington*. Dans le magasin bio, j'avais arraché les cent trente dernières pages, consacrées à l'État de Washington où je n'irais pas. Lors de ma première nuit hors d'Ashland, je l'ai feuilleté avant de m'endormir – comme je l'avais fait avec le précédent, dans le désert, au tout début de ma randonnée.

Les premiers jours, j'apercevais parfois le mont Shasta au sud ; mais, la plupart du temps, je marchais dans des forêts qui me bouchaient la vue. Les randonneurs surnommaient cette partie du PCT le « tunnel vert », parce qu'il offrait beaucoup moins de vastes panoramas que la Californie. Je n'avais plus l'impression de dominer le paysage, et c'était un peu étrange de ne pas distinguer la suite du chemin. La Californie avait élargi ma vision ; l'Oregon s'est chargé de la rétrécir. Je traversais des forêts de sapins nobles, de sapins géants et de sapins de Douglas ; je contournais des lacs enfouis dans la végétation, au milieu d'herbes et de roseaux qui masquaient parfois le chemin. Dans la forêt nationale de Rogue River, je suis passée sous des arbres immenses avant d'émerger dans des zones déboisées semblables à celles que j'avais vues quelques semaines plus tôt – de grands espaces jonchés de souches et de racines exposées à la vue par l'exploitation forestière. Je me suis perdue un après-midi entier parmi ces débris, errant pendant des heures avant de tomber sur une route goudronnée et de retrouver le PCT.

Le temps était clair et ensoleillé, mais l'air plutôt froid, ce qui s'est confirmé quelques jours plus tard lorsque je suis entrée dans la réserve de Sky Lakes, où le chemin ne descendait pas à moins de mille huit cents mètres. La vue s'est à nouveau dégagée tandis que je longeais une arête de pierre volcanique et de gros rochers, d'où j'apercevais des lacs scintillants en contrebas et des plaines qui s'étendaient jusqu'à l'horizon. Malgré le soleil, on se serait plutôt cru début octobre que mi-août. Je devais rester en mouvement pour ne pas avoir froid. Si je m'arrêtais plus de cinq minutes, la sueur qui trempait le dos de mon T-shirt devenait glaciale. Alors que je n'avais vu personne depuis mon départ d'Ashland, j'ai commencé à croiser quelques marcheurs qui randonnaient à la journée ou passaient une nuit sur l'un des nombreux sentiers menant aux sommets et aux lacs. La plupart du temps, j'étais seule, ce qui n'était pas inhabituel. Mais peut-être à cause des basses températures, le chemin paraissait plus vide sous le vent qui agitait les branches des arbres à feuilles persistantes. J'avais froid, plus froid même, me semblait-il, que dans la neige sur les hauteurs de Sierra City – alors que je ne voyais que quelques taches blanches ici ou là. J'ai fini par comprendre pourquoi : six semaines s'étaient écoulées depuis, et, au lieu d'avancer vers l'été, les montagnes avaient commencé à s'en éloigner. Elles étaient désormais tournées vers l'automne et me poussaient vers la sortie.

Un soir, lorsque je me suis arrêtée pour bivouaquer, j'ai ôté mes vêtements trempés, enfilé tout ce que j'avais de sec et préparé un dîner rapide avant de me glisser dans mon sac de couchage, gelée jusqu'aux os et incapable de lire. Recroquevillée en position de fœtus, j'ai gardé mon bonnet et mes gants toute la nuit en trouvant difficilement le sommeil. Quand le soleil s'est enfin levé, il faisait trois degrés. Ma tente était couverte de givre, et l'eau s'était transformée en glace dans mes gourdes, pourtant rangées à l'intérieur. Alors que je levais le camp sans avoir bu une gorgée, me contentant d'une barre protéinée au lieu de mon habituel bol de céréales au *Better Than Milk*, j'ai pensé à ma mère. Cela faisait plusieurs jours, depuis mon départ d'Ashland, que je la sentais peser dans un coin de ma tête ; en ce matin de neige, sa présence était devenue indéniable.

On était le 18 août. Son anniversaire. Si elle était encore vie, elle aurait fêté ses cinquante ans.

« Elle n'est plus en vie. Elle n'a pas fêté ses cinquante ans. Elle ne pourra jamais les fêter », me suis-je répété tout en marchant sous le soleil froid. « Fête tes cinquante ans, maman. Fête-les, merde. » Je sentais la colère monter. Je n'en revenais pas d'être aussi furieuse contre ma mère parce qu'elle n'était pas en vie pour son cinquantième anniversaire. L'envie de la frapper me serrait la gorge.

Les années précédentes, ce n'était pas ce que j'avais éprouvé. J'avais juste été triste. Lors du premier anniversaire sans elle – elle aurait eu quarante-six ans – j'avais dispersé ses cendres avec Eddie, Karen, Leif et Paul sur le petit massif de fleurs que nous avions planté dans la clairière. Les trois années suivantes, je m'étais contentée de pleurer, immobile, en écoutant avec beaucoup d'attention l'intégralité de l'album *Colors of the Day* de Judy Collins, dont les notes faisaient résonner chaque cellule de mon corps. Je ne supportais de l'écouter qu'une fois par an. Il ravivait tellement de souvenirs, ma mère avait si souvent joué ces morceaux. Cette musique me donnait l'impression qu'elle était là, dans la même pièce que moi – même si c'était faux, même si elle ne serait plus jamais là.

Sur le PCT, je ne pouvais pas me permettre d'en chanter une seule ligne. J'ai effacé tous les airs de ma radio intérieure, appuyant de toutes mes forces sur le bouton « rembobiner » dans l'espoir de ne plus entendre que du bruit blanc. Ce n'était pas les cinquante ans de ma mère, et il n'y aurait pas de chanson. À la place, j'allais contourner des lacs d'altitude et escalader des blocs de roche volcanique, pendant que la neige fondait sur les fleurs sauvages. Je marchais de plus en plus vite, l'esprit encombré de pensées négatives. Finalement, mourir à quarante-cinq ans n'était que la pire des erreurs commises par ma mère. Mentalement, j'ai dressé la liste de toutes les autres :

1. Elle avait eu une phase marijuana durant laquelle elle n'hésitait pas à fumer, de manière

occasionnelle mais régulière, devant mon frère, ma sœur et moi. Un jour, elle avait déclaré : « Ce n'est qu'une plante. Comme le thé. »

2. Il n'était pas rare que mon frère, ma sœur et moi restions seuls quand nous vivions dans la résidence peuplée de mères célibataires. Elle prétendait que nous étions assez grands pour nous débrouiller sans elle pendant quelques heures, car elle n'avait pas les moyens de payer une baby-sitter. Surtout qu'il y avait toutes ces mamans autour, à qui nous pouvions nous adresser en cas de problème. Mais c'était de la nôtre que nous avions besoin.

3. À la même époque, quand elle était très fâchée, elle nous menaçait souvent de nous donner la fessée avec une cuillère en bois ; menace qu'elle avait mise à exécution deux ou trois fois.

4. Un jour, elle avait dit qu'elle ne voyait aucun problème à ce qu'on l'appelle par son prénom.

5. Elle se montrait froide envers ses amis. Elle les aimait, mais gardait ses distances. Je ne crois pas qu'elle en ait laissé un seul l'approcher réellement. Elle restait convaincue que la famille compte plus que tout, alors que nous n'avions pas beaucoup de parents dans un rayon de moins de trois cents kilomètres. Elle tenait à préserver sa vie privée du groupe dans lequel elle évoluait, quitte à dresser une barrière entre sa famille et eux. C'était sans doute pour cette raison que, à sa mort, personne ne s'était précipité et que ses amis m'avaient laissée en paix dans mon inévitable exil. Parce qu'elle n'avait jamais été très proche d'eux, ils ne l'étaient pas de moi. Ils m'appréciaient, mais ne m'invitaient pas pour Thanksgiving, ne me téléphonaient pas le jour de son anniversaire.

6. Elle était d'un optimisme presque insupportable, adepte de phrases idiotes du genre « Nous ne sommes pas pauvres, parce que nous sommes riches de l'amour que nous nous portons ! » ou « Quand une porte se ferme, une autre s'ouvre ! » Pour une raison étrange, cela me donnait immanquablement envie de l'étrangler, même quand, à la fin, cet optimisme se manifestait par la certitude pitoyable qu'en buvant des litres de jus d'herbe de blé elle pourrait s'en sortir.

7. Lors de ma dernière année au lycée, elle ne m'avait pas demandé dans quelle fac je voulais aller. Elle ne m'avait pas emmenée en visiter. Je ne savais même pas que ça se faisait avant que les autres étudiants me le racontent. Contrainte de me débrouiller seule, je n'avais envoyé qu'un dossier de candidature, à Saint Paul, parce que la brochure était jolie et que ce n'était qu'à trois heures de route de la maison. Certes, je me l'étais coulée douce pendant toute ma scolarité, jouant les blondes écervelées pour ne pas être mise à l'écart – mais il faut dire que je vivais dans une ferme avec un seau en guise de toilettes et un poêle à bois pour tout chauffage. Mon beau-père avait les cheveux longs, une grande barbe broussailleuse et une vieille voiture transformée en pick-up à l'aide d'un chalumeau, d'une tronçonneuse et de quelques planches. Ma mère ne se rasait pas sous les bras et n'hésitait pas à déclarer aux gros costauds du coin amateurs d'armes à feu : « Pour moi, la chasse, c'est du meurtre. » Mais elle savait que, derrière cette façade, j'étais intelligente. Que j'avais une grande curiosité intellectuelle, que je dévorais livre sur livre. J'avais eu d'excellents résultats à tous les examens que j'avais passés, ce qui avait surpris tout le monde

sauf nous deux. Pourquoi ne m'avait-elle pas dit : « Tiens, tu devrais peut-être tenter ta chance à Harvard ou à Yale ? » À l'époque, je n'y avais pas pensé une seconde. Ces universités me semblaient complètement fictives. Je n'avais réalisé que plus tard qu'elles existaient bien. Et même si, concrètement, elles m'auraient refusée – j'étais loin d'avoir le niveau requis –, une partie de moi était déçue que la question n'ait même pas été soulevée.

Maintenant, il était trop tard ; et la seule fautive était ma défunte mère, cette femme distante avec ses amis, trop optimiste, qui ne m'avait pas préparée à l'université, abandonnait parfois ses enfants, fumait de l'herbe, maniait la cuillère en bois et disait : « Appelez-moi par mon prénom. » Elle avait échoué. Elle n'avait pas été à la hauteur.

« Qu'elle aille se faire foutre », ai-je songé.

Puis je me suis arrêtée.

Et j'ai pleuré. Des pleurs sans larmes, une série de mugissements si violents que je ne tenais plus debout. Je me suis penchée vers l'avant, les mains sur les genoux, écrasée par le poids de mon sac, mon bâton de ski traînant dans la poussière. Et j'ai laissé sortir toute la stupidité de ma vie.

C'était tellement injuste, tellement atroce que ma mère m'ait été enlevée. Je ne pouvais même pas la détester correctement. Je n'avais pas eu le temps de grandir, de couper le cordon, de la critiquer auprès de mes amis, de lui reprocher tout ce qui m'avait déplu, puis de mûrir, de comprendre qu'elle avait fait de son mieux et s'était plutôt bien débrouillée, et enfin de lui ouvrir mes bras pour de bon. Sa mort avait court-circuité tout ça. Elle m'avait court-circuitée, moi. Elle m'avait frappée en plein vol, au sommet de mon arrogance juvénile. M'avait obligée à vieillir d'un coup et lui pardonner toutes ses fautes, tout en faisant de moi une éternelle enfant. Ma vie avait commencé et s'était terminée précocement, au moment où nous avions été séparées. Elle était ma mère, mais je n'en avais plus. J'étais piégée, seule. Elle resterait à jamais une coupe vide que personne ne pourrait remplir. Et j'étais condamnée à essayer sans cesse, en vain.

« Qu'elle aille se faire foutre », me suis-je répété pendant plusieurs kilomètres, pressant le pas sous le coup de la colère.

Mais je n'ai pas tardé à ralentir et à m'asseoir sur un rocher. À mes pieds s'étalait un parterre de petites fleurs dont les pétales d'un rose presque blanc effleuraient les cailloux. « Des crocus », ai-je songé. C'était ma mère qui m'avait appris ce nom. Les mêmes fleurs poussaient sur le massif où j'avais répandu ses cendres. J'ai tendu la main pour en toucher une, et ma rage est retombée peu à peu.

Quand je me suis relevée, je n'en voulais plus à ma mère. Car, en dépit de tout, elle avait été une mère formidable. Je le pressentais quand j'étais petite. J'en avais conscience lorsqu'elle était mourante. Et j'en étais convaincue désormais. Je savais que c'était important, que ça comptait. La plupart des mères de mes amis, si longtemps vivraient-elles, ne leur offriraient jamais le même amour absolu que la mienne. Cet amour qu'elle considérait comme sa plus belle réussite, sur lequel elle avait misé quand elle avait réalisé qu'elle allait mourir, car c'était la seule chose qui rendait à peu près supportable l'idée de nous abandonner, Leif, Karen et moi.

« Je vous ai tout donné, répétait-elle sans cesse les derniers jours.

— Oui »

C'était vrai. Elle nous avait tout, absolument tout donné. Elle avait braqué sur nous toute la puissance de son amour maternel. Elle n'avait lésiné sur rien, pas économisé la moindre goutte.

« Je serai toujours avec vous, quoi qu'il arrive.

— Oui », répondais-je en caressant la peau douce de son bras.

Quand son état s'était détérioré, quand nous avions compris qu'elle allait vraiment mourir, quand nous avions entamé notre descente aux enfers, quand nous avions cessé de croire que le jus d'herbe de blé pouvait encore la sauver, je lui avais demandé ce qu'elle voulait que nous fassions de sa dépouille. Elle m'avait regardée comme si je lui parlais en hébreu.

« Je veux que tout ce qui peut être donné le soit, avait-elle répondu au bout d'un moment. Je veux parler de mes organes. Qu'ils récupèrent tout ce qu'ils peuvent.

— D'accord. »

C'était une conversation vraiment étrange, car il était question d'un avenir très proche ; j'avais du mal à imaginer des morceaux de ma mère dans le corps de quelqu'un d'autre.

« Mais ensuite ? » avais-je insisté.

J'avais du mal à respirer. Il fallait que je sache. Ce serait à moi de prendre les mesures nécessaires.

« Que veux-tu qu'on fasse avec… ce qui restera ? Tu préfères être enterrée ou incinérée ?

— Je m'en fiche.

— Bien sûr que non.

— Si. Peu importe, comme tu veux. Le moins cher.

— Non. Il faut que tu me dises. J'ai besoin de savoir ce que tu souhaites. »

L'idée de devoir prendre cette décision seule me paniquait.

« Oh, Cheryl », avait-elle soufflé, épuisée par mes questions.

Nos regards s'étaient croisés, le temps d'une trêve affligée. Chaque fois que son irréductible optimisme me donnait envie de l'étrangler, ma manie de ne jamais rien lâcher devait lui inspirer la même chose.

« Brûlez-moi, avait-elle finalement déclaré. Réduisez-moi en cendres. »

Alors c'est ce que nous avions fait. Contrairement à ce que j'avais imaginé, ses cendres n'avaient rien à voir avec celles d'un feu de bois, soyeuses et aussi fines que du sable. On aurait dit de petits cailloux blancs mélangés à du gravier gris. Certains morceaux étaient si gros qu'on reconnaissait clairement des fragments d'os. L'employé des pompes funèbres me les avait remises dans une boîte bizarrement adressée à ma mère. Je l'avais rapportée à la maison et posée sur le buffet, sous la vitrine dans laquelle elle conservait ses plus beaux objets. On était au mois de juin. La boîte était restée là jusqu'au 18 août, tout comme la pierre tombale que nous avions commandée pour elle et qui était arrivée la même semaine que les cendres. Elle était appuyée dans un coin du salon, vision sans doute gênante pour les visiteurs mais qui me réconfortait. Une pierre gris anthracite ornée d'une inscription blanche : son nom, la date de sa naissance et celle de sa mort, ainsi que la phrase qu'elle nous avait répétée si souvent durant sa maladie – « Je serai toujours avec vous ».

Elle voulait que nous nous en souvenions, et c'était le cas. Je la sentais toujours près de moi, au moins au sens métaphorique. Et, d'une certaine façon, au sens littéral également. Lorsque nous avions posé la pierre tombale et répandu ses cendres, j'avais gardé quelques-uns des plus gros fragments dans ma main. J'étais restée là un long moment, incapable de les rendre à la terre. Je ne l'avais pas fait. Je ne le ferais jamais.

J'avais mis ses os calcinés dans ma bouche et je les avais avalés.

Le soir de ce qui aurait été le cinquantième anniversaire de ma mère, j'ai recommencé à l'aimer – même si je ne pouvais toujours pas laisser les chansons de Judy Collins me revenir en mémoire. Il faisait froid, mais moins que la veille. Recroquevillée sous ma tente, les mains gantées, j'ai entamé un nouveau livre : *The Best American Essays 1991*[1]. D'habitude, j'attendais le lendemain pour brûler ce que j'avais lu ; mais ce soir-là, après avoir refermé le livre, je suis sortie en rampant de ma tente et j'ai mis le feu aux premières pages. Puis j'ai prononcé le nom de ma mère, comme pour lui rendre hommage. Elle s'appelait Barbara, mais tout le monde la surnommait Bobbi, alors c'est ce que j'ai dit. Prononcer « Bobbi » au lieu de « maman » a été une espèce de révélation, comme si je comprenais pour la première fois qu'elle n'était pas seulement ma mère. À sa mort, j'avais

1. « Les Meilleurs Essais américains de l'année 1991 ».

aussi perdu la Bobbi qu'elle avait été, cette femme différente de ce qu'elle incarnait pour moi. Et voilà qu'elle m'apparaissait dans toute la perfection et l'imperfection de son humanité, que je parvenais enfin à voir dans sa globalité la fresque complexe qu'avait été sa vie. Ce qu'elle avait été ou non pour moi. Et à quel point elle m'avait appartenu profondément, sans vraiment m'appartenir.

On n'avait pas pu exaucer la dernière volonté de Bobbi concernant le don d'organes – ou, du moins, pas autant qu'elle l'aurait voulu. À sa mort, son corps de quarante-cinq ans ravagé par le cancer et la morphine était devenu toxique. La seule chose qui avait pu être récupérée, c'était ses cornées. J'avais beau savoir qu'il ne s'agissait que de membranes transparentes, ce n'était pas ce que j'imaginais quand j'y pensais. Je me représentais ses yeux d'un bleu incroyable dans le visage de quelqu'un d'autre. Quelques mois après le décès de ma mère, nous avions reçu une carte de remerciement de la fondation qui s'était occupée du don. Grâce à sa générosité, disait la lettre, une personne avait retrouvé la vue. Je mourais d'envie de rencontrer cette personne, de me plonger dans son regard. Il ou elle n'aurait pas besoin de dire un mot. Tout ce que je voulais, c'était voir ses yeux. Lorsque j'avais téléphoné au numéro indiqué sur la carte, on m'avait vite découragée. L'anonymat ne pouvait en aucun cas être levé. C'était un droit essentiel du receveur.

« J'aimerais vous donner plus de précisions sur la nature du don de votre mère », avait ajouté mon interlocutrice d'une voix patiente et consolatrice.

Une voix qui me rappelait celle de tous les psychologues, bénévoles de l'hôpital, infirmières, médecins et employés des pompes funèbres qui s'étaient adressés à moi au cours des semaines entourant la mort de ma mère – une voix empreinte d'une compassion forcée, presque excessive, qui signifiait qu'au fond j'étais complètement seule.

« La transplantation ne concernait pas la totalité de l'œil, avait continué la dame, mais simplement la cornée, ce qui…

— Je sais ce qu'est une cornée, l'avais-je coupée. Mais je veux quand même savoir qui est cette personne. Et la rencontrer si possible. Je crois que vous me devez bien ça. »

J'avais raccroché, submergée par l'émotion. Pourtant, le petit noyau de raison qui subsistait au fond de moi savait qu'elle avait raison. Ma mère n'était plus là. Ses yeux bleus non plus. Je ne pourrais plus jamais les contempler.

Quand les flammes se sont éteintes et que je me suis levée pour regagner ma tente, j'ai entendu des aboiements frénétiques et des hurlements en provenance de l'est. Une meute de coyotes. Ce bruit, si habituel dans le nord du Minnesota, ne m'effrayait pas. Au contraire, il me rappelait la maison. J'ai levé les yeux vers le ciel où les étoiles, omniprésentes, magnifiques, se détachaient dans l'obscurité. J'ai frissonné, consciente de ma chance, trop émerveillée par cette vue pour retourner sous ma tente. Où serais-je dans un mois ? Probablement à Portland, entre autres parce que j'étais complètement fauchée. Il me restait encore une partie de l'argent récupéré à

Ashland, mais pas de quoi tenir jusqu'au pont des Dieux.

Portland m'a occupé l'esprit pendant plusieurs jours, tandis que je passais de la réserve de Sky Lakes au désert de l'Oregon – un haut plateau poussiéreux parsemé de pins tordus. Mon guide expliquait qu'il était autrefois sillonné de lacs et de cours d'eau, désormais enfouis sous les tonnes de pierre ponce et de cendres qui s'étaient abattues sur la région après l'éruption du mont Mazama. Le samedi matin, je suis arrivée au parc national de Crater Lake, où je n'ai pas trouvé trace du lac. En fait, le terrain de camping sur lequel j'avais débouché était situé à onze kilomètres au sud.

Ce n'était d'ailleurs pas un simple terrain, mais un incroyable complexe touristique avec parking, boutique, motel, laverie automatique et trois bonnes centaines de personnes occupées à faire vrombir leurs moteurs, écouter la radio à fond, boire à la paille dans de gigantesques gobelets en carton et engloutir des paquets de chips. Leur présence me fascinait et m'effrayait à la fois. Si je ne l'avais pas vu de mes propres yeux, je n'aurais jamais cru qu'il suffisait de faire cinq cents mètres dans n'importe quelle direction pour se retrouver dans un autre monde. Je me suis installée pour la nuit, j'ai pris une douche extatique et, le lendemain matin, je suis partie pour Crater Lake.

Mon guide avait raison : ma première réaction a été l'incrédulité. La surface du lac se trouvait à deux cent soixante-quatorze mètres en contrebas de l'arête rocheuse sur laquelle je me tenais, à deux mille cent soixante-quatre mètres d'altitude. Il formait un cercle irrégulier du bleu marine le plus pur que j'aie jamais vu. Il mesurait presque dix kilomètres de diamètre, son étendue lisse interrompue par le sommet conique d'un petit volcan, Wizard Island, qui se dressait à deux cent treize mètres au-dessus de l'eau et était couvert de pins de Balfour tordus. Quelques-uns ponctuaient également le pourtour aride et vallonné du lac, avec les montagnes en arrière-plan.

« Le lac est si limpide et si profond qu'il absorbe toutes les couleurs du spectre à l'exception du bleu, qui nous est ainsi reflété à l'état pur », a expliqué une inconnue à côté de moi, répondant à la question que j'avais failli poser à voix haute tellement j'étais abasourdie.

Je l'ai remerciée.

Que la profondeur et la limpidité du lac absorbent toutes les couleurs du spectre à l'exception du bleu me semblait constituer une explication scientifique parfaitement logique ; pourtant, Crater Lake conservait quelque chose de mystérieux. C'était encore un site sacré pour la tribu des Klamath, et ça ne me surprenait pas. J'en oubliais mon habituel scepticisme. Peu m'importaient les touristes qui mitraillaient les lieux et passaient lentement en voiture. Je ressentais la puissance du lac. Il arrivait tel un choc au milieu de ce paysage grandiose : inviolable, seul et détaché, comme s'il avait toujours été là et y resterait toujours, absorbant toutes les couleurs du spectre à l'exception du bleu.

J'ai pris quelques photos puis longé la rive bordée de logements pour touristes. Je ne pouvais pas repartir tout de suite, car on était dimanche : le bureau de poste était fermé et je devrais attendre le lendemain pour récupérer mon colis. Le temps s'était enfin réchauffé. Tout en marchant, j'ai songé que si j'avais mené à terme la grossesse découverte dans le motel de Sioux Falls, juste avant ma décision de partir en randonnée sur le PCT, le bébé serait sur le point de naître. La semaine de l'anniversaire de ma mère. À l'époque, cette coïncidence m'avait frappée comme un coup de poing dans le ventre, sans pour autant me convaincre de garder l'enfant. Au contraire, j'avais supplié l'univers de me donner une deuxième chance. De me laisser devenir celle que je voulais être avant de donner la vie : une femme profondément différente de ma mère.

Car j'avais beau l'aimer et l'admirer plus que tout, j'avais juré depuis mon enfance de ne pas lui ressembler. Elle avait épousé mon père à dix-neuf ans, enceinte, alors qu'elle n'était pas vraiment amoureuse de lui. C'était l'une des histoires que je lui demandais sans cesse de me raconter, quand elle secouait la tête en disant : « Mais pourquoi veux-tu savoir tout ça ? » À force, elle avait fini par céder. Lorsqu'elle avait découvert sa grossesse, elle avait envisagé deux solutions : aller avorter dans la clandestinité à Denver, ou se terrer dans une ville lointaine jusqu'à son terme, puis confier ma sœur à ma grand-mère pour qu'elle l'élève comme sa propre fille. Au bout du compte, elle avait choisi une troisième voie : elle avait gardé le bébé et épousé mon père. Elle était devenue la mère de Karen, puis la mienne et celle de Leif.

Notre mère.

« Je n'ai jamais tenu le volant de ma vie, m'avait-elle confié en pleurant, quelques jours après avoir appris qu'elle allait mourir. J'ai toujours fait ce que les autres voulaient. J'ai toujours été la fille, la mère ou la femme de quelqu'un. Je n'ai jamais existé pour moi-même.

— Oh, maman… »

C'est tout ce que j'avais pu répondre en lui caressant la main. J'étais trop jeune pour dire quoi que ce soit d'autre.

À midi, je suis allée déjeuner dans une cafétéria du site. Ensuite, j'ai traversé le parking du *Crater Lake Lodge* et je suis entrée dans le hall à la fois rustique et élégant, Monster sur le dos. J'ai jeté un coup d'œil dans la salle à manger. Il y avait quelques personnes à table, des petits groupes très chic qui tenaient des verres de chardonnay et de pinot gris comme autant de joyaux jaune pâle. Je suis sortie sur la longue terrasse qui surplombait le lac et je me suis approchée d'un grand rocking-chair situé un peu à l'écart des autres.

J'y ai passé le reste de l'après-midi à contempler le lac. Il me restait encore cinq cent trente-sept kilomètres à parcourir pour atteindre le pont des Dieux ; et pourtant, j'avais l'impression d'être déjà arrivée. Comme si cette eau bleue m'enseignait ce que j'étais venue chercher de si loin.

À cet endroit se dressait autrefois le Mazama. Une montagne haute de trois mille six cent cinquante-sept mètres évidée de son cœur. À cet endroit se trouvait autrefois un désert de lave, de pierre ponce et de cendres. Une cuvette vide qui avait mis des siècles à se remplir. Mais, en dépit de tous mes efforts, je ne parvenais pas à me les représenter. Ni la montagne, ni le désert, ni la cuvette vide. Ils n'étaient plus là. Il n'y avait plus que l'immobilité et le silence de l'eau ; ce qui restait une fois que la montagne, le désert et la cuvette avaient cicatrisé.

17

En mode primal

Dans mon esprit, l'Oregon était un jeu de marelle. Je le parcourais en pensée, sautant d'une case à l'autre, de Crater Lake au pont des Dieux. Cent trente-six kilomètres me séparaient de mon prochain colis, qui m'attendait dans un endroit appelé le *Shelter Cove Resort*. Il y en aurait ensuite deux cent trente jusqu'au dernier point de ravitaillement, à Olallie Lake. Puis ce serait l'ultime ligne droite vers le fleuve Columbia : cent soixante-dix kilomètres pour rejoindre la ville de Cascade Locks, avec un arrêt à mi-chemin à Timberline Lodge, sur le mont Hood – le temps de boire le verre du « ça alors je n'y crois pas j'y suis presque ».

Au total, cela représentait tout de même plus de cinq cent trente-sept kilomètres.

La bonne nouvelle, comme je n'ai pas tardé à le constater, était que quoi qu'il arrive, je ne serais jamais à court de baies fraîches. Airelles, myrtilles, framboises jaunes et mûres poussaient à profusion au bord du chemin. Il me suffisait de passer la main dans les buissons pour les ramasser ; de temps en temps, je m'arrêtais pour en remplir mon chapeau.

Et je progressais tranquillement à travers les réserves du mont Thielsen et de Diamond Peak.

Il faisait froid. Puis chaud. La couche d'écorce croisée avec de la peau poulet s'était épaissie sur mes hanches. Mes pieds ne se couvraient plus d'ampoules sanglantes, bien qu'ils continuent à me faire souffrir le martyre. Je me suis accordé quelques demi-journées de repos, limitant mon quota quotidien à onze ou douze kilomètres pour soulager la douleur – sans succès. Les blessures étaient trop profondes. Parfois, j'avais l'impression que mes os étaient cassés et que je ferais mieux de remplacer mes chaussures par des plâtres. Que je leur avais causé des dommages irréversibles à force de porter un sac aussi lourd sur des kilomètres et des kilomètres de terrain accidenté. Pourtant, j'étais plus forte que jamais. Malgré mon sac imposant, j'étais désormais capable de parcourir de très longues distances – même si, le soir, j'étais toujours aussi épuisée.

Le PCT était devenu un peu moins dur pour moi, ce qui ne signifiait pas qu'il était facile.

Il y avait des matinées agréables et des débuts d'après-midi sans souci, où j'avalais une quinzaine de kilomètres presque sans effort. J'aimais me perdre dans le rythme de mes pas, bercée par le cliquetis de mon bâton, le silence et les chansons qui résonnaient dans ma tête. J'aimais les montagnes, les rochers, les biches et les lapins qui détalaient entre les arbres, les scarabées et les grenouilles qui se traînaient sur le chemin. Mais, chaque jour, je finissais par atteindre un stade où ça ne m'amusait plus, où la marche devenait monotone, pénible et où mon esprit passait en mode primal, vide de toute pensée à l'exception d'une seule : aller de l'avant. Je continuais jusqu'à ce que mon corps se rebelle et que je ne puisse plus mettre un pied devant l'autre. Alors je m'arrêtais, dressais mon campement et me chargeais avec efficacité de toutes les tâches nécessaires, dans le but d'arriver le plus vite possible au moment béni où je pourrais m'écrouler sous ma tente, complètement cassée.

C'est dans cet état que je me suis traînée dans l'enceinte du *Shelter Cove Resort*, vannée, lassée du chemin, vide de tout à l'exception d'un soulagement intense. Je venais de sauter une nouvelle case dans la marelle de l'Oregon. Le site consistait en une boutique entourée de chalets rustiques et d'une grande pelouse verte, au bord d'un vaste lac appelé Odell qui donnait sur des forêts vert sombre. Je suis entrée dans la boutique. Il y avait quelques rangées de snacks, des appâts pour la pêche et une glacière pleine de bouteilles. Je me suis dirigée vers la caisse avec une limonade Snapple et un paquet de chips.

« Vous randonnez sur le PCT ? » m'a demandé le vendeur.

Quand j'ai hoché la tête, il a désigné la fenêtre au fond de la boutique.

« La poste est fermée jusqu'à demain matin, mais vous pouvez camper gratuitement sur le terrain là-bas. Pour un dollar, vous pourrez même prendre une douche. »

Il ne me restait que dix dollars – encore une fois, mes escales à Ashland et au parc de Crater Lake m'avaient coûté plus cher que prévu – mais je savais que j'en trouverais vingt autres dans le colis que je récupérerais le lendemain. J'ai réglé mes achats en lui demandant de la monnaie pour la douche.

J'ai dégusté ma limonade et mes chips tout en me dirigeant, folle d'impatience, vers la cabane indiquée par l'homme. Une fois à l'intérieur, j'ai constaté avec joie qu'il s'agissait d'une douche privée. Dès que j'ai refermé la porte derrière moi, c'est devenu mon domaine. J'y aurais même dormi si je l'avais pu. Après avoir retiré mes vêtements, je me suis regardée dans le miroir craquelé. Mes pieds n'étaient pas les seuls à avoir souffert : mes cheveux étaient eux aussi dans un état lamentable, rêches, étrangement épaissis et permanentés par les couches de sueur et de poussière, comme si j'étais en train de me transformer peu à peu en un croisement entre Farah Fawcett et Gunga Din.

J'ai glissé mes pièces dans la machine et j'ai enfin pu me délecter du luxe d'une douche chaude, utilisant le minuscule reste de savon abandonné par quelqu'un jusqu'à ce qu'il se dissolve dans mes mains. Je me suis séchée à l'aide du foulard qui me servait à faire la vaisselle dans les lacs et les torrents, puis j'ai remis mes vêtements sales. Quand je suis retournée à la boutique, Monster toujours sur le dos, je me sentais mille fois mieux. Devant, il y avait un banc qui courait sur toute la longueur du grand porche. Je m'y suis assise pour contempler Odell Lake en peignant mes cheveux mouillés avec mes doigts. Il ne restait plus qu'Olallie Lake et Timberline Lodge, et je serais à Cascade Locks.

Un, deux, trois, ciel !

« C'est toi, Cheryl ? » m'a demandé un homme qui sortait du magasin.

Aussitôt, deux autres sont apparus derrière lui. Ils n'avaient pas de sacs à dos mais, à leurs T-shirts tachés de sueur, j'ai tout de suite compris qu'il s'agissait de randonneurs. Ils étaient jeunes, beaux, barbus, bronzés et sales, à la fois très musclés et incroyablement maigres. Le premier était grand. Le deuxième blond. Et le troisième avait de magnifiques yeux bleus.

J'étais tellement contente d'avoir pris une douche !

« Oui, ai-je répondu.

— Ça fait un moment qu'on te suit, m'a avoué le blond avec un grand sourire.

— On savait qu'on finirait par te rattraper, a ajouté celui qui avait de beaux yeux. On voyait tes traces de pas sur le chemin.

— Et on a lu tes messages dans le registre, a renchéri le grand.

— On essayait de deviner ton âge, a repris le blond.

— Et alors, vous aviez parié sur quoi ? ai-je demandé en souriant de toutes mes dents.

— On pensait que tu avais soit notre âge, soit la cinquantaine, a dit celui aux beaux yeux.

— J'espère que vous n'êtes pas trop déçus ! »

Nous avons tous éclaté de rire en rougissant un peu.

Ils s'appelaient Rick, Josh et Richie et avaient quatre ans de moins que moi. Ils venaient respectivement de Portland, Eugene et La Nouvelle-Orléans. Ils étudiaient ensemble dans le Minnesota, dans une école d'art libérale située à une heure des Twin Cities.

« Moi aussi, je suis du Minnesota ! » me suis-je exclamée, oubliant qu'ils le savaient déjà grâce au registre.

« Tu n'as pas encore de surnom ?

— Pas que je sache. »

Eux, si : des randonneurs croisés dans le sud de la Californie les avaient appelés les Trois Jeunes Mâles. Ça leur allait bien. Ils étaient trois, jeunes et très virils. Ils étaient partis de la frontière mexicaine. Au lieu d'éviter la neige comme tout le monde, ils l'avaient affrontée et traversée – en dépit des chutes records qu'il y avait eu cette année-là –, ce qui expliquait qu'ils se retrouvent à l'arrière du peloton qui traversait tout le pays, du Mexique au Canada. Voilà pourquoi ils me rattrapaient si tardivement. Ils n'avaient pas croisé Tom, Doug, Greg, Matt, Albert, Brent, Stacy, Trina, Rex, Sam, Helen, John ou Sarah. Ils ne s'étaient pas arrêtés à Ashland. Ils n'avaient pas dansé sur des chansons du Grateful Dead ni mâché de l'opium ni fait l'amour avec quelqu'un contre un rocher sur une plage. Ils avaient marché sans relâche, avalant trente-cinq kilomètres par jour, gagnant peu à peu du terrain sur moi depuis que j'avais fait un bond vers le nord et récupéré le PCT à Sierra City. Ce n'était pas juste trois jeunes mâles. C'était trois incroyables machines à randonner.

En leur compagnie, j'avais l'impression d'être en vacances.

Nous sommes partis vers le terrain mis à notre disposition par la boutique, où ils avaient déjà déposé leurs sacs, et nous avons préparé à dîner en échangeant des histoires à propos du chemin et de nos vies. Je les aimais déjà énormément. Nous étions sur la même longueur d'onde. Ils étaient doux, beaux, drôles et gentils, et me faisaient oublier à quel point j'étais épuisée une heure plus tôt. En leur honneur, j'ai préparé le dessert déshydraté aux framboises que je transportais depuis des semaines en attendant une occasion spéciale. Nous l'avons mangé directement dans ma casserole, avant de nous coucher en rang d'oignons sous les étoiles.

Le lendemain matin, nous avons récupéré nos colis et les avons rapportés au camp pour organiser le contenu de nos sacs avant de partir. J'ai plongé les mains entre les sachets de nourriture lisse, en quête de l'enveloppe qui contenait mon billet de vingt dollars. Je ressentais toujours une légère excitation lorsque je la sentais sous mes doigts. Sauf que, cette fois, je ne l'ai pas trouvée. J'ai retourné le carton, exploré les moindres recoins ; en vain. Je ne savais pas pourquoi, mais elle n'était pas là. Je n'avais plus que six dollars et douze *cents*.

« Merde.

— Quoi ? m'a demandé l'un des Trois Jeunes Mâles.

— Rien. »

J'étais gênée de toujours manquer d'argent, de n'avoir personne pour assurer mes arrières avec une carte de crédit ou un compte bancaire.

J'ai rangé mes provisions dans mon vieux sac bleu, malade à l'idée de devoir parcourir les deux cent trente kilomètres qui me séparaient de mon prochain colis avec à peine plus de six dollars en poche. Pour me calmer, je me suis dit que, de toute façon, je n'aurais pas besoin d'argent. Je m'apprêtais à m'enfoncer dans le cœur de l'Oregon – à franchir les cols de Willamette, McKenzie et Santiam, avant de traverser les réserves des Three Sisters, du mont Washington et du mont Jefferson. Je n'aurais nulle part où dépenser mes six dollars et douze *cents,* pas vrai ?

Une heure plus tard, je suis partie avec les Trois Jeunes Mâles, que j'ai rattrapés plusieurs fois au cours de la journée. Nous avons fait quelques pauses ensemble. J'étais stupéfaite par ce qu'ils mangeaient, et surtout par leur façon de manger : ils se jetaient sur la nourriture comme des barbares, engloutissant trois Snickers en l'espace de quinze minutes, alors qu'ils étaient aussi maigres que des clous. Quand ils enlevaient leurs chemises, on voyait leurs côtes. Moi aussi, j'avais perdu du poids, mais pas autant que les hommes – une injustice que j'avais déjà observée chez les autres randonneurs, hommes ou femmes, rencontrés cet été-là. De toute façon, je me moquais désormais pas mal de mon apparence. La seule chose qui m'intéressait, c'était de manger. J'étais moi aussi devenue une barbare, tenaillée par une faim monumentale et insatiable. J'avais atteint le stade où, quand un personnage de mon roman mangeait, j'étais obligée de sauter la scène, frustrée de ne pas pouvoir l'imiter.

Cet après-midi-là, j'ai dit au revoir aux Trois Jeunes Mâles. Ils avaient l'intention de parcourir encore quelques kilomètres car, en plus d'être d'incroyables machines à randonner, ils étaient aussi très impatients d'atteindre le col de Santiam. Ils avaient prévu un détour de quelques jours pour rendre visite à de la famille et des amis. Pendant qu'ils mèneraient la belle vie, avec une vraie douche, de vrais lits et des plats dont je n'osais même pas rêver, je reprendrais de l'avance sur eux.

« Essayez de me rattraper », les ai-je défiés en espérant qu'ils y arriveraient.

Le soir venu, j'ai bivouaqué seule près d'un étang, encore illuminée par cette rencontre, la tête pleine des histoires qu'ils m'avaient racontées. Après le dîner, quand je me suis massé les pieds, j'ai constaté qu'un autre de mes ongles noircis commençait à se détacher. J'ai tiré dessus d'un coup sec et je l'ai jeté dans l'herbe.

Le PCT et moi étions désormais ex aequo. Cinq partout.

Je me suis installée sous ma tente, les jambes sur mon sac à provisions, et j'ai lu le livre que je venais de récupérer – *Les Dix Mille Choses* de Maria Dermoût – jusqu'à ce que mes paupières se ferment toutes seules. J'ai éteint ma lampe et, alors que je m'endormais, j'ai entendu une chouette dans un arbre au-dessus de ma tête.

« Hou-hou. Hou-hou, chantait-elle, un cri si fort et si doux à la fois qu'il m'a tirée de mon sommeil.

— Hou-hou », ai-je appelé, mais elle est restée silencieuse.

« Hou-hou !

— Hou-hou », a-t-elle enfin répondu.

Je suis entrée dans la réserve des Three Sisters, nommée d'après les trois montagnes qui se dressaient au sud, au nord et au milieu. Avec plus de trois mille mètres d'altitude chacune, elles étaient respectivement les troisième, quatrième et cinquième plus hauts sommets de l'État. Elles représentaient les joyaux de la couronne de pics volcaniques que j'allais longer dans la semaine à venir ; mais, pour le moment, je ne les distinguais pas encore. Je continuais à me chanter des chansons et réciter des bouts de poème dans ma tête, tandis que je traversais une haute forêt de sapins de Douglas, de pins blancs et de pruches ponctuée de nombreux lacs et plans d'eau.

Quelques jours après avoir dit au revoir aux Trois Jeunes Mâles, j'ai fait un détour d'un kilomètre en direction d'Elk Lake Resort, une étape mentionnée dans mon guide. Il s'agissait d'une petite boutique en bord de lac destinée aux pêcheurs, semblable à celle de Shelter Cove, mais avec un café qui servait des hamburgers. Je n'avais pas prévu d'y aller jusqu'à ce que j'arrive à l'intersection des deux chemins et que ma faim l'emporte. Je suis arrivée un peu avant onze heures du matin. J'étais la seule cliente. Après avoir épluché le menu et fait les comptes dans ma tête, j'ai commandé un cheeseburger, des frites et un petit Coca que j'ai engloutis avec ravissement, appuyée contre le mur orné de leurres. L'addition s'élevait à six dollars et dix *cents*. Pour la première fois de ma vie, je n'ai pas pu laisser de pourboire – les deux cents qui me restaient auraient été insultants. Alors j'ai sorti un carnet de timbres du sachet en plastique qui contenait mon permis, et je l'ai posé près de mon assiette.

« Je suis désolée, je n'ai pas de monnaie, mais je vous ai laissé un petit quelque chose à la place », ai-je avoué au barman, trop gênée pour lui dire ce que c'était.

Il s'est contenté de secouer la tête en murmurant une réponse inintelligible.

Je suis descendue sur la plage déserte au bord du lac d'Elke, mes deux *cents* à la main, en hésitant à jeter les pièces dans l'eau pour faire un vœu. Finalement, je les ai glissées dans la poche de mon short, au cas où j'en aurais l'utilité d'ici à mon arrivée au poste de rangers d'Olallie Lake, encore distant de plus de cent cinquante kilomètres. Ne rien avoir en poche était à la fois horrible et presque drôle – une réflexion que je m'étais déjà faite par le passé. Alors que je contemplais le lac, j'ai pris conscience que grandir dans une famille pauvre avait finalement ses avantages. Je n'aurais sans doute jamais eu le cran de me lancer dans ce voyage avec si peu d'argent si je n'avais pas eu l'habitude d'en manquer. J'avais toujours évalué les moyens de ma famille d'après ce que je n'avais pas connu : les colonies de vacances, les leçons, les voyages, la fac et cette aisance inexplicable que confère une carte de crédit alimentée par quelqu'un d'autre. Maintenant, je commençais à voir le lien entre la façon dont ma mère et mon beau-père s'étaient toujours débrouillés pour joindre les deux bouts et ma certitude de pouvoir y arriver moi aussi. Avant mon départ, je n'avais ni calculé ce que me coûterait mon voyage, ni mis cette somme de côté en y ajoutant de quoi parer à toute éventualité. Sinon, je ne serais pas là, quatre-vingts et quelques jours plus tard, fauchée mais heureuse – en train de faire ce que je voulais alors que toute personne raisonnable aurait considéré que je n'en avais pas les moyens.

J'ai entamé l'ascension jusqu'au point de vue, perché à mille neuf cent quatre-vingts mètres, d'où je pourrais admirer plusieurs sommets au nord et à l'est : Bachelor Butte, le cône enneigé de Broken Top et, les surplombant tous, la « Sœur » du sud qui s'élevait à trois mille cent cinquante-sept mètres. D'après mon guide, c'était la plus jeune, la plus haute et la plus symétrique des trois. Elle était composée de plus de deux douzaines de roches volcaniques différentes, même si à mes yeux ce n'était qu'une masse brunroux aux pentes couvertes de neige. Au fil de la journée, la température s'est adoucie – au point qu'entre la vue dégagée sur des kilomètres de collines vertes et la chaleur, j'avais l'impression d'être revenue en Californie.

Depuis que j'étais officiellement entrée dans la réserve des Three Sisters, je n'avais plus le chemin pour moi seule. Dans les prairies d'altitude, j'ai croisé plusieurs randonneurs partis pour un ou quelques jours, ainsi qu'une bande de boy-scouts installée là pour la nuit. J'ai discuté avec quelques-uns d'entre eux.

« Vous avez une arme ? Vous n'avez pas peur ? » me demandaient-ils, deux questions qui revenaient sans cesse depuis le début de l'été.

« Non et non », répondais-je en riant.

J'ai aussi rencontré deux garçons de mon âge qui avaient servi en Iraq pendant l'opération tempête du Désert et étaient toujours capitaines dans l'armée. Ils étaient soignés, beaux et costauds, tout droit sortis d'une brochure de recrutement. Nous avons passé un long après-midi ensemble au bord du ruisseau où ils avaient mis deux cannettes de bière à rafraîchir. Ils arrivaient à la fin de leur randonnée de cinq jours et les avaient traînées jusque-là, pour les boire lors de leur dernière nuit à la belle étoile.

Ils voulaient tout savoir à propos de mon voyage : ce que ça faisait de marcher si longtemps, ce que j'avais vu, qui j'avais croisé, et ce qui avait bien pu arriver à mes pieds. Ils ont insisté pour soulever mon sac, stupéfaits de constater qu'il était plus lourd que les leurs. Puis ils se sont préparés à partir et je leur ai dit au revoir, toujours allongée au soleil près de l'eau.

« Hé, Cheryl, m'a crié l'un d'eux juste avant de disparaître de ma vue. On t'a laissé une bière dans le ruisseau. Comme ça, tu ne pourras pas refuser. Elle te revient parce que tu es bien plus coriace que nous ! »

J'ai éclaté de rire, les ai remerciés et suis descendue la chercher. J'étais flattée et ravie. Je l'ai bue le soir même près des chutes d'Obsidian, nommées d'après les incroyables éclats de verre noirs qui recouvraient le chemin et provoquaient un fracas de porcelaine brisée à chaque pas.

J'étais moins émerveillée le lendemain au moment de franchir le col de McKenzie et de pénétrer dans la réserve du mont Washington. Quand j'ai traversé les coulées basaltiques de Belknap Crater et de Little Belknap, le chemin est devenu de plus en plus pierreux. Finis les jolis cailloux scintillants dans les prairies verdoyantes. Pendant huit kilomètres, je me suis tordu chevilles et genoux sur des roches volcaniques noires dont la taille allait de la balle de base-ball au ballon de rugby. Le paysage était aride et exposé, le soleil implacable tandis que je progressais difficilement en direction du mont Washington. Une fois de l'autre côté des cratères, je me suis réfugiée sous les arbres et j'ai constaté que la foule de touristes avait disparu. J'étais de nouveau seule face au chemin.

Le lendemain, j'ai passé le col de Santiam et rejoint la réserve du mont Jefferson, au nord de laquelle se dressait le sommet éponyme, sombre et imposant. J'ai contourné la silhouette acérée du Three Fingered Jack, qui se détachait comme une main fracturée contre le ciel, et continué à marcher jusqu'à ce que le soir tombe, que le soleil disparaisse derrière une nappe de nuages et que le brouillard m'enveloppe. La journée avait été chaude, mais, en l'espace d'une demi-heure, la température a chuté de dix degrés ; le vent s'est levé, puis est retombé d'un coup. J'avançais aussi vite que possible, dégoulinant de sueur malgré la fraîcheur, en quête d'un endroit où bivouaquer. Il commençait à faire dangereusement sombre, et je ne trouvais aucun espace assez plat ou dégagé pour y dresser ma tente. Lorsque j'ai enfin déniché une petite place près d'une mare, j'avais l'impression d'être à l'intérieur d'un nuage. Il régnait un silence presque surnaturel. Le temps que je monte ma tente et filtre de quoi remplir ma gourde à l'aide de mon purificateur incroyablement lent, le vent avait recommencé à souffler en violentes bourrasques qui secouaient les branches au-dessus de ma tête. Je n'avais encore jamais fait l'expérience d'un orage en montagne. « Je n'ai pas peur », me suis-je rappelé en me glissant sous ma tente sans avoir dîné, car je me sentais trop vulnérable à l'extérieur. Pourtant, je le savais, le toit de Nylon n'offrait pas de réelle protection. Je me suis assise, attendant le pire, me préparant à une terrible tempête – qui n'est jamais venue.

Une heure après la tombée de la nuit, le vent s'est calmé et j'ai entendu des coyotes aboyer au loin, comme s'ils célébraient ce retour au calme. Août avait cédé la place à septembre ; désormais, les nuits devenaient glaciales. J'ai enfilé mon bonnet et mes gants pour sortir faire pipi. Lorsque j'ai inspecté les arbres à la lumière de ma frontale, je me suis figée. Deux paires d'yeux me dévisageaient.

Je n'ai jamais su à qui ils appartenaient. Une seconde plus tard, ils avaient disparu.

Le lendemain, le temps était chaud et ensoleillé, à croire que l'étrange tempête de la veille n'avait été qu'un rêve. Après m'être trompée à une intersection, je me suis rendu compte que je n'étais plus sur le PCT mais sur l'Oregon Skyline Trail, qui suivait une trajectoire parallèle à un kilomètre et demi à l'ouest.

Mon guide le citait comme itinéraire alternatif, avec suffisamment de détails pour que je poursuive ma route sans m'inquiéter. Je récupérerais le PCT le lendemain. Et,le surlendemain, je serais à Olallie Lake.

Un, deux, trois, ciel !

Tout l'après-midi, j'ai marché dans une forêt dense ; au détour d'un virage, je suis tombée sur un trio d'élans majestueux qui se sont enfuis sous les arbres dans un tonnerre de sabots. Ce soir-là, alors que je venais de m'arrêter pour la nuit près d'un étang, deux chasseurs sont arrivés du nord.

« Vous avez de l'eau ? m'a demandé aussitôt l'un d'eux.

— On ne peut pas boire celle de l'étang, si ? » a ajouté l'autre, visiblement désespéré.

Ils avaient une trentaine d'années. Le premier était blond et maigre, avec un peu de ventre ; l'autre était un grand rouquin taillé comme un joueur de football américain. Ils portaient de grands couteaux de chasse à la ceinture de leurs jeans, et d'énormes sacs à dos sur lesquels étaient accrochés des arcs et des flèches.

« Vous pouvez, mais à condition de la filtrer, ai-je répondu.

— On n'a pas de filtre », a dit le blond en posant son sac sur un rocher, au milieu de la petite clairière où j'avais prévu de camper.

Je venais à peine de détacher Monster quand ils avaient débarqué.

« Je peux vous prêter le mien, si vous voulez », ai-je proposé.

Je l'ai sorti d'une poche et le lui ai tendu. Il s'est dirigé vers l'étang et accroupi sur la berge boueuse.

« Comment ça marche ? » m'a-t-il demandé.

Je lui ai montré comment plonger dans l'eau le tube muni d'un flotteur, puis pomper à l'aide de la poignée.

« Vous aurez besoin de votre gourde », ai-je ajouté.

Son colosse de copain et lui m'ont jeté un regard navré. Ils n'en avaient pas. Ils n'étaient partis que pour la journée, laissant leur camionnette sur une petite route à cinq kilomètres de là, au bout d'un sentier que je venais de croiser. Ils pensaient l'atteindre bien plus tôt.

« Vous n'avez rien bu de la journée ? me suis-je étonnée.

— On avait du Pepsi, m'a répondu le blond. Six cannettes chacun.

— Comme on va bientôt retrouver la voiture, il nous faut juste de quoi tenir un peu. Mais là, on est morts de soif, m'a expliqué le roux.

— Tenez. »

Je suis allée chercher ce qu'il me restait – environ un quart de gourde. Je l'ai donnée au roux qui a bu une longue gorgée avant de la passer à son ami. J'avais beau être désolée pour eux, leur présence me contrariait. J'étais épuisée. Je mourais d'envie de retirer mes chaussures et mes vêtements trempés, de monter ma tente et de me préparer à manger pour pouvoir me plonger dans *Les Dix Mille Choses*. Sans compter qu'avec leurs cannettes de Pepsi, leurs arcs, leurs grands couteaux et leur façon de me tomber dessus sans prévenir, ces deux hommes ne m'inspiraient pas vraiment confiance. J'avais un peu la même sensation qu'au tout début, lors de ma première semaine sur le chemin, quand j'étais montée dans le fourgon de Frank et que je m'étais demandé ce qu'il attendait de moi – jusqu'à ce qu'il sorte un sachet de réglisse de sous son siège. J'ai décidé de me concentrer sur ce souvenir agréable.

« On a nos cannettes vides, a dit le roux. On n'a qu'à pomper de l'eau dans votre gourde, puis la verser dedans. »

Le blond s'est penché au-dessus de l'étang avec ma gourde et mon purificateur, pendant que le roux fouillait dans son sac à la recherche de deux cannettes vides. Je les ai regardés faire, les bras croisés pour me réchauffer. Le tissu mouillé de mon short, mon T-shirt et mon soutien-gorge était glacé contre ma peau.

« C'est super-dur, a commenté le blond au bout d'un moment.

— Il faut un peu d'huile de coude. C'est normal.

— Vous êtes sûre ? Il n'y a rien qui sort. »

Je me suis approchée. Le flotteur était remonté tout près du corps de l'appareil, et l'extrémité du tube avait coulé au fond de l'eau. Je lui ai pris le purificateur des mains et j'ai essayé de pomper. Impossible. Le tube était complètement bouché par la vase.

« Pourquoi est-ce que vous l'avez laissé tomber dans la boue ? Il fallait le garder près de la surface !

— Merde, a-t-il répondu en guise d'excuse.

— Qu'est-ce qu'on va faire ? s'est inquiété son ami. Il faut vraiment que je boive un truc. »

Je suis allée chercher ma trousse à pharmacie et j'en ai sorti ma petite boîte de pastilles de purification. Je ne m'en étais pas servie depuis le jour du réservoir aux grenouilles sur le Hat Creek Rim, quand j'étais moi-même au bord de la déshydratation.

« On peut utiliser ça », ai-je déclaré, l'air sombre.

J'étais en train de me rendre compte que je devrais m'en contenter jusqu'à ce que j'aie réparé mon purificateur – à condition que ce soit possible.

« C'est quoi ? m'a demandé le blond.

— De l'iode. On met ça dans l'eau et, une demi-heure plus tard, on peut la boire sans danger. »

J'ai rempli mes gourdes à l'endroit le plus clair du point d'eau et jeté deux pastilles dans chaque. Les hommes m'ont imitée avec leurs cannettes.

« Bon, ai-je repris en jetant un coup d'œil à ma montre. L'eau sera buvable à dix-neuf heures dix. »

J'espérais qu'ils s'en iraient, mais ils se sont installés pour attendre.

« Alors, qu'est-ce que tu fais ici toute seule ? a voulu savoir le blond.

— Je randonne sur le Pacific Crest Trail. »

Aussitôt, j'ai regretté ces paroles. Je n'aimais pas sa façon de me regarder de la tête aux pieds avec un regard admiratif.

« Toute seule ?

— Ouais. »

Je n'avais pas plus envie de lui dire la vérité que de concocter un mensonge, qui risquait de trahir ma soudaine inquiétude.

« Je n'arrive pas à croire qu'une fille comme toi se promène par ici toute seule. Tu es bien trop jolie pour ça, si tu veux mon avis. Tu es partie pour combien de temps ?

— Assez longtemps.

— Tu ne trouves pas ça dingue, une petite jeune comme elle, toute seule ici ? a-t-il lancé à son copain roux comme si je n'étais pas là.

— Pas du tout, ai-je déclaré sans lui laisser le

temps de répondre. Tout le monde peut y arriver. Franchement, c'est juste…

— Moi, en tout cas, si tu étais ma copine, je ne t'aurais jamais laissée partir, m'a coupée le roux.

— Elle est vraiment bien foutue, hein ? a repris le blond. Mince, avec des jolies rondeurs, tout ce que j'aime. »

J'ai émis une sorte de petit rire poli, malgré la peur qui me serrait la gorge.

« En tout cas, j'ai été ravie de vous rencontrer, ai-je conclu en me dirigeant vers Monster. Je dois continuer encore un peu, alors je ferais bien de filer.

— Nous aussi, on va y aller, a dit le roux. Ce serait bête de se retrouver dans le noir. »

Il a repris son sac, imité par le blond. Je les observais du coin de l'œil en faisant semblant de me préparer à partir, alors que c'était la dernière chose dont j'avais envie. J'étais fatiguée, j'avais faim, soif et très froid. La nuit allait bientôt tomber, et j'avais choisi cet emplacement parce que mon guide – qui restait tout de même assez vague au sujet de ce chemin annexe – sous-entendait que ce serait le dernier endroit convenable avant un moment.

Ils ont tout de même fini par s'en aller et je suis restée debout quelques minutes, le temps que le nœud se défasse dans ma gorge. J'allais bien. J'étais saine et sauve. Tout ça était un peu ridicule. Ils étaient mal élevés, sexistes, ils avaient détruit mon purificateur, mais ça s'arrêtait là. Ils ne me voulaient aucun mal. Certains hommes ne savent pas se comporter autrement. J'ai déballé mes affaires, rempli ma casserole dans l'étang, allumé mon réchaud et mis l'eau à bouillir. Puis j'ai retiré mes vêtements trempés avant d'enfiler mon caleçon en polaire rouge et ma chemise à manches longues. J'avais déplié ma bâche et je commençais à sortir ma tente quand le blond est réapparu. Aussitôt, j'ai compris que toutes mes craintes étaient fondées. Que j'avais eu raison de me méfier. Qu'il était revenu pour moi.

« Qu'est-ce qui se passe ? » ai-je demandé d'une voix faussement détachée, alors que j'étais terrifiée de le voir là, sans son ami.

Un peu comme si je venais finalement de tomber sur un puma et que je m'étais souvenue, contre tout instinct, qu'il ne fallait pas courir. Ne pas l'exciter, ne pas le provoquer en lui laissant voir ma colère ou ma peur.

« Je croyais que tu devais continuer.

— J'ai changé d'avis.

— Tu nous as menti.

— Pas du tout. J'ai juste changé…

— De vêtements, aussi », m'a-t-il coupé d'un ton plein de sous-entendus.

À ces mots, mes tripes se sont serrées et tout mon corps s'est enflammé comme une traînée de poudre. Je venais de comprendre qu'au moment où je m'étais déshabillée il était sûrement dans le coin en train de m'observer.

« J'aime bien ton pantalon. »

Il a posé son sac.

« Enfin, ton caleçon, je crois que ça s'appelle.

— De quoi est-ce que tu parles ? »

J'entendais à peine ce que je disais, car une pensée lancinante résonnait avec fracas dans ma tête : voilà comment se terminerait ma grande randonnée. Malgré tout mon cran, ma force, mon courage, malgré le plaisir que je prenais désormais à être seule, tout ça n'était qu'une question de chance. Et, si elle tournait soudainement, rien de ce qui s'était passé jusque-là n'aurait plus d'importance, parce que cette seule soirée annulerait des semaines entières de bravoure.

« Je parle de ton pantalon, a-t-il répété, un peu irrité. Il te va bien. Il moule bien tes hanches et tes jambes.

— S'il te plaît, ne dis pas des trucs comme ça, ai-je protesté avec autant d'assurance que possible.

— Pourquoi ? Je te fais un compliment ! On n'a plus le droit de faire des compliments à une fille ? Tu devrais être flattée.

— Merci », ai-je répondu à contrecœur dans l'espoir de le calmer.

J'ai pensé aux Trois Jeunes Mâles, qui n'étaient peut-être pas encore revenus sur le chemin. Puis au sifflet le plus puissant du monde, que personne n'entendrait à part l'homme roux. Puis à mon couteau suisse, rangé dans la poche supérieure gauche de mon sac. Puis à l'eau pas encore bouillante dans ma casserole sans poignée. Et, enfin, à toutes les flèches qui dépassaient du sac de l'homme blond. Je sentais comme un lien invisible qui courait entre elles et moi. S'il tentait quoi que ce soit, je me jetterais sur ces flèches et je lui en planterais une dans la gorge.

« Je crois que tu ferais mieux d'y aller, ai-je ajouté calmement. Il va bientôt faire nuit. »

J'ai croisé les bras sur ma poitrine, car je venais de me rappeler que je ne portais pas de soutien-gorge.

« On vit dans un pays libre. Je partirai quand je serai prêt. J'ai le droit d'être là, je te signale. »

Il a pris sa cannette de Pepsi et agité l'eau à l'intérieur.

« Bon sang, qu'est-ce que tu fous ? » a appelé une voix d'homme.

Quelques secondes plus tard, le roux est apparu.

« J'ai dû remonter jusqu'ici pour te trouver. Je croyais que tu t'étais perdu. »

Il m'a jeté un regard accusateur, comme si j'avais forcé son ami à rester.

« Il faut qu'on y aille si on veut arriver à la camionnette avant la nuit.

— Fais attention à toi, m'a lancé le blond en remettant son sac.

— Au revoir », ai-je répondu.

Je ne voulais ni lui répondre, ni le vexer en l'ignorant complètement.

« Hé, il est dix-neuf heures dix, a-t-il ajouté. On peut boire. »

Il a brandi sa cannette dans ma direction :

« À la jeune demoiselle toute seule dans les bois. »

Puis il a bu une gorgée et suivi son ami.

Je suis restée debout un moment, comme la première fois, en attendant que ma peur retombe. Il ne s'était rien passé. J'allais parfaitement bien. C'était juste un sale type flippant et pervers, mais il était parti.

Il n'empêche que j'ai fourré ma tente encore pliée dans son sac, éteint mon réchaud, vidé l'eau presque bouillante dans l'herbe et plongé la casserole dans l'étang pour la refroidir. Après avoir bu un peu d'eau iodée, j'ai entassé ma gourde, mon T-shirt, mon soutien-gorge et mon short mouillés dans mon sac. Puis j'ai hissé Monster sur mon dos et je me suis élancée sur le chemin dans la lumière déclinante. J'ai marché, marché, l'esprit en mode primal, vide de toute pensée à l'exception d'une seule : aller de l'avant. J'ai continué jusqu'à ce que mon corps se rebelle et que je ne puisse plus mettre un pied devant l'autre.

Alors, j'ai couru.

18

La reine du PCT

Il pleuvait quand je me suis réveillée le lendemain, aux premières lueurs de l'aube. J'étais couchée au milieu du chemin, car je n'avais pas trouvé d'autre espace plat que ces soixante centimètres de terre battue pour dresser ma tente. Il avait commencé à pleuvoir vers minuit. La pluie avait duré toute la nuit et continuait par intermittence depuis le début de la matinée. J'ai repensé à ce qui était arrivé, avait failli arriver ou ne serait jamais arrivé, la veille, avec les deux hommes. Nauséeuse et tremblante, j'ai rejoué la scène encore et encore dans mon esprit. À midi, tout cela était derrière moi et je retrouvais le PCT – le chemin que j'avais pris par erreur m'y avait enfin ramenée.

L'eau tombait du ciel, gouttait des branches et formait une rigole au milieu du sentier. Je marchais sous des arbres immenses, dont le feuillage s'épanouissait très haut au-dessus de ma tête, trempée par les buissons et les arbustes que je frôlais sur mon passage. Pourtant, j'avais beau être mouillée et mal en point, cette forêt avait quelque chose de magique – elle était presque gothique dans sa somptuosité verte, à la fois lumineuse et sombre, si luxuriante qu'elle semblait surnaturelle et tout droit sortie d'un conte de fées.

Il a plu pendant des heures et des heures ce jour-là, tout comme le suivant. Il pleuvait encore le lendemain soir quand j'ai atteint la rive du lac Olallie, qui s'étendait sur près d'un kilomètre carré. J'ai longé le poste de rangers fermé avec un sentiment d'intense soulagement, piétinant dans la boue et l'herbe humide entre les tables de pique-nique jusqu'au petit groupe de bâtiments en bois du *Olallie Lake Resort*. Avant de randonner dans l'Oregon, je me faisais une idée très différente de ce que pouvait désigner le terme « resort[1] ». Il n'y avait personne en vue. Les dix chalets rudimentaires éparpillés près du lac semblaient vides ; quant à la minuscule boutique, elle avait baissé son rideau pour la nuit.

Il a recommencé à pleuvoir alors que je me tenais à côté sous un pin tordu. J'ai remonté la capuche de mon imperméable sur ma tête et contemplé le lac. Le pic grandiose du mont Jefferson aurait dû se dresser au sud, et la masse plus trapue d'Olallie Butte au nord ; mais, entre l'obscurité grandissante et le brouillard, je ne distinguais ni l'un ni l'autre. Privés de l'arrière-plan des montagnes, les pins et le grand lac me rappelaient le nord du Minnesota. Même l'air avait quelque chose de semblable. La fête du Travail était passée depuis une semaine[2] ; l'automne n'était pas encore là, mais il n'allait plus tarder. L'endroit semblait triste et abandonné de tous. J'ai plongé la main dans ma poche, sorti mon guide et lu le

1. Hôtel ou complexe touristique.
2. Aux États-Unis, le premier lundi de septembre.

paragraphe consacré au camping voisin – situé juste après le poste de rangers, il surplombait Head Lake, le petit cousin d'Olallie.

Je m'y suis installée, j'ai préparé mon dîner sous la pluie, puis je me suis réfugiée sous ma tente et glissée dans mon sac de couchage humide, vêtue de mes vêtements tout aussi humides. Comme les piles de ma lampe étaient à plat, je ne pouvais pas lire. Alors je me suis contentée d'écouter le clapotis des gouttes de pluie sur le toit de Nylon, à quelques centimètres de ma tête.

Je trouverais des piles de rechange dans mon colis le lendemain. Ainsi que des chocolats Hershey que je dégusterais au compte-gouttes la semaine suivante. Il y aurait également mon dernier lot de repas déshydratés, de noix et de graines rances. Les imaginer était à la fois une torture et une source de réconfort. Roulée en boule dans l'espoir de tenir mon sac de couchage le plus loin possible des parois de la tente, je n'arrivais pas à m'endormir. Malgré les circonstances maussades, je sentais poindre une lueur de joie à l'idée que, dans environ une semaine, j'aurais terminé ma randonnée. Je serais à Portland, je recommencerais à vivre comme une personne normale. Je trouverais un petit boulot de serveuse le soir, j'écrirais pendant la journée. Depuis que j'avais décidé de m'installer à Portland, je passais des heures à imaginer ce que j'éprouverais en retrouvant un monde où la nourriture, la musique, le vin et le café étaient disponibles à volonté.

Bien sûr, il y aurait aussi de l'héroïne là-bas. Sauf que je n'en voulais plus. Peut-être que je n'en avais jamais vraiment voulu, d'ailleurs. J'avais fini par comprendre ce qui m'avait poussée vers elle : la quête éperdue d'une porte de sortie, alors que ce que je cherchais depuis le début, c'était une porte d'entrée. Cette fois, j'y étais presque.

Le lendemain matin, j'ai couru après le ranger qui s'apprêtait à partir en voiture, en criant :

« J'ai un colis ! »

Il s'est arrêté et a baissé sa vitre.

« Cheryl ?

— Oui. J'ai un colis, ai-je répété, emmitouflée dans mon imperméable moisi.

— Tes amis m'ont parlé de toi. »

Il est descendu.

« Le couple marié », a-t-il précisé.

Surprise, j'ai retiré ma capuche.

« Sam et Helen ? »

Il a acquiescé. En repensant à eux, j'ai été envahie d'une bouffée de tendresse. Après avoir remis ma capuche, j'ai suivi le ranger jusqu'au garage qui jouxtait le poste, lui-même adossé à ce qui semblait être son logement.

« Je dois aller en ville, mais je serai de retour dans l'après-midi, si tu as besoin de quoi que ce soit », m'a-t-il annoncé en me tendant un carton et trois lettres.

Il était brun, moustachu et devait avoir un peu moins de quarante ans.

« Merci. »

Comme il faisait toujours un temps de chien, je me suis dirigée vers la petite épicerie, mon courrier dans les bras. J'ai commandé un café au vieil homme qui tenait la caisse en lui promettant de le payer dès que j'aurais ouvert mon colis. Puis je me suis installée près du poêle et j'ai lu mes lettres. La première venait d'Aimee, la deuxième de Paul, et la troisième, à ma grande surprise, d'Ed – l'« ange du chemin » rencontré à Kennedy Meadows.

« Si tu lis ces mots, c'est que tu as réussi, Cheryl. Félicitations ! »

J'étais si touchée que j'ai éclaté de rire. Le caissier a levé les yeux.

« Des nouvelles de chez vous ?

— Oui, on peut dire ça. »

Quand j'ai ouvert mon colis, j'y ai trouvé non seulement l'enveloppe qui contenait mes vingt dollars, mais une autre identique – celle qui aurait dû être dans le colis du *Shelter Cove Resort*. Je m'étais sans doute trompée en les répartissant. Ça n'avait plus d'importance. J'étais parvenue jusque-là avec mes deux *cents* en poche, et la récompense était à la hauteur : j'étais désormais riche de quarante dollars et deux *cents*. J'ai réglé mon café, acheté un cookie et demandé à l'homme si je pouvais me laver, mais il a secoué la tête. J'étais abattue. Il n'y avait ni douches ni restaurant, il tombait une pluie fine et incessante et il devait faire douze degrés.

J'ai repris un café en me demandant s'il ne valait pas mieux reprendre la route. Je n'avais pas vraiment de raison de rester. Pourtant, la perspective de m'enfoncer dans la forêt avec mes habits trempés était non seulement décourageante, mais dangereuse : l'humidité ambiante m'aurait fait courir un risque d'hypothermie. Au moins, je pouvais rester au chaud dans le magasin. Depuis trois jours, soit je suais à grosses gouttes, soit je grelottais. J'étais épuisée, aussi bien physiquement que psychologiquement. Je m'étais accordé quelques demi-journées de repos, mais pas une seule complète depuis Crater Lake. Sans compter que, malgré mon impatience d'arriver au pont des Dieux, je n'étais pas vraiment pressée. J'en étais suffisamment proche pour être sûre de l'atteindre avant mon anniversaire. Je pouvais me permettre de prendre mon temps.

« Nous n'avons pas de douches, mademoiselle, mais je peux vous inviter à dîner ce soir avec quelques membres de l'équipe. Si ça vous dit, vous n'aurez qu'à nous rejoindre vers dix-sept heures.

« Dîner ? »

Ma décision était prise : je restais.

De retour au camp, j'ai séché de mon mieux mes affaires entre deux averses. J'ai mis une casserole d'eau à chauffer et, accroupie toute nue à côté, je me suis lavée à l'aide de mon foulard. Ensuite, j'ai démonté mon purificateur d'eau, secoué la boue que le type blond avait aspirée à l'intérieur, et tout rincé à l'eau claire. Quelques minutes avant que je parte pour le lieu du rendez-vous, les Trois Jeunes Mâles sont arrivés, dégoulinants et plus beaux que jamais. À leur vue, j'ai littéralement bondi de joie. Je leur ai expliqué que j'allais dîner et qu'ils pourraient sûrement se joindre à moi – auquel cas je reviendrais les chercher. Mais quand je me suis présentée au bâtiment indiqué, la femme responsable du repas s'est montrée intraitable.

« Nous n'avons pas assez à manger. »

Je me sentais coupable de les abandonner, mais je mourais de faim. Le repas était simple et familial, comme ceux que j'avais partagés des milliers de fois dans le Minnesota. Ragoût de bœuf haché, maïs et pommes de terre gratinées au cheddar, avec de la salade. J'ai rempli mon assiette, tout englouti en cinq bouchées, puis attendu poliment que la femme coupe le gâteau jaune à glaçage blanc qui trônait sur une petite table. Le moment venu, j'en ai mangé un morceau puis je suis retournée discrètement en chercher un autre, le plus gros de tous, que j'ai enveloppé dans une serviette en papier et glissé dans ma poche.

« Merci beaucoup, ai-je dit. Je ferais bien d'aller retrouver mes amis. »

J'ai traversé la pelouse trempée en tenant la part de gâteau avec précaution. Il n'était que dix-sept heures trente, mais les lieux étaient si sombres et silencieux qu'on se serait cru au milieu de la nuit.

« Te voilà ! Je te cherchais », a lancé une voix d'homme.

C'était le ranger qui m'avait remis mon colis et mes lettres. Il se tamponnait les lèvres avec un torchon.

« Désolé, je parle un peu bizarrement, m'a-t-il expliqué en approchant. J'ai été opéré de la bouche aujourd'hui. »

J'ai mis ma capuche car il recommençait à pleuvoir. En plus de ses problèmes de santé, il semblait un peu saoul.

« Alors, ça te dirait de venir chez moi boire un verre ? Tu pourras t'abriter un peu, a-t-il repris d'une voix pâteuse. C'est juste là, à côté du poste. J'ai allumé un feu, et je te préparerai des cocktails sympas.

— C'est gentil, mais je ne peux pas. Mes amis viennent d'arriver, on campe tous ensemble », ai-je expliqué avec un geste en direction de la petite butte, de l'autre côté de la route, où se trouvaient ma tente et celles des Trois Jeunes Mâles.

Je les imaginais très bien : à ce moment précis, ils devaient être accroupis sous la pluie dans leurs imperméables, en train de manger leur repas sans saveur, ou bien réfugiés sous leurs tentes puisqu'ils n'avaient pas d'autre endroit où aller. Puis j'ai pensé au feu de cheminée et à l'alcool. S'ils venaient avec moi chez le ranger, ils me serviraient de rempart contre ce qu'il avait sans doute en tête.

« Bon, pourquoi pas, ai-je fini par céder tandis qu'il bavait et s'essuyait la bouche. À condition que je puisse amener mes amis. »

Je suis retournée au campement avec le morceau de gâteau. Les Trois Jeunes Mâles étaient enfermés dans leurs tentes.

« J'ai du gâteau ! » me suis-je écriée.

Ils sont sortis et l'ont mangé à même ma main, sans un mot, avec un sens du partage acquis au cours de longs mois de privations et de cohabitation.

Je ne les avais pas vus depuis neuf jours mais ils m'étaient devenus plus proches, plus familiers, comme si nous n'avions jamais été séparés. En dehors de l'entité des Trois Jeunes Mâles, ils commençaient aussi à exister séparément dans mon esprit. Richie était hilarant et un peu bizarre, avec un côté sombre et mystérieux qui me fascinait. Josh était doux et intelligent, plus réservé que les autres. Quant à Rick, il était drôle, incisif, gentil et très doué pour la conversation. Alors que je me tenais là avec eux, du gâteau plein les mains, je me suis rendu compte que j'avais un petit faible pour chacun d'eux, avec une nette préférence pour Rick. Je savais que c'était absurde. Il avait presque quatre ans de moins que moi, à un âge où ce genre de différence compte beaucoup. Étant donné l'écart entre ce que nous avions vécu, j'aurais dû me comporter en grande sœur, au lieu d'espérer me retrouver seule avec lui sous une tente. Alors j'ai arrêté d'y penser, malgré les papillons que j'avais dans le ventre chaque fois que je croisais son regard – et malgré le fait qu'il semblait éprouver la même chose.

« Je suis désolée pour le repas, ai-je déclaré avant de leur expliquer ce qui s'était passé. Vous avez mangé ? »

Je me sentais un peu coupable. Ils ont acquiescé en se léchant les doigts.

« C'était bon ? m'a demandé Richie.

J'avais beau avoir le béguin pour Rick, son accent de La Nouvelle-Orléans le rendait vraiment très séduisant.

« Juste un ragoût et une salade. »

À leur tête, on aurait dit que je venais de les insulter.

« Mais c'est pour ça que je vous ai rapporté du gâteau ! Et puis j'ai une bonne nouvelle qui devrait vous intéresser. Le ranger m'a invitée à boire un verre chez lui, et je lui ai dit oui à condition que vous puissiez venir. Il faut que je vous prévienne, il est un peu spécial – il s'est fait opérer de la bouche aujourd'hui, du coup je crois qu'il est sous médicaments et déjà un peu saoul. Mais il a un feu de cheminée, de l'alcool, et un toit. Ça vous tente ? »

Les Trois Jeunes Mâles m'ont jeté leur regard de barbares affamés et, deux minutes plus tard, nous frappions à la porte du ranger.

« Ah, te voilà. »

Il nous a laissés entrer.

« Je commençais à croire que tu m'avais posé un lapin.

— Je te présente mes amis, Rick, Richie et Josh. »

Il leur a à peine jeté un coup d'œil dédaigneux, sa serviette toujours pressée sur les lèvres. Quand j'avais parlé de les amener, il n'avait pas vraiment accepté de gaieté de cœur – mais c'était ça ou rien.

Les Trois Jeunes Mâles se sont assis en rang d'oignons sur le canapé, face au feu, les pieds sur la pierre du foyer.

« Tu veux un verre, ma belle ? m'a proposé le ranger en me précédant dans la cuisine. Je m'appelle Guy, au fait. Je ne sais plus si je te l'ai dit.

— Enchantée, Guy. »

Je suis restée tournée vers la porte pour suggérer que je n'étais pas vraiment seule avec lui, mais plutôt à mi-chemin entre la cuisine et le salon, comme si nous participions tous à une joyeuse soirée.

« Je vais te préparer un truc spécial.

— Pour moi ? C'est gentil. Les gars, vous voulez à boire ? »

Ils m'ont répondu par l'affirmative pendant que Guy remplissait de glaçons un gobelet en plastique géant et y versait toutes sortes d'alcools, avant de terminer par une cannette de jus de fruits sortie du frigo.

« On dirait un suicide, ai-je commenté quand il m'a tendu le cocktail. C'est comme ça qu'on appelait les mélanges qu'on faisait à la fac, avec tout ce qui nous tombait sous la main.

— Goûte et dis-moi si tu aimes. »

J'ai bu une gorgée. C'était infernal, au sens positif du terme. Et bien meilleur que de rester assise sous la pluie.

« Miam ! me suis-je exclamée un peu trop fort en me précipitant vers le canapé. Vous en voulez, les gars ?

— Bien sûr. »

Guy n'a pas réagi. J'ai tendu le gobelet à Rick, et je me suis glissée à côté de lui. Nous étions serrés comme des sardines sur les gros coussins moelleux, et j'étais ravie de sentir son corps plaqué contre le mien. Le feu nous réchauffait de sa lumière comme un petit soleil.

« À propos de suicide, chérie, j'en connais un rayon », a déclaré Guy en venant se planter devant moi, le dos contre le manteau de la cheminée.

Rick a passé le verre à Josh, qui l'a ensuite tendu à Richie.

« On a malheureusement pas mal de suicides par ici. C'est là que ce boulot devient intéressant. »

Les yeux de Guy se sont illuminés au-dessus du torchon qui lui masquait la moitié du visage. Le gobelet est revenu jusqu'à moi ; j'ai pris une gorgée, puis je l'ai redonné à Rick, et ainsi de suite, comme si nous faisions tourner un gigantesque joint liquide. Pendant ce temps, Guy nous a raconté en détail la scène qu'il avait découverte un après-midi. Un homme s'était brûlé la cervelle dans les toilettes publiques au milieu des bois.

« Et si je te parle de cervelle, c'est parce qu'il y en avait absolument partout, a-t-il insisté à travers sa serviette. Tu n'imagines même pas. Pense au truc le plus dégueulasse que tu connaisses, Cheryl, et représente-toi ça. »

Il ne me quittait pas des yeux, comme si les Trois Jeunes Mâles n'étaient pas dans la pièce.

« Pas juste de la cervelle. Mais aussi du sang, des morceaux de crâne et de chair. Partout. Ça avait giclé sur tous les murs.

— Je n'ai pas vraiment envie d'imaginer. »

J'ai fait tourner les glaçons dans le verre que les garçons m'avaient laissé, maintenant qu'il était vide.

« Tu en veux un autre, miss sexy ? » m'a proposé Guy.

Je lui ai tendu le gobelet et il a disparu dans la cuisine. Les Trois Jeunes Mâles et moi avons échangé des regards complices, avant d'éclater de rire aussi discrètement que possible à la lueur du feu.

« Il y a une autre histoire qu'il faut que je te raconte, a repris Guy en revenant avec mon cocktail. Sauf que, cette fois, c'était un meurtre. Un homicide. Et il n'y avait pas de cervelle, juste du sang. Des litres de sang. Des seaux entiers, Cheryl. »

Il a continué comme ça toute la soirée.

Plus tard, nous sommes rentrés au campement et avons discuté un moment dans le noir, à moitié saouls, jusqu'à ce qu'il recommence à pleuvoir et que nous soyons obligés de nous séparer pour la nuit. Une fois dans ma tente, j'ai constaté qu'une petite flaque s'était formée au bout. Le lendemain matin, c'était devenu une mare et mon sac de couchage était trempé. Je l'ai secoué puis j'ai inspecté les lieux en quête d'un endroit où le suspendre, mais ça n'aurait servi à rien. Alors je l'ai emporté avec moi quand nous sommes allés boire un café à la boutique, et je l'ai tenu devant le poêle.

« Hé, on t'a trouvé un surnom, m'a lancé Josh.

— Ah, lequel ? »

Je me suis cachée derrière mon sac, comme pour me protéger de ce qu'ils allaient dire.

« La reine du PCT, a répondu Richie.

— Parce que les gens sont toujours prêts à te donner des trucs ou à faire des choses pour toi, a ajouté Rick. Nous, on ne nous donne jamais rien. Personne ne lève le petit doigt pour nous. »

Je les ai regardés par-dessus mon sac et nous avons éclaté de rire. Depuis le début, plus je suscitais de questions du genre « Vous n'avez pas peur, toute seule ? » – les gens partant du principe qu'une femme esseulée attirait les prédateurs –, plus on se montrait gentil avec moi. Mis à part deux expériences désagréables avec le chasseur blond qui avait bouché mon purificateur et le couple âgé qui m'avait chassée d'un terrain de camping en Californie, on ne m'avait témoigné que de la générosité. Le monde et ses habitants m'avaient ouvert les bras à chaque tournant.

Au même instant, le vieux caissier s'est penché vers nous.

« Mademoiselle, je voulais vous dire que si vous voulez rester encore une nuit pour vous sécher, on vous laissera un des chalets pour trois fois rien. »

Je me suis tournée vers les Trois Jeunes Mâles avec un regard interrogateur.

Quinze minutes plus tard, nous nous installions dans notre cabane en bois et suspendions nos sacs de couchage aux poutres poussiéreuses. L'unique pièce lambrissée était presque entièrement occupée par deux lits doubles, dont les cadres métalliques antédiluviens grinçaient dès qu'on y touchait.

Plus tard, je suis retournée à la boutique sous la pluie pour acheter à manger. Quand j'ai ouvert la porte, Lisa se tenait devant le poêle. Lisa, de Portland, qui m'avait envoyé mes colis tout l'été. Lisa avec qui je comptais m'installer dans une semaine.

« Salut ! s'est-elle écriée en me sautant au cou. Je savais que tu passerais par ici à peu près à cette date, m'a-t-elle expliqué une fois que nous avons été remises du choc. Alors on a décidé de venir voir. »

Elle s'est tournée vers son copain, Jason, à qui j'ai serré la main – je l'avais rencontré brièvement au tout début de leur relation, avant de partir pour ma randonnée. C'était irréel de voir des visages familiers, et un peu triste aussi. J'étais à la fois heureuse et déçue : leur présence semblait précipiter la fin de mon voyage et me rappelait que, même s'il me faudrait encore une semaine pour y parvenir, Portland n'était qu'à cent quarante-quatre kilomètres en voiture.

Le soir, nous nous sommes tous entassés dans le fourgon de Jason et nous avons suivi de petites routes tortueuses au milieu de la forêt pour rejoindre les sources chaudes de Bagby. C'était un vrai coin de paradis : des pontons de bois répartis sur trois niveaux accueillaient des baignoires de tailles variées au-dessus d'un ruisseau fumant, à deux kilomètres et demi du parking situé dans la forêt nationale du mont Hood. Pas d'aménagement privé, de complexe touristique ni de centre de soins. Juste un endroit où l'on pouvait se rendre gratuitement à n'importe quelle heure du jour ou de la nuit pour se baigner dans les eaux naturellement chaudes, sous le feuillage vénérable des sapins de Douglas, des pruches et des cèdres. Son existence était encore plus surréaliste que la présence de Lisa dans la boutique d'Olallie Lake.

Nous étions quasiment seuls. Les Trois Jeunes Mâles et moi sommes descendus au dernier ponton, où se trouvaient de longs bacs creusés à la main dans des troncs de cèdre, sous un haut plafond à claire-voie. Nous nous sommes déshabillés sous la pluie qui gouttait doucement des branches luxuriantes, et j'ai admiré du coin de l'œil leurs corps nus dans l'obscurité. Rick et moi avons pris place dans deux baignoires voisines, ouvert les robinets et poussé un soupir d'aise tandis que l'eau brûlante chargée en minéraux se répandait sur nous. J'ai repensé au bain que j'avais pris à Sierra City avant de monter vers la neige. Voilà que, à une semaine de la fin de mon voyage, la boucle était enfin bouclée, comme si j'avais survécu à un rêve éprouvant et magnifique.

À l'aller, j'étais montée à l'avant avec Lisa et Jason, mais, au moment de rentrer, j'ai pris place à l'arrière aux côtés des Trois Jeunes Mâles. Propre, réchauffée et détendue, j'ai rampé sur le futon qui couvrait le fond du coffre.

« Il est à toi, au fait, m'a signalé Lisa en refermant la porte sur nous. Je l'ai pris dans ton pick-up au cas où on voudrait passer la nuit ici. »

« Bienvenue dans mon lit, les garçons », ai-je susurré d'une voix faussement lascive pour masquer la gêne que je ressentais – car c'était effectivement mon lit, celui que j'avais partagé avec Paul pendant des années. Ce souvenir a assombri ma bonne humeur. Je n'avais pas encore ouvert sa lettre, alors que d'habitude je déchirais les enveloppes avec impatience. La vue de son écriture familière m'avait fait hésiter. J'avais décidé de la garder pour plus tard et de la lire sur le chemin, peut-être pour éviter de lui répondre par des déclarations enflammées qui n'étaient plus sincères.

« Dans mon cœur, je serai toujours ta femme », lui avais-je juré le jour de notre divorce.

Cela ne remontait qu'à cinq mois, et pourtant je n'étais même plus sûre de l'avoir dit. Si mon amour pour lui était indiscutable, ce n'était plus le cas du lien qui nous unissait. Nous n'étions plus mariés. Et tandis que je m'allongeais près des Trois Jeunes Mâles sur ce qui avait été notre lit, toutes les incertitudes de cette situation se sont envolées pour céder la place à une forme d'acceptation.

Blottis les uns contre les autres – Richie, Josh, Rick et moi, dans cet ordre –, nous nous laissions secouer par les cahots. Comme la veille sur le divan du ranger, il n'y avait pas le moindre espace entre nous. Le flanc de Rick était pressé contre le mien, très légèrement tourné dans ma direction. Le ciel s'était enfin dégagé, dévoilant la lune presque pleine.

« Regarde », ai-je dit à Rick en tendant la main vers la vitre.

Nous avons discuté à mi-voix des clairs de lune que nous avions admirés sur le chemin, des endroits où nous étions alors, et de ce qui nous attendait ensuite.

« Il faudra que tu me donnes le numéro de Lisa pour qu'on se revoie à Portland, a-t-il réclamé. Moi aussi, je vais retourner vivre là-bas après la randonnée.

— Oh oui, il faut vraiment qu'on se revoie.

— C'est clair. »

Il m'a regardée avec cette douceur qui me faisait chavirer. Pourtant, je me rendais compte que j'avais beau l'apprécier mille fois plus que la majorité des hommes avec lesquels j'avais couché, et en mourir d'envie, je ne le toucherais pas. Il était aussi inatteignable que la lune. Pas seulement parce qu'il était plus jeune que moi ou parce que ses deux copains se trouvaient juste à côté. Mais parce que, pour la première fois, j'étais capable de me contenter d'un moment chaste et délicieux avec un garçon gentil, doux, fort, sexy et intelligent qui ne serait sans doute jamais plus qu'un ami. Pour la première fois, je n'avais pas désespérément besoin d'un compagnon. Pour la première fois, la phrase « la femme qui a un trou dans le cœur » ne résonnait plus dans ma tête. Elle ne s'appliquait même plus à moi.

« Je suis vraiment heureuse de t'avoir rencontré, ai-je confié à Rick.

— Moi aussi. Comment ne pas se réjouir de fréquenter la reine du PCT ? »

Je lui ai souri avant de tourner à nouveau les yeux vers la lune, consciente de la chaleur si intense de son corps contre le mien, pendant que s'installait un silence lourd de sens.

« C'est beau, a-t-il déclaré au bout d'un moment. Vraiment très beau.

— Quoi donc ? »

Je connaissais déjà la réponse.

« Tout. »

Et c'était vrai.

19

Le rêve d'un langage commun

Le lendemain matin, le ciel était d'un bleu limpide et le soleil brillait sur Olallie Lake, avec une vue de carte postale sur le mont Jefferson au sud et sur Olallie Butte au nord. Assise à une table de pique-nique près du poste de rangers, j'ai préparé Monster pour la dernière étape de ma randonnée. Les Trois Jeunes Mâles avaient filé à l'aube, pressés d'atteindre le Canada avant que les Hautes Cascades de Washington ne soient complètement enneigées. Comme je n'irais pas jusque-là, je pouvais prendre mon temps.

L'apparition de Guy, un carton dans les mains et l'air parfaitement sobre, m'a tirée de ma transe contemplative.

« Je suis content que tu ne sois pas encore partie. Ça vient d'arriver. »

J'ai pris le colis en jetant un coup d'œil à l'adresse de l'expéditeur. C'était celle de mon amie Gretchen.

« Merci pour tout, ai-je lancé à Guy qui s'éloignait. Pour les cocktails l'autre soir et pour ton hospitalité.

— Fais attention à toi. »

Il a tourné au coin du bâtiment. Quand j'ai ouvert la boîte, je suis restée bouche bée devant son contenu : une douzaine de chocolats fourrés enveloppés de papiers brillants, et une bouteille de vin rouge. J'ai tout de suite mangé un chocolat, les yeux rivés sur la bouteille. Je mourais d'envie de la boire le soir même, mais cela signifiait que je devrais la transporter ensuite jusqu'à *Timberline Lodge*. Alors j'ai terminé de ranger mes affaires, hissé Monster sur mon dos, pris le colis vide et la bouteille, et je me suis dirigée vers le poste de rangers.

« Cheryl ! » a tonné une voix dans mon dos.

Je me suis retournée.

« Te voilà ! Te voilà ! Je t'ai rattrapée ! »

J'étais si surprise que j'ai laissé tomber le carton. L'homme a levé les mains au ciel et poussé un « youyou » que je reconnaissais sans parvenir à le situer. Il était jeune, barbu, les cheveux dorés, à la fois différent et semblable à lui-même.

« Cheryl ! » a-t-il crié une nouvelle fois, avant de se jeter sur moi en manquant de me renverser.

Le temps semblait s'écouler au ralenti ; peu à peu, j'ai pris conscience de qui il était sans vraiment le réaliser, et puis je me suis retrouvée dans ses bras et mise à hurler moi aussi :

« Doug ! Doug, Doug, Doug !

— Cheryl, Cheryl, Cheryl ! »

Il a fini par reculer d'un pas, et nous nous sommes dévisagés.

« Tu as maigri, m'a-t-il lancé.

— Toi aussi.

— Tu t'es sacrément endurcie.

— Je sais ! Toi aussi.

— Je me suis laissé pousser la barbe. J'ai tellement de choses à te raconter !

— Moi aussi ! Où est Tom ?

— Quelques kilomètres derrière moi. Il arrivera plus tard.

— Vous avez réussi à traverser la neige ?

— Une partie, et puis c'est devenu vraiment compliqué et on a fini par redescendre et faire le détour. »

J'ai secoué la tête, encore stupéfaite de le voir là. Je lui ai annoncé que Greg avait abandonné et lui ai demandé des nouvelles de Matt et Albert.

« Je n'en ai pas eu depuis la dernière fois qu'on les a vus. »

Il m'a souri, le regard pétillant.

« On a lu tes messages dans le registre tout l'été. Ils nous motivaient, nous poussaient à accélérer. On voulait te revoir.

— Je m'apprêtais à partir. »

Je me suis penchée pour ramasser la boîte.

« Une minute de plus, et vous m'auriez manquée. Si ça se trouve, vous ne m'auriez jamais rattrapée.

— Bien sûr que si. »

Il a éclaté de rire, ce rire d'enfant choyé dont je me souvenais si bien et qui avait acquis une nouvelle sonorité – plus éraillée, moins assurée qu'auparavant, comme s'il avait vieilli de plusieurs années d'un coup.

« Tu veux bien rester encore un peu, le temps que j'organise mes affaires ? Comme ça on pourra repartir ensemble.

— Avec plaisir, ai-je répondu sans hésiter. Je voudrais arriver seule à Cascade Locks – tu sais, pour terminer de la même façon que j'ai commencé –, mais je peux vous accompagner jusqu'à *Timberline Lodge*.

— Bon sang, Cheryl. »

Il m'a serrée une nouvelle fois dans ses bras.

« Je n'arrive pas à croire qu'on soit réunis. Oh, tu as toujours la plume noire que je t'ai donnée ! »

Il a tendu la main pour la toucher.

« Elle m'a porté bonheur, ai-je répondu.

— C'est quoi, ce vin ?

— Je vais l'offrir au ranger. Je n'ai pas envie de trimballer la bouteille jusqu'à Timberline.

— Tu es folle ? Donne-moi ça. »

Nous l'avons débouchée ce soir-là près de Warm Springs River à l'aide de mon couteau suisse. Pendant la journée, la température était montée au-dessus de vingt degrés, mais, depuis que la nuit était tombée, on sentait poindre la fraîcheur de l'automne. Les arbres avaient commencé à perdre quelques feuilles ; les tiges des fleurs sauvages se courbaient sous le poids des pétales fanés. Nous avons allumé un feu pendant que nos repas chauffaient, puis mangé à même nos casseroles en nous passant la bouteille, car nous n'avions pas de verre. Entre le vin, le feu et la compagnie retrouvée de Doug, j'avais l'impression que ce moment était un rite de passage, un cérémonial qui marquait la fin de mon voyage.

Tout à coup, nous avons tourné la tête, surpris par des aboiements de coyotes très proches dans l'obscurité.

« Ce bruit me donne toujours la chair de poule, a déclaré Doug en buvant une gorgée avant de me tendre la bouteille. Il est vraiment bon, ce vin.

— Oui, hein. Moi aussi, j'ai souvent entendu des coyotes cet été.

— Mais tu te répétais que tu n'avais pas peur, et ça fonctionnait, pas vrai ?

— Effectivement. Sauf que, de temps en temps, je n'étais quand même pas très rassurée.

— Pareil. »

Il a posé une main sur mon épaule et je l'ai serrée. Je le considérais un peu comme mon frère, bien que nous n'ayons aucun lien de parenté. J'avais l'impression que je serais toujours liée à lui, même si je ne le revoyais jamais.

Une fois la bouteille vide, je suis allée chercher le sac en plastique qui contenait mes livres.

« Tu le veux ? » ai-je proposé à Doug en lui tendant *Les Dix Mille Choses*.

Il a secoué la tête. Je l'avais terminé quelques jours plus tôt, mais je n'avais pas pu le brûler à cause de la pluie. Contrairement à la majorité des ouvrages que j'avais lus cet été-là, je le connaissais déjà quand je l'avais glissé dans mon colis quelques mois plus tôt. C'était un roman dense et lyrique traduit du danois, dont l'action se situait dans les îles Moluques en Indonésie. Acclamé par la critique à sa sortie en 1955, il avait depuis sombré dans l'oubli. Je n'avais jamais rencontré personne qui l'ait lu, à part le professeur d'université qui l'avait mis au programme de son atelier d'écriture l'année où ma mère était tombée malade. Le titre m'avait particulièrement frappée quand je l'avais ouvert à l'hôpital, dans l'espoir de chasser ma peur et mon chagrin en me concentrant sur les passages que je pourrais citer au prochain cours. Mais ça n'avait pas fonctionné. Je ne pensais qu'à ma mère. Et puis je connaissais déjà les dix mille choses évoquées par l'auteur. C'était toutes les choses connues ou non de l'univers qui, mises bout à bout, représenteraient toujours moins que son amour pour moi. Ou que celui que je lui portais. Alors, quand je m'étais préparée à partir sur le PCT, j'avais décidé de donner une seconde chance à ce roman. Cette fois, je n'avais eu aucun mal à me concentrer. Dès la première page, j'avais compris. Chaque phrase de Dermoût me frappait comme un poignard, décrivant un pays lointain qui me semblait teinté du sang de tous les endroits que j'avais aimés.

« Je crois que je vais aller me coucher, a déclaré Doug, la bouteille vide à la main. Tom devrait arriver demain.

— D'accord, j'éteindrai le feu. »

Après son départ, j'ai arraché les pages des *Dix Mille Choses* de leur reliure souple et je les ai jetées sur les braises, poignée après poignée, en les remuant avec un bâton. Les yeux perdus dans les flammes, j'ai pensé à Eddie, comme chaque fois que j'étais assise devant un feu de bois. C'était lui qui m'avait montré comment en allumer un. Lui qui m'avait emmenée camper pour la première fois. Lui qui m'avait appris à monter une tente et à faire des nœuds. Grâce à lui, je savais ouvrir une boîte de conserve avec un couteau de poche, manier les rames d'un canoë et faire des ricochets à la surface d'un lac. Au début, nous allions camper et faire du canoë presque tous les week-ends, de juin à septembre, sur les rivières Minnesota, Sainte-Croix ou Namekagon. Et quand, trois ans après sa rencontre avec ma mère, nous nous étions installés dans le Nord sur le terrain acheté grâce à sa pension d'invalidité, il m'avait encore enseigné énormément de choses sur la forêt.

On ne peut jamais savoir pourquoi certains événements arrivent et d'autres non, ce qui provoque quoi, ce qui détruit quoi. Quelles choses permettent à d'autres de naître, de mourir ou de changer de cours. Mais ce soir-là, près du feu, j'avais la quasi-certitude que, sans Eddie, je ne serais jamais partie sur le PCT. Et la boule douloureuse qui me serrait la gorge lorsque je songeais à lui, même si elle était toujours là, a commencé à me faire un peu moins mal. Il ne m'avait pas aimée comme il le fallait à la fin, mais il m'avait aimée plus qu'assez au moment où j'en avais vraiment besoin.

Une fois *Les Dix Mille Choses* réduites en cendres, j'ai sorti mon autre livre du sachet en plastique. C'était *The Dream of a Common Language*. Bien que je l'aie eu sur moi depuis le début, je ne l'avais pas ouvert une seule fois depuis ma première nuit sur le chemin. Je n'en avais pas eu besoin. Je le connaissais par cœur. Tout l'été, il avait résonné par bribes dans ma tête – quelques strophes, ou parfois juste le titre, lui-même tiré d'un poème : « Le rêve d'un langage commun ». J'ai feuilleté le recueil à la lueur des flammes, parcourant une dizaine de textes si familiers qu'ils me procuraient un étrange réconfort. J'avais répété ces vers telle une incantation silencieuse pendant des jours et des jours. Souvent, je ne comprenais pas très bien ce qu'ils signifiaient tout en les saisissant parfaitement, comme s'ils étaient à la fois juste devant moi et hors de portée – comme un poisson qui évoluait tout près de la surface et que j'essayais d'attraper à mains nues, si proche, si présent, si clairement mien. Mais, dès que je tendais le bras, il disparaissait.

J'ai refermé le livre et contemplé la couverture beige. Je n'avais aucune raison de ne pas le brûler lui aussi.

Au lieu de ça, je l'ai serré contre ma poitrine.

Nous avons atteint Timberline Lodge deux jours plus tard. Doug et moi n'étions plus seuls : Tom nous avait rattrapés, et nous avions également été rejoints par deux femmes, deux ex d'une vingtaine d'années qui parcouraient l'Oregon et une petite partie de l'État de Washington. Nous avancions tranquillement par groupes de deux, trois ou plus, ou à la file indienne, d'humeur joyeuse parce que nous étions nombreux et qu'il faisait beau. Lors de nos longues pauses, nous jouions à la balle ; une fois, nous nous sommes baignés tout nus dans un lac gelé, suscitant la colère d'une poignée de frelons que nous avons fuie en hurlant de rire. Quand nous avons atteint Timberline Lodge à mille huit cent trente mètres sur le flanc sud du mont Hood, nous étions devenus une véritable tribu, unie par les mêmes liens que des enfants à la fin d'une semaine en colonie de vacances.

C'était le milieu de l'après-midi. Dans le salon de l'hôtel, nous avons réquisitionné deux gros canapés autour d'une table basse et commandé des sandwichs excessivement chers, puis siroté des cafés au Bayley's en jouant au poker et au rami avec des cartes empruntées au barman. La fenêtre donnait sur le mont Hood. Avec ses trois mille quatre cent vingt-cinq mètres d'altitude, c'était le plus haut sommet de l'Oregon – et un ancien volcan, comme tous ceux que j'avais croisés depuis mon entrée dans la chaîne des Cascades au sud de Lassen Peak au mois de juillet. C'était aussi le dernier que je verrais, ce qui lui conférait une importance particulière. Pas seulement parce que j'étais juchée dessus. Sa vue m'était devenue familière ; les jours de beau temps, on distinguait même sa silhouette grandiose depuis Portland. En atteignant le mont Hood, je me suis rendu compte que, pour la première fois depuis longtemps, je me sentais un peu chez moi. Portland, où je n'avais jamais vraiment vécu malgré mon séjour mouvementé de huit ou neuf mois l'année précédente, n'était plus qu'à quatre-vingt-seize kilomètres.

De loin, le mont Hood m'avait toujours coupé le souffle. Mais, comme cela arrive souvent, il était très différent de près. Moins majestueux, à la fois plus ordinaire et plus imposant dans sa sévérité. Par la fenêtre nord de l'hôtel, on ne voyait pas le pic blanc scintillant qui surplombait le paysage à des kilomètres à la ronde, mais une pente grisâtre et austère parsemées de quelques pins décharnés et d'une poignée de lupins et d'asters. Ce décor naturel était interrompu par la remontée mécanique qui conduisait aux hauteurs enneigées. J'étais heureuse de me sentir protégée de la montagne par le bâtiment luxueux, véritable petit paradis au cœur d'une nature sauvage. C'était une superbe structure en pierre et en bois construite par les ouvriers de la Work Progress Administration au milieu des années trente. Chaque parcelle de cet endroit avait une histoire. Les tableaux accrochés aux murs, l'architecture, les étoffes d'ameublement tissées main – autant de pièces d'artisanat délicates qui témoignaient du passé, du patrimoine et des ressources naturelles du Nord-Ouest Pacifique.

J'ai abandonné les autres pour me promener dans l'hôtel et j'ai fini par déboucher sur une terrasse orientée plein sud. En cette belle journée ensoleillée, la vue s'étendait sur plus d'une centaine de kilomètres. J'ai regardé toutes ces montagnes par lesquelles j'étais passée – deux des Three Sisters, le mont Jefferson, le Broken Finger…

Un, deux, trois, ciel.

J'y étais. J'y étais presque. Mais je n'avais pas encore fini. Il me restait encore quatre-vingts kilomètres à parcourir pour atteindre le pont des Dieux.

Le lendemain matin, j'ai fait mes adieux à Doug, Tom et aux deux filles, puis je suis partie seule à l'assaut du petit chemin escarpé qui reliait l'hôtel au PCT. Après être passée sous la remontée mécanique, j'ai bifurqué vers le nord-ouest pour contourner le mont Hood. La piste était couverte de ce qui avait dû être de la pierre concassée, transformée en sable grossier par les hivers rudes. Quand j'ai pénétré dans la réserve du mont Hood vingt minutes plus tard, la forêt a repris ses droits et le silence s'est abattu sur moi.

C'était bon de me retrouver seule. C'était une sensation incroyable. Alors qu'on était au milieu du mois de septembre, le soleil brillait et le ciel était plus bleu que jamais. Le chemin s'ouvrait de temps à autre sur des panoramas vastes de plusieurs kilomètres, puis s'enfonçait de nouveau dans les bois, et ainsi de suite. J'ai parcouru seize kilomètres d'une traite, traversé la Sandy River, puis je me suis assise sur un petit surplomb rocheux de l'autre côté. Presque toutes les pages du *Pacific Crest Trail, Volume 2 : Oregon* avaient disparu. J'ai sorti celles qui restaient de ma poche et je les ai relues, m'autorisant cette fois à aller jusqu'à la fin. J'étais tout excitée par la perspective d'atteindre Cascade Locks, mais aussi un peu triste. Bizarrement, j'avais fini par m'habituer à ce quotidien en plein air, aux nuits par terre sous la tente et aux journées entières à marcher dans la nature. L'idée de ne plus le faire m'effrayait.

Je suis allée m'accroupir au bord de la rivière pour me laver le visage. À ce stade de l'été et étant donné l'altitude, ce n'était plus qu'un ruisseau étroit et peu profond. Où était ma mère ? me suis-je demandé. Je l'avais portée si longtemps avec moi, titubant sous son poids.

« De l'autre côté de la rivière », ai-je songé.

Et quelque chose en moi s'est libéré.

Les jours qui ont suivi, j'ai dépassé les chutes de Ramona et fait plusieurs incursions dans la réserve de Columbia. Au nord, j'apercevais les monts Saint Helens, Rainier et Adams. Une fois à Wahtum Lake, je me suis écartée du PCT pour emprunter un itinéraire recommandé par les auteurs de mon guide. Il me conduirait à Eagle Creek, puis aux gorges de Columbia, et pour finir au fleuve du même nom près de la ville de Cascade Locks.

En cette ultime journée de marche, je suis descendue encore et encore et encore, perdant mille deux cents mètres d'altitude en un peu moins de vingt-six kilomètres. Les ruisseaux et torrents de montagne qui traversaient ou longeaient le chemin descendaient eux aussi. Je sentais la puissance magnétique du fleuve, en bas, qui m'attirait vers le nord. Je sentais que j'approchais de la fin. À dix-sept heures, je me suis arrêtée pour passer la nuit à Eagle Creek, à moins de dix kilomètres de Cascade Locks. J'aurais pu continuer, mais je n'avais pas envie que mon voyage se termine dans l'obscurité. Je voulais prendre mon temps, contempler le fleuve et le pont des Dieux en pleine lumière.

Ce soir-là, je me suis assise au bord du ruisseau et j'ai regardé l'eau déferler sur les rochers. La descente interminable avait été un vrai calvaire pour mes pieds. Après tout ce chemin, alors que mon corps était plus fort qu'il ne le serait sans doute jamais, randonner sur le PCT était toujours aussi douloureux. De nouvelles ampoules étaient apparues sur mes orteils – les descentes extrêmes ayant été relativement peu nombreuses dans l'Oregon, ma peau s'était affinée par endroits. Je les ai effleurées du bout des doigts pour les apaiser. Voyant qu'un autre ongle paraissait sur le point de tomber, j'ai tiré dessus et il m'est resté dans la main. C'était le sixième. Il ne m'en restait plus que quatre.

Le PCT et moi n'étions plus à égalité. Avec un score de 4 à 6, le chemin avait pris l'avantage.

J'ai dormi sur ma bâche car, pour ma dernière nuit, je n'avais pas envie de m'enfermer sous ma tente. Debout avant l'aube, j'ai regardé le soleil se lever au-dessus du mont Hood en songeant :

« Ça y est. Impossible de revenir en arrière, de le retenir. C'est fini. »

Je suis restée là un long moment pendant que la lumière emplissait le ciel et descendait vers les arbres. Puis j'ai fermé les yeux et écouté le bruit du ruisseau.

Comme moi, Eagle Creek se précipitait vers le fleuve Columbia.

J'ai eu l'impression de survoler les six kilomètres et demi qui me séparaient du petit parking marquant la fin du chemin, poussée par une émotion pure qui ne pouvait être que de la joie. Après avoir traversé les emplacements vides et contourné les toilettes, j'ai pris un deuxième sentier qui me conduirait, trois kilomètres plus bas, à la ville de Cascade Locks. Tout à coup, il a bifurqué vers la droite et, au détour du virage, j'ai découvert le fleuve derrière le grillage de la route 84. Je me suis agrippée au métal, les yeux écarquillés. C'était presque un miracle de le voir devant moi, un peu comme si je venais de recueillir un nouveau-né dans mes bras après des heures de travail. Cette eau sombre et scintillante était plus belle que tout ce que j'avais imaginé au fil des kilomètres qui m'avaient menée jusque-là.

J'ai continué vers l'est en empruntant un couloir de verdure – l'ancienne route de Columbia River, abandonnée depuis très longtemps. Par endroits, on distinguait encore quelques mètres de béton, mais la plus grande partie de la chaussée avait été recouverte par la mousse qui envahissait les bas-côtés. Les arbres inclinaient leurs lourdes branches au-dessus de ma tête et de grandes toiles d'araignées barraient le chemin. Elles se collaient sur mon visage comme des fils magiques et se prenaient dans mes cheveux. J'entendais sans les voir les voitures filer sur ma gauche, le long de la nationale qui me séparait du fleuve. Un bruit ordinaire, un bourdonnement sourd et insistant.

Enfin, j'ai émergé de la forêt et je me suis retrouvée à Cascade Locks. Contrairement à tant d'autres « villes » croisées le long du chemin, celle-là en était vraiment une, avec plus d'un millier d'habitants. On était un vendredi matin, et je sentais l'atmosphère particulière aux vendredis émaner de chaque maison. Je suis passée sous la rocade et me suis promenée dans les rues, mon bâton de ski tintant sur le bitume. Les battements de mon cœur se sont accélérés lorsque j'ai posé les yeux sur le pont. C'était un élégant porte-à-faux à poutrelles d'acier, qui avait hérité son nom d'un gué naturel formé trois cents ans plus tôt par une gigantesque coulée de boue, laquelle avait temporairement coupé le fleuve Columbia. Les Amérindiens de la région l'avait surnommée le pont des Dieux. La structure réalisée plus tard de la main de l'homme enjambait le fleuve sur cinq cents mètres, reliant l'Oregon à l'État de Washington et la ville de Cascade Locks à celle de Stevenson. Quand je suis arrivée à la petite guérite installée côté Oregon, l'employée qui se trouvait à l'intérieur m'a annoncé que je pouvais traverser gratuitement.

« Je ne traverse pas, ai-je répondu. Je voulais juste le toucher. »

J'ai longé la route jusqu'au soutènement de béton, posé la main dessus et contemplé le fleuve en contrebas. C'était le plus large du Nord-Ouest Pacifique et le quatrième du pays. Les Amérindiens avaient vécu sur ses rives pendant des milliers d'années, se nourrissant pour la plupart des saumons qui pullulaient autrefois dans ses eaux. Meriwether Lewis et William Clark l'avaient descendu en pirogue lors de leur célèbre expédition de 1805. Cent quatre-vingt-dix ans plus tard, deux jours avant mon vingt-septième anniversaire, je me tenais devant lui.

J'étais arrivée. Je l'avais fait. C'était si insignifiant et si magistral à la fois – une sorte de secret que je me répéterais longtemps, même si je n'en saisissais pas encore la portée. Je suis restée plantée là de longues minutes, au bord des larmes, tandis que voitures et camions filaient derrière moi. Mais je n'ai pas pleuré.

Quelques semaines plus tôt, j'avais entendu dire par le téléphone arabe du chemin que, une fois à Cascade Locks, il fallait absolument passer au *East Wind Drive-In* pour goûter un de leurs gigantesques cornets de glace. J'avais mis deux dollars de côté dans ce but à *Timberline Lodge*. J'ai fini par quitter le pont et suivre une rue animée qui longeait la rivière et la nationale – l'essentiel de la ville étant pris en sandwich entre les deux. Il était encore tôt, et le *drive-in* n'était pas ouvert. Je me suis assise sur un petit banc en bois blanc, Monster à mes côtés.

Je serais à Portland avant la fin de la journée ; ce n'était plus qu'à soixante-dix kilomètres à l'ouest. Je dormirais sur mon vieux futon, sous un vrai toit. Je déballerais mes CD et mon poste de radio, je pourrais écouter la chanson de mon choix. Je mettrais mes sous-vêtements en dentelle noire et mon jean. Je me jetterais sur toute la nourriture et les boissons possibles et imaginables. Je conduirais mon pick-up où bon me semblerait. J'allumerais mon ordinateur pour écrire mon roman. Je prendrais les cartons de livres qui m'avaient suivie depuis le Minnesota et j'irais les vendre dès le lendemain chez *Powell's* pour avoir un peu de liquide. J'organiserais un vide-grenier qui me permettrait de tenir en attendant de trouver du travail. J'étalerais mes robes achetées en friperie, mes jumelles miniatures et ma scie pliante sur la pelouse et je les céderais en échange de ce qu'on voudrait bien me donner. Rien que d'y penser, j'avais la tête qui tournait.

« Nous sommes prêts à prendre votre commande »,

m'a annoncé une femme en se penchant par la fenêtre coulissante du *drive-in.*

J'ai choisi un cornet vanille-chocolat ; quelques minutes plus tard, elle me l'a tendu, a encaissé mes deux dollars et m'a rendu deux pièces de dix *cents*. C'était tout ce qui me restait de mes économies. Vingt *cents.* Assise sur le banc, j'ai dégusté ma glace en regardant passer les voitures. J'étais la seule cliente, jusqu'à l'arrivée d'une BMW d'où est sorti un jeune homme en costume.

« Bonjour », m'a-t-il saluée au passage.

Il avait environ mon âge, du gel dans les cheveux et des chaussures impeccables. Une fois servi, il est venu se planter à côté de moi.

« On dirait que vous rentrez d'une longue randonnée.

— Oui. Sur le Pacific Crest Trail. J'ai fait près de mille huit cents kilomètres, ai-je lâché, trop excitée pour mc contenir. J'ai fini ce matin.

— Vraiment ? »

Il a éclaté de rire.

« C'est incroyable. J'ai toujours rêvé de faire un truc comme ça. Un long périple.

— Vous pourriez. Vous devriez. Croyez-moi, si j'en ai été capable, c'est à la portée de n'importe qui.

— Je ne peux pas me libérer assez longtemps – je suis avocat. »

Il a jeté la moitié de son cornet de glace à la poubelle avant de s'essuyer les mains sur une serviette en papier.

« Et qu'est-ce que vous avez prévu pour la suite ? a-t-il repris.

— Je pensais aller vivre à Portland un moment.

— C'est là que j'habite. D'ailleurs, je peux vous emmener si vous voulez. Je vous déposerai à l'endroit qui vous arrange.

— Merci. Mais je voudrais rester un peu ici. Le temps de réaliser. »

Il a sorti une carte de visite de son portefeuille.

« Appelez-moi quand vous serez installée. Je serais ravi de vous inviter à déjeuner pour que vous me racontiez votre voyage.

— D'accord. »

J'ai baissé les yeux vers la carte. Elle était blanche avec des lettres bleues en relief – une relique d'un autre monde.

« J'ai été très honoré de vous rencontrer à ce tournant de votre vie, a-t-il déclaré.

— Moi aussi. »

Je lui ai serré la main.

Après son départ, j'ai laissé aller ma tête en arrière et fermé les yeux pour me protéger du soleil. Les larmes que j'avais senti monter près du pont se sont enfin mises à couler. « Merci, ai-je pensé. Merci. » Pas seulement pour cette longue marche, mais pour tout ce que je sentais enfin fusionner en moi ; tout ce que le chemin m'avait appris et tout ce que je ne savais pas encore, mais qui était déjà là, quelque part. Par exemple, que je ne reverrais jamais l'homme à la BMW, mais que, quatre ans plus tard, je traverserais le pont des Dieux avec un autre et que je l'épouserais dans un lieu presque visible depuis mon banc. Que, neuf ans plus tard, cet homme et moi aurions un fils, Carver, suivi un an et demi après d'une fille nommée Bobbi. Que, quinze ans plus tard, je reviendrais avec ma famille sur ce même banc en bois blanc, que nous mangerions des glaces et que je leur raconterais comment j'étais passée par là, à la fin d'une très longue randonnée sur un chemin appelé le Pacific Crest Trail. Et qu'alors, seulement, je comprendrais la signification profonde de mon voyage et du secret dont j'avais eu l'intuition ce jour-là.

Ce qui me conduirait à écrire ce livre.

Je ne savais pas que je me replongerais dans le passé, que je chercherais et retrouverais certaines des personnes croisées sur le chemin. Que ce faisant, je tomberais sur une chose à laquelle je ne m'attendais pas : un avis de décès. Celui de Doug. Je ne me doutais pas qu'il mourrait neuf ans après nos adieux sur le PCT, lors d'un accident de kitesurf en Nouvelle-Zélande. Ni que, après avoir pleuré en repensant au jeune homme brillant qu'il avait été, je descendrais dans le recoin de la cave où j'avais suspendu Monster à des clous rouillés, et que je verrais la plume qu'il m'avait offerte – tordue, abîmée, mais toujours coincée dans l'armature, là où je l'avais glissée des années plus tôt.

J'ignorais encore tout cela tandis que je me reposais sur le banc en bois blanc, le dernier jour de ma randonnée. Mais j'étais sûre d'une chose : je n'avais pas besoin de le savoir. Tout ce qui comptait, c'était l'authenticité de ce que je venais d'accomplir. Et le fait que j'en comprenne le sens même si je n'étais pas encore capable de le formuler – un peu comme pour les vers de *The Dream of a Common Language* qui m'avaient trotté en tête jour et nuit. Ce n'était pas la peine d'essayer d'attraper le poisson. Il suffisait qu'il soit là, sous la surface. Ainsi allaient les choses. Ainsi allait ma vie – comme toutes les vies, mystérieuse, irrévocable et sacrée. Si proche, si présente, si mienne.

C'était tellement bon de lâcher prise.

Remerciements

Miigwech est un mot de la langue ojibwé que j'ai souvent entendu au cours de mon enfance dans le nord du Minnesota, et qui me semble s'imposer ici. Il signifie merci, mais pas seulement, puisqu'il exprime autant l'humilité que la gratitude. Et quand je pense à tous les gens qui m'ont aidée à écrire ce livre, c'est ainsi que je me sens : humble et reconnaissante.

C'est à mon mari, Brian Lindstrom, que revient mon plus grand *miigwech*, car il m'aime au-delà de toute mesure dans l'écriture comme dans la vie. Merci, Brian.

Je dois également beaucoup à l'Oregon Arts Commission, au Regional Arts and Culture Council et aux Literary Arts qui m'ont apporté leur soutien moral et financier pour ce livre et tout au long de ma carrière ; à Greg Netzer et Larry Colton du Wordstock Festival qui m'invitent toujours à participer à cet événement ; et à la Bread Loaf Writers' Conference et la Sewanee Writers' Conference pour leur aide inestimable.

J'ai rédigé la majeure partie de ce livre assise à la table de ma salle à manger, mais certains chapitres essentiels ont vu le jour ailleurs. Je tiens à remercier

Soapstone pour les résidences qu'ils m'ont accordées, à commencer par Ruth Gundle, l'ancienne directrice, qui s'est montrée particulièrement généreuse dès les premiers stades du projet. Un très grand merci aussi à Sally et Con Fitzgerald, qui m'ont hébergée gracieusement tandis que je bouclais les derniers chapitres dans leur magnifique et paisible « maisonnette » de Warner Valley dans l'Oregon. Merci à l'incomparable Janet O'Keefe, qui a rendu ce séjour possible en me prêtant sa voiture et en se chargeant de mes courses.

Merci à mon agent, Janet Silver, et à ses collègues de la Zachary Shuster Harmsworth Agency. Janet, tu es mon amie, ma championne et mon âme sœur littéraire. Je te serai éternellement reconnaissante pour ton soutien, ta perspicacité et ton amour.

J'ai également une très grande dette envers les nombreuses personnes de chez Kopf qui ont cru en ce livre dès le début et contribué à le faire exister. Je suis particulièrement redevable à mon éditrice, Robin Desser, qui n'a jamais cessé de me pousser à donner le meilleur de moi-même. Merci, Robin, pour votre intelligence et votre gentillesse, votre générosité et vos lettres incroyablement longues à simple interligne. Sans vous, ce livre ne serait pas le même. Merci aussi à : Gabrielle Brooks, Erinn Hartman, Sarah Rothbard, Susanna Sturgis et LuAnn Walther.

Un grand coup de chapeau à mes enfants, Carver et Bobbi Lindstrom, qui ont supporté avec patience et bonne humeur tous ces moments où je les abandonnais pour écrire. Ils me rappellent sans cesse que la vie et l'amour comptent plus que tout.

Merci également aux membres de mon fantastique groupe d'écriture : Chelsea Cain, Monica Drake,

Diana Page Jordan, Erin Leonard, Chuck Palahniuk, Suzy Vitello Soulé, Mary Wysong-Haeri et Lidia Yuknavitch. Je dois énormément à chacun d'entre vous pour ses conseils avisés, ses critiques objectives et les terribles bouteilles de pinot noir.

J'éprouve une immense gratitude envers tous les amis qui m'ont choyée et aimée. Ils sont trop nombreux pour que je les nomme tous, mais ils se reconnaîtront. J'ai une chance incroyable de vous avoir dans ma vie. Malgré tout, il y a certaines personnes que je tiens à citer – toutes celles qui m'ont aidée de bien des façons pendant que j'écrivais ce récit : Sarah Berry, Ellen Urbani, Margaret Malone, Brian Padian, Laurie Fox, Bridgette Walsh, Chris Lowenstein, Sarah Hart, Garth Stein, Aimee Hurt, Tyler Roadie et Hope Edelman. Je m'incline avec humilité devant votre amitié et votre bonté. Merci également à Arthur Rickydoc Flowers, George Saunders, Mary Caponegro et Paulette Bates Alden, ces premiers mentors dont l'infinie bienveillance a énormément compté pour moi.

Merci à Wilderness Press pour avoir publié les guides qui étaient et sont toujours « la » référence en matière de randonnée sur le Pacific Crest Trail. Sans les auteurs Jeffrey P. Schaffer, Ben Schifrin, Thomas Winnett, Ruby Jenkins et Andy Selters, j'aurais été complètement perdue.

La plupart des gens que j'ai croisés sur le PCT n'ont fait que passer brièvement dans ma vie, mais chacune de ces rencontres m'a enrichie. Ils m'ont fait rire, réfléchir, m'ont poussée à continuer, et surtout ils m'ont permis de croire en la gentillesse des inconnus. Je suis particulièrement reconnaissante à mes camarades de la « promotion PCT 1995 » – CJ

McClellan, Rick Topinka, Catherine Guthrie et Joshua O'Brien – qui se sont donné beaucoup de mal pour répondre à mes questions.

Enfin, je voudrais dédier ce livre à la mémoire de mon ami Doug Wisor, que j'évoque dans ces pages. Il est mort le 16 octobre 2004 à l'âge de trente et un ans. C'était un homme bon qui nous a quittés trop tôt.

Miigwech.

Livres brûlés sur le PCT

The Pacific Crest Trail, Volume 1 : California, Jeffrey P. Schaffer, Thomas Winnett, Ben Schifrin et Ruby Jenkins. Quatrième édition, Wilderness Press, janvier 1989.

Staying Found : the complete map and compass handbook, June Fleming.

**The Dream of a Common Language*, Adrienne Rich.

Tandis que j'agonise, William Faulkner.

***Nouvelles*, Flannery O'Connor.

Le Roman, James Michener.

Une volière en été, Margaret Drabble.

Lolita, Vladimir Nabokov.

Les Gens de Dublin, James Joyce.

En attendant les barbares, J. M. Coetzee.

* Pas brûlé. Conservé jusqu'à la fin.

** Pas brûlé. Échangé contre *Le Roman*.

The Pacific Crest Trail, Volume 2 : Oregon, Jeffrey P. Schaffer et Andy Selters. Cinquième édition, Wilderness Press, mai 1992.

The Best American Essays 1991, édité par Robert Atwan et Joyce Carol Oates.

Les Dix Mille Choses, Maria Dermoût.

Table

Dépôt légal : septembre 2014

Imprimé au Canada

Québec, Canada